"十三五"国家重点图书出版规划项目

当代中国文学批评史丛书

张江 主编

当代中国文艺政策发展史

王杰 石然 著

中国社会科学出版社

图书在版编目(CIP)数据

当代中国文艺政策发展史/王杰,石然著.—北京:中国社会科学出版社,2019.9(2021.4重印)

(当代中国文学批评史丛书)

ISBN 978-7-5203-5325-0

Ⅰ.①当⋯　Ⅱ.①王⋯②石⋯　Ⅲ.①文艺政策—历史—中国　Ⅳ.①I200

中国版本图书馆 CIP 数据核字(2019)第 221789 号

出 版 人	赵剑英
项目统筹	王　茵　张　潜
责任编辑	张　潜
责任校对	王丽媛
责任印制	王　超

出　　版	中国社会科学出版社
社　　址	北京鼓楼西大街甲 158 号
邮　　编	100720
网　　址	http://www.csspw.cn
发 行 部	010-84083685
门 市 部	010-84029450
经　　销	新华书店及其他书店
印刷装订	北京君升印刷有限公司
版　　次	2019 年 9 月第 1 版
印　　次	2021 年 4 月第 2 次印刷
开　　本	710×1000　1/16
印　　张	25.25
字　　数	341 千字
定　　价	129.00 元

凡购买中国社会科学出版社图书,如有质量问题请与本社营销中心联系调换

电话:010-84083683

版权所有　侵权必究

总　　序

　　经过各位专家学者四年多的努力，这套"当代中国文学批评史"丛书终于在中华人民共和国成立70周年之际问世了。编著这套丛书，在于对1949年特别是改革开放以来的当代中国文学批评发展史，从各个不同的侧面进行回顾和研究，总结经验教训，为当下及今后文学批评的发展提供借鉴，推动中国文学艺术走上高峰之路。

　　70年来，中国文学批评从自我封闭到对外开放，从体系构建到自主创新，经历了曲折而辉煌的不平凡发展历程。从中国文学批评发展的主流看，我们似乎可以概括为"新开端、新变化、新时期、新世纪、新时代"这样一些时段，并对这些时段分别进行分析研究。我们也可以确定诗歌、散文、小说、戏剧等各种文学体裁，分述针对这些文学体裁进行文学批评的历史。我们还可以把文学与艺术交叉形成的一些新艺术门类考虑进来，考察文学批评活动是如何进入这些复杂的文学现象之中的。文学批评研究是一个理论群，涉及批评对象、批评方法、批评者身份、批评目的等，包含十分丰富的内容。我们编写这套丛书，就是要积极面对这种复杂性，以更为宽阔的视野，尽可能收纳更多内容，期待对70年中国文学批评做比较全面的评述和总结。

相比理论著作的撰写，历史著作的写作有很大不同。历史著作要展现一个过程，归纳出一些有规律性的东西；而理论著作要通过逻辑推理的展开，阐明一些道理或原则。写70年的文学批评史，就是要将一些历史事件，历史上出现的观念、思潮、理论，放回历史语境之中来考察，再从中看到历史是如何演进过来的。

20世纪50年代初，中国出现了社会主义建设的高潮，同时也出现了建设社会主义新文化的要求。当时，文化建设是以对旧文化进行批判为背景进行的，因此，理论的指导特别重要。以革命的理论为指导，通过文艺批评，改造旧文艺，建立新文艺，是当时文化建设的中心任务。

在这一大背景之下，当时的文学理论是以毛泽东的《新民主主义论》和《在延安文艺座谈会上的讲话》等著作及其他领导人的著作和讲话提出的文学思想、方针和政策为主体形成的。在中华人民共和国成立之前，毛泽东文艺思想是马克思主义普遍真理与当时中国革命根据地文艺实践相结合的产物。中华人民共和国成立后，中国共产党及其领导的人民政权，面临着比革命战争时期更为复杂的情况，面临着让新的文艺思想占领文艺批评领域，以及在大学课堂里讲授新的文学理论的任务。基于这一需要，我们在当时引进了许多苏联的文学理论，包括苏联的文论教材体系。

20世纪50年代中期以后，形成了理论和批评建设的热潮，当时所倡导的文艺上的"百花齐放"、学术上的"百家争鸣"，使文艺批评的理论和实践建设都有了长足的发展。50年代的文艺争鸣，以及当时出现的一些关于"现实主义"的批评观念，都是极其宝贵的。但是，这些积极探索在"文化大革命"时期遭到错误的批判。改革开放后，文艺批评展现出前所未有的活力，对新时期文艺的繁荣发展起到了推动和引领的作用。在此后的一些年，随着国外一些文学批评理论的引入，中国的文学批评又有了新的变化。一方面，引进国外的文学理论和批评方法，给中国的文艺理论批评注入了新的活力，另一方面，也出现了用国外理论剪裁中国文艺，使之成为西方理论注脚的现象。一些引进的理论不仅不能帮助我们更好地进行有效的文艺评论，反而扭曲中国的文艺，或者将文艺现象抽离，成为理论的空转。在这种情况下，回到文艺本身，构建立足于本土经验的文艺批评理论，就显得尤为迫切和重要。

今天，站在一个重要的历史节点之上，回顾历史，我们可以感慨、感叹、感动，但更重要的，是要有所感悟。中国人讲"以史为鉴"，历史要成为当下的"资治通鉴"。研究历史，要照亮当下，指引未来。努力创建新时代中国文论话语体系，应该是我们今天的中心任务。

构建新时代中国文论话语体系，要坚持实践性。理论要与实践结合，特别是与批评结合。文学理论要指导文学批评，文学批评要在文学理论的指导下进行。由此更进一步，要发展批评的理论。这种批评的理论，不是实用批评手册，而是关于批评的深层理论思考。这种批评的理论，也不寻求在各种文学体裁和各门艺术中普遍适用，而是在研究它们各自的特殊性的基础上，寻求其相通性。从实践中来，形成理论之后，再回到实践中接受检验。

构建新时代中国文论话语体系，要本着"古为今用，洋为中用"的方针，吸收一切对我们有用的理论资源。但是，这绝不是照搬照抄、简单套用。我们曾经用古代文论和西方文论来阐释当代的文艺实践，从历史上看，这样做在当时似乎也有一定的合理性。黑格尔说，凡是现实的都是合乎理性的。从这个意义上，也可以说上述做法曾有其特定历史语境下的合理性。但是，黑格尔还说，一切合乎理性的东西都是应当实现出来的。古代文论不能完全符合当代中国的文艺实际，西方文论更不能很好地符合当代中国的实际。我们必须在吸取多方资源的基础上，立足中国实际，推进理论创新，用新时代的新理论，阐释和指导当代中国的文艺实践，包括中国文艺批评实践。

构建新时代中国文论话语体系，是与中华人民共和国成立70年特别是改革开放40多年来理论建设的努力一脉相承的。这也是我们编辑这套"当代中国文学批评史"的初衷。冯友兰先生在谈到哲学史时，曾区分了"照着讲"和"接着讲"。对于历史事实，对于历史上的重要人物的思想，我们要"照着讲"，不要讲错了，歪曲了前人的思想。但仅仅是"照着讲"还不行，照着讲完了，还需要"接着讲"。历史的车轮滚滚向前，我们要面对新情况、进行新总结、讲出新话来。反过来看，"接着讲"与"照着讲"也是一种承续关系。历史不能隔断，只有反思历史，才能展望未来。

总　序

中国特色社会主义进入了新时代。习近平总书记在《在文艺工作座谈会上的讲话》中指出，要用"历史的、人民的、艺术的、美学的观点评判作品"，这对文学批评提出了新的要求，确立了新的标准。我们要守正创新、不离大道，在新的时代，创新发展文学批评理论，助力中国文艺走向繁荣昌盛。

张　江

2019 年 9 月

目 录

导论 当代文艺政策史：一个重要的理论新课题 ……………（1）
    一 何谓"当代"及当代中国文艺政策史的分期问题 ………（4）
    二 当代中国文艺政策的理论基础及历史语境…………（8）
    三 文艺政策的两次调整及其理论基础 …………………（13）

第一章 概念与原理 ……………………………………………（19）
    第一节 "经济基础与上层建筑"和"意识形态"…………（19）
    第二节 "文艺意识形态""审美意识形态""文艺
　　　　　（审美）制度" ………………………………………（50）
    第三节 "文化治理""文化领导权"………………………（75）

第二章 中国式审美现代性的建构（1949—1965）…………（94）
    第一节 文化领导权及其体制的确立和巩固……………（95）
    第二节 社会主义文艺制度的理论原则及其实践…………（107）
    第三节 "双百方针"及其文艺政策 ………………………（115）

第四节　社会主义文艺政策在探索中曲折发展……（123）
　　第五节　"十七年"文艺政策话语的内在矛盾与影响……（140）

第三章　革命的美学：美学转向"革命"（1965—1977）……（172）
　　第一节　文艺批评引燃"文化革命"……（173）
　　第二节　转向"革命"的文艺政策……（177）
　　第三节　文艺革命政策的若干调整……（191）

第四章　现代化进程中的文艺政策调整（1977—1989）……（200）
　　第一节　文艺领域拨乱反正与"二为"方向的确立……（201）
　　第二节　文艺治理方式的转变与影响……（212）
　　第三节　审美现代性兴起与文艺政策应对……（226）
　　第四节　文艺评奖制度的建立及其政策效果……（252）
　　第五节　语境叠合中的理论阐释……（256）

第五章　社会主义市场经济条件下的文艺政策（1989—2012）……（263）
　　第一节　"弘扬主旋律、提倡多样化"与两个效益……（264）
　　第二节　文化经济、文化产业的发展及其法制保障……（269）
　　第三节　网络文艺及其治理……（276）
　　第四节　社会主义和谐社会及其文艺政策……（284）

第六章　党的十八大以来：新时代文艺政策的再转向

（2012— ） ……………………………………………（298）

第一节　文艺向政治的"回归"性调整 ……………………（299）
第二节　中华优秀传统文化和美学精神的再弘扬 …………（309）
第三节　"人民性"话语的继续发展 ………………………（317）
第四节　党的十九大以来：新时代中国特色社会主义
文艺政策的新篇章 ……………………………（325）

结束语　新时代文艺工作的使命 …………………………………（334）
一　艺术和审美如何改变世界 ………………………………（335）
二　文化经济时代的美学问题与任务 ………………………（346）
三　当代美学的政治转向及文艺批评要求 …………………（358）

参考文献 ………………………………………………………………（382）

后　记 …………………………………………………………………（392）

导论　当代文艺政策史：一个重要的理论新课题

在理论上，"当代中国文艺政策"无疑是一个新的课题。在中国，文艺政策是文艺理论、文艺思想与文艺创作和文化治理之间相互联系的主要方式，也是重要的中间环节。关于文艺政策的调整和变迁过程的历史研究，有助于解释当代中国文学艺术的创作、发展与社会生活的直接而复杂的联系。按照英国学者雷蒙·威廉斯的观点，文学和艺术是人们生活方式的一种表达，不仅受到社会的各种条件和因素的制约，同时，因为情感和想象的缘故，文学艺术可以表征出一个时代，一个群体，具体个人对他所生活于其中的社会和生活方式的感情和情绪。在一个时代，一个历史时期，人们会有某种共同的"感觉结构"。当然，在历史的许多时期，以及在同一个历史时期的不同文化语境中，人们不具有某种共同性的"感觉结构"。在这个意义上，"感觉结构"是理解和阐释文学艺术的重要基础。在现实的社会发展过程中，由于人们在经济、种族、性别、年龄、信仰等方面的差异，同一时代人们之间的生活方式是有所区别的，"感觉结构"也有所区隔。然而，在社会发展的某些时刻，某个具体的历史时段，社会的矛盾和社会性的情感得以聚焦，形成某种"共识"，这时的文学艺术创作常常具有相当大的普遍性和共鸣，表现出某种"感觉结构"的共同性。伟大的文学艺术创作者的特殊之处在于，他们因为特别"敏感"，因此在社会发展的常规状态下，通过他们的创作和作品，表达了某种人们心中共同性的"感觉结构"。当然，要达到这一点是十分困难的，整个人类文学艺术发展的历史证明，这种具有"永恒魅力"的艺术创作是可能的，而且在某种意义上说这种魅力正是它达到这种境界的证明。

因此，文学艺术创作既是艺术家个人的事业，也是全社会的"共同文化"，文学艺术始终在"文化与社会"这个理论视野中存在和发展。自国家出现之后，特别是现代意义的民族国家出现之后，艺术家、社会（国家/社会群体）、共同文化（感觉结构）之间就构成一种充满张力的复杂关系，因此，艺术和艺术家在现代社会结构中一直处于十分特殊的地位。在现代社会，一方面，文艺政策是政府管理者对艺术家、艺术与社会关系的调节手段，使艺术创作和艺术家的情感和想象在这个场域中成为一种社会生活发展的积极力量；另一方面，文艺政策又是政府管理者宏观调控大众与社会的政治、经济、文化导向关系的重要手段，以文化领导权为基础，通过文艺政策，政府管理者可以有效地推动文化的发展进而影响社会的变迁。因此，对于现代社会的发展和治理而言，文学艺术是社会治理的一部分，而不是抵制和破坏性的力量。对于现代社会的治理而言，文艺政策的制定和不断调整是社会发展和变迁的重要阀门，具有重要的意义。

导论　当代文艺政策史：一个重要的理论新课题

在当代中国，随着对文化治理合理性要求的提出，文艺政策的研究就被提出来了。以现代治理的视角回顾中国当代社会文艺政策的调整过程，研究和总结其中的经验和教训，对于中国社会的未来发展，对于中国文艺的未来发展无疑都具有十分重要的意义。

当代中国文艺政策是中国共产党取得政权之后在文艺领域实施领导，进行引导的有关政策、方针和法规等，是社会主义文学理念通过现代社会政府管理在文学艺术领域的具体实施。1949年中国新民主主义革命胜利之后，中国共产党在文化领域面临一项新的巨大的工作，即系统和全面地实现在文学艺术领域上的文化领导权，有效地引导文学艺术创作的新的繁荣和发展，进而推动社会向社会主义社会转型。

1942年毛泽东的《在延安文艺座谈会上的讲话》是在抗日战争最艰苦的阶段，中国共产党人对文艺的一系列重大理论问题作出的系统回答，为新的文艺发展和文艺政策的制定作出了较为系统并符合当时中国革命实践的理论规定和理论表述。当代中国文艺政策的发展经过了不同的历史阶段，在内容和表现形式上有许多变化甚至相互矛盾的地方，但是，从总体的理论问题和运作机制上看，我们认为，整个当代中国文艺政策的发展是毛泽东《在延安文艺座谈会上的讲话》所提出的美学原则在中国社会主义建设历史阶段不断变化和不断调整的过程。一个值得注意的重要现象是，苏联和欧美左翼文论与当代中国文论和文艺政策之间始终存在密切的联系，有着一种复杂的互动。不论是20世纪三四十年代乔治·卢卡奇的现实主义文论和关于"表现主义的论争"，五六十年代关于社会主义现实主义的讨论，还是六七十年代路易·阿尔都塞的"意识形态批评"和审美意识形态理论，以及八九十年代至今英美两国的"文化唯物主义"的理论和文学批评范式，等等，都对当代中国的文学理论、美学研究以及文艺政策产生了重要影响。另外，毛泽东《在延安文艺座谈会上的讲话》的美学思想和理论原则在社会现实的发展过程中由于社会语境的变化而呈现不同的侧重点，这种调整也是通过文艺政策的变化来实现的。因此，当代文艺政策史一个十分重要的研究背景就是，对中国社会从新民主主义革命胜利到进入全球化生产和消费格局的跨越这样一个很大的历史变迁过程中，不同历史阶段的社会现实和具体语境是文艺政策发展变化的基础。一个基本的文艺观念和文艺政策，在不同的社会基础和文化语境中会产生出许多意义上的变化，这种变化是内在的，不是概念或文字上的，因此极易造成理论上的混乱。也许这是当代中国文艺政策的一个重要的特征，它的基础是中国文字在不同语境中的多义性，只有把这种历史关系梳理清楚，我们关于文艺政策、文艺创作和文学理论的理解才是正确的。

一 何谓"当代"及当代中国文艺政策史的分期问题

关于"当代"的理解，一般学者采取编年史的方法，即以1949年10月1日中华人民共和国成立作为起点，一直到当下的中国社会历史发展过程，一些当代文学史也采用这种分期方法。

导论　当代文艺政策史：一个重要的理论新课题

我们认为，"当代中国史"和"当代中国文艺政策史"是两个不同的理论概念。前者描述当代中国社会发展和变迁的物理时间中当代中国文艺政策历史过程，后者则是从理论的层面分析"当代中国文艺政策"理论内涵，探讨其具体语境与学理方面的依据。由于文艺的意识形态属性，也由于文学艺术的特殊性和前瞻性，文艺在中国社会现代化的过程中往往与"先进文化"相联系，在中国，具体地说，就是与社会主义目标相联系①，与乌托邦冲动相联系。不容置疑的问题是，当代文艺政策的学理基础和政治合理性一直是当代中国文学研究和美学理论研究中相对混乱和模糊不清的领域，也是许多文学论争的根源。因此，有必要作较为深入的学理分析。我们注意到对于当代中国文艺现象而言，一个重要的现象是：近代的、现代的、后现代的、当代的诸种文化语境在同一时空中以叠合的形式呈现，这种叠合性造成了文学艺术及批评理论"意义"的滑动，对于理论分析而言因而造成了相当大的困难。从文艺政策的角度讲，政策的相对宏观和抽象也为不同的文学艺术思潮和创作方法提供了足以发展的相对空间。应该看到，文艺政策既不同于文学创作中的经验问题，也不同于文艺理论和美学中的理论问题，但与这两者都直接相关。在艺术家、社会和政府这个现代美学的三角结构中，文艺政策处在政府这一端，但是，在现代社会的复杂治理机制中，文艺政策又偏向自由治理和个人情感这一端，这就是文艺政策复杂难解的原因。本书认为从"当代性"角度讲，当代中国文艺政策的第

---

① 我是在雷蒙·威廉斯将文化划分为三种类型，分别是主流文化、剩余文化和先进文化的意义上使用这个概念的。

一个重要的文献是毛泽东1942年5月的《在延安文艺座谈会上的讲话》。在当代中国文艺政策的发展过程中,《在延安文艺座谈会上的讲话》的基本原则始终是当代中国文艺发展在不同的历史时期制定文艺政策的理论依据。根据这一基本判断,我们提出当代中国文艺政策的历史分期,分期的原则是"史论结合",即以重大的历史事件为标志对文艺政策的发展过程作不同阶段的划分。这种划分只能是从我们的理论视野对问题的理解,以及对复杂的历史过程作相对清晰的概括和把握的必要性的角度作出的,因此,只能是相对的,随着理论视域的转换,这种划分方法将作相应的调整。

表0-1　　当代中国文艺政策的历史分期问题（1949.7至今）[①]

当代中国文艺政策史分期	重大事件	性质
第一阶段 1949—1965	中华人民共和国成立,第一、第二、第三次文代会;"文化大革命"爆发	社会主义文艺的转型时期
第二阶段 1965—1977	《部队文艺工作座谈会纪要》;"文化大革命"结束	"无产阶级文化大革命"时期
第三阶段 1977—1989	邓小平《祝词》;"六四"风波	(文艺政策重大调整)中国特色社会主义文艺时期
第四阶段 1989—2012	《中共中央关于文化体制改革的决议》;党的十八大	中国特色社会主义文艺时期第二阶段
第五阶段 2012年至今	党的十八大;习近平《在文艺工作座谈会上的讲话》《中共中央关于繁荣发展社会主义文艺的意见》、习近平《在中国文联十大、中国作协九大开幕式上的讲话》;党的十九大、全国宣传思想工作会议	(文艺政策"回归"性调整)新时代中国特色社会主义文艺时期

[①] 当代文艺政策史的历史分期问题是一个专门的理论问题,它不能简单等同于当代史或当代文学史。有关的理论问题笔者将另文专门论述。

导论　当代文艺政策史：一个重要的理论新课题

从历史角度看，有三种意义上的"当代性"作为目前我们研究"当代文艺政策"语境中的问题。

第一，毛泽东《在延安文艺座谈会上的讲话》所提出的对当代文艺的理解和理论的要求。在本书中，我们把毛泽东《在延安文艺座谈会上的讲话》所提出的理论原则看作是中国马克思主义美学在文艺问题上的基本要求和终极目标。在学理上，毛泽东《在延安文艺座谈会上的讲话》是关于社会主义文艺的理论的原则，它不应该直接成为文艺政策。因此，在当代中国文艺和文化发展过程中一个十分值得注意的重要的现象是，在不同的历史语境下，由于《讲话》的具体运用有一个很大的空间，因此，《讲话》事实上成为不同时期文艺政策的基础。如果脱离语境简单化地理解和运用，自然会造成某种错误和理论上的混乱。

第二，一般当代中国史和当代文学史对"当代性"的理解。如果把从第一次全国文代会（1949 年 7 月）至今的文艺政策史作为"当代文艺政策史"来理解，把 70 年来不同的文艺政策和理论意义放在一个"当代性"的概念之下，那么理论上自相矛盾和混乱是明显的。我们看到，在 20 世纪 80 年代出现了一次文艺理论和文艺政策的转向性调整以及党的十八大以来从法治和现代治理的角度重新讨论文艺政策问题。如果说党的十八大以来文艺政策的调整也是一种理论转向的话，它与 80 年代发生的那一次转向在理论内涵上是有很大区别的，不能简单作统一的理解。在本书中，我们用"当代文艺政策史"这个概念来表述这个维度的历史过程，以及重大"事件"所产生的深刻而持久的影响。按照历史发展的逻辑，1949—2019年，在70年的历史发展过程中，有不同形态的"当代文艺政策"，这种不同形态的"当代性"的发展变化的过程，是我们应该通过历史研究加以呈现的。因此，在理论上有必要区分当代史和当代性这两个概念。

第三，在理论上，文艺政策"当代性"的基础应该是当代的"感觉结构"。这是个既不等于社会经济结构的概念，也不等同于情感自由和纯粹形式的现实存在着并发展变化着的一种文化形态。对当代中国社会"感觉结构"的分析和把握，并与社会主义文学理念相联系，应该是当代中国文艺政策的基础。在当代社会生活条件下，只有在对当代中国社会"感觉结构"理论把握的基础上才能真正实现对文艺政策"当代性"的准确理解和理论阐释。在本书中，将结合现代治理以及当代"共同文化"的建构，在"当代文艺政策"的学理基础这个意义上使用"当代性"这个概念，并且将这个当代性限定在"当代中国"的理论意义上。

二 当代中国文艺政策的理论基础及历史语境

（一）文艺与政治的关系及其在现代文化治理中的表达

当代中国文艺政策的理论基础是毛泽东等老一辈无产阶级革命家在延安时期创立并奠定的。这一理论原则在1949年中华人民共和国成立后经历了不断的丰富和完善，成为当代中国文艺政策的核心理论。这一理论的核心是倡导文艺与社会主义目标的联系，或者说

导论　当代文艺政策史：一个重要的理论新课题

在价值取向、表达形式等核心问题上，要求文艺在内容与形式等一系列方面均实现一种审美范式的转换，努力达到社会主义文艺的高度。在社会主义生产方式和文化制度没有完全形成的历史条件下，这无疑是一个很高的理论要求，因为在马克思主义美学理论中，这个要求是以社会的充分现代化为基础的。在社会现代化没有充分发育和发展的条件下，人为地加快这个过程，在现实的发展中会出现某种偏差，在这里，文艺政策的调节作用是十分重要的。因此，我们看到，随着中国社会现代化过程的发展，特别是随着市场经济的发育和发展，围绕着毛泽东《在延安文艺座谈会上的讲话》的美学原则的认识和评价一直是当代中国文艺政策和文艺思想争论的焦点。争论的关键始终围绕着文艺与政治的关系问题。这种争论本身就是文艺政策调整的表现，也是文艺制度发挥调节机制的表现。另外，这一系列争论也说明问题的复杂性以及文化语境的不断变化。我们不同意对历史问题的简单化理解或贴标签式的方法，因为这种方法只能使本来已经非常复杂的问题变得更为复杂，使本来应该是学术讨论的问题充满意识形态斗争的色彩和意味。

我们应该看到，毛泽东《在延安文艺座谈会上的讲话》所提出的理论原则在中国社会的现代化过程中有一个具体化的过程。在具体现实语境中落实具体的文艺政策，就要根据中国社会现代化发展的情况，结合现代治理的系统发展而不断地发展、丰富化和具体化，其中有较大的调整和侧重点的变化，以适应变化了的社会需要。社会文化语境的多重叠合与文艺政策的关系问题是中国当代文艺政策的一个具有明显特殊性的现象，在理论上这个问题不解决，或者说解决不好，就会遇到许多具体的理论上的难题，也难以制定切实可行的文艺政策以指导文艺的健康发展。我们注意到一个有趣的可比较的现象：欧美左翼文论在 20 世纪 60 年代"五月风暴"之后走出了一条"政治上失败，在学术上取得胜利"（伊格尔顿语）的道路。在路易·阿尔都塞的意识形态理论的基础上，欧美左翼文论在现代派文学理论、后现代理论、先锋派研究、大众文化研究、文化认同问题研究、乌托邦文学研究等一系列重大问题上都取得重大的理论进展，在西方学术界获得了理论上的话语权。而且，十分重要的是，从路易·阿尔都塞、马歇雷、弗·詹姆逊，到特里·伊格尔顿、阿兰·巴迪欧、雅克·朗西埃等左翼理论家都不同程度受到毛泽东文艺思想的影响，受到《在延安文艺座谈会上的讲话》的某种影响，而且这一理论传统直到目前都处在理论的不断发展中。这一条理论发展线索应该是中国特色社会主义文艺话语体系建设和发展的重要理论参照系，具有高度的可比较性，应该引起我们的高度重视。因此，在理论上，我认为关于当代中国文艺政策的研究和解释，应该从学理上作深入的展开和系统的研究，不应纠缠对具体历史现象的解释，更不能用某个历史现象的不合理而否定整个理论的目标，或者说文化的目标。从历史的角度看，如果忽视社会主义理念，那么整个中国的当代史是无法正确解释的。

（二）当代中国文艺政策的若干现象及经验教训

通过对当代中国文艺政策史的研究和回顾，我们可以作出以下几点理论总结。

1. 在社会尚未充分现代化的条件下从事社会主义现代化建设对文学艺术提出了很高的要求。这是一个十分深刻的历史悖论：对于中国这样的发展中国家而言，社会主义无疑是历史的必然要求，也是人民大众所热望的，但是生产力水平和现代化程度的不高又使社会主义的要求与现实之间有一个巨大的历史断裂。由于文学艺术的想象性的特点，社会主义文学生产方式无疑就是这个历史悖论的一个纠结点。事实证明，在这样一个特殊的历史条件下，文学艺术具有十分重要的社会功能，同时具有相当的复杂性，在这个历史条件下，政治与文艺始终紧密地联系在一起，文艺政策在很大程度上成为政治上的风向标和晴雨表。事实证明，在这个漫长的历史阶段，在文学艺术领域坚持社会主义目标与文学之间的联系是一件非常难的工作，稍不小心就会出现偏差，在当代中国的现实语境下在文学艺术领域很容易出现"左倾"思潮。文艺政策是一个重要的调节阀，因此，在当代中国，在不同的语境下，恰当的文艺政策常常成为推动社会发展和文学艺术繁荣的关键。

2. 由于马克思在美学范式上所提出的"美学的革命"的思想①是一个理想的远大目标，但是马克思主义美学作为一种系统的

---

① "美学的革命"最初是席勒提出的概念，在马克思的美学思想中与历史唯物主义和意识形态理论的结合得以系统化和具体化，指文学艺术和美学观念，关于社会结构的变化而发生革命性变化，随后这一"感觉结构"逐渐演化为社会运动，从而带来社会的改变的思想，在雅克·朗西埃、阿列西·艾尔维奇近年的著作中有系统的论述。

学科体系一直没有完成其理论建构工作，同时由于中国社会现代化过程中社会文化条件的复杂性，因此在文艺与政治的关系、文艺的人民性、文艺的意识形态属性、文艺的"百花齐放"、文学批评的标准、文艺在社会"文化共同体"建设过程中的作用等问题上，在社会发展的不同阶段和不同的文化语境下，其理论内涵和理论重心都会发生很大的变化，这就造成许多政策在实行过程中存在某种偏差和左右摇摆的现象，在一些特殊的历史阶段（例如"文化大革命"时期），这种偏差会被推向某种极端，造成严重的社会恶果。因此，将文艺政策建立在严谨的学理基础和法律规范的基础上，通过文化治理的系统发育和不断调整，确立动态的、不断调整的文艺政策，在中国特色社会主义的建设过程中是必要的，也是必然的。只有以"实事求是"的态度根据具体的社会文化语境制定相应的文艺政策，文艺的繁荣和"文化共同体"的逐渐形成才会逐渐得以实现。

3. 当代文艺政策的一个重要特点是以对大众文艺的研究和阐释为对象，或者说是以文艺的大众性为基础的。这里有两个十分重要的理论问题：一个是对大众文艺以及相应的"文艺共同体"的理论阐释和论证；另一个是在以大众文艺为主导的文化格局中，精英文学和先锋艺术处于什么样的位置，它应该发挥什么样的作用，精英文学和先锋艺术在什么样的条件和语境下可以"大众化"，等等。这两个理论问题不解决，当代文艺政策的理论基础就是不扎实的，许多政策在操作过程中就会出现这样或那样的偏差，由此造成不良的影响，甚至巨大的灾难。

三　文艺政策的两次调整及其理论基础

20世纪80年代的改革开放是从美学大讨论和文艺政策的转向性调整开始的。

1979年10月，邓小平在中国文艺工作者第四次代表大会上发表了著名的"祝词"，明确提出了"文艺家要发挥个人的创造精神"，这是一个十分重要的政策性调整，因此引发了当代中国80年代的先锋派运动和美学的大讨论，进而中国社会进入了市场经济具有重要作用的"中国特色社会主义的经济体制改革时期"，从朦胧诗讨论开始崛起的美学原则迅速在整个文化和社会生活层面传播开来。这次美学大讨论带动了文艺观念和文艺政策的重要调整。文艺的特殊性、个体精神世界的重要性，以及审美情感和审美经验在社会自由治理方面的作用得到了重视。与此相联系，以表达当代中国社会审美经验和情感经验的实验性小说、戏剧以及先锋派美术都得到了迅速的发展。

在这一个历史时期，在国家和政府层面对文艺政策作了重大的调整，个体性、主观性的审美经验通过诗歌、小说、戏剧、电影、音乐、美术等不同的艺术形式表现出来，出现了文学艺术"百花齐放"的局面。中国艺术文学开始在国际上传播，在各种最高层次的国际艺术评奖活动中频频获得重要奖项。当代中国文学艺术的繁荣推动和促进了改革开放的进一步发展。这个时期文艺的政策对文艺的发展和社会的现代化转型起了积极的作用。

值得注意的是，这一次美学转向和文艺政策的调整伴随着许多理论的争论：包括关于马克思《1844年经济学—哲学手稿》中的美学思想与审美人道主义思想的争论，关于文学主体性的争论，关于审美意识形态理论的争论，关于实践美学与后实践美学的争论，等等。美学和文学理论的争论较好地开拓了人们关于文学艺术的性质、特殊性、文学与社会的关系、大众文化的价值和意义等方面的认识，促进了文艺政策向文化治理方向转化和发展。文学艺术的相对自主性，人们审美趣味的广泛性和多样性开始得到尊重；文学艺术的知识产权，文艺管理的规范和边界逐渐得到了法律的保护；审美自由、情感平等、对个体情感的尊重等人民大众的审美需要问题在具体的艺术实践中得到更为具体的落实。

我们认为，作为社会现代化过程的一种必然现象，文艺的自律性的理论有其学理上的合理性，但并不是唯一正确的理论。从更广阔和更深刻的理论意义上，康德的美学和海德格尔的美学模式是有理论缺陷的，在美学学理上不具备"中国当代性"，不足以作为当代中国文艺理论和政策的基础。康德美学、形式美学和海德格尔的美学理论强调审美自由的价值绝对性，强调个人内心世界与外在现实世界的不相等同，重视内在体验，是现代主体性觉醒的重要体现，但也存在忽视现实世界，否认人是世界的一部分的理论缺陷。文艺与社会生活的丰富和多维度的联系被人为地割裂之后，文学艺术的社会功能和社会责任就悬置起来。在社会全面进入市场经济的条件下，在消费文化和西方后现代文化的影响下，文学艺术的精神内核在市场冲击下软化和脆弱了,"文学艺术的危机"甚至"文学之死"之论在学术界逐渐响起,"反乌托邦"的文学艺术表现得到了广泛的社会响应。

在中国改革开放的深入发展时期(西方学术界称之为"后社会主义时期")面对市场经济和文化产业化带来的整个社会的信仰危机和伦理危机,在宏观和微观层面面对文艺政策再调整,美学和文学批评的政治"回归"就是必然的,也是合理的了。

康德的美学和海德格尔的美学都是关于审美现代性理论的一种表述,这种审美现代性本质上是反现代性的,社会主义目标的基因自然没有包括在其中。随着改革开放和中国特色社会主义的深入发展,在文化和经济领域,美学重归人文社会科学的视野,重新成为关注和争论的焦点。对于社会进步和文化治理的发展而言,人的文化习性的进步和人性化程度的不断提高才是正常的现象,也是社会机体仍然生机勃勃的表现。当代美学问题的实质是情感公平以及与情感直接联系的人性问题,这是社会现代化和进步的真正目的。在中国,由于中国深厚的诗教(审美教育)传统,关于社会进步的新的观念、新的感觉结构往往通过艺术的形式表现出来,在社会文化层面则往往通过美学的讨论的形式表述出来。因此,美学的革命是中国现代化过程的一个重要的现象,这是由中国社会现代化过程的特殊性所决定的。

文艺政策的再调整和美学复兴的一个关键问题是:美学与政治重新联系起来。近年来甚至在政治学、经济学和社会学等领域,都不约而同地出现了向美学的"转向",这是不同于"语言学转向"

的一次更深刻、更重要的转向,在我们看来这个转向具有人类学的意义,是一种元哲学或元美学意义上的转向。需要指出的是,这次转向不同于20世纪80年代的美学和文艺政策的转向,因为那是一次补课意义上的转向,许多的理论问题和政策问题都有国外成功经验和成熟的理论可以借鉴。这一次转向,它的社会背景和现实基础是"文化经济"或者说"审美资本主义"时代的来临。这一次,当代中国的美学和文艺政策的"回归"和调整是与国外发达国家的相关调整大体同步的。因此,没有现成的成熟理论可以借鉴。我们必须走自己的路。

为什么说这次转向是一种"回归"呢?

首先,美学在它的早期阶段就是与政治结合在一起的。不管是英国哲学家伯克的美学理论还是德国古典美学家席勒关于"美学的革命"和审美教育的理论,都十分鲜明地把审美趣味的变化与社会的政治变革联系在一起。在现代中国,社会的现代思想虽然在"中西体用之辩"方面陷入许多纠缠,但实质性的社会进步还是美学的政治功能所推动的。从五四运动到延安新文化运动,从20世纪80年代的美学大讨论到当下中国社会的"文艺复兴"和"美学的复兴",都是如此。

其次,在中国古代的美学思想和美学传统中,文学艺术也是与"载道""美刺"等重要的政治功能密切联系在一起的。"诗言志"就是这种理论传统的概括和表达。在现代中国,社会的现代思想,特别是马克思主义美学传入中国之后,"文化与社会"之间关系的传统得到了现代意义的重视和发展。

最后，当代美学重新转向社会生活。当代美学和当代艺术在重新回归现实的复杂性和矛盾冲突之中，重新强调人民大众审美经验的重要性，突出和强调情感公平的社会意义，这既是对现实重大社会问题的文化回应，也是对毛泽东《在延安文艺座谈会上的讲话》所提出的美学原则的某种"回归"。当然这种回归是在充分认识到自律性美学和形式论美学的理论合理性意义上的回归，是美学理论的进步和当代发展。

文艺政策和文艺美学理论在具体文艺工作环节中的实现，在当代社会是一个十分复杂的系统。我们认为文学艺术所涉及和表达的人们的感觉结构和文化心理系统是比经济现象和经济系统更为复杂的系统。审美治理一方面与社会关系和社会生活的复杂内容相联系，另一方面与个体的审美自由和审美趣味相联系。因此，当代社会的文艺政策应建立在对当代社会经济结构、文化结构和主体的感觉结构的深入阐释和科学研究的基础之上。文艺政策应该建立在文艺制度（审美制度）和文化习性、审美趣味、时尚等研究基础之上的。当代美学以社会学和人类学为方法，为说明文学艺术的当代性，分析当代文学艺术的独特魅力，说明当代文学艺术在社会发展和变迁中的作用等，当代美学必须提供建立在现实经济基础和社会关系的美学维度的理论论证，从而为文艺政策的制定提供扎实的基础。

当代中国的文学艺术实践，包括它的创作方面和作为制度的政策方面都已经走出了自己的道路，取得了包括国际上一流学者的尊重和承认。问题是，我们似乎还没有成熟的理论将当代中国文艺创作和文艺政策的实践理论化。这是一个严酷的现实，也是一个重要的理论挑战，每一个美学和文学批评学者都应该面对这个现实。事实上，当代中国美学和文学理论复兴的希望也许正在于此。

第一章 概念与原理

文艺政策是文艺的国家意志。文艺政策，是国家事务的重要组成部分，要体现国家的基本性质，与一定时期的国家活动的形式、内容相适应，就要顺应总体的社会发展规律。与此同时，人类社会是一个有着复杂结构的有机系统，文艺和其他各个领域都是这个系统的特殊组成部分。文艺政策适合文艺自身的基本特性和个别规律，才能使其真正有益、有效。作为研究对象的文艺政策应当属于文艺学、社会学、政治学的交叉部分，当然也与其他学科有着密切联系。研究当代中国的文艺政策，还要尽可能体现学理的当代性。因此，有必要在当代学术视野下理清文艺政策研究的核心概念和基本规律。

第一节 "经济基础与上层建筑"和"意识形态"

一 "经济基础与上层建筑"的内涵及其相互关系

"经济基础与上层建筑"是马克思主义历史唯物主义的核心范

畴之一。经济基础与上层建筑的矛盾，与生产力与生产关系的矛盾一起，构成了社会基本矛盾。在马克思主义看来，正是这样两对社会基本矛盾成为社会发展的根本动力。

经济基础通常情况下是指生产关系的总和，完整地说，是指与一定生产力相适应的生产关系的总和。当然，在马克思主义经典作家的文献中，经济基础有时也包括生产力、物质基础或国民经济水平。马克思在《〈政治经济学批判〉序言》中指出：

> 人们在自己生活的社会生产中发生一定的、必然的、不以他们的意志为转移的关系，即同他们的物质生产力的一定发展阶段相适合的生产关系。这些生产关系的总和构成社会的经济结构，即有法律的和政治的上层建筑竖立其上并有一定的社会意识形式与之相适应的现实基础。[①]

很显然，一定社会形态的经济基础就是指经济结构，在马克思看来，经济结构即生产关系的总和。恩格斯在《反杜林论》中指出：

> 每一时代的社会经济结构形成现实基础，每一个历史时期由法律设施和政治设施以及宗教的、哲学的和其它的观点所构成的全部上层建筑，归根到底都是应由这个基础来说明的。[②]

---

① 《马克思恩格斯全集》第13卷，人民出版社1962年版，第8页。
② 《马克思恩格斯全集》第20卷，人民出版社1971年版，第29页。

这里的"经济结构"实际上继承了《〈政治经济学批判〉序言》的提法，与"生产关系"的内涵基本一致。恩格斯在他晚年给符·博尔吉乌斯的信件中，则把经济基础界定为生产力和生产关系相统一的生产方式，也就是说，生产力也包括在经济基础范畴之内了：

> 我们视为社会历史的决定性基础的经济关系，是指一定社会的人们生产生活资料和彼此交换产品（在有分工的条件下）的方式说的。①

上层建筑一般认为指政治、法律、宗教、艺术、哲学的观点以及同这些观点相适应的政治法律等设施，可以分为制度上层建筑和思想上层建筑两个层面。在这里，制度上层建筑虽然有其物质外壳，但仍属于社会形态的主观层面。其中，政治是经济的集中表现，是上层建筑的核心。广义地说，法律亦是包含在政治之内。当然，社会意识诸形式（也即思想上层建筑部分）与上层建筑之间的关系问题，尚有一定争议。马克思在《〈政治经济学批判〉序言》中阐释经济基础的内涵时，也已经阐释了上层建筑的内涵，也就是："法律的和政治的上层建筑。"从字面意思上看，"竖立其上并有一定的社会意识形式"并未包含在上层建筑范围之内，但与上层

---

① 《马克思恩格斯全集》第39卷，人民出版社1975年版，第198页。

建筑有着不可分割的紧密联系。但是，在《路易·波拿巴的雾月十八》这篇著作中，社会意识诸形式又明显包含在上层建筑范围之内：

> 在不同的所有制形式上，在生存的社会条件上，耸立着由各种不同情感、幻象、思想方式和世界观构成的整个上层建筑。整个阶级在它的物质条件和相应的社会关系的基础上创造和构成这一切。①

恩格斯在《反杜林论》中则明确把政治、法律设施和社会意识形式统称为上层建筑。

经济基础和上层建筑对立统一的关系，一般可以表述为：经济基础决定上层建筑，上层建筑要适应经济基础；经济基础的变革根本上导致上层建筑的变革，上层建筑对经济基础亦有能动的反作用。恩格斯在致符·博尔乌斯的信中表述得最为详尽：

> 我们视之为社会历史的决定性基础的经济关系，是指一定社会的人们生产生活资料和彼此交换产品（在有分工的条件下）的方式。因此，这里包括生产和运输的全部技术。这种技术，照我们的观点看来，也决定着产品的交换方式以及分配方式，从而在氏族社会解体后也决定着阶级的划分，决定着统治

---

① 《马克思恩格斯全集》第8卷，人民出版社1961年版，第149页。

和被奴役的关系,决定着国家、政治、法等等。此外,包括在经济关系中的还有这些关系赖以发展的地理基础和事实上由过去沿袭下来的先前各经济发展阶段的残余(这些残余往往只是由于传统或惰性才继续保存着),当然还有围绕着这一社会形式的外部环境。①

……

政治、法、哲学、宗教、文学、艺术等等的发展是以经济发展为基础的。但是,它们又都互相作用并对经济基础发生作用。并非只有经济状况才是原因,才是积极的,其余一切都不过是消极的结果。这是在归根到底总是得到实现的经济必然性的基础上的互相作用……并不像人们有时不加思考地想象的那样是经济状况自动发生作用,而是人们自己创造自己的历史,但他们是在既定的、制约着他们的环境中,在现有的现实关系的基础上进行创造的,在这些现实关系中,经济关系不管受到其他关系——政治的和意识形态的——多大影响,归根到底还是具有决定意义的,它构成一条贯穿始终的、唯一有助于理解的红线。②

在以后的马克思主义发展史和国际共产主义运动史上,马克思、恩格斯的"经济基础与上层建筑"学说又几经阐发。列宁指出:

---

① 《马克思恩格斯文集》第 10 卷,人民出版社 2009 年版,第 667 页。
② 同上书,第 668 页。

正如人的认识反映不依赖于它而存在的自然界即发展着的物质那样，人的社会认识（就是哲学、宗教、政治等等不同观点和学说）反映社会的经济制度。政治设施是经济基础的上层建筑。①

这段话中，经济基础就是以生产关系为主的经济制度，上层建筑就是政治设施。社会认识并没有包含在上层建筑之内，但它和上层建筑一起，都是经济基础的反映。斯大林对"经济基础与上层建筑"学说作了教科书式的阐释，产生了巨大而又深远的影响。关于经济基础、上层建筑的内涵和特点，斯大林指出：基础是社会在其一定发展阶段上的经济制度②；基础的专门特点是：基础在经济上为社会服务③；上层建筑是社会的政治、法律、宗教、艺术、哲学的观点，以及同这些观点相适应的政治、法律等设施④；上层建筑的专门特点就是：上层建筑以政治、法律、美学等思想为社会服务，并且为社会创造相适应的政治、法律和其他设施。⑤

关于经济基础与上层建筑的辩证关系，斯大林指出：

---

① 《列宁选集》第2卷，人民出版社2012年版，第311页。
② 《斯大林选集》下卷，人民出版社1979年版，第501页。
③ 同上书，524页。
④ 同上书，第501页。
⑤ 同上书，第524页。

第一章 概念与原理

上层建筑是由基础产生的,但这决不是说,上层建筑只是反映基础,它是消极的、中立的,对自己基础的命运、对阶级的命运、对制度的性质是漠不关心的。相反地,上层建筑一出现,就成为极大的积极力量,积极促进自己基础的形成和巩固,采取一切办法帮助新制度去根除和消灭旧基础和旧阶级。①

不这样是不可能的。基础创立上层建筑,就是要上层建筑为它服务,要上层建筑积极帮助它形成和巩固,要上层建筑为消灭已经过时的旧基础及其旧上层建筑而积极斗争。只要上层建筑拒绝起这种服务作用,只要上层建筑从积极保卫自己基础的立场转到对自己基础漠不关心的立场,转到对各个阶级同等看待的立场,它就会丧失自己的本质,不再成为上层建筑了。②

上层建筑同生产、同人的生产活动没有直接联系。上层建筑是通过经济的中介、通过基础的中介同生产仅仅有间接的联系。因此上层建筑反映生产力发展水平的变化,不是立刻、直接反映的,而是在基础变化以后,通过生产变化在基础变化中的折光来反映的。这就是说,上层建筑活动的范围是狭窄的和有限的。③

在斯大林的阐释中,上层建筑包括了观点和设施两个组成部分,经济基础就是指经济制度。不过,在斯大林的其他著作,经济

---

① 《斯大林选集》下卷,人民出版社 1979 年版,第 502 页。
② 同上书,第 502—503 页。
③ 同上书,第 505 页。

基础亦有指经济发展水平的情形：

> 经济发展是社会生活的"物质基础"，是它的内容，而法律、政治的和宗教、哲学的发展是这个内容的"思想形式"，是它的"上层建筑"。①

二　当代"经济基础与上层建筑"话语

在当代，包括中国在内的社会主义国家学者基本坚持了马恩列斯的论述，捍卫了正统的"经济基础与上层建筑"学说，在这里就不再赘述了。

当然，中国学者朱光潜对以往的"经济基础与上层建筑"话语亦有新认识，比较典型的是主张把"意识形态"从"上层建筑"中剥离，"上层建筑与经济基础"同属社会存在，"意识形态"则属于社会意识。他主张"经济基础""上层建筑""意识形态"或者"物质生活""政治生活""精神生活"三分法，而不是"经济基础""上层建筑"（制度上层建筑、思想上层建筑）两分法。他在其著名的《西方美学史》序论中指出："我坚决反对在上层建筑和意识形态之间划等号，或以意识形态代替上层建筑。"② 归结起来，主要有如下理由："把上层建筑和意识形态等同起来，就如同把客观存在和主观意识等同起来一样错误，混同客观存在和主观意识，

---

① 《斯大林全集》第1卷，人民出版社1953年版，第291页。
② 朱光潜：《西方美学史》，人民文学出版社1979年版，第16页。

这就是以意识形态代替上层建筑说的致命硬伤"①;"在一定的社会类型和时代的经济基础及上层建筑既已变革之后,前一阶段的意识形态还将作为思想材料而对下一阶段的意识形态发生作用和影响,意识形态的变革一般落后于政治经济的变革,这个事实也是斯大林自己强调过的"②;"上层建筑比起意识形态距离经济基础远较临近,对基础所起的反作用也远较直接,远较强有力"③;"从反映论的角度来看,只有意识形态是反映,而政治和经济都是'社会存在',不能把存在和意识等同起来。"④ 不管怎样,区分"设施"与"思想"的意义还是异常重要的。从"物质文明""精神文明"两手都要抓、两手都要硬,到"物质文明""政治文明""精神文明"并提(目前已经"经济、政治、文化、社会、生态"五位一体),就已经说明了其中的道理。

需要指出的是,亦有部分国外学者对"经济基础与上层建筑"学说予以坚持和守正。吕西安·戈德曼对"经济基础与上层建筑"学说进行了细腻的解释,这里做如下引述:"不言而喻,在现实的社会里每个人都被卷入许多这类共同的行动,这些行动的主体群体并不相同,而这些行动对于个人都或多或少有重要性,因此对每个人的全部意识和行为都将产生于这种重要性相应的影响。这样的群体是共同行动的主体,可以是经济或职业组合,家庭,知识界或宗

---

① 朱光潜:《西方美学史》,人民文学出版社1979年版,第17页。
② 同上书,第17—18页。
③ 同上书,第18页。
④ 同上书,第19页。

教团体，民族等等；特别是由于我在其他地方已经阐述过的纯实证的原因，我认为还有些对于精神和艺术生活与创作最为重要的群体：即与经济基础相联系的各个社会阶级；直到今天经济基础对于人的思想意识生活一直具有至关重要的意义，这只是因为人们不得不把绝大部分的关注和活动都用来保证自己的生存，如果是统治阶级的话，便用来维护他们的特权，进行管理和增加财富"①；"个人可以——我在前面和其他地方已经说过——把他的思想、愿望和日常活动分离开来；可是对于社会群体来说排除了这种情况"；"对于群体来说，思想与行为之间是严格一致的。历史唯物主义的中心论点只限于肯定这一种一致，并且要求赋予它具体的内容，直到人最终能够在日常行为方面实际上摆脱经济需要的控制时为止"②；"世界观正是使一个群体（往往是一个社会阶级）的成员聚合起来并使他们与其他诸群体相对抗的全部愿望、感情和思想"③；"一方面，个人不再显得像一颗微粒，作为孤立的自我与其他人、与物质世界相对立；另一方面，'集体意识'也不是超个人的静止的实体，从外部与个人相对立。集体意识只能存在于所有个人意识之中，但它并不是所有的个人意识的总和。另外，集体意识这个词本身也不妥当，它容易造成混乱；我更倾向于'群体意识'这个词，并且要针对'群体'一词作详细说明，例如家庭意识，职业意识，民族意

---

① ［法］吕西安·戈德曼：《隐蔽的上帝》，百花文艺出版社1998年版，第20页。
② 同上书，第21页。
③ 同上。

识，阶级意识等等。阶级意识是一个阶级的成员在感情、愿望和思想方面的共同倾向，这种倾向正是从产生活动的经济和社会状况开始形成的，而由社会阶级构成的实际或潜在的集体就是活动的主体。"[①]

即便东欧剧变、苏联解体等事件以后，马克思主义流派和社会主义运动蒙受了严重挫折，亦有学者坚决捍卫正统的"经济基础与上层建筑"学说。特里·伊格尔顿就是一位杰出代表。对此，他有着详尽的论证："首先，我必须承认我是人数逐渐减少的仍然坚信基础/上层建筑模式有可言说价值的学派中的一员，尽管这一部分人比相信'圣灵感孕'和尼斯湖怪物的人的比例还小，比起那些相信外星人的绑架的人，我们的人数确实微少。难道'圣灵感孕'论同这种静止的、机械的、还原论的、经济学的、等级制的和非辩证的模式一样都貌似有理吗。"[②]"如果我能够，请允许我先消除这种目前普遍遭到斥责的模式的一两个普遍的错误假定。首先涉及它的'等级制的'自然。这个模式确实是等级制的，但是很难弄清这一点，什么东西是危险的。简单地说，等级制的自然认为：比起它之外的东西，有一些东西更重要或起决定作用，至于认为一些东西比另一些东西更为重要的想法也许是错误的，但你不能指责那种认为有一些东西比其他的东西更真实、更重要的学说，因为没有任何学

---

① [法] 吕西安·戈德曼：《隐蔽的上帝》，百花文艺出版社1998年版，第22页。
② [英] 特里·伊格尔顿：《再论基础与上层建筑》，《马克思主义美学研究》2002年第1期。

说不是这样干的。举例说，每一种学说，都暗忖自己比自己的对手更精确可靠，这其中包括宣称'没有真理'，或者'没有什么东西比其他东西更重要'。"①"其次，基础/上层建筑模式并非力图论争法律、文化、意识形态、国家以及上层建筑的其他范畴不如财产关系实在或重要。至少在这个意义上，这个模式不是本体论的。我们都能爽快地赞同监狱和博物馆同银行一样真实，这既不表明本体论的实在程度，也不是简单地主张优先权或先决条件。如果考虑到我们吃东西的形式和思考的情境，那么那种认为我们必须先吃东西后思考的断言（如布莱希特［Bertolt Brecht］所认识到的"先吃后道德"）就是基础/上层建筑的一个例证。总之，这种学说是关于决定的学说。"②特里·伊格尔顿撰写了《马克思为什么是对的》等著作，在西方世界产生了重大反响，他旗帜鲜明地说："我不是一个后马克思主义者，我是一个马克思主义者！"③ 在他看来，这是一个不允许出错的原则问题。

当然，这个学说在国外亦有重大变异。影响最大的主要有两种，一是阿尔都塞学派的"多元决定"论，二是伯明翰学派的"文化唯物主义"。

阿尔都塞看来，"多元决定"正是马克思主义矛盾学说的一大优势，并且，他要求从社会主义和共产主义运动的实践出发发展马

---

① ［英］特里·伊格尔顿：《再论基础与上层建筑》，《马克思主义美学研究》2002年第1期。
② 同上。
③ 王杰：《文学之外》中译本序，载托尼·本尼特《文学之外》，人民出版社2016年版，中译本序第3页。

克思、恩格斯的理论，而不是拘泥于原著："'单纯的'、非多元决定的矛盾观念，正如恩格斯所批判的经济主义那样，是'毫无内容的、抽象的、荒诞无稽的空话'。它可以在教学中充当模式，或更正确地说，它的确在历史的某个特定阶段充当了教学和论战的手段，但这并不一劳永逸地确定了它的命运……但是，我们看到，教学方面的努力需要有另一方面的努力，即纯理论方面的努力为前提。因为马克思虽然向我们提供了一般原则和一些具体例子（《雾月十八日政变记》、《法兰西内战》等），社会主义和共产主义运动史的全部政治实践虽然是具体'经验程式'的取之不尽的宝库，但还必须承认：关于上层建筑和其他'环境'的特殊效能的理论大部分有待我们去制订；而在这以前和与此同时（因为只有承认它们的效能才能认识它们的本质），必须制订出关于上层建筑特殊因素的特有本质的理论。……这项任务是必须进行的，只有这样才能至少对马克思的矛盾的多元决定性质（这一性质的根据主要是上层建筑的存在和本质）提出一些较为精确的命题。"[1] "多元决定"学说的内容是："在各有关领域中活动的不同矛盾（这些不同矛盾也就是列宁谈到的'一系列'矛盾）虽然'汇合'成为一个真实的统一体，但并不作为一个简单矛盾的内在统一体中的简单现象而'消失'。这些'不同矛盾'之所以汇合成为一个促使革命爆发的统一体，其根据在于它们特有的本质和效能，以及它们的现状和特殊的活动方式。它们在构成统一体的同时，重新组成和实现自身的根本

---

[1] [法] 路易·阿尔都塞：《保卫马克思》，商务印书馆2010年版，第103—104页。

统一性，并表现出它们的性质：'矛盾'是同整个社会机体的结构不可分割的，是同该结构的存在条件和制约领域不可分割的；'矛盾'在其内部受到各种不同矛盾的影响，它在同一项运动中既规定着社会形态的各方面和各领域，同时又被它们规定。我们可以说，这个'矛盾'本质上是多元决定的。"[1] 当然，在这里，他也提及了毛泽东《矛盾论》。他由此引出并详尽阐释了"多元决定"的内涵："在马克思那里，无论上层建筑、意识形态、'民族传统'、民族习俗或民族'精神'等等，恰恰都是现实。只有从社会的任何矛盾和构成成分都由多元决定这一观点出发。根据这个观点：（1）社会经济结构的革命不能闪电般地一下改变现存的上层建筑和意识形态（假如经济因素是唯一的决定因素，革命就会引起这样的改变），因为上层建筑（特别是意识形态）具有相当大的稳定性，因而能够在其直接生存环境之外保持自己的生存，甚至重新创造出或暂时'分泌'出替代的生存条件；（2）由革命所产生的新社会，通过其新的上层建筑形式或特殊的环境（国内外环境），可促使旧因素保持下去或死而复生，这种死而复生在没有多元决定的辩证法中将完全是不可想象的。"[2]

以雷蒙·威廉斯为代表的英国学者则提出了著名的文化唯物主义学说："任何统治阶级都毫无例外地把物质生产的重要部分用于建立政治制度。社会政治制度维护资本主义市场，如同创造社会政

---

[1] [法] 路易·阿尔都塞：《保卫马克思》，商务印书馆2010年版，第89—90页。

[2] 同上书，第105—106页。

治制度的社会斗争一样,它必然是一种物质生产。从城堡、宫殿、教堂到监狱;从战争武器到被控制的报业:任何统治阶级都以可变的物质方式创造社会政治制度。这些绝不是上层建筑的活动。他们是必不可少的物质生产,在此生产内,表面上自足的生产模式可以独自进行。这个过程的复杂性在发达资本主义社会里尤其明显,因为在那个社会里,把'生产'和'工业'与'防御'、'法律和秩序'、'福利'、'娱乐'、'舆论'这些相对的物质生产分裂开来的做法是完全错误的。这种专门化的(资产阶级的)唯物主义没有把握社会政治秩序生产的物质特征,而且更为明显的是,'上层建筑'的概念不是还原而是回避。"[1] "文化唯物主义"论的确在某种程度上"消解"了经济基础和上层建筑的界限。但在新的历史条件下又有着相当程度的合理性。毕竟当代发达资本主义世界已经发生了若干变化,比如"白领"阶层显著增长,脑力劳动、体力劳动之差别已经大为缩小。此种"消解"至少部分地合乎了变化发展的实际,并不是凭空产生的。正是因此,这种学说在中国国内也获得了某些响应。如陈定家提出:"社会自身的变化,特别是所谓'消费社会'的崛起,使人类生活经历着一个'从城市化向媒体化转化'的过程,这意味着社会生活越来越被形象、信息、广告词语和广泛意义的文化所充斥……传统理论把基础和上层建筑截然分开,并把文化归入上层建筑领域已越来越不能令人满意。如果意识形态所起的合法化和支配作用已经不断地深入到文化领域,那么,意识形态的旧

---

[1] 转引自付德根、王杰《20世纪英国马克思主义文艺理论研究》,北京大学出版社2012年版,第152页。

有模式也需要重新考虑并且重新结构了。"①

三 "意识形态"范畴的源起及其含义

"意识形态"这个术语并非马克思主义的产物,这个范畴早在资产阶级革命时期就已经出现了。法国学者德斯蒂·得·特拉西于1796年使用了 ideology 这个词,他解释为"观念学",并且认为"观念学"是第一科学,是"肯定的,有益的,可以具有严格精确性的",是"最伟大的艺术"的基础,是"用人类从他同类中获得最大的帮助和最小的烦恼这种方式来调节社会的基础"。② 拿破仑1812年12月在俄国惨败后,强烈谴责了观念学(ideology):"我们美好的法国所遭受的病患应归罪于观念学,那种虚幻的形而上学,它晦涩地寻求民众立法基础的初始推动力,而不是去利用人类心灵和历史教训所知晓的规律。这些错误不可避免地,而且在事实上,导致了嗜血人物的统治……如果有人得到召唤来重振一个国家,他必须采取绝对相反的原则。"③

马克思主义经典作家赋予了意识形态以唯物史观的内涵,意识形态的范式从此建立在了科学的基础之上。也就是说,意识形态作为社会意识,是以一定物质资料生产方式为基础的社会存在的反

---

① 陈定家:《从"生产论"视角看审美意识形态》,《曲靖师范学院学报》2006年第1期。
② [英]约翰·B.汤普森:《意识形态与现代文化》,凤凰出版传媒集团、译林出版社2012年版,第32页。
③ 同上。

第一章　概念与原理

映，它包括法律、政治、宗教、艺术、哲学等。马克思在《〈政治经济学批判〉序言》里阐释了唯物史观的基本内涵，已经描述性地说明了意识形态的本质及其外延：

> 必须时刻把下面两者区别开来：一种是生产的经济条件方面所发生的物质的、可以同自然科学的精神性指明的变革，一种是人们借以意识到这个冲突并力求把它克服的那些法律的、政治的、宗教的、艺术的或哲学的，简言之，意识形态的形式。①

在《德意志意识形态》这部经典著作中，马克思、恩格斯对这个问题有着大量而又详尽的阐释。此处引用两段话：

> 思想、观念、意识的生产最初是直接与人们的物质活动，与人们的物质交往，与现实生活的语言交织在一起的。人们的想象、思维、精神交往在这里还是人们物质行动的直接产物。表现在某一民族的政治、法律、道德、宗教、形而上学等的语言中的精神生产也是这样。人们是自己的观念、思想等等的生产者，但这里所说的人们是现实的、从事生产活动的人们，他们受自己的生产力和与之相适应的交往的一定发展——直到最遥远的形态——所制约。意识在任何时候都只能是被意识到的

---

① 《马克思恩格斯文集》第2卷，人民出版社2009年版，第592页。

存在，而人们的存在就是他们的现实生活过程。如果在全部意识形态中，人们和他们的关系就像在照相机中一样倒立成像的，那么这种现象也是从人们生活的历史过程中产生的，正如物体在视网膜上的倒影是直接从人们生活的生理过程中产生的一样。①

……

我们的出发点是从事实际活动的人，而且从他们的现实生活过程中还可以描绘出这一生活过程在意识形态上的反射和反响的发展。甚至人们头脑中的模糊幻想也是他们的可以通过经验来确认的、与物质前提相联系的物质生活过程的必然升华物。因此，道德、宗教、形而上学和其他意识形态，以及与它们相适应的意识形式便不再保留独立性的外观了。它们没有历史，没有发展，而发展着自己的物质生产和物质交往的人们，在改变自己的这个现实的同时也改变着自己的思维和思维的产物。不是一时决定生活，而是生活决定意识。②

马克思逝世以后，恩格斯再次重申了意识形态是经济基础的反映这一历史唯物主义观点，在他看来，这是马克思一生最重要的两大发现之一。恩格斯在《卡尔·马克思的葬礼》中这样指出：

历来为繁芜丛杂的意识形态所掩盖着的一个简单事实：人

---

① 《马克思恩格斯文集》第1卷，人民出版社2009年版，第524—525页。
② 同上书，第525页。

第一章 概念与原理

们首先必须吃、喝、住、穿，然后才能从事政治、科学、艺术、宗教等等；所以，直接的物质的生活资料的生产，从而一个民族或一个时代的一定经济发展阶段，便构成基础，人们的国家设施、法的观点、艺术以及宗教观念，就是从这个基础上发展起来的，因而，也必须由这个基础来解释，而不是像过去那样做得相反。①

不仅如此，马克思主义经典作家还具体地解释了意识形态这个概念的内涵。特别是1893年7月14日恩格斯在致弗·梅林的信中，比较清楚地界定了意识形态这个概念，并给出了较为详尽的阐释。

> 意识形态是由所谓的思想家有意识地、但是以虚假意识完成的过程。推动他行动的真正动力始终是他所不知道的，否则这就不是意识形态的过程了。因此，他想象出虚假的或表面的动力。因为这是思维过程，所以它的内容和形式都是他从纯粹的思维中——不是从他自己的思维中，就是从他的先辈的思维中得出的。他和纯粹的思维材料打交道，他直率地认为这种材料是由思维的根源。而且这在他看来是不言而喻的，因为在他看来是不言而喻的，因为在他看来，任何人的行动既然都是通过思维进行的，最终似乎是以思维为基础的了。②

---

① 《马克思恩格斯文集》第3卷，人民出版社2009年版，第776页。
② 《马克思恩格斯全集》第39卷，人民出版社1974年版，第94—95页。

当然，从"虚假意识"等措辞来看，马克思主义经典作家的"意识形态"概念是带有某种贬义的，那是因为马克思、恩格斯的意识形态范畴主要指占统治地位的思想，这是由占社会主导地位的生产方式所决定的。所以他们在《德意志意识形态》中这样阐释：

> 统治阶级的思想在每一时代都是占统治地位的思想。这就是说，一个阶级是社会上占统治地位的物质力量，同时也是社会上占统治地位的精神力量。支配着物质生产资料的阶级，同时也支配着精神生产资料，因此，地位的思想不过是占统治地位的物质关系在观念上的表现，不过是以思想的形式表现出来的占统治地位的物质关系；因而，这就是那些使某一阶级成为统治阶级的关系在观念上的表现，因而这也就是这个阶级的统治的思想。此外，构成统治阶级的各个个人也都具有意识，因而他们也会思维；既然他们作为一个阶级进行统治，并且决定着某一历史时代的整个面貌，那么，不言而喻，他们在这个历史时代的一切领域中也会这样做，就是说，他们还作为思维者的人，作为思想的生产者进行统治，他们调节自己时代的思想的产生和分配；而这就意味着他们的思想是一个时代的占统治地位的思想。①

也就是说，意识形态就是统治阶级说成的所谓"永恒规律"。

---

① 《马克思恩格斯选集》第1卷，人民出版社2009年版，第98—99页。

社会主义制度建立以前，统治阶级都是剥削阶级，正是因此，"意识形态"范畴的贬义使用也合乎当时他们批判资产阶级意识形态的现实需要。在马克思主义经典作家的"意识形态"这个范畴的使用中，也更多用于贬义。比如："他已经被'一种妖术束缚住'，——即意识形态"①；"一切意识形态领域内传统都是一种巨大的保守力量"②，等等。当然，马克思主义经典作家同时强调了被统治阶级与统治阶级在意识形态领域内争夺的可能性。比如恩格斯在《路德维希·费尔巴哈和德国古典哲学的终结》中就指出：

> 一切历史上的斗争，无论是在政治、宗教、哲学的领域中进行的，还是在其他意识形态领域中进行的，实际上只是或多或少明显地表现了各社会阶级的斗争，而这些阶级的存在以及它们之间的冲突，又为它们的经济状况的发展程度、它们的生产的性质和方式以及由生产所决定的交换的性质和方式所制约的。③

在他们看来，无产阶级也应该运用自己的思想理论体系实现人类历史的前所未有超越：

> 历史将会带来这种共产主义行动，而我们在思想中已经认

---

① 《马克思恩格斯全集》第27卷，人民出版社1972年版，第94页。
② 《马克思恩格斯文集》第4卷，人民出版社2009年版，第312页。
③ 《马克思恩格斯文集》第3卷，人民出版社2009年版，第469页。

识到的那正在进行自我扬弃的运动，在现实中实际上将经历一个极其艰难而漫长的过程。但是，我们必须把我们一开始就意识到这一历史运动的局限性和目的，把意识到超越历史运动看做是现实的进步。①

列宁创造性地提出了"社会主义意识形态""科学的意识形态"等范畴，意识形态从此用于褒义。比如在《怎么办?》中列宁提出了"两种意识形态"（反动的和进步的意识形态）的思想："既然谈不到由工人群众在其运动进程中自己创立的独立的思想体系，那么问题只能是这样：或者是资产阶级的意识形态，或者是社会主义的意识形态。这里中间的东西是没有的（因为人类没有创造过任何'第三种'意识形态，而且在为阶级矛盾所分裂的社会中，任何时候也不可能有非阶级的或超阶级的意识形态）。因此，对社会主义意识形态的任何轻视和任何脱离，都意味着资产阶级意识形态的加强。"② 在《唯物论和经验批判主义》中则提出了"科学的意识形态"：

> 一句话，任何意识形态都是受历史条件制约的，可是，任何科学的意识形态（例如不同于宗教的意识形态）都和客观真理、绝对自然相符合，这是无条件的。③

---

① 《马克思恩格斯文集》第1卷，人民出版社2009年版，第232页。
② 《列宁选集》第1卷，人民出版社2012年版，第326—327页。
③ 《列宁选集》第2卷，人民出版社2012年版，第96页。

在列宁看来，意识形态未必只是属于统治阶级的或者反动阶级的，被统治阶级或者进步阶级同样可以拥有自己的意识形态。他在《致北方联盟的信》中就指出：

> 社会主义是无产阶级斗争的意识形态；就此而言，社会主义经历了意识形态的一般过程——诞生、发展与强化。换言之，它是建立在所有人类知识的物质基础上，它预先假定高级的科学纯在，它需要科学性的工作等等……无产阶级斗争是根据资本主义的关系自然而然发展处的一种力量。在这种阶级斗争里，社会主义借由意识形态得以现形。①

在这个意义之上，"意识形态"已不再是虚假的幻想。实际上，这也印证了马克思的说法，科学愈是大公无私就愈发符合工人阶级的利益。

四 "意识形态"范畴的当代话语

"意识形态"是当代文化与社会不可忽视的热点词汇之一。理论家基本沿用了意识形态的固有含义，当然也根据自己的理论基础，对"意识形态"这个范畴增加了一些具体化、个性化的阐释。

---

① ［英］雷蒙·威廉斯：《关键词：文化与社会的词汇》，生活·读书·新知三联书店2016年版，第268页。

在马克思主义内部，雷蒙·威廉斯归纳出"意识形态"概念的三种含义：（1）标志某一特殊阶级或集团之特点的信仰体系；（2）与真实或科学知识相反的——虚假的观念或虚假的意识——虚幻的信仰体系；（3）意义和观念生产的一般过程。①丹尼·卡瓦拉罗则总结了"意识形态"范畴的主要十一种观点：（1）它是一种观念、理想、价值或信仰的体现；（2）它是一种哲学观；（3）它是一种宗教；（4）它是一种控制人们的但却是错误的价值观；（5）它是一整套习惯或仪式；（6）它是一种文化借以形成的中介；（7）它是某个特殊的社会阶层、性别和种族集团所提倡的某种观念；（8）它是权力结构中占统治地位的力量的价值观；（9）它是一种文化围绕其主题产生意义和角色的方法；（10）它是某种文化和语言的同盟；（11）它是对自然事实的一种带有文化建构性的表述。②

这里需要着重介绍如下一些富有特色的"意识形态"范畴阐释。

卢卡奇认为，意识形态是执行某种社会职能的思想体系："只要某种思想仅仅是某个个人的思维产物或思维表现，那么无论它是多么有价值或反价值的，它都不能被视为意识形态。某种综合的思想即便在社会上得到比较广泛的传播，它甚至不能直接变为意识形态，某种思想或思想体系若要变成意识形态，它必须执行某种规定

---

① ［美］于连·沃尔夫莱：《批评关键词 文学与文化理论》，北京大学出版社2015年版，第129页。
② ［英］丹尼·卡瓦拉罗：《文化理论关键词》，凤凰传媒集团、江苏人民出版社2006年版，第82页。

得非常确切的社会职能。"① 在意识形态本质的问题上，卢卡奇创造性地把列宁辩证唯物主义的反映论运用到他自己确立的日常生活哲学中："任何意识形态形式都是适应日常生活世界的社会需要而产生和发展的"，都属于"日常生活本体论"问题②，"意识形态的东西乃是人类的物质的自我再生产过程的一种产物，一种衍生物。认识这一点，乃是解开意识形态之谜的关键步骤"。③

与卢卡奇类似，齐泽克也认为意识形态是承担某种社会职能的思想观念。但他更加详尽地分析了思想观念生成至意识形态的整个过程。在他看来，意识形态的生成有一个"自在"到"自为"再到"他性—外化"的过程："我们首先拥有'自在的'意识形态：作为一种教条、一个思想、信念、概念等的复合体的内在的意识形态概念，其目的是说服我们相信其'真理'，而实际上服务于某种秘而不宣的特殊的权力利益。""下面讨论的是从'自在'到'自为'，到他性—外化形式的意识形态：这样的外化，指的是在意识形态实践、仪式和机构中的意识形态的物质存在的……例如，宗教信仰不仅仅或甚至首先是一种精神信念，而是作为一种机构及其仪式（祈祷、洗礼、按手礼、忏悔……）存在的教会，它远远不仅是精神信念的一个次要的外化，而是代表着生成它的机制本身。"④ 事

---

① ［匈牙利］卢卡奇：《卢卡奇（契）文学论文集》一，中国社会科学出版社1980年版，第22页。
② 孙伯鍨：《卢卡奇与马克思》，南京大学出版社1999年版，第354—355页。
③ ［匈牙利］卢卡奇：《社会存在本体论》下卷，重庆出版社1995年版，第355页。
④ ［斯洛文尼亚］斯拉沃热·齐泽克等：《图绘意识形态》，南京大学出版社2002年版，第13、16页。

实上，齐泽克认为既有某种信念为指向的个体的意识形态，又有合法的虚假观念的政治权力的意识形态。齐泽克指出："'意识形态'可以指任何事，从误以为它依存社会现实的思辨态度，到以行动为指向的信仰，从个体借以实现与社会结构的关系的不可或缺的媒介，到给统治政治权力以合法性的虚假观念。它恰恰在我们躲避它的时候突然出现，而当我们显然想要依赖它的时候它却无法出现。"① 当然，从齐泽克对意识形态生成过程的分析来看，他所指的"意识形态"更偏重于个体。

在葛兰西看来，意识形态是由三部分组成的有机整体的结合："历史和哲学是不可分割的：它们形成一个集团。但是，可以在各种层次上把哲学要素本身'区分出来'：作为哲学家的哲学，作为领导集团的世界观（哲学文化），以及作为广大群众的宗教。而且也可以看出我们在这每一个层次上怎样处理不同形式的意识形态的'结合'的。"② 他坚持了辩证唯物主义内容与形式的观点和历史唯物主义社会存在与社会意识的观点，但他一反以往"意识形态"保守性阐释，赋予了"意识形态"积极能动性阐释："意识形态不能创造意识形态，上层建筑除开由于惯性和惰性的结果外，无法产生上层建筑。它们的诞生，不借助于'孤雌生殖'，而是依靠'阳性'元素的参与，即历史、革命活动的参与；这'阳性'元素创造'新

---

① ［美］于连·沃尔夫莱：《批评关键词　文学与文化理论》，北京大学出版社 2015 年版，第 134 页。
② ［意］葛兰西：《实践哲学》，重庆出版社 1990 年版，第 26 页。

人',及新社会关系"①,"正是物质力量是内容,而意识形态是形式,虽然形式和内容之间的这种区分只是纯粹的启发价值,因为要是没有形式,物质力量在历史上就会是不可想象的,而要是没有物质力量,意识形态就会是个人的幻想"②。

阿尔都塞认为统治阶级的意识形态亦是保守性与能动性的辩证统一,这是他对意识形态学说的贡献。阿尔都塞基本坚持了马克思主义经典作家关于意识形态的内涵和本质的认识,提出了意识形态是"社会的历史生活的一种基本结构","一切社会总体的有机组成部分","一种客观的无意识的结构","是具有独特逻辑和独特结构的表现——包括形象、神话、观念或概念——体系。就具体形式来讲,包括宗教、伦理、哲学、艺术等等"③ 等观点。他仍然认为意识形态是统治阶级为其统治需要建构的虚假意识,具有保守性,但同时认为统治阶级意识形态可以适应时代的发展而有所变化,表现出某种积极能动性。"意识形态国家机器的本质恰恰在于成功地掩盖起自己的统治意图,让被统治者真的相信统治不是奴役而是合法的民主和自由"④;"意识形态在理论上是封闭的,同时在政治上又是灵活的、可塑的。它可以适应时代的需要,但是它满足通过自身内在关系的某些不明显的变化而不是通过表面的运动来反映它负责

---

① [意]葛兰西:《论文学》,人民出版社1983年版,第12页。
② [意]葛兰西:《实践哲学》,重庆出版社1990年版,第63页。
③ 衣俊卿:《20世纪的新马克思主义》,中央编译出版社2001年版,第479页。
④ 张一兵:《问题式、症候阅读与意识形态》,中央编译出版社2003年版,第161页。

领会和掌握的历史变化"①。当然，形成意识形态的某种能动性认识，与阿尔都塞结构主义马克思主义的多元决定论直接相关。他这样指出："意识形态是人类附属于人类世界的表现，就是说，是人类对人类真实生存条件的真实关系和想象关系的多元决定的统一"②，"正是在想象对真实和真实对想象的这种多元决定中，意识形态具有能动的本质，它在想象的关系中加强或改变人类对其生存条件的依附关系"。③ 正是因为"多元决定"的世界观和方法论，阿尔都塞反对单线条地、形而上学地、教条式地理解生产力与生产关系、经济基础与上层建筑的内在联系，他并不提倡把社会变迁看作是自然历史的过程，而是更强调国家机器、意识形态的能动作用，提出了意识形态主体灌输的必然要求："如果主体（自由地）接受对主体诫命的臣服，那么在主体的镜像认识的机制中，在个体循唤为主体的机制中，以及主体给予主体保证的机制中，究竟存在着什么东西呢？这一机制中存在的真相，即这个在认识形式（意识形态＝误识/无知）中必须被忽视的真相最终恰恰是生产关系的再生产以及衍生于生产关系的其它关系的再生产。"④

当然，还有一系列的观点，坚持认为意识形态是统治集团的虚假意识。比如阿多尔诺："就其具体内涵而言，意识形态集中体现

---

① ［法］阿尔都塞：《读〈资本论〉》，中央编译出版社 2000 年版，第 156—157 页。
② ［法］阿尔都塞：《保卫马克思》，商务印书馆 1984 年版，第 203 页。
③ 同上书，第 202—203 页。
④ ［法］阿尔都塞：《列宁与哲学》，远流出版公司（台湾）1990 年版，第 198—199 页。

为对生存者和控制技术权力的偶像化。"① 再如特里·伊格尔顿：意识形态是"特别通过曲解和掩饰帮助把统治集团或阶级的利益合法化的观念和信仰"②。雅克·朗西埃（又译雅克·兰西埃尔）的观点则更为激进："意识形态是用来表示元政治杜撰的事实——作为虚假的真实的真实——的全新地位的一个词……作为概念，意识形态宣告一切源自政治，都源自对政治虚假性的'政治'表现。简言之，在这个概念中，一切政治都通过它所宣布的幻灭，或相反，通过它的一切都是政治的断言而被取消，这就等于说一切都不是政治……最后，意识形态这个术语使得政治的地位无休止地变化。"③

此外，波兰新马克思主义者科拉科夫斯基提出了一种批判性的观点，认为意识形态是某个社会集团神话的夸大的思想体系（包括社会主义思想在内），具有非科学的性质。正是因此，他认为不可能有"科学的意识形态"，包括马克思主义思想在内："意识形态终究是无法变成科学的，因为意识形态自愿地（就其根源来说，也是必然的）崇拜一个与科学格格不入的神，并且成为意识形态本身活动的准则。"他甚至提出："正是意识形态使理性思维的成果导致毁灭。"④ 在他看来，"科学的意识形态"会导致极其严重的后果："'科学的意识形态'在一切生活领域中逐渐成为绝对的独裁者：我

---

① ［德］阿尔多诺、霍克海默：《启蒙辩证法：哲学断片》，上海人民出版社2003年版，前言第5—6页。
② ［美］于连·沃尔夫莱：《批评关键词 文学与文化理论》，北京大学出版社2015年版，第128—129页。
③ 同上书，第135—136页。
④ ［波兰］科拉科夫斯基：《意识形态和理论》，载《当代学者视野中的马克思主义哲学东欧和苏联学者卷》下，北京师范大学出版社2012年版，第105页。

们有科学的外交政策、有以科学为指导的绘画和音乐、有用科学方式建立起来的可爱的祖国——总之一句话，有一个奇异的太阳王国。"① 科拉科夫斯基认为，任何社会阶级和集团都不可能保证其思想体系的客观性，从他的隐喻上讲，工人阶级也包含在内了："社会的各个集团和阶层都形成了自己的概念，并且一开始就确定了应该怎样去选择社会现象。虽然可以认为有些阶级或集团本来就不太想创造什么'意识形态化的'概念工具，可是也很难确定什么条件使这些阶级和集团要求这样的客观性。"② 对于社会主义思想，科拉科夫斯基认为，可以坚持，但要允许争论。他在文中指出："当我们说社会主义思想具有意识形态的性质时，我们完全不需要因此就放弃社会主义。但是，如果认为社会主义的必然性也像物理学的定律一样，已证明是无可争辩的，那就太幼稚了。毫无疑问，马克思的社会主义与傅立叶的社会主义相比前景完全不同，对社会主义的信仰是以重要的、牢固的前提为基础的，然而，高度赞扬和评价社会主义，确信社会主义能够实现，这都是意识形态的活动。"③

"意识形态"这个范畴并非马克思主义的一家言语，非马克思主义体系对"意识形态"同样有着较多关注。德国学者曼海姆就是其中的杰出代表。有学者甚至认为，曼海姆"创立了第一个，迄今为止最后一个全面详尽的意识形态理论"④。曼海姆的意识形态理论

---

① ［波兰］科拉科夫斯基：《意识形态和理论》，载《当代学者视野中的马克思主义哲学东欧和苏联学者卷》下，北京师范大学出版社2012年版，第108页。
② 同上书，第107页。
③ 同上书，第109页。
④ ［美］大卫·麦克里兰：《意识形态》，吉林人民出版社2005年版，第53页。

第一章　概念与原理

是"整体的意识形态观念",反对把每一个个体看成是整体的意识形态承担者:

> 群体实存只可能意指一个由个人组成的群体,这些个人要么由于他们对同一种情境的直接反应而组成这个群体,要么由于他们直接进行的精神互动,由于作出相似的反应而组成这个群体。虽然如果不同个体的经验和生产性应不存在,这种作为一个整体的精神世界也就永远不可能存在,但是,单纯通过把这些个体经验整合起来却不会发现这种世界的内在结构;
>
> 每一个个体都只不过涉及了这种思想体系的某些片断,而这种思想体系的整体,也根本不仅仅是这些片断性个体经验的总和。这种思想体系作为一个整体经历了人们的系统整合,因而不单纯是随便由这种群体之诸分散成员的片断性经验组成的一堆杂乱无章的观点。因此,我们可以得出下列结论,即只有当我们研究论述那种根据定义来看与其说针对整个思想结构、旨在发现各种错误思想方式和揭露谎言,还不如说针对各种分散内容的意识形态观念的时候,我们才能认为个体是某种意识形态的承担者。如果我们运用总体性意识形态观念,并且试图重建一个社会群体所具有的整体观点,那么,我们就既不能把具体的个体,也不能把他们的抽象总和,合法地看作是这种作为一个整体的意识形态思想体系承担者。①

---

① [德]曼海姆:《意识形态和乌托邦》,华夏出版社2001年版,第69页。

从以上可以得出,"意识形态"这个概念有着多样性的解释,但仍可从中找到一些共识。无论是立足于个体还是总体,意识形态一定是承担一定社会职能的思想观念,无论是贬义使用还是褒义使用,都取决于研究者的立场及其目的。

第二节 "文艺意识形态""审美意识形态" "文艺(审美)制度"

一 文艺意识形态的一般含义及其当代形态

一般认为,"文艺意识形态"学说是马克思主义文艺理论的核心问题。这一问题的解释,一般都会以马克思《〈政治经济学批判〉序言》的一段文字加以引证。在那里,马克思把艺术作为意识形态的形式之一。这段文字是这样的:

> 物质生活的生产方式制约着整个社会生活、政治生活和精神生活的过程。不是人们的意识决定人们的存在,相反,是人们的社会存在决定人们的意识。社会的物质生产力发展到一定阶段,便同它们一直在其中运动的现存生产关系或财产关系(这只是生产关系的法律用语)发生矛盾。于是这些关系便由生产力的发展形式变成生产力的桎梏。那时社会革命的时代就到来了。随着经济基础的变更,全部庞大的上层建筑也或慢或

第一章　概念与原理

快地发生变革。在考察这些变革时，必须时刻把下面两者区别开来：一种是生产的经济条件方面所发生的物质的、可以用自然科学的精确性指明的变革，一种是人们借以意识到这个冲突并力求把它克服的那些法律的、政治的、宗教的、艺术的或哲学的，简言之，意识形态的形式。①

在马克思主义经典作家其他一些文本中，作为意识形态形式的文艺亦是经常提及。比如恩格斯《反杜林论》："在第三类科学中，即在按历史顺序和现今结果来研究人的生活条件、社会关系、法的形式和国家形式及其由哲学、宗教、艺术等等组成的观念上层建筑的历史科学中，永恒真理的情况还更糟糕。"② 当然，马克思主义经典作家把文艺作为"意识形态"的活动，也没有排除文艺作为"自由的精神生产"的可能性：

> 只有在这种基础（物质生产）上，才能够既理解统治阶级的意识形态的组成部分，也理解一定社会形态下自由的精神生产。他没有能够超出泛泛的毫无内容的空谈。而且，这种关系本身也完全不象他原先设想的那样简单。例如资本主义生产就同某些精神生产部门如艺术和诗歌相敌对。③

---

① 《马克思恩格斯文集》第 2 卷，人民出版社 2009 年版，第 591—592 页。
② 《马克思恩格斯文集》第 9 卷，人民出版社 2009 年版，第 94 页。
③ 《马克思恩格斯全集》第 26 卷第 1 册，人民出版社 1972 年版，第 296 页。

文艺意识形态学说在当代已经获得了诸多角度的学理论证。马克思主义理论的广阔性赋予文艺意识形态学说广阔的阐释空间，正是因此，文艺意识形态学说获得了更大生机。不仅如此，正是因为文艺意识形态学说的影响力使得它不再是马列文论界的"独白"，而是多家学派的"对话"。当然，在多样性交流中，马列文论仍是主旋律。当代文艺意识形态学说已经形成了精神生产论、认识反映论、文化人类学、精神分析论和接受美学论和语言符号学论、艺术风格论等几种主要理论类型，汉语世界、俄语世界和西语世界各具特色，都产生了不可忽视的影响。

精神生产论认为，马克思恩格斯把物质资料的生产方式作为社会历史进步的决定力量，文学艺术作为意识形态的形式之一能动地反映和反作用于生产方式，如本雅明、阿多诺、马尔库塞、费歇尔等。一些学者特别是英国学者还发展了"生产论"，提出了"文化唯物主义"学说，如雷蒙·威廉斯、特里·伊格尔顿等。认识反映论，正如苏联理论家弗里德连杰尔指出的那样："列宁揭示了文学对于艺术地认识和反映生活这一问题的巨大意义。他指出，任何真正的艺术作品不仅具有主观的内容，而且具有更广泛更重要的客观的内容。它既是独特的，同时又是人民群众的生活、他们的境遇和历史命运的一定方面的深刻反映……列宁极其完整而全面地发展了马克思主义关于人民历史生活的深远历程的反映能力的学说，这是列宁之前马克思主义文献所未曾做过的。"[①] 完整的"马克思列宁主义"是苏联和中国的党

---

① ［苏联］弗里德连杰尔：《列宁对马克思恩格斯美学遗产的发展》，载《列宁文艺思想论集》，中国社会科学出版社1986年版，第22—23页。

和国家的指导思想。"反映论"是两国马列文论意识形态学说的鲜明特质。文化人类学从文艺、审美的起源、发生的角度阐释文艺意识形态本质,是以普列汉诺夫、卢卡奇为代表的马克思主义文艺学、美学的优良传统。非马克思主义人类学家在其《金枝》《结构人类学》等著作中亦不同程度地揭示文艺意识形态现象的发生。精神分析论已经远远超越了弗洛伊德的理论局限,当代的精神分析论视域下的"文艺意识形态"学说某种程度上比马克思主义文艺理论更为激进,因为"无意识"的理论特质更具必然性、绝对性。马克思主义文艺理论认为,把意识形态性作为文艺的类本质是无可厚非的,但对于文艺的每一种具体类型、每一个具体作品都需要作具体分析。当然,马克思主义可以借鉴精神分析论的某些合理因素,在一定的语境条件下把"无意识""政治无意识"看作某种"特殊"的"意识"和"社会意识形态"。接受美学论的读者立场是毋庸置疑的,文艺的意识形态问题也就不能回避。只是由于立论者世界观的差异,"意识形态"在他们各自的立论中扮演着不同的角色,如姚斯、伊瑟尔、齐马等。语言符号学论冲破了"内部""外部"研究的束缚,并且在所谓的"内部研究"中深入挖掘了其中隐喻意识形态的因素,提出了文艺语言或符号的文艺意识形态论,对世界马克思主义文论和非马克思主义文论都产生了重大影响。艺术风格论则探讨了每一种具体艺术风格的意识形态因素。比如卡洛尔探讨了大众艺术的意识形态因素:"随便浏览一下电影、文学之类的学术刊物,我们就会发现,连篇累牍的文章旨在揭示这种或那种大众艺术产品中的阶级歧视、种族主义、性别歧视、同性恋恐惧症以及军国主义的倾向。而且,在所谓的文化研究领域中,大多数著作——恕我猜测——都与大众艺术的意识形态作用相关。它们认为，大众艺术要么与社会的霸权主义力量的利益共谋，要么——至少——是一种意识形态斗争的场所。"① 贝拉米探讨了现代主义的意识形态因素："现代主义者的'审美'活动有着极其强烈的政治倾向；他们希望更新现代生活，为了实现这一目的，他们建立了自己的组织"②；"通过强调审美的优先地位，现代主义者力图使公共领域重新恢复活力，从而使政治审美化"③；"现代主义者在试图将公共领域审美化这一点上是一致的，但那些与该领域有关的政治价值和美学形式却千差万别。因此，现代主义可以也的确是为法西斯主义和暴政拉开了序幕，但它也同样表现出一种更接近无政府主义或自由至上论个人主义的破坏性和游戏性……现代主义可能隐含着神话、暴力、感官刺激、沉醉以及意志，但也可能意味着纪律、强硬、严肃、自我控制以及全神贯注。它有时的确意味着封闭，但在其他情况下，又包含了一种对于封闭的狂欢节式地抵制。"④

二　审美意识形态的提出及其理论类型

"审美意识形态"话语的内核在于，文艺现象中的意识形态因

---

① ［美］诺埃尔·卡洛尔：《大众艺术哲学论纲》，商务印书馆2010年版，第360页。
② ［美］特伦斯·鲍尔、［英］理查德·贝拉米：《剑桥二十世纪政治思想史》，任军锋、徐卫翔译，商务印书馆2016年版，第352页。
③ 同上书，第353页。
④ 同上书，第354页。

素是寓于审美性之中的，而审美性是艺术区别于道德、政治、哲学、宗教等其他社会意识形态的标志。在这个意义上，文艺是一种特殊的审美意识形态。有学者指出，"审美意识形态"论是当代中国学者用自己的心血所作出的一次理论创新。[①] 实际上，国外学者此前已经有了大量研究积累。

阿尔都塞已经提出艺术"既是美学又是意识形态"的双重属性："每一件艺术品，都是由一种既是美学的又是意识形态的意图产生出来的。当它作为一件艺术作品存在时，它作为一件艺术作品（用它使我们看到的意识形态开始进行的那种批判和认识）产生出一种意识形态的结果……艺术品与意识形态保持的关系比任何其他物体都远为密切，不考虑到它和意识形态之间的关系，即它的直接和不可避免的意识形态效果，就不可能按它的特殊美学存在来思考艺术作品。"[②] 阿多诺则探讨了艺术审美自律性与意识形态性之间的紧张关系。他提出："艺术的自律性并非先验之物，而是构成艺术观念这一过程的产物。在至真的自律性艺术产品中，那种同样支配部落社会的祭司礼仪的权威，披着内在形式律的伪装重新出现了。与审美自律性思想密切关联的自由思想，有赖于支配作用而存在；的确，自由乃是一种普遍化的支配作用"；[③] "艺术作品越是想方设法摆脱外在目的，越是受到组成创

[①] 童庆炳：《20世纪中国马克思主义文艺理论研究》，北京大学出版社2012年版，第532页。
[②] ［法］阿尔都塞：《一封论艺术的信》，载《西方马克思主义美学文选》，漓江出版社1988年版，第537页。
[③] ［德］阿多诺：《美学理论》，四川人民出版社1998年版，第31—32页。

作过程的自设原则的制约。艺术作品也正是如此反映和内化了社会的支配作用。"①

布洛赫实际上已经指出了美学本身的意识形态性："因为艺术是一种实验，也是对各种实施可能的饱览……在此，实施及结果都出现在……对更美好世界的超前显现之中。在伟大的艺术中，夸张和想象最显著地用于倾向—潜在性和具体的乌托邦。……无论在哪里，艺术都不会让自己耽于幻想，优美甚至崇高都是预示未来自由的中介。"②

特里·伊格尔顿则成为英语世界"审美意识形态"论的正式提出者："审美一开始就是个矛盾而且意义双关的概念。一方面，它扮演着真正的解放的角色——扮演着主体的统一的角色，这些主体通过感觉冲动和同情而不是通过外在的法律联系在一起，每一主体在达成社会和谐的同时又保持独特的个性。审美为中产阶级提供了其政治思想的通用模式，例证了自律和自我决定的新形式，改善了法律和欲望、道德和知识之间的关系，重建了个体和总体之间的联系，在风俗、情感和同情的基础上调整了各种社会关系。另一方面，审美预示了马克斯·霍克海默所称的'内化的压抑'，把社会统治更深地置于被征服者的身体中，并因此作为一种最有效的政治领导权模式而发挥作用。"③ 在他看来，"优美和崇高所起的作用是

---

① ［德］阿多诺：《美学理论》，四川人民出版社1998年版，第32页。
② 转引自曹卫东等《20世纪德国马克思主义文艺理论研究》，北京大学出版社2012年版，第111页。
③ ［英］特里·伊格尔顿：《美学意识形态》（修订版），中央编译出版社2013年版，第17页。

意识形态的重要范畴"①。

在俄语世界，社会派美学家对审美的意识形态性问题已经作了大量阐释，不仅如此，他们还创造性地提出了"审美理想"学说。

事实上，鲍列夫已经揭示了审美的意识形态内涵："审美是具有全人类意义的价值。正如列宁所指出的，如果政治是从阶级之间的关系的角度来研究现象，伦理学是从该具体社会关系的意义上来观察对象，那么，对于美学来说，物首先存在于全人类的价值之中"；"当然，这并不意味着，在审美的评价中缺少阶级因素和民族因素……审美关系是受一定社会集团的社会需要所制约的，并表达某个阶级的观点"。②尽管如此，在鲍列夫看来，"在审美认识中，全人类的因素总是决定性的因素"③。因此，审美活动既有意识形态因素，又与其他认识活动的意识形态因素有所区别。

斯托洛维奇运用"审美关系"范畴详尽地阐释了审美价值和审美理想的意识形态倾向性："审美价值本身把各种社会—人的关系包括在它的内容中，因此对世界的审美关系不仅不排除道德关系、政治关系等，而且还以特殊的方式折射这些关系。所有这些关系也有它们的审美方面。它们在具体可感的表现中可以作为美或丑、崇高或卑下、悲和喜。正因为如此，这些关系能够进入艺术的内容中。另外，处在艺术内容中的各种社会关系显示出它们的审美方

---

① [英]特里·伊格尔顿：《美学意识形态》（修订版），中央编译出版社2013年版，第75页。
② [苏联]鲍列夫：《美学》，乔修业等译，中国文联出版公司1986年版，第55页。
③ 同上书，第56页。

面，并能够根据审美规律影响人们的意识，即不是影响人某种单一的能力，而是影响所有高级能力的总和，影响人的整个个性，影响他的感觉、情感、励志、意志和想象。"①"审美理想表现的不仅是个别人的、而且是整个社会集团和社会阶级的审美关系的实践。因此，审美理想在许多社会因素的影响下产生和发展，同社会意识的各种形式，首先同社会理想相互作用。"②"阶级性——形成阶级社会里人对现实的意识形态关系、社会和心理关系的所有形式的重要特征——也为审美理想所固有。因为审美理想——这是从某种社会力量的观点出发的关于应有的东西、关于完善和美的概念。"③ 在这样的理论基础上，斯托洛维奇揭示了艺术的特定意义："艺术可以具有许多意义：功利意义（特别是实用艺术、工业品艺术设计和建筑）和科学认识意义、政治意义和伦理意义。但是如果这些意义不交融在艺术的审美冶炉中，如果它们同艺术的审美意义折衷地共存并处而不有机地纳入其中，那么作品可能是不坏的直观教具，或者是有用的物品，但是永远不能上升到真正的艺术高度。"④ 也就是说，艺术的社会历史性与审美性并非互为他者，审美性也并非被社会历史性统摄，而是社会历史性寓于审美性之中。

布罗夫则明确指出文艺是特殊性的审美的意识形态。他对于艺术区别于其他社会意识形式的特殊性有着详尽的阐释。在布罗夫看

---

① ［苏联］列·斯托洛维奇：《审美价值的本质》，中国社会科学出版社1984年版，第166页。
② 同上书，第153页。
③ 同上书，第159页。
④ 同上书，第167页。

来,"艺术是寓于形象的思维"。也就是说,"艺术家的想象的特殊性质就是:善于根据生活的经验和知识来构想人的生活的逼真图景,鲜明地表现与具体生活环境相适应的虚构人物的性格、关系、感受"①;"艺术不能归结为科学的、哲学的、道德的以及其他真理的'美的框架',即成为它们的图解。它的形式及其全部独特性,是它的同样独特的内容的结果,而内容则是由人对现实的审美关系产生的"②;"对读者、观众和听众接受艺术作品来说,首要的和基本的东西是艺术作品所产生的审美印象,如果不产生这种印象,那么可以大胆地说,这不是艺术作品"。③ 也就是说,艺术与其他社会意识形式是有着明显区别的,而审美印象就是艺术作品有别于其他作品的标志。布罗夫认为,艺术作品的审美性内在地包含着意识形态性,艺术的意识形态性当且仅当体现为"审美理想"这一特殊的审美意义的意识形态:"不能说艺术作品的内容不可能包含科学、哲学、政治或道德。这一切都可能而且应该包含在内容之中,不过带有特殊的、审美的性质,更不必说艺术家本人是作为一个他所处的时代的完整的、社会的人,在充分掌握他自己的所有生活原则、个人的和间接经验的情况下,与生活发生关系和审美地评价生活的。"④ 艺术"就是为培养符合于具体历史的审美理想的美好的、有

---

① [苏联]阿·布罗夫:《艺术的审美特质》,高叔眉、冯申译,上海译文出版社1985年版,第171页。
② [苏联]亚·伊·布罗夫:《美学:问题和争论——美学争论的方法论原则》,张捷译,文化艺术出版社1988年版,第74页。
③ 同上书,第75页。
④ 同上书,第74—75页。

充分价值的、和谐的人以及真正的人的关系所做的斗争"①。

赫拉普钦科认为,艺术作品是一整套审美系统,艺术的意识形态性体现在审美系统的主导因素、系统外部的社会根源以及系统总体的社会审美功能中:"审美系统,同其他所有系统一样,具有主导的因素,有特殊的主导思想。与此同时,审美系统的各个组成部分也具有一定的独立性。"②"在评价审美系统中主导的和主要的因素的重要作用时必须强调指出,完全不应当把这些因素绝对化。当然,无论如何不能把系统本身看作是某种自身封闭的东西。问题不仅在于艺术作品、作家的创作和文学思潮都反映社会生活,三者在起源上都用一定的社会条件相联系,而且还在于它们发挥着积极的、同时常常是非单一的社会审美功能。"③ 不仅如此,赫拉普钦科在美与崇高的密切联系和社会审美理想两个方面同样论证了审美活动本身的意识形态倾向性:"对于自然界中所看到的美和人类本身所创造的美的理解,经常是同某一方面引人注目的、非常突出同时又很诱人的生活现象所引起的喜悦结合在一起的。美同崇高的密切联系,在人审美地掌握周围世界的初期就出现了……美和崇高及其各种表现和相互作用,构成了其中展示出人对现实审美关系的主要领域。"④ "人对美的追求不仅靠掌握具有审美意义的客体和自然

---

① [苏联] 阿·布罗夫:《艺术的审美特质》,高叔眉、冯申译,上海译文出版社1985年版,第299页。
② [苏联] 赫拉普钦科:《赫拉普钦科文学论文集》,张捷译,人民文学出版社1997年版,第422—423页。
③ 同上书,第425页。
④ 同上书,第367页。

现象来进行，而且依靠对广义的生活过程和同这一过程的关系的认识。人为了创造必要的生存条件而进行不断的斗争，克服经常出现的障碍，并在这样或那样的程度上认识生活的'不完善'，这使得对美的、鲜明的和完善的事物产生了强烈的需要，形成了对于美的不可遏制的向往，这种向往能使人们振奋起来，它以它有益的光辉照亮了人们的社会生活和劳动。从这个观点来看，美过去和现在一直同时是人的生活中实际存在的现象和人的社会审美理想。"①

在当代中国，"审美意识形态"是美学界、文艺学界的热点话语，但是有四种不同的理论范式。

第一种是"非社会意识形态的审美意识形态"论。钱中文是首先提出"审美意识形态"论的中国学者。他认为，"文学艺术固然是一种意识形态；但我以为是一种审美的意识形态；文学艺术不仅是认识，而且也表现人的情感和思想；审美的本性才是文学的根本特性，缺乏这种审美的本性，也就不足以言文学艺术。看来文学艺术是双重性的"；②"文学作为审美的意识形态，以情感为中心，但它是情感和思想的认识的结合；它是一种自由想象的虚构，但又具有特殊形态的多样的真实性；它是有目的的，但又具有不以实利为目的的无目的性；它具有社会性，但又具有广泛的全人类的审美意

---

① [苏联] 赫拉普钦科：《赫拉普钦科文学论文集》，张捷译，人民文学出版社1997年版，第367—368页。
② 钱中文：《文学艺术中的"意识形态本性论"》(1984)，载《文学理论：走向交往与对话的时代》，北京大学出版社1999年版，第87页。

识形态";①"只存在文学的艺术形态,也即审美的意识形态,这种形态的特征就是文学自身的特性,这也正是文学理论必须大力阐明的特性";②"审美意识形态表现为三种类型:"第一种以审美描写来反映一定人群、集团、阶级的感情和思想倾向的内容的;第二种揭示人类共同人性的要求,表现人的普遍感情和愿望,使他超越一定群体、集团、阶级的感情、思想倾向的内容的;第三种是描写自然景物、寄情于山水之间的作品,只以优美的状物写景的审美特性的一面,吸引着各时代的读者的。"③ 由这些论述可以得出,在钱中文的"审美意识形态"论中的"意识形态"内涵已经"泛化",不再是原有的"社会意识形态","审美性"取代了传统"意识形态性"成为文艺的根本特性,"意识形态的倾向性"已显著弱化。21世纪以后,钱中文甚至进一步修正了自己的观点,认为审美意识形态的逻辑起点是"审美意识"而非"意识形态"。④

第二种是"溶解在审美中的意识形态"论。童庆炳提出了著名的"溶解论"。童庆炳认为:"具体的意识形态——哲学意识形态、政治意识形态、法意识形态、道德意识形态、审美意识形态都是一个完整的独立的系统。""意识形态的不同形态的对象差异,也导致他们形式上的差异。这样不同形态的意识形态有自己独特的内容和

---

① 钱中文:《文学是审美意识形态》,载《新理性精神文学论》,华中师范大学出版社2000年版,第136页。
② 钱中文:《文学艺术中的"意识形态本性论"》(1984),载《文学理论:走向交往与对话的时代》,北京大学出版社1999年版,第10页。
③ 钱中文:《论文学观念的系统性特征》,《文艺研究》1987年第6期。
④ 钱中文:《论审美意识形态的逻辑起点及其历史生成》,《文学评论》2007年第1期。

第一章　概念与原理

形式，并形成了各自独立的完整的领域。自然，各个形态的意识形态是相互联系、相互作用、相互影响、相互渗透的，但又互相独立。这些不同的意识形态领域，对于社会的经济基础来说，的确有靠得近与远的区别，但他们并无'高低贵贱'之分。"[①] "一方面，审美价值不同于其他价值，另一方面，审美价值又和其他价值相互渗透。现实的审美价值和现实的其他价值并不是相互隔绝的，它们之间不存在鸿沟。应该看到，现实的审美价值具有一种溶解的和综合的特性，它就像有溶解力的水一样，可以把认识价值、道德价值、政治价值、宗教价值等都溶解于其中，综合于其中。因此，文学艺术撷取的审美因素总是以其他独特的方式凝聚政治、道德、认识等各种因素。"[②] 在童庆炳的论述中，"审美意识形态"与唯物史观原意的"社会意识形态"的地位几乎"平起平坐"。当然，经过审美意识形态"溶解"后，似乎仍可感受社会意识形态的因素。

第三种是"社会意识形态中的审美意识形态"论。相对多数的学者既坚持把社会意识形态作为文艺的一般规定，把文艺作为诸多社会意识形态的形式之一；同时认为审美性是文艺区别于其他社会意识形态的特殊规定，从而得出"文艺是审美意识形态"。在这里，审美意识形态与社会意识形态是个别与一般的关系；社会意识形态以审美的方式呈现，具有明显的倾向性："对于文学艺术而言，审

[①] 童庆炳：《20世纪中国马克思主义文艺理论研究》，北京大学出版社2012年版，第524页。
[②] 童庆炳：《文学与审美》（1983），载《文学审美特征论》，华中师范大学出版社2000年版，第29页。

美意识形态的本质界定,可以说是社会意识形态的一般抽象上升到具体的抽象。"① 这是新时期中国文艺意识形态学说的"主流"。王元骧是"社会意识形态中的审美意识形态"论的代表人物。王元骧高度肯定文艺的社会意识形态性质,在他看来,"尽管有些作家标榜他是纯客观的,但只要他被自己笔下的人物和事件感动了,他就不仅会把自己的思想倾向融入作品,而且由于情感机制的激发,还使得作家自己长期潜伏在心灵深处,支配、驱使自己的那种潜意识的追求、期盼,和梦想也都浮现出来,在作品中得到集中的流露,从而使得表现在作品中的思想内容往往比作家所意识到的要深广得多"。"愈是伟大的作家,他与社会、时代、群众的这种联系也就愈紧密、愈深刻。所以就文艺的性质来说,把它归属于社会意识形态的范畴,我认为是符合客观实际的。"② 与此同时,他还深刻地揭示了文艺作为社会意识形态形式之一的特殊性,"文学的特殊性质,亦它不同于其他意识形态形式,如哲学、道德、宗教的特质又是什么呢?以我的理解就是审美的,是一种审美的意识形态"。"文学和其他艺术形式一样,比之于那些以思想观念、思想体系等理论形态所表现的意识形态对于人的行为具有更强大而有力的促进作用和激励作用。所以,深入揭示文学意识形态性的审美特性,正是为了避免抽象地谈论文学的意识形态性而使其功能虚化、架空,而使之找

---

① 冯宪光:《文学与意识形态问题》,《南阳师范学院学报》(社会科学版) 2008年第1期。
② 王元骧:《关于文艺意识形态性的思考》,《马克思主义美学研究》2006年第9辑。

到自己真正的落脚点。"王元骧鲜明地指出："'审美意识形态'则应该是一个非中立的肯定性概念,在今天,我们主要是作为界定我国社会主义文学的性质的概念来使用的。因为我们从事社会主义建设的最终目标是为了实现共产主义……我们相信我们的事业是正义的,是合乎历史发展方向和最广大人民群众的利益和愿望的,是千百年来人类所追求的终极目标所在。所以真正的社会主义文学所表现的意识形态也应是最能体现美的精神而被称之为审美的意识形态的。"① 事实上,文艺的政治性不但没有因为审美而溶解,反而通过审美而凸显。

第四种是"美学范畴的社会意识形态"论。王杰遵循马克思主义美学原理,以一定生产方式为基础的社会形态为审美对象,对"审美意识形态"进行了美学范畴的新阐释,在中国文艺意识形态学说中"异军突起"。在他看来,"审美意识形态的现代作用主要包括以下内容:在现代社会中,由于社会生活的异化,意识形态包括审美意识形态与现实生活关系必然发生某种程度的脱节或者断裂,审美意识形态成为统治阶级意志和利益的体现,这就是审美意识形态最常见的和最直接的内容与含义。在当代社会,这就是各种大众文化的主要意义,幻想化和形式化是其主要特征"。与此同时,他还提出,"由于审美活动是以个体审美经验为基础的,在社会已经充分个体化了的现代社会,个体意识形态与主流意识形态必然发生诸多差异;差异导致立场的游移与转变,这就为审美启蒙并且重新

---

① 王元骧:《"文学意识形态"的理论疑点和难点》,《高校理论战线》2010年第10期。

把握现实生活关系提供了可能。问题的关键在于说明为什么能够产生这类差异和意识形态的偏离,以及这种审美差异的社会意义,陌生化或审美变形(转换)是其中的理论内容","审美活动的一个显著特点是,审美经验的个体性与审美对象的共同性的有机统一。在马克思主义美学的理论视野中,这种统一的基础是审美关系,即由现实生产方式所规定或由一定意识形态所规范的情感模式,包括情感需要、情感表达和情感满足的一整套习俗或审美制度。在不同的生产方式、社会制度和文化传统的条件下,审美关系也互不相同。由于审美关系不同,共同的审美对象或文艺文本可以产生出不同的审美效果,在同一社会中也可以产生出两种甚至若干种审美意识形态,这体现在理论上也就是审美意识形态间的关系问题"。① 王杰关于审美意识形态的论述,实质是在一定生产方式基础上,赋予社会意识形态以审美含义,使得文艺意识形态命题在不失立场性的基础上具备了美学学理性。

三 物化的文艺(审美)意识形态:文艺(审美)制度

文艺(审美)制度,实质是文艺(审美)意识形态的物化。近年来,国内外已经形成了关于文艺(审美)制度的几部专著,当然,这个问题在 20 世纪已经进入研究视野了。

事实上,精神生产论已经从经济制度的层面讨论了文艺(审

---

① 王杰:《当代中国语境中的审美意识形态理论》,《文艺研究》2006 年第 8 期。

第一章 概念与原理

美)制度。但不仅限于此,一些艺术社会学家还系统化地阐释了文艺(审美)制度的整体。比较明显的例子有如下几种。

一是西方马克思主义批评家布迪厄。他详尽地指出:"作品科学不仅应考虑作品在物质方面的直接生产者(艺术家、作家,等等),还要考虑一整套因素和制度,后者通过生产一般意义上的艺术品价值和艺术品彼此之间差别的信仰,参加艺术品的生产,这个整体包括批评家、艺术史学家、出版商、画廊经理、商人、博物馆馆长、赞助人、收藏家、至尊地位的认可机构、学院、沙龙、评判委员会,等等。此外,还要考虑所有主观艺术的政治和行政机构(各种不同的部门,随时代变化而变化,如国家博物馆管理处、美术管理处,等等),它们可能对艺术市场发生影响:或通过不管有无经济利益(收购、补助金、奖金、助学金,等等)的至尊至圣地位的裁决,或通过调节措施(在纳税方面给赞助人或收藏家好处)。还不能忘记一些机构成员,他们促进生产者(美术学校等)生产和消费者生产,通过负责消费者艺术趣味启蒙教育的教授和父母,帮助他们辨认艺术品、也就是艺术品的价值。"[①] 这段论述中实际上已经遍布了文艺(审美)制度的细节。

二是东欧新马克思主义批评家费伦茨·费赫尔。他尝试着把制度的含义运用于艺术中:"首先应该给出一个暂时的制度定义,然后把这个定义应用于艺术存在的三个方面:生产、接受、传播。除了呈现于其中的'社会功用'的必然元素之外(这元素普遍地与任

---

① [法]皮埃尔·布迪厄:《艺术的法则——文学场的生成和结构》,刘晖译,中央编译出版社2001年版,第276—277页。

何艺术的概念相背），制度是一种主体间的建构物：（a）它根据规则起作用，虽然每个方面都是如此有些理想，但至少日益如此；（b）是规定的人类行为，每个方面都是可以传授的，虽然有些不切实际，但日益如此；（c）倾向于非人的。制度从来不会达到自动化的理想水平，但它们应该尽可能地接近于这种理想。现在，如果我们转向艺术（肯定完全被制度化），从生产方面……生产（如果喜欢的话，可以说是创作）艺术作品的过程很少是任何严格的规则应用的结果。即使人们应用普遍的规则，正如在建筑中，在被自然科学共同决定的艺术中，被决定的是艺术作品的技术，并非艺术作品的形式。唯一的例外可能是音乐、技术和形式大都重叠在一起。但是如果考察舞蹈或绘画，我们就会看到，在创作一部艺术作品中规则的地位虽然存在，但在程度上日益减弱了。此外，当我们进一步涉及文学时，这种地位几乎降到零。'可传授性'程度遵循着以前的模式：在技术支配的地方，走向成功的行为规则就占据着支配地位。但是每一个音乐学校的明智学生都理解到，可以传授的是过去的音乐，而不是未来的音乐，换言之，不是他自己可能的音乐生产。在每一个技术发挥较少作用或没发挥作用的地方，这种制度化的第二个构成性元素就在生产艺术作品中减少或失去了其作用。最后，就非人格而言，艺术的对象化和它的制度化急剧分道扬镳。"①

　　三是美国哲学家丹托和迪基。丹托提出了"艺术界"的概念，

---

①　[匈牙利] 费伦茨·费赫尔：《超越艺术是什么？论后现代理论》，载《美学的重建——布达佩斯学派论文集》，傅其林译，黑龙江大学出版社2014年版，第62—63页。

指出了艺术作品有着复杂的制度性结构。迪基则进一步发挥，认为丹托的"艺术界"就是艺术制度。迪基这样指出："艺术世界是若干系统的集合，它包括戏剧、绘画、雕塑、文学、音乐等等。每一个系统都形成一种制度环境，赋予物品艺术地位的活动就在其中进行。"他同时阐释了艺术制度的重要意义："艺术世界的中坚力量是一批组织松散的却又互相联系的人，这批人包括艺术家（画家、作家、作曲家之类）、报纸记者、各种刊物上的批评家、艺术史学家、文艺理论家、美学家等等。就是这些人，使艺术世界的机器不停地运转，并得以继续生存。"①

除此之外，彼得·比格尔给"文学体制"以一个抽象型定义："文学体制这个概念并不意指特定时期的文学实践的总体性，它不过是指显现出以下特征的社会活动：文学体制在一个完整的社会系统中具有一些特殊的目标；它发展成了一种审美的符号，起到反对其它文学实践的边界功能；它宣称某种无线的有效性。"② 斯蒂文·托托西则给文学制度一个具体的描述型内涵：文学制度"要理解为一些被承认和已确立的机构，在决定文学生活和文学经典中起了一定作用，包括教育、大学师资、文学批评、学术圈、自有科学、核心刊物编辑、作家协会、重要文学奖"③。苏联学者马尔库兰主张艺

---

① ［美］迪基：《何为艺术》，载李普曼《当代美学》，光明日报出版社1986年版，第109、111页。转引自周宪《审美现代性批判》，商务印书馆2005年版，第82页。

② ［德］彼得·比格尔：《文学体制与现代化》，周宪译，《国外社会科学》1998年第4期。

③ ［匈牙利］斯蒂文·托托西：《文学研究的合法化》，北京大学出版社1997年版，第33—34页。

术社会学应对艺术作品的产生、影响作品本身的社会结构、作品对读者影响大小有关的社会机制、结构、问题进行分析①，实际上这就是文艺（审美）制度的研究。

当然，我们不能忽略的是，文艺（审美）制度的阐释还有一个更加宏观的层面，也就是文艺（审美）的社会制度。本雅明的解释已经非常清楚："我们知道，最早的艺术作品起源于礼仪——最初起源于巫术礼仪，后来是宗教礼仪。关键在于，艺术作品的氛围浓郁的生存方式从来就不能完全脱离礼仪功能。"②"艺术作品的可技术复制性有史以来第一次将艺术作品从依附于礼仪的生存中解放出来了。复制艺术品越来越着眼于具有可复制性的艺术品。比如，用一张底片可以洗出很多照片；探究其中哪张是本真的，已没有任何意义。而当衡量艺术产品的本真标准失效时，艺术的整个社会功能也就发生了根本性的变化。艺术的根基不再是礼仪，而是另一种实践：政治。"③法国艺术社会学家埃斯卡皮提出了一系列观点："1）文学同其他艺术的不同之处在于它既是一种物品同时也具有意义；2）在我们这个社会里，文学的特征是，在语言的言外之意中，使写作自由与制度化的形式保持一致或使双方对峙；3）文学由作品组成，这些作品根据与历史环境中的社会结构同源的结构来组织

---

① 凌继尧：《苏联当代美学》，黑龙江人民出版社1986年版，第260—261页。
② ［德］瓦尔特·本雅明：《经验与贫乏》，王炳均、杨劲译，百花文艺出版社1999年版，第266页。
③ 同上书，第268页。

想象。"① 这些观点实际上也包含了文艺（审美）制度的研究。费歇尔则对社会主义文艺（审美）制度加以原则性探讨。在他看来，社会主义文艺"以艺术、诗歌、以文学来帮助社会主义社会，以想象与觉悟相结合，感情与责任相结合，而不是以问题、决议、政治要求的改装来帮助社会主义社会"。"没有什么资产阶级的或无产阶级的，资本主义的或社会主义的文艺表现形式或方法，只要社会主义的信念，希望，即：使社会主义世界变成人与人之间不再疏远的世界，变成丰富的、理智的、自由的和人道的世界。"②

21世纪以来，文艺（审美）制度研究日趋成熟，已形成了以此为题的学术专著。英国学者杰弗里·J.威廉斯从两个层面阐释了文学制度的基本内涵。第一个层面是政府的文学规章与管理结构："'制度'（institution）一词内涵丰富，而且往往带有贬义。它与'官僚主义'（bureaucracy）、'规训'（disciplines）和'职业化'（professionalization）同属一类词语。它指代的是当代大众社会与文化的规章与管理结构，和'自由'、'个性'或'独立'等词语正好处于相反的方向。从一个极端来说，它意味着文学的禁锢——被关进精神病院、管教所、戒毒所，等等。"③ 第二个层面是民间的惯例或传统："'制度'还有一层更为模糊、抽象的含义，指的是一种

---

① [法] 罗贝尔·埃斯卡皮：《文学社会学》，于沛选编，浙江人民出版社1987年版，第112页。
② [奥地利] 恩·费歇尔：《现实艺术中的真实问题》，载《西方马克思主义美学文选》，陆梅林选编，漓江出版社1988年版，第331—340页。
③ [英] 杰弗里·J.威廉斯：《文学制度》，李佳畅、穆雷译，南京大学出版社2014年版，第2页。

惯例或传统。根据《牛津现代英语用法词典》所载,下午茶在英国文化中属于一种制度。婚姻、板球、伊顿公学亦然。而在美国文化中,我们可以说棒球是一种制度,哈佛也是一种制度,它比位于马萨诸塞州剑桥市的校园具有更深刻的象征意义。人们甚至还可以称某人为一种制度……虽然通常情况下,这层含义的轻蔑意味较弱——我们甚至还可以对这些惯例、地点或人物致以崇敬之情——它仍然要依赖于制度的具体含义,因为惯例和传统通常要经由显性的社会结构来加以规范(比如说,婚姻要通过宗教和法律制度来调和,棒球要通过小联盟、学校以及职业机构、职业规则来管理,而声望则依赖于制度地位与来源)。"① 杰弗里·J. 威廉斯所关注的文学制度主要有五个方面:我们工作的表现形式;会话的特殊性;通往房间之门;职业与时间;大学。

与此恰恰相反,如果说杰弗里·J. 威廉斯的"文学制度"关注的是"文学之外"的社会规范,那么朗西埃的"审美体制"则关注个体审美活动之内的意识机制:"这些事件,可以是一场戏剧、一段演讲、一个展览、一次去美术馆或工作室的参观、一本著作的问世。而从事件的背景中,读者将会看到,一场表演或一件物品是怎样成为给人带来感动和思考的艺术,又怎样带来独特的艺术设想、激发独特的艺术情感,怎样促成了艺术的一次创新、一次革命,怎样让艺术超越了自身。所以,这些事件好像布成了一个个运动的星座,星群的移位让我们看到,一种艺术范式下的一些认识模式、表

---

① [英]杰弗里·J. 威廉斯:《文学制度》,李佳畅、穆雷译,南京大学出版社2014年版,第2—3页。

达效果、表现形式怎样形成。而一幕场景,并不是在阐释一种思想,它是一部静谧的微型装置,用严密的思考织成一些纽带,联结起认知、情感、称谓、理念,构成一个由此织就的感性的共同体、也建起一个促成这种织造的知性的共同体。"他进一步阐释道:"一座缺损的雕像,如何成为一件完美的作品;一幅贫民孩子的画像,如何达成一种理想的呈现;一群杂耍艺人的翻腾,如何飞入诗意的天空;一件家具,如何被尊为一座神庙;一道台阶,如何被塑为一个人物;一件补丁累累的工装,如何像是王子的雨衣;一张轻纱的旋回,如何暗示宇宙的源起;一段加速的蒙太奇,如何表达共产主义的可感现实。这种种的转型,并非来自一些个人的凭空幻想,它们的逻辑,从属于一个认知、情感、思考的体制,这个体制,我便称其作'艺术的审美体制'。"①

就在当下,国内诸多学者也创作了相当数量的文艺(制度)论著。

张利群的文艺制度定义与杰弗里·J.威廉斯的两个层面定义非常相似:"文艺制度指保障和规范文艺及文艺活动的外部和内部、显性和隐性的制度、体制、机制形式,它既可以表现为意识形态化的观念形态,又可以表现为物态化的社会组织结构形式;既可以表现为官方的制度形式,又可表现为民间约定俗成的民俗惯例;既可表现为官方的制度形式,又可表现为民间约定俗成的民俗惯例;既可表现为推动文艺发展的社会综合因素的合力,又可表现为文艺自

---

① [法]雅克·朗西埃:《美感论艺术审美体制的世纪场景》,赵子龙译,商务印书馆2016年版,第4页。

身发展的内在机制。"①

范国英的文学制度定义则是文学制度的宏观层面（即文学的社会制度）与其本身层面的内在统一："文学制度是现代性诸多制度——政治制度、经济制度、教育制度，等等——中的一个必然又必须的组成部分"②，"文学制度包括了调节和管理文学与社会、文学生产和接受等方面的一整套的文学机制，如国家和政党在一定时期内的文学观念和文学政策、出版制度、审查机制、文学奖励机制和报酬机制等等"。③

王本朝的定义则立足于文学制度的通行的描述性解释："在文学与社会、作家与读者、文学与生产、评价与接收之间"的一套体制，"如职业化作家、社团文学、报刊与出版、争论与批评，以及文学审查与奖励等等，它们对文学的意义和形式起到了支配、控制和引导的作用"。④

向丽则以"美的建构方式"定义审美制度，这个定义关注的是审美制度的社会制度宏观层面："审美和艺术不仅仅是表达个人情感体验和想象的产物，在一定程度上，他们甚至成为各种社会因素和力量交互作用、参与和争夺的场域。政治、经济、宗教、教育、大众传媒等各种社会因素都介入到审美和艺术的生产、交换、传

---

① 张利群：《文艺制度论》，中国社会科学出版社2008年版，第1页。
② 范国英：《新时期以来文学制度研究以茅盾文学奖为中心的考察》，四川出版集团、巴蜀书社2010年版，第21页。
③ 同上书，第25页。
④ 王本朝：《文学制度与文学的现代性》，《湖北大学学报》（哲学社会科学版）2003年第6期。

播、消费一系列环节当中。于此,'美'作为一种特殊的制度形态成为社会关系的微妙刻写方式,此事实内在地包含着两个问题,即'美'为何是一种被构建的存在以及'美'如何被构建,两者共同指向对'美'如何作为一种被构建的存在的追问。"[1]

王杰的定义则是对审美制度的哲学思考:"审美制度是文化体系中隐在的一套规则和禁忌,它包括了文化对成员的审美需要所体现的具体形式也即社会文化对审美对象的选择和限定;包括了成员的审美能力在不同文化中和文化的不同语境中所表现出的发展方向和实质,当然还包括了受不同的审美需要和审美能力限制所产生的特定文化的审美交流机制。此外,审美制度也体现在物质和环境的范畴上,包括了文化所给予的艺术创造的技术手段和历史形成的社会对艺术所持的接受态度和审美氛围。"[2]

第三节 "文化治理""文化领导权"

一 "文化治理"在西方的研究及其实践

"文化治理"是国外文化研究核心词汇之一,已经有着几十年研究传统。早在第二次世界大战以后,英国伯明翰大学成立了当代文化研究中心(CCCS),文化研究作为一种学术思潮开始兴起。著

---

[1] 向丽:《审美制度问题研究——关于"美"的审美人类学阐释》,中国社会科学出版社2010年版,第64页。
[2] 王杰:《审美幻象与审美人类学》,广西师范大学出版社2002年版,第159页。

名左派学者雷蒙·威廉斯在20世纪五六十年代提出了建设"共同文化"的思想："创造一个社会，其价值是共同创造的，又是共同批评的，在此社会里，有关阶级的讨论和排除可以用共同的平等成员关系的本质来代替。这就是共同文化的观念，在发达社会里，它正在日益成为小规模的革命。"①事实上，这里已经包含了文化治理的思想。福柯指出："'治理术'意味着自我指向他自身的某种关系；个体在处理彼此关系时会自由地使用一系列策略，而我就想用这个概念来涵盖所有建构、界定、组织和工具化这些策略的行为实践"；"我把这种支配他人的技术与自我支配的技术之间的关联称作'治理术'。"②托尼·本尼特借鉴了福柯的"治理术"思想后明确提出了"文化治理"的范畴："在给文化下定义时，需要将政策考虑进来，以便把它视作特别的治理领域。"③也就是说，文化必然包含于国家治理之内。治理领域的文化范畴，具体地说，有如下4个特质："（1）特殊的行为品性和行为方式，这些被构建为文化的目标；（2）用来培养或转变这样的行为方式的技术；（3）这样的技术集合成特别的管理手段；（4）这种手段在特定文化技术运转程序中刻写。"④

当代西方国家已经形成了现代化文化治理方式。根据约翰·R.

---

① 转引自付德根、王杰《20世纪英国马克思主义文艺理论研究》，北京大学出版社2012年版，第94页。

② 徐一超：《"文化治理"：文化研究的"新"视域》，《文化艺术研究》2014年第3期。

③ [英]托尼·本尼特：《文化与社会》，王杰、强东红等译，广西师范大学出版社2007年版，第158页。

④ 同上书，第164页。

第一章　概念与原理

霍尔等人的研究,西方文化治理的主要方式由法律限制、检查制度和资助三个方面组成。也就是说:"国家与地方政府以许多方式影响了艺术。国家资助是艺术作品和艺术机构的一项重要经济来源。也许比较少见的是,政府通过检查艺术家和艺术作品,提倡某种风格(如中国的社会主义现实主义)或谴责某些风格,从而直接地影响艺术作品的内容。不同种类的法律限制对文化生产的环境也产生了影响。"① 事实上,虽然西方社会标榜个体公民文化权利,但政府缺席的文化是不存在的。正如文化研究者指出的那样:"尽管有的政府组织避免对艺术的直接控制,但他可以建立起高雅趣味的边界……一种'潜在的控制'正在运作。在这种潜在控制中,'其他人'倾向于被唤醒作为规范的来源。"② 在崇尚法治的西方社会,法律限制是西方文化治理方式的基础。法律限制,就是"以公共传播为途径的大众文化产业在一个部分地由政府法规所塑造的环境中运作"③。在美国,文化产业的规模和权力必须经过联邦通讯委员会(FCC)的许可和限制。在文艺领域,"著作权法规定了对于艺术作品的法定拥有权,这就影响了谁能使用艺术作品,在什么情况下它能被出售,谁能从中受益"④。虽然权限有所缩小,但检查制度仍然是西方国家文化治理的方式之一。比如美国:"最高法院的规定为州和地方政府采用检查制度

---

① [美]约翰·R. 霍尔、玛丽·乔·尼兹:《文化:社会学的视野》,周晓虹、徐彬译,商务印书馆2009年版,第280页。
② 同上书,第250页。
③ 同上。
④ 同上书,第280—281页。

开了先河。在地方层次上,作品有时以如下方式禁止:某些书籍不能被地方图书馆收藏,或者地方政府为电影院上映的电影设定一套标准。最经常受到检查的常常涉及作品的性和暴力方面的问题,同样,被认为表现了对弱势群体的仇恨的作品也会受到检查。"① 在当代,西方国家检查制度不是取消了,而是变得更精妙和隐蔽了。正如学者指出的那样:"检查制度表明政府对艺术家创造性活动的介入程度,也表明了艺术家对政府的依赖,但这只是问题的一个方面。问题的另一个方面是政府对艺术家创造性活动的支持。在当前有关艺术世界的讨论中,由于反对艺术作品的有关内容,政府撤走经济资助,这一行动通常并不与检查制度相区别。"② 实际上,资助是当代西方文化治理的最显著方式。诸如"国家艺术基金会"等资助机构的功能已经大为发挥。目前,艺术已经成为一种公共产品。

尽管西方国家文化治理方式已经相当成熟,但仍然有其致命的问题。事实上,正如雷蒙·威廉斯批评英国文化治理体制时指出的那样:"艺术委员会完全是由政府大臣们任命的,它的经费也是一年一度由这些大臣们决定的,并没有固定、公开的原则。在这些基本的约束之下,委员会被赋予一定的独立性;它甚至可以免受议会的详细质询,这当然是不对的。这就需要尽量把它描述成真正意义上的中间机构。它是大臣们和某个政府部门的囊中之物,它的独立

---

① [美]约翰·R.霍尔、玛丽·乔·尼兹:《文化:社会学的视野》,周晓虹、徐彬译,商务印书馆2009年版,第283页。
② 同上书,第284页。

性是有限的,利弊参半。"① 他用历史唯物主义的原理和方法指出,在英国,艺术委员会"是根据行政和政治需要任命的,其成员的遴选不是来自从事艺术实践和艺术管理的人,而是来自分类比较模糊的'有经验、有善意的人'——这是国家描述其非正式统治阶级的委婉说法"②。而真正科学而又公正的文化治理,只有实现社会生产方式的变革才能实现。所以他很明确地宣称:"没有对生产资料所有制进行必要的变更,如果仅仅是因为这个原因,那就可能真的行不通:在这样一个中央集权与少数人控制的社会中,让民主管理成为现实是非常困难的,而且可以理解的是,各种提案都会遭到激烈反对。"③

二 中国学者对"文化治理"的阐释

中文术语的"文化治理",最早见于中国台湾学者廖世璋。他在文中指出,文化治理是"一个国家在政治、经济或社会的特定时空条件下,基于国家的某种发展需求而建立发展目标,并以该目标形成国家发展计划而对于当时的文化发展进行干预,以达成原先所设定的国家发展目标"④。中国台湾学者王志弘在借鉴福柯、托尼·

---

① [英]雷蒙·威廉斯:《希望的源泉文化、民主、社会主义》,祁阿红、吴晓妹译,译林出版社2014年版,第50页。
② 同上书,第56—57页。
③ 同上书,第62页。
④ 廖世璋:《国家治理下的文化政策:一个历史回顾》,《建筑与规划学报》2002年第2期。

本尼特的成果，区分了政治学中"统治"和"治理"两大范畴，把governmentality 与 governance 结合起来，对"文化治理"作了如下界定："文化治理概念的根本意涵，在于视其为文化政治场域，亦即透过再现、象征、表意作用而运作和争论的权力操作资源分配，以及认识世界与自我认识的制度性机制。"[1] 2010 年，王志弘又发表了《文化如何治理？一个分析架构的概念性探讨》，把"治理理论""治理术""反身性自我治理理论""文化霸权理论""调节理论"做"理论接枝"，从而对"文化治理"的内涵作了系统阐释："借由文化以遂行政治与经济（及各种社会生活面向）之调节与争议，以各种程序、技术、组织、知识、论述和行动为操作机制而构成的场域。"这一定义具有四大特点：构成场域的结构化力量、具体操作机制与技术、主体化历程文化争议与抵抗的可能。[2] 在王志弘的带动下，"文化治理"一度成为我国台湾学术界的热点话题之一。

大陆地区对于"文化治理"的学理性阐释较晚。实际上，最早阐释"文化治理"的大陆学者是胡惠林，他在 2002 年 5 月、6 月先后发表《国家文化治理：发展文化产业的新维度》《国家需要文化治理》两篇文章，率先呼吁了从"文化管理"到"文化治理的转变"。胡惠林指出："文化管理是国家通过建立规章制度对文化行为进行规范化，对象是文化行为，主体是政府；文化治理是国家通过

---

[1] 王志弘：《台北市文化治理的性质与转变，1967—2002》，《台湾社会研究季刊》2003 年第 4 期。
[2] 王志弘：《文化如何治理？一个分析架构的概念性探讨》，《世新大学人文社会学报》2010 年第 11 期。

制度安排，利用和借助文化的功能用以克服与解决国家发展中的问题，对象是政治、经济、社会和文化，主体是政府+社会，政府发挥主导作用，社会参与共治。管，具有法律和行政的强制性；治，则更突出人和社会的自主性。治，是针对问题的解决与克服，具有很强的弹性，而管则是基于一定的价值尺度对人们的社会行为做出规定，具有很强的惩戒刚性。"[1] 2013年1月8日，华中师范大学政治学研究院王啸、袁兰在人民网理论频道发表《文化治理视域下的文化政策研究——对改革开放以来的文化政策分析》，理论意义的"文化治理"开始走进大陆的学术视野。在这篇文章看来，"文化治理是指掌权者在其权力运作的政治的场域内，通过文化政策等观念意识的表达和实施，对社会资源进行分配、对社会政治生活参与者的思想和行为施加影响，借以达到分配社会资源、维护其政治统治、保持稳定的社会秩序最终实现整个社会有序运行的一种综合性机制"。也就是说，"'文化治理'更多是从权力运作的角度对文化政策进行的考察。文化治理是文化在政治领域的一种重要形态。文化政策的研究天然的具有政治性、整体性、系统性等特征。文化治理作为政治生活中掌权者对整个社会的文化资源进行分配和控制的一种策略，其本身就是具有工具性的特征"[2]。

2013年11月，党的十八届三中全会提出了"推进国家治理体

---

[1] 胡惠林：《国家需要文化治理》，《学习时报》2012年6月18日第9版。
[2] 王啸、袁兰：《文化治理视域下的文化政策研究——对改革开放以来的文化政策分析》，参见人民网（http://theory.people.com.cn/n/2013/0108/c40537 - 20131372.html）。

系和治理能力现代化"的全面深化改革目标,在文化方面的要求包括"完善文化管理体制""建立健全现代文化市场体系""构建现代公共文化服务体系"三个方面,实际上也就是文化治理体系现代化的要求。"文化治理"的学术研究在中国大陆从此开始成规模涌现。2014年1月,吴理财发表文章,阐释了文化治理的政治、社会、经济三张面孔。文章指出:"文化和文化治理往往具备政治的面孔,因为一定时期的文化观念总是服务于统治阶级的利益,并为阶级统治提供合法的意识形态支持。进入现代以后,文化治理的社会面孔越来越重要,并日渐渗透于社会的每一角落乃至意义和价值领域。如今,文化治理又日渐深入到产业发展之中,常常以其经济面孔示人。在实践中,文化治理的几副面孔总是交融在一起,展现多样形态。"[1] 2014年4月,在北京举办的国家文化治理体系和治理能力现代化研讨会上,一些学者就"文化治理""文化治理体系"等问题作了解释。其中,陶东风认为:"对于国家文化治理体系和治理能力现代化这个概念,不能把它理解为文化领域的国家文化治理,而是指整个国家治理体系和治理能力现代化过程中,文化所起的作用,我认为,这个作用应该是核心作用。"魏宏认为,文化治理是国家治理体系的一个子系统,其核心是保护公民的文化自由权。在这个过程中,要用市场化的思维来塑造文化治理体系。[2]

---

[1] 吴理财:《文化治理的三张面孔》,《华中师范大学学报》(人文社会科学版) 2014年第1期。
[2] 苏丹丹:《从文化管理走向文化治理》,《中国文化报》2014年4月9日第6版。

2014年10月，刘忱在《中国党政干部论坛》中阐释了狭义的文化治理内涵："从狭义文化的意义上说，文化治理是指在文化领域实现公众利益最大化，让人民群众分享文化利益、提升福祉，实现文化公平、平等。即全面深化文化体制改革，建立健全各种文化制度、体制机制，以保障人民尽可能分享文化建设、文明发展的多重成果。因此，文化治理除了要在思想理论内容上创新外，还应该深化文化在整合动员社会方面的功能，即从单一的教化功能，扩展出文化公共品功能，公平、均等地向社会提供公共文化服务，让文化进入普通日常生活。这将是一个一举多赢的过程。一方面，人民分享到了更多文化实惠；另一方面，社会共识在人民分享的过程中得以形成。"[①] 2015年5月，季玉群阐释了文化治理的主体、客体、渠道。主体方面，"应以资本逻辑、政治逻辑与文化逻辑的共识机制，构建文化治理的多元主体"，形成"国家—社会—市场"多元合作模式。客体方面，包括两个类别："文化治理的客体大致可分两类，一是文化本体，包括文学艺术、新闻媒体、意识形态、教育培训等各个层面的文化内容及文化活动；二是作为工具的文化，即为克服与解决媒体变革时代国家发展中的各种经济、政治、社会问题所须形成的文化观念与文化认同。前者涉及公众应享有的文化权利，后者需要建立起政府、社会与公众间的共识，所以都强调客体的公众参与。"渠道方面，形成立体交叉的格局，"在实践中应力图以精英文化和大众文化的相向共生，丰富文化治理渠道的信息运转

---

① 刘忱：《国家治理与文化治理的关系》，《中国党政干部论坛》2014年第10期。

环节"。① 相似地，国家话剧院党委书记景小勇阐释了国家文化治理体系的三大组成部分：主体系统、客体系统和方式系统。其中："主体系统包括宏观主体和具体主体，客体系统包括治理对象、内容和目标，方式系统包括基本方式和具体手段。国家文化治理体系与以往的管理体系相比，具有体系结构的复杂化与开放性、运行机制的市场化与平等性、功能内容的复合化与包容性、方式手段的协同化与参与性、整体格局的网络化与互动性等五个方面的特征。国家文化治理体系的研究，可从政府、市场和社会三个视角分别进行。"②

三 文化治理的根基：文化领导权

文化领导权是文化治理的首要问题，没有文化领导权就无所谓文化治理。文化领导权的学说与实践并不是无产阶级革命家首先提出的。在资产阶级上升到统治地位的历史时期，文化领导权就已经获得了高度重视。正如葛兰西指出的那样："启蒙运动本身是一场宏伟的革命，它以一种统一的意识的形式，给全欧洲提供了一个资产阶级的精神国际，这个国际对平民的所有灾难和不幸是敏感的，

---

① 季玉群：《文化治理的基础和形态》，《东南大学学报》（哲学社会科学版）2015 年第 3 期。
② 景小勇：《国家文化治理体系的构成、特征及研究视角》，《中国行政管理》2015 年第 12 期。

第一章　概念与原理

它为后来法国的流血起义做了最好的准备。"① 最为明显的是，席勒就公开强调要以国家意志传播时代之进步精神。席勒指出："一个国家机构的哲学家和立法者所仅能提出的最高和最终要求，是提高普遍的幸福。使肉体生命得到延续的东西，将永远是它的第一个目标；使人类在其本质之内高尚化的东西，将永远是他的最高目标。"② 在他看来，弘扬人类崇高精神唯有以文艺为代表的文化手段才能达到。

马克思主义经典作家赋予了文化领导权以唯物史观含义："统治阶级的思想在每一个时代都是占统治地位的思想。这就是说，一个阶级是社会上占统治地位的物质力量，同时也是社会上占统治地位的精神力量。支配着物质生产资料的阶级，同时也支配着精神生产资料，因此，那些没有精神生产资料的人的思想，一般地是隶属于这个阶级的。占统治地位的思想不过是占统治地位的物质关系在观念上的表现，不过是以思想的形式表现出来的占统治地位的物质关系；因而，这就是那些使某一个阶级成为统治阶级的关系在观念上的表现，因而这也就是这个阶级的统治的思想。"③ 虽然这段文字没有直接出现"文化领导权"这个概念，但马克思、恩格斯已经明确表示，文化领导权是客观实在，是统治阶级的意志，更进一步说，是经济上占统治地位的阶级的意志。

---

① 《葛兰西文选（1916—1935）》，李鹏程编，人民出版社1992年版，第5—6页。
② [德]席勒：《秀美与尊严》，张玉能译，文化艺术出版社1996年版，第9页。
③ 《马克思恩格斯文集》第1卷，人民出版社2009年版，第550—551页。

在国际共产主义运动史上,葛兰西提出了具体、完整的文化领导权学说。他指出:"每个国家都是伦理的,因为它的最重要的职能之一是把广大居民群众提高到符合生产力发展需要从而符合统治阶级利益的一定的文化和道德水平(或型式)。从这个意义上说,在国家中起特别重要作用的是执行积极的教育职能的学校。但是在现实中为了达到这项目的还进行许多具有所谓局部性质的他种活动的创举,它总是在一起构成统治阶级政治的或文化的领导机关。"①文化领导权的实现,就是通过承担教育职能的学校、法院等完成的:"作为积极的教育职能的学校,以及作为压制性的和消极的教育职能的法院,就是最重要的国家活动:然而,在现实中还有许多其他所谓的民间首创性活动也趋向于同一个目的,这些首创性活动形成统治阶级的政治和文化领导机构。"②

不仅如此,他还突出强调了文化领导权的重要性。也就是说,某个社会集团必须在掌握国家政权之前首先夺取文化领导权,否则其统治秩序就无法稳固:"社会集团可以而且甚至应该在夺取到国家政权之先就以领导者的身份出现(这就是夺取政权本身的最重要的条件之一)。尔后这个集团取得政权,即使很坚固地掌握着它,成了统治者,同时也应该是一个'领导的'集团。"③ 在葛兰西看来,领导权的夺取是逐步完成的:"我们已经进入政治—历史形式的高潮阶段,因此在政治方面,实行各个击破的'阵地战'具有最

---

① [意大利] 葛兰西:《狱中札记》,葆煦译,人民出版社1983年版,第217页。
② 《葛兰西文选(1916—1935)》,李鹏程编,人民出版社1992年版,第439页。
③ [意大利] 葛兰西:《狱中札记》,葆煦译,人民出版社1983年版,第178页。

第一章 概念与原理

后的决定意义。换句话说,在政治中,只有一个个地夺取阵地,这些阵地虽非决定性的,却足以使国家无法充分调动起全部领导权手段,只有到那时运动战才能奏效。"① 在这里的所说"阵地战"中,首要的就是思想文化的"阵地战"。葛兰西对此有着全面的阐释:"文化是与此完全不同的一种东西。它是一个人内心的组织和陶冶,一种同人们自身的个性的妥协;文化是达到一种更高的自觉境界,人们借助于它懂得自己的历史价值,懂得自己在生活中的作用,以及自己的权利和义务。但是,这些东西的产生都不可能通过自发的演变,通过不依赖于人们自身意志的一系列作用和反作用,如同动物界和植物界的情况一样,在那里每一个品种都是不自觉地,通过一种宿命的自然法则被选择出来,并且确定了自己特有的机体。人首先是精神,也就是说他是历史的产物,而不是自然的产物。否则,怎么能够解释这一事实:既然向来存在着剥削者和被剥削者、财富的创造者和自私的消费者,为什么社会主义尚未实现呢?事实是这样的,人类是逐渐地、在一定的阶段上才意识到它自身的价值,并且赢得这样一种权利去抛弃由少数人在前一个历史时期强加于它的那些组织形式。这种意识不是由于生理需要的残忍刺激形成的,而是对于为什么存在某些条件和如何最妥善地去把居于附属地位的事实转变成为起义和社会重建的导火线这一问题做出明智判断的结果,开始是少数人后来是整个一个阶级都有这样的明智的判断。这意味着每一次革命都是以激烈的批判工作,以及在群众中传

---

① 《葛兰西文选(1916—1935)》,李鹏程译,人民出版社1992年版,第421页。

播文化和思想为先导的。"① 葛兰西在这里正确地指出，思想文化的变革是社会变革的先导。事实上，在资产阶级获得统治地位之前，广大群众经过了广泛而又深刻的思想启蒙，保证了社会变迁的顺利推进。

雷蒙·威廉斯深化和发展了葛兰西的"文化领导权"学说。在他看来，主流文化是指"中心的、实际的和主导的意义和价值体系，在我们的社会里，这些意义和价值不是抽象的，而是有组织的和为人们所亲历体行的"。对于文化领导权，统治阶级要维护，被统治阶级要争夺。统治阶级通过制定文化政策，为文化生产者设定各种限制，迫使文化生产者按照自己的意志去生产文化产品并影响社会大众；通过选择机制来维护文化领导权。家庭、教会、学校、现代传播机构，这些无不是消融个性、维护资产阶级社会的举措。与此同时，统治阶级还建立了文化控制系统。专制系统、家长制系统、商业系统和民主的系统，打破了媒介自由的神话。②

在其代表作《马克思主义与文学》中，雷蒙·威廉斯赋予了"领导权"范畴以"文化"内涵，更新了"文化领导权"的含义。雷蒙·威廉斯指出："霸权（又译领导权，笔者注）就不仅仅是指那些清晰表达出来的、较高层次的'意识形态'，也不仅仅指意识形态的那些通常被视为'操纵'或'灌输'的控制方式，它是指一种由实践和期望构成的整体，这种整体覆盖了生活的全部——我们

---

① 《葛兰西文选（1916—1935）》，李鹏程译，人民出版社1992年版，第6页。
② 付德根、王杰：《20世纪英国马克思主义文艺理论研究》，北京大学出版社2012年版，第162—174页。

对于生命力量的种种感觉和分配,我们对于自身以及周围世界的种种构成性的知觉体察。霸权是一种实际体验到的意义、价值作为实践被人们体验时常常表现出彼此相互确证的情况。这样,霸权就为社会中的大多数人建构起一种现实感,一种绝对的意义——因为一旦超出经验现实,社会中的大多数成员在其生活的大多数领域内便难以行动。这也就是说,霸权从最根本的意义上来讲就是一种'文化',而文化又不能不总被看做是那种实际体验到的、特定阶级的主导和从属。"① 雷蒙·威廉斯认为,他的"领导权"概念表述有两个优点:"首先,它的这种主导形式和从属形式更接近发达社会通行的那些社会组织和社会控制的过程,而不是那类人们较为熟悉的、出于某一统治阶级挂念的投射过程(后者常常以较早的、较单纯的历史阶段为基础)"②;"霸权概念的第二个优点在这种语境中显得更直接、那就是它提供了一种完全不同的看待文化活动(既作为文化传统又作为文化实践)的方式。"③

无产阶级革命家历来重视文化领导权问题。在民主革命时期,列宁提出写作事业是党的工作的一部分。他要求:

> 报纸应当成为各个党组织的机关报。写作者一定要参加到各个党组织中去。出版社和发行所、书店和阅览室、图书馆和

---

① [英]雷蒙德·威廉斯:《马克思主义与文学》,王尔勃、周莉译,河南大学出版社2008年版,第118页。
② 同上。
③ 同上书,第119页。

各种书报营业所，都应当成为党的机构，向党报告工作情况。①

这是由言论自由和结社自由的辩证关系决定的：

> 言论和出版应当有充分的自由。但是结社也应当有充分的自由。为了言论自由，我们应当给你完全的权利让你随心所欲地叫喊、扯谎和写作。但是，为了结社的自由，你必须给我权利同那些说这说那的人结成联盟或者分手。②

列宁还探索了革命胜利后无产阶级文化领导权的实践方式，集中体现在《关于党在文学方面的政策——俄共（布）中央一九二五年六月十八日的决议》中。《决议》捍卫了无产阶级的文化领导权：

> 按照社会阶级或社会集团的内容而区分的各种作家集团之间的相互关系，是由我们总的政策来决定的。但是在这里必须注意：文学方面的领导，连同它的物质的和思想的手段，整个是属于工人阶级的。③

与此同时，为了更好地实现这个领导权，俄共（布）主张各集团、流派自由竞赛，反对简单粗暴的行政干涉："在正确地认清各

---

① 《列宁选集》第1卷，人民出版社2012年版，第664页。
② 同上书，第665页。
③ 《苏联文学艺术问题》，人民文学出版社1959年版，第9页。

种文学流派的社会阶级内容的同时,党决不能偏袒文学形式方面的某一派别而使自己受到束缚。既然领导着整个文学,党就不可能支持某一文学派别(在根据对形式和风格的观点的不同而划分这些派别的时候),正如党不能以决议来解决家庭形式问题一样,虽然一般讲来它无疑地领导着而且应当领导新生活的建设……在我国文化发展的现阶段上,任何在这方面把党束缚起来的企图,都应当加以驳斥。"①"党应当主张这方面的各种集团和派别自由竞赛。用任何其它方法来解决这个问题,都不免是衙门官僚式的虚假的解决。以指令或党的决议使某一集团或文学组织对文学出版事业实行合法的独占,同样也是不容许的。党虽然在物质上和精神上支持无产阶级文学和无产阶级农民文学、帮助'同路人'等等,却不能听任即使在思想内容上最为无产阶级的任何集团实行独占,因为这首先就会毁灭无产阶级文学。"②"党应当用一切办法根除对文学事业的专横的和外行的行政干涉的企图;党应当仔细注意出版事业机关的人选,以便保证对我们文学的真正正确的、有益的和灵活的领导。"③

毛泽东同样认为,文化领导权是革命领导权的重要组成部分。他在《实践论》中就指出:

> 无产阶级和革命人民改造世界的斗争,包括实现下述的任务:改造客观世界,也改造自己的主观世界——改造自己的认

---

① 《苏联文学艺术问题》,人民文学出版社1959年版,第11页。
② 同上书,第11—12页。
③ 同上书,第12页。

识能力,改造主观世界和客观世界的关系。地球上已经有一部分实行了这种改造,这就是苏联。他们还正在促进这种改造过程。中国人民和世界人民也都正在或将要通过这样的改造过程。所谓被改造的客观世界,其中包括了一切反对改造的人们,他们的被改造,须要通过强迫的阶段,然后才能进入自觉的阶段。世界到了全人类都自觉地改造自己和改造世界的时候,那就是世界的共产主义时代。①

在革命根据地的局部执政时期,以毛泽东为代表的中国共产党人已经承担起"破旧立新"的文化革命任务:

我们共产党人,多年以来,不但为中国的政治革命和经济革命而奋斗,而且为中国的文化革命而奋斗;一切这些的目的,在于建设一个中华民族的新社会和新国家。在这个新社会和新国家中,不但有新政治、新经济,而且有新文化。这就是说,我们不但要把一个政治上受压迫、经济上受剥削的中国,变为一个政治上自由和经济上繁荣的中国,而且要把一个被旧文化统治因而愚昧落后的中国,变为一个被新文化统治因而文明先进的中国。一句话,我们要建立一个新中国。建立中华民族的新文化,这就是我们在文化领域中的目的。②

---

① 《毛泽东选集》第1卷,人民出版社1991年版,第296页。
② 《毛泽东选集》第2卷,人民出版社1991年版,第663页。

在无产阶级文化领导权的推动下，根据地文化革命有效进展，文化事业繁荣发展，为新民主主义革命在全国的胜利提供了思想动员，奠定了文化基础。

综合以上，我们可以得出：并非只有中国把文艺作为"兴国大业"。文化治理是当代国家普遍存在的事实，文艺政策（包括文艺制度）是文化治理领域中最具直接现实性的组成部分，对于当代社会有着重要影响。文化领导权是文化治理的根本前提，文化治理是文化领导权的实现方式。虽然有着多种差异性的阐释，但当代中国多数学者认可"文艺是审美意识形态"这一命题。在当代中国语境下，认真研究当代中国社会审美经验模式、艺术生产方式的特殊性及其在审美表征方面的体现，无疑是十分艰难的理论工作，任何对这种关系的简单化理解都将导致理论与实践的偏差。

第二章　中国式审美现代性的建构（1949—1965）

在当代，文化政策，特别是文艺政策，是一定社会审美文化建构的基本方式。正如本雅明所说，人类审美文化构建的方式已经从礼仪转向政治，"我们知道，最早的艺术作品起源于礼仪——最初起源于巫术礼仪，后来是宗教礼仪。关键在于，艺术作品的氛围浓郁的生存方式从来就不能完全脱离礼仪功能"[1]，当代"艺术的整个社会功能也就发生了根本性的变化。艺术的根基不再是礼仪，而是另一种实践：政治"[2]。在这里，本雅明所说的政治，就是指文艺领域的国家治理，也即文艺政策。人类社会的发展是普遍性与多样性的统一。一切人类文明的历史演进都要遵循历史唯物主义的普遍规律，物质资料生产方式的矛盾运动在其中占有支配作用。当然，历史唯物主义的普遍规律又具有多样性的表现形式。社会的审美文化建构，作为人类社会发展的题中之义，也必然合乎普遍性与多样性

---

[1] ［德］瓦尔特·本雅明：《经验与贫乏》，王炳均、杨劲译，百花文艺出版社1999年版，第266页。
[2] 同上书，第268页。

第二章　中国式审美现代性的建构（1949—1965）

的统一的发展规律。社会主义社会的审美文化如何建构？这是人类社会历史上一个崭新的课题。列宁、斯大林等无产阶级革命家先后给出了各自的回答。以毛泽东为代表的中国共产党人在中国的国情基础之上也为此进行了艰辛的探索。

第一节　文化领导权及其体制的确立和巩固

一　文化领导权的建立及其体制安排

随着解放战争的胜利推进，特别是国民党反动政府已被推翻，中国共产党即将成为执政党，无产阶级领导的人民民主专政的新社会建立在即。政治统治权的建立为文化领导权的建立奠定了前提，但并不能代替文化领导权本身。所以，毛泽东在党的七届二中全会报告中指出，"党的工作重心由乡村移到了城市……在拿枪的敌人被消灭了以后，不拿枪的敌人依然存在，他们必然地要和我们做拼死的斗争，我们决不可以轻视这些敌人"[①]。文化领导权是以形成主导意义的价值体系为标志的，这就需要推行具体的政策、建立一套完整的机制。

与政治权力确立相比，主导的文化价值系统不可能顷刻间宣布完成，而是一个更加持久的、深刻的进程。但相同的是，文化领导权与政治权力都是在斗争中取得的，也就是说，文艺队伍同解放军

[①] 《建党以来重要文献选编》第26册，人民出版社2011年版，第160页。

一样，是"建设我们的独立、自由、民主、统一、富强的新国家"的有力"武器"。① 中国共产党人意识到了这一点，所以在中华人民共和国成立前几个月就组织召开了第一次全国文代会，确立了人民民主专政的文化领导权。正如周恩来指出的那样，本次文代会"是从老解放区来的与从新解放区来的两部分文艺军队的会师，也是新文艺部队的代表与赞成和改造的旧文艺的代表的会师，又是在农村中的，城市中的，在部队中的这三个部分文艺军队的会师。这些情形都说明了这次团结的局面的宽广，也说明了这次团结是在新民主主义旗帜下、在毛主席新文艺方向之下的胜利的大团结，大会师"②。

1949年2月，第一次全国文艺工作者代表大会在北平召开。毛泽东在讲话中指出，"你们都是人民需要的人，你们是人民的文学家、人民的艺术家、或者是人民的文学艺术工作的组织者。你们对于革命有好处，对于人民有好处。因为人民需要你们，我们就有理由欢迎你们。再讲一声，我们欢迎你们"③。讲话虽短，但已给当代文艺定性，就是人民性。实际上，人民性文艺即是人民民主专政在文艺上的体现。至于包括建立文艺体制在内的文艺政策，则由周恩来在他的讲话中具体提出。周恩来宣讲了6个问题，其中包括团结问题；为人民服务的问题；普及与提高的问题；改造旧文艺的问

---

① 《朱总司令讲话》，载《中华全国文学艺术工作者代表大会纪念文集》，新华书店1950年版，第6页。
② 《建党以来重要文献选编》第26册，人民出版社2011年版，第547页。
③ 《毛主席讲话》，载《中华全国文学艺术工作者代表大会纪念文集》，新华书店1950年版，第3页。

第二章 中国式审美现代性的建构（1949—1965）

题；文艺界要有全局观念的问题；组织的问题。所有的 6 个问题，都是围绕建立文化领导权做文章的。其中，有三个问题最为重要。

（一）确立新方向是建立文化领导权的首要条件

为人民服务是当代中国文艺的根本方向，为劳动人民服务则是主要方向。文艺家只有树立新型的为人民服务的世界观、人生观和价值观，才能保证这一新型的文艺方向。所以周扬在这次文代会上指出："毛主席的《在延安文艺座谈会上的讲话》规定了新中国的文艺的方向，解放区文艺工作者自觉地坚决地实践了这个方向，并以自己的全部经验证明了这个方向的完全正确，深信除此之外再没有第二个方向了，如果有，那就是错误的方向。"[1] 而"树立"又必须是以"熟悉"和"理解"为前提的。所以针对当时的社会历史情况和文艺家状况，周恩来代表党提出文艺家应该首先熟悉工农兵的倡导："应该首先去熟悉工农兵，因为工农兵是人民的主体，而工农兵又是今天在场的绝大多数所不熟悉或不完全熟悉的，至于小资产阶级的生活、思想、感情，则是你们的绝大多数所已经熟悉的。"[2] "不是说我们不要熟悉社会上别的阶级，不要写别的阶级的人物，但是主要的力量放在哪里要清楚，不然就不可能反映出这个伟大的时代，不可能反映出创造这个伟大时代的伟大劳动人民。"[3] 不仅如此，周恩来还以历史唯物主义关于精神生产的观点解释了文

---

[1] 周扬：《新的人民的文艺》，载《中华全国文学艺术工作者代表大会纪念文集》，新华书店 1950 年版，第 70 页。
[2] 《建党以来重要文献选编》第 26 册，人民出版社 2011 年版，第 544 页。
[3] 同上。

艺工作者向工人阶级学习的必要性:"文艺工作者是精神劳动者,广义地来说也是工人阶级的一员。精神劳动者应该向体力劳动者学习。一般精神劳动的特点之一是个人劳动(当然歌咏队、剧社、电影厂等的许多活动是集体的),这就容易产生一种非集体主义的倾向。这一方面,文艺工作者应当特别努力向工人阶级的集体主义精神学习。"①

(二)实现旧文艺到新文艺的转化是建立文化领导权的核心工作

文化领导权的建立不是简单的统治阶级更替,而是文化内容的根本转变。文化内容的根本转变,不能像军事斗争那样疾风骤雨式地推倒重来,而是在既有条件下的持久转换。实际上,马克思早就指出,

> 人们自己创造自己的历史,但是他们并不是随心所欲地创造,并不是在他们自己选定的条件下创造,而是在直接碰到的、既定的、从过去承继下来的条件下创造。一切已死的先辈们的传统,像梦魇一样纠缠着活人的头脑。②

文艺作为一种与社会发展不成比例的特殊意识形态,其新旧转化更是一个复杂的过程。事实上,在这个转化的过程中,旧艺术未必要全盘否定,它们在新的历史条件下仍然具有生命力。古希腊艺

---

① 《建党以来重要文献选编》第26册,人民出版社2011年版,第544页。
② 《马克思恩格斯选集》第1卷,人民出版社2012年版,第669页。

第二章 中国式审美现代性的建构（1949—1965）

术和史诗"仍然能够给我们以艺术享受，而且就某些方面说还是一种规范和高不可及的范本"①。列宁发展了马克思的学说，提出了两种民族文化的观点：

> 每个民族文化，都有一些民主主义的和社会主义的即使是不发达的文化成分，因为每个民族都有被剥削劳动群众，他们的生活条件必然会产生民主主义和社会主义的意识形态。但是每个民族也有资产阶级的文化（大多数还是黑帮的和教权派的），而且这不仅表现为一些"成分"，而表现为占统治地位的文化。②

正是因此，列宁在落后国家建设新文化时，制定了"转化"的政策。中国共产党人遵循了列宁的理论观点和实践经验，制定了新旧转化的文艺政策。在这里，既有主体本身的辩证转化，又有思想内容的辩证转化："现在是新社会新时代了，我们应当尊重一切受群众爱好的旧艺人。尊重他们方能改造他们。今后一定和全国一切愿意改造的旧艺人团结在一起，组织他们，领导他们普遍地进行大规模的旧文艺改革。如果不团结广大的旧艺人，排斥他们，企图一下子替代他们，是不可能的。""旧文艺里的一切坏的部分、一切不适合于人民利益人民要求的部分一定会消灭，比如宣传封建思想和

---

① 《马克思恩格斯列宁斯大林论文艺与文化》下卷，中国社会科学出版社2012年版，第1120页。
② 同上书，第1199—1200页。

其他反革命思想的东西,就应该加以消灭;另外一些合理的、可以发展的东西就会慢慢地提高、进步,逐渐变为新的文艺的组成部分,这一部分是有前途的,而不是被消灭的。"①

(三) 创建新的文学体制是建立文化领导权的根本保证

普列汉诺夫指出:"任何一个政权,只要注意到艺术,自然总是偏重于采取功利主义的艺术观……因为它为了自己的利益就要使一切意识形态都为它自己所从事的事业服务。"② 统治阶级为使得艺术为政权服务,无不是通过相应的机制完成的。文化研究已经证实,家庭、教会、学校、现代传播机构无不是消融个性、维护资产阶级社会的举措。不仅如此,统治阶级还建立了文化控制系统。专制系统、家长制系统和商业系统打破了媒介自由的神话。③ 事实上,列宁早就看出,

> 在以金钱势力为基础的社会中,在广大劳动者一贫如洗而一小撮富人过着寄生生活的社会中,不可能有实际的和真正的"自由"……资产阶级的作家、画家和女演员的自由,不过是他们依赖钱袋、依赖收买和依赖豢养的一种假面具(或一种伪装)罢了。④

---

① 《建党以来重要文献选编》第26册,人民出版社2011年版,第544页。
② 《普列汉诺夫美学论文集》Ⅱ,人民出版社1983年版,第830页。
③ 付德根、王杰:《20世纪英国马克思主义文艺理论研究》,北京大学出版社2012年版,第162—174页。
④ 《列宁全集》第12卷,人民出版社1987年版,第96页。

第二章　中国式审美现代性的建构（1949—1965）

　　与此同时，马克思主义政党应建立自己的文艺制度，使之成为"有组织的、有计划的、统一的党的工作的一个组成部分"①。当然，至于社会主义国家如何建立自己的文艺体制，则是一个实践问题。中华人民共和国文艺体制是从第一次全国文代会起逐步创建的。其模式特点有二：政府的文艺部门组织与文艺群团组织联动并举；中国共产党的组织领导。政府的文艺部门组织与文艺群团组织联动并举，表现为民主集中的上下结合，"文艺工作在政府方面也好，在群众团体方面也好，我们都要有计划地安排"。② 也就是说：政府"文艺部门的组织，那就要依靠……群众团体来支持，因为这个部门是为我们广大人民及群众团体服务的，也为广大文艺工作者服务。我们的国家是人民的国家，政府是人民的政府，是民主集中制的、由下而上同时又是由上而下的人民政权，是无产阶级领导的人民民主专政。所以我们文艺界也要关心这一方面工作，也要推出代表来参加新的政治协商会议"③。中国共产党的组织领导，就是党选派文艺工作干部，贯彻党的文艺思想和政策，像总工会一样组织作家集中创作。郭沫若在这次文代会上指出，无产阶级的领导是新型文化最根本的特点："没有革命的无产阶级的领导，没有最科学的无产阶级思想的领导，就不可能正确地规定革命的方向和政策，就不可能充分地发挥人民群众的力量，就不可能取得中国革命的胜利。政治革命上是这样，在文化革命和文艺革命上也是这样。这一

---

①　《列宁全集》第12卷，人民出版社1987年版，第93页。
②　《建党以来重要文献选编》第26册，人民出版社2011年版，第541页。
③　同上书，第551页。

条最重要的真理已经为中国三十年来的历史所反复证明。"① 在这里，组织领导是实现方式："如果文艺工作只是作家和创作，而没有组织文艺工作的干部，那就会使得文艺工作涣散无力，得不到应有的成就。因之，文艺工作的组织者是很重要的。这些组织家，往往是文艺工作的思想与政策的掌握者，领导者。因之为组织家，编辑家是和作家一样重要，他们应受到同样的尊重和奖励。"②

此外，周恩来还在本次文代会上宣讲了普及与提高的文艺政策。针对当时的历史国情，他代表党提出了普及第一的导向。

二 文艺体制的确立和领导权的巩固

如前所述，第一次文代会是中华人民共和国文艺体制创建的起点，而由起点到完成大约用了 1—2 年的时间。文化领导权的巩固也是随着体制的确立得以完成的。其中，主要包括三方面内容。

（一）人民文艺群团组织的体系化创建

周恩来在全国第一次文代会指出，"因为这次文代大会代表大家都感到要成立组织，也的确需要解决这个问题。不仅我们要成立一个中华全国文学艺术界的联合会，而且我们要像总工会的样子，下面要有各种产业工会，要分部门成立文学、戏剧、电影、音乐、

---

① 郭沫若：《为建设新中国的人民文艺而奋斗》，载《中华全国文学艺术工作者代表大会纪念文集》，新华书店 1950 年版，第 33 页。

② 郭沫若：《大会结束报告》，载《中华全国文学艺术工作者代表大会纪念文集》，新华书店 1950 年版，第 121—122 页。

第二章　中国式审美现代性的建构（1949—1965）

美术、舞蹈等协会。因为只有这样，我们才便于进行工作，便于训练人才，便于推广，便于改造"①。1949年7月19日，中华全国文学艺术界联合会成立，标志着全国性文艺组织的建立。中华全国文学艺术界联合会章程规定："本会宗旨，在团结全国一切爱国的民主的文学艺术工作者，和全国人民一起，为彻底打倒帝国主义、封建主义和官僚资本主义，建设中华人民共和国和新民主主义的人民文学艺术而奋斗。"② 在中华全国文学艺术界联合会的统领下，1949年7月23日，中华全国文学工作者协会成立，采用单独建制（1953年更名为中国作家协会）。24日，中华全国戏剧工作者协会、诗歌工作者联谊会成立。此后，音乐、舞蹈、美术、戏曲、电影等协会相继成立。随后不久，40多个地市召开文学艺术工作者代表大会（会议），成立地方性文学艺术界联合会或其他筹备机构。省、市、自治区的各种相关文艺团体组织也陆续成立。

（二）人民政府的文艺部门建立

1949年10月1日，中华人民共和国中央人民政府成立。10月9日，中国人民政治协商会议第一届全国委员会第一次会议，毛泽东当选为全国政协主席，周恩来、郭沫若等为副主席，郭沫若任中央人民政府政务院副总理、文化教育委员会主任。茅盾任政务院文化教育委员会副主任、政务院文化部部长。周扬任文化教育委员会委员、政务院文化部副部长。11月，以茅盾为部长，周扬、丁西林

---

① 《建党以来重要文献选编》第26册，人民出版社2011年版，第540页。
② 《中华全国文学艺术界联合会章程》，载《中华全国文学艺术工作者代表大会纪念文集》，新华书店1950年版，第572页。

为副部长的中华人民共和国文化部开始办公。

与之相适应，中共中央于1949年12月发布《关于中央人民政府成立后党的文化教育工作问题的指示》，把党代行的国家文化教育管理工作移交给人民政府的相应部门。指示要求："在中央政府未成立以前，党的中央宣传部不得不在实际上暂时代替中央政府的文教机关，管理国家的文化教育工作"；"现在，中央政府已经成立，管理全国文化教育事务的中央人民政府政务院文化教育委员会及其所属之各部、院、署亦先后成立，原本部所属之新华通讯社已改为国家通讯社，广播事业管理处已改为广播事业局，均属于新闻总署。本部所属之电影管理局亦改为电影局，隶属于文化部。在新闻出版总署下成立了出版局，原本部所属之出版委员会及其他地方组织，应即取消。新华书店改为国家书店，受新闻出版总署的领导。除了上述组织已改为政府以外，全国文化教育的行政工作，此后应由中央政府的文化教育部门来管理"。[①] 随后，政务院通过了《各大区、省、市文教机构的组织办法》，全国各级文教行政机构建立，负责文艺具体工作的政府部门创建也就随之完成。

（三）中国共产党的文艺意识形态工作

中国共产党把文艺作为意识形态工作的组成之一，具体由中宣部负责。中华人民共和国成立后，加强党的意识形态工作极为迫切。在这个历史背景下，中国共产党于1951年5月召开了第一次宣传工作会议。刘少奇作总结报告《党在宣传战线上的任务》，明确

---

① 《建国以来重要文献选编》第1册，人民出版社1992年版，第65页。

第二章　中国式审美现代性的建构（1949—1965）

把各种文艺形式和媒体作为党的意识形态工作的途径，要求加强动员。刘少奇指出："进行宣传工作要运用好各种宣传工具，如宣传员网、报纸、刊物、出版、戏剧、电影、美术、音乐、广播、学校等，把这些宣传工具都搞好、都加强，统统动员起来，运用起来。"[①]"现有的这些宣传工具还不够，电影不够、戏剧不够、其他的文艺形式也不够、特别是通俗出版物不够。所以宣传工具还要增加，特别是增加适合于劳动群众的宣传教育工具。"[②]

也正是在党的第一次宣传工作会议召开之际，持续一年多的《武训传》批判开展起来。事实上，其目的不是批判本身，而是破旧立新。党和国家实施了两项重大文艺政策，一是戏曲改革；二是文艺整风学习运动。1951年5月5日，《政务院关于戏曲改革工作的指示》发布。其中要求："凡宣传反抗侵略、反抗压迫、爱祖国、爱自由、爱劳动、表扬人民正义及其善良性格的戏曲应予以鼓励和推广，反之，凡鼓吹封建奴隶道德、鼓吹野蛮或猥亵淫毒行为，丑化与侮辱劳动人民的行为应加以反对"；"审定流行最广的旧有剧目，对其中的不良内容和不良表演方法进行适当地修改"；"鼓励各种形式的自由竞赛，促成戏曲艺术的'百花齐放'"；"戏曲艺人在娱乐与教育人民的事业上负有重大责任，应在政治、文化及业务上加强学习，提高自己"；"旧戏班中的某些不合理制度，如徒弟制、养女制、'经励科制度'等，严重地侵害人权与艺人福利，应有步骤地加以改革，这种改革主要依靠艺人群众的自觉自愿"；"戏曲文

---

① 《建国以来重要文献选编》第2册，人民出版社1992年版，第295页。
② 同上书，第296页。

教工作应由各地文教主管机关领导……建立示范性的剧团、剧场，有计划地经常地演出新剧目，改进剧场管理"。① 这项改革力求从戏曲的内容、形式、制度等方面破旧立新，从而实现主体、客体、载体的新旧文艺转化，同时加强党对文艺工作的领导。1951 年下半年至 1952 年上半年，文艺整风学习运动全面开展。1951 年 11 月 23 日，中宣部召集党的文艺工作干部十余人举行文艺工作会议。根据取得的一致意见，中共中央发布《关于文艺学术界开展整风学习运动的指示》。《指示》提出："纠正文艺脱离党的领导的状态，对文艺工作的重要情况和问题经常向中央报告、请示；彻底整顿文联各个协会的工作，使成为组织作家参加实际斗争、学习、创造和开展批评和自我批评的中心；改善对电影工作的领导，草拟一个中央关于加强电影工作的决定草案；整顿文艺刊物，使成为严肃的战斗的武器；对文艺界私产阶级、小资产阶级的影响开展有系统地斗争。"② 要求阅读的制定文件有："1. 毛主席《实践论》；2. 毛主席《在延安文艺座谈会上的讲话》；3. 毛主席《反对自由主义》；4. 斯大林给别德内依的信（人民日报一九五一年八月十二日）；联共中央关于文艺问题的四个决定及日丹诺夫的报告；5. 人民日报社论《必须重视电影〈武训传〉的讨论》。"③ 1952 年 1 月，胡乔木的《文艺工作者为什么要改造思想？》、周扬的《整顿思想，改进领导工作》、丁玲的《为提高我们刊物的思想性、战斗性而斗争》等文

---

① 《建国以来重要文献选编》第 2 册，人民出版社 1992 年版，第 249—253 页。
② 同上书，第 465—467 页。
③ 同上书，第 467 页。

第二章　中国式审美现代性的建构（1949—1965）

章分别发表在《人民文学》1月号，作为响应。

第二节　社会主义文艺制度的理论原则及其实践

一　社会主义文艺制度的理论原则

随着中华人民共和国各项事业的进展，过渡时期总路线也逐渐提上日程。过渡时期总路线，即逐步实现国家的社会主义工业化，并逐步实现国家对农业、对手工业和对资本主义工商业的社会主义改造。随着社会主义改造的胜利开展，社会主义基本制度在我国建立起来。与之相适应，社会主义文艺制度也随之确立，其步调与社会主义基本经济制度和根本政治制度的确立大体一致。正像周恩来指出的那样："因为我们国家的建设是从新民主主义逐步过渡到社会主义，所以社会主义现实主义的文艺应该更发展更深刻。"①

社会主义文艺制度的理论原则，也就是"把社会主义现实主义方法作为我们整个文学艺术创作和批评的最高原则"②。这个理论原则是在1953年9月全国第二次文代会上正式提出的。周恩来总理在大会上作政治报告，包括三方面内容：过渡时期总路线问题；执行总路线中目前的国内外情况；为总路线而奋斗的文艺工作者任务。其中，与总路线相适应的文艺工作，周恩来又谈了七个问题：历史

---

① 《周恩来论文艺》，人民文学出版社1979年版，第52页。
② 周扬：《为创造更多的优秀的文学艺术作品而奋斗》（中国文学艺术工作者第二次代表大会上的报告），《人民日报》1953年10月9日。

估价的问题；为谁服务的问题；深入实际生活的问题；创作有正确思想内容的优秀文艺作品的问题；帮助开展群众文艺活动的问题；文艺界的团结与改造问题；领导责任的问题。一言以蔽之，就是文艺界的社会主义改造问题："我们不论新的、旧的、年老的、年轻的，在这个社会主义改造的大洪炉中，都要不断地改造。如果生命还在，总是要不断地去掉旧的思想意识，不断地前进"；"团结一切可以团结的人，一道改造。团结起来一起过渡到社会主义，并向共产主义的远景前进"。①

社会主义现实主义理论原则，包括方向、内涵和重点、方法和形式以及工作方式几个层面。社会主义现实主义的方向，就是为工农兵服务。也就是说："新的文学艺术，掌握了毛主席文艺为工农兵服务的方向。既然如此，文艺就必须首先歌颂工农兵中间的先进人物。我们有许多充满了为工农兵服务的热情的作品。"② 这个原则是顺应过渡时期总路线的，因为社会主义改造完成以后城市小资产阶级、民族资产阶级作为一个完整的阶级将不复存在。社会主义现实主义的内涵是革命的现实主义和革命的理想主义相结合："我们的理想主义，应该是现实主义的理想主义；我们的现实主义，是理想的现实主义。革命的现实主义和革命的理想主义结合起来，就是社会主义现实主义。"③ 其创作的重点是工农兵中的典型人物，也就是优秀人物和理想人物："今天文艺创作的重点，应该放在歌颂的

---

① 《周恩来论文艺》，人民文学出版社1979年版，第56页。
② 同上书，第52—53页。
③ 同上书，第53页。

第二章 中国式审美现代性的建构（1949—1965）

方面，应该创造我们这个时代的典型人物。既然是典型，当然要超过现实中原来的人，不但要把他最优秀的方面写出来，同时要把劳动人民的优点写出来。因为我们创造的典型人物应该成为人民学习和效仿的对象，学当然是要学优点……所以，我们就是要写工农兵中的优秀人物，写他们中间的理想人物。"① 社会主义现实主义的方法，就是深入实际生活。具体地说包括两个方面："必须掌握国家政策，这样才能了解生活向前发展的方向；同时……又必须与劳动人民共呼吸，深入群众的斗争，和人民群众的生活打成一片，这样才不至于旁观。必须做到了这两方面，这样的生活体验才有价值，这样从生活中续期的原料才有可能进入加工过程。"② 事实上，党的文艺政策对于社会主义现实主义的创作形式问题既是高度重视的，又是相当灵活的。既要有阳春白雪，又要有下里巴人："艺术有思想和形式的统一性，也有形式本身的统一性……只要它在过渡时期是有益于劳动人民的，不是有害的，我们就允许它演出。"③ 新文艺采用个人创作和集体生活相统一的工作方式。也就是说："文学家、艺术家应该一方面更好地发挥个人的才智，也要过集体生活，同时又能将大家的意见集中综合起来加以取舍，修正自己的作品。在创作上如果只强调集体，或者用集体的力量来干涉创作，那作品就会改不好。"④

---

① 《周恩来论文艺》，人民文学出版社1979年版，第53页。
② 同上书，第53—54页。
③ 同上书，第55页。
④ 同上书，第56—57页。

二 社会主义文艺制度的确立及其发展

理论原则一经确立,制度安排势在必行。在这个时期,中共中央批转了《中宣部关于改组文艺团体和加强对文艺创作的领导报告》,对《中央文化部党组关于目前文化艺术工作状况和今后改进意见的报告》作出批示,并发出《关于处理反动的、淫秽的、荒诞的书刊图画问题和关于加强对私营文化事业和企业的管理和改造的指示》,确立了与社会主义基本制度相适应的文艺制度。

(一)确立各级文艺团体制度

在中共中央批转的《中宣部关于改组文艺团体和加强对文艺创作的领导报告》中明确规定了文艺团体的性质,即创作家自愿结合的组织:"文学工作者协会及其他各种协会,都应该是创作家自愿结合的组织,其中心任务是组织和领导文学艺术创作,帮助作家、艺术家进行政治和艺术的学习,研究并指导文学艺术的普及工作。为此,应改组各种协会,首先是改组全国文学工作者协会,使成为作家、批评家、文学作品翻译家的组织。"[1] 与此同时,省和大市设立包括各种文艺工作者的"文学艺术工作者联合会",只收个人会员(包括专业创作家和群众业余艺术活动分子),其任务为组织创作和辅导群众业余文艺活动并重,以十至十五人为编制。与此同时,县一般不设立文艺团体,已成立者规定为群众业余文艺活动骨

---

[1] 《建国以来重要文献选编》第4册,人民出版社1993年版,第76页。

干分子和民间艺人的组织,以组织和辅导群众业余艺术活动,不列编制。①

(二)改造文艺事业企业单位制度

原有的群众性文化事业机构获得了整顿和发展,如恢复并初步整顿了旧有的各种群众性的文化事业机构。全国电影院、剧场、文化馆、图书馆、博物馆等。一些新的事业机构也相继建立,如建立电影放映队2439队,文化站4122个等。在社会主义改造进程中,这些单位加强了计划性,克服了盲目性。对于文艺企业单位,一般采取"私营公助"的方式有秩序、有步骤地改造:"国营剧团应着重提高演出质量与改善经营状况,使之真正能起示范作用,对于一般私营剧团,除条件成熟者外,各地不应性急地、勉强地改为国营,但尤其不应放任不管,而应多采私营公助方式,对其加强经常的领导和管理。"② 1955年发出的《关于处理反动的、淫秽的、荒诞的书刊图画问题和关于加强对私营文化事业和企业的管理和改造的指示》进一步要求:"中央责成各地党委和政府有关部门,对私营出版业、印刷业、发行业、照像业、租赁业加强领导和管理,实行统筹兼顾,全面安排,并逐行逐业进行社会主义改造,各地文化行政部门应该责成和指导文化馆负责把租书铺摊用一定形式组织起来,改造成为流通通俗图书的据点,并引导它们中的一部分兼营或改营书刊发行业务。对于流散在社会上的旧的著译、绘画、编辑人员,除反革命分子和不可救药的流氓分子外,应一律加以收罗,或

---

① 《建国以来重要文献选编》第4册,人民出版社1993年版,第77—78页。
② 《建国以来重要文献选编》第5册,人民出版社1993年版,第19—20页。

以组稿办法发挥他们的力量，维持他们的生活，并逐步改造和提高他们"①；"对于其他私营文化事业和企业，也应采取统筹安排、利用改造方针。在我们加强文化工作的思想政治领导，掌握影片、戏剧、出版物及其他文化活动的内容的前提下，正确地利用私营文化事业和企业的力量，不但可以满足人民群众的一部分文化需要，而且可以为国家节省很大一笔资金，使我们可以集中力量进行重点建设。对私人举办电影院、剧场等，可允许私人修建房屋，但经营上应由国家与之进行公私合营"。②

（三）改变作家生活制度

改变作家生活制度，就是按照社会主义"按劳分配"原则，改变等级供给制度，实行"按劳取酬"原则。中共中央批转的《中宣部关于改组文艺团体和加强对文艺创作的领导报告》要求：

> 目前文艺作家均按照评定的等级领取薪金或津贴，而不是依靠作品的收入生活，这是不合理的。为了鼓励作家创作，并实行"按劳取酬"原则，应该逐步的改变这种供给制度，而使作家们依靠自己的稿费、版税和上演税来维持生活。全国文协已把这个问题向党内外的部分作家征求意见，他们大都表示赞同，但希望对稿费、版税、上演税等制度作一通盘调整，并适当地予以提高，以保障作家们的生活。同时还要有贷款或预支版税等各种办法，对于青年作家和长期停止写作的作家，还须斟酌情形给以一

---

① 《建国以来重要文献选编》第 5 册，人民出版社 1993 年版，第 209 页。
② 同上书，第 229 页。

第二章 中国式审美现代性的建构（1949—1965）

定的过渡期限，在此期限内仍由公家供给或津贴。①

（四）健全文艺领导制度

首先，加强党委宣传部的领导监督制度。中共中央要求：

> 各级党委，特别是宣传部，必须加强对文化艺术工作的领导，应定期讨论政府文化部门和文艺团体的工作并经常予以督促检查。同时文化艺术部门本身的领导方法和工作作风必须改进，首先必须克服工作中严重存在的主观主义和分散主义的倾向，一方面深入下层，加强和群众的联系，另一方面严格执行向党委和上级请示报告的制度，以便使文化工作受到党的经常领导和监督。②

其次，完善党组工作制度。包括五个方面：（1）认真讨论和研究中央的各项决定和指示，并使之与本身工作联系起来。（2）定期、及时地向中央报告工作，有系统地反映情况，以便取得中央更多的领导。凡有关方针、政策及重大问题必须事前向中央请示。（3）有准备、有计划地讨论有关文化工作的方针、政策及艺术思想的问题，开展对各种不良思想倾向的斗争；抓住每个时期的中心工作，务使彻底解决。这种讨论可适当吸收党外负责干部参加；每次讨论应有结论。党组讨论一切重大事项均应有明确决定，并定期检

---

① 《建国以来重要文献选编》第 4 册，人民出版社 1993 年版，第 78—79 页。
② 《建国以来重要文献选编》第 5 册，人民出版社 1993 年版，第 21 页。

查决定执行情形。(4)在个人负责、集体审议的原则下,在党内成立电影剧本审查小组和上演剧目审查小组,以加强对艺术创作的具体思想领导。(5)党组成员每年应有一定时间到下面去,实地进行考察,以克服常年高高在上、不了解下情的毛病。①

最后,优化行政领导制度。包括三个层面:(1)中央文化部直属部门和事业单位,应根据精简原则,进行必要的调整和裁并,以减少层次,提高工作效率。(2)省、市文化主管部门,目前机构尚不健全,除提高其领导工作的政治思想水平外,应健全其本身机构,并建立经常业务。(3)县级文化行政机构,亦须逐步建立,以资专责,在不增加编制的原则下,由文教科抽调一、二人,或另调干部,逐步实行文教分科,并建议先从特等、甲等县做起。② 在这里值得注意的是,省市文化局与当地文学艺术工作者联合会是合署工作的。

应该指出,单位体制的文艺制度是与计划经济体制相适应的。这种体制与现代文化治理的确有着差距。但从历史主义的角度去看,我们不能苛求前人创造出今天的成果。即便如此,当时的文艺政策还是表现出党的文化工作的优良作风。突出表现为:尊重艺术规律、反对官僚主义、开展批评等。中共中央批转的《中宣部关于改组文艺团体和加强对文艺创作的领导报告》就特别批评了违反艺术规律的领导方式:"采取违反艺术规律的方法领导创作,不是帮助作家们熟悉生活、认识生活,了解当前的政治任务,引导作家对

---

① 《建国以来重要文献选编》第5册,人民出版社1993年版,第35—37页。
② 同上。

于重大的政治主题发生兴趣，而是完全不考虑作家的基础和创造兴趣，只是简单地出题作文，限期交卷，甚至人物、故事和对话等等都规定好了，要作家按照这些规定去创作……这样创作出来的作品，必然是缺乏思想性、艺术性的枯燥、乏味的东西。"①《中央文化部党组关于目前文化艺术工作状况和今后改进意见的报告》中又一次批评了文艺领导工作中的主观主义、官僚主义和分散主义错误："领导工作上存在严重的主观主义、官僚主义和分散主义。主观主义是造成我们工作中的一切缺点和错误的主要根源。我们的官僚主义实际上就是主观主义的表现，它最突出地表现在脱离群众、脱离实际的倾向上。"②

第三节 "双百方针"及其文艺政策

一 "双百方针"的依据：正确处理人民内部矛盾

三大改造完成以后，社会主义基本制度从此建立。我国的社会性质由新民主主义转变为社会主义，社会矛盾也由两个阶级、两条道路的矛盾转变为人民日益增长的物质文化需要和落后的社会生产之间的矛盾。也就是说，社会矛盾的主流由对抗性矛盾转变为非对抗性矛盾。正像毛泽东指出的那样：

---

① 《建国以来重要文献选编》第 4 册，人民出版社 1993 年版，第 74—75 页。
② 《建国以来重要文献选编》第 5 册，人民出版社 1993 年版，第 28 页。

> 社会主义社会的矛盾是另一回事,恰恰相反,它不是对抗性的矛盾,它可以经过社会主义制度本身,不断地得到解决……社会主义社会的这些矛盾,同旧社会的生产关系和生产力的矛盾、上层建筑和经济基础的矛盾,具有根本不同的性质和情况罢了。①

据此,毛泽东提出了社会主义社会两类矛盾学说,并清醒地认识到人民内部矛盾已经成为我国社会生活的主题:

> 所谓人民内部的矛盾,包括工人阶级内部的矛盾,农民阶级内部的矛盾,知识分子内部的矛盾,工农两个阶级之间的矛盾,工人、农民同知识分子之间的矛盾,工人阶级和其他劳动人民同民族资产阶级之间的矛盾,民族资产阶级内部的矛盾,等等。我们的人民政府是真正代表人民利益的政府,是为人民服务的政府,但是它同人民群众之间也有一定的矛盾。这种矛盾包括国家利益、集体利益同个人利益之间的矛盾,民主同集中的矛盾,领导同被领导之间的矛盾,国家机关某些工作人员的官僚主义作风同群众之间的矛盾。这种矛盾也是人民内部的一个矛盾。一般说来,人民内部的矛盾,是在人民利益根本一致的基础上的矛盾。②

---

① 《毛泽东文集》第7卷,人民出版社1999年版,第213—214页。
② 同上书,第205—206页。

第二章　中国式审美现代性的建构（1949—1965）

人民内部矛盾的解决方式，也与以往有着根本区别。人民内部矛盾不能用行政命令的方式强制地解决，而只能用民主的方法，用"团结——批评——团结"的公式解决：

> 企图用行政命令的方法，用强制的方法解决思想问题，是非问题，不但没有效力，而且是有害的。我们不能用行政命令去消灭宗教，不能强制人们不信教。不能强制人们放弃唯心主义，也不能强制人们相信马克思主义。凡属于思想性质的问题，凡属于人民内部的争论问题，只能用民主的方法去解决，只能用讨论的方法、批评的方法、说服教育的方法去解决，而不能用强制的、压服的方法去解决。①

"我们曾经把解决人民内部矛盾的这种民主的方法，具体化为一个公式，叫做'团结——批评——团结'。"② 民主的方法，"团结——批评——团结"的共识，具体地运用到文艺领域，就是"双百方针"，即"百花齐放、百家争鸣"。

二　"双百方针"的内涵及其政策

（一）"双百方针"的实质是以自由讨论的方式解决文艺问题

"双百方针"，就是"百花齐放、百家争鸣"，即以自由讨论的

---

① 《毛泽东文集》第7卷，人民出版社1999年版，第209页。
② 同上书，第210页。

方式解决艺术界科学界的问题。毛泽东是这样解释的:"百花齐放、百家争鸣的方针,是促进艺术发展和科学进步的方针,是促进我国的社会主义文化繁荣的方针。艺术上不同的形式和风格可以自由发展,科学上不同的学派可以自由争论。利用行政力量,强制推行一种风格,一种学派,禁止另一种风格,另一种学派,我们认为会有害于艺术和科学的发展。艺术和科学中的是非问题,应当通过艺术界科学界的自由讨论去解决,通过艺术和科学的实践去解决,而不应当采取简单的方法去解决。"① 后来,"双百方针"有了更凝练的概括:"我们所主张的'百花齐放,百家争鸣'是提倡在文学艺术工作和科学研究工作中有独立思考的自由,有辩论的自由,有创作和批评的自由,有发表自己的意见、坚持自己的意见和保留自己的意见的自由。"②

(二) 以六条标准区分"香花""毒草"

当然,自由讨论不是没有原则和立场的。在这里,毛泽东给出了区分"香花""毒草"的六条标准:(1) 有利于团结全国各族人民,而不是分裂人民;(2) 有利于社会主义改造和社会主义建设,而不是不利于社会主义改造和社会主义建设;(3) 有利于巩固人民民主专政,而不是破坏或者削弱这个专政;(4) 有利于巩固民主集中制,而不是破坏或者削弱这个制度;(5) 有利于巩固共产党的领导,而不是摆脱或者削弱这种领导;(6) 有利于社会主义的国际团结和全世界爱好和平人民的国际团结,而不是有损于这些团结。其

---

① 《毛泽东文集》第7卷,人民出版社1999年版,第229页。
② 《建国以来重要文献选编》第8册,人民出版社1994年版,第303页。

第二章　中国式审美现代性的建构（1949—1965）

中，以社会主义道路和共产党的领导这两条最为重要。事实上，毛泽东对待这些标准有着相当程度的灵活性，认为不赞成这些政治标准的人们仍然可以提出自己的意见来辩论。不仅如此，他认为这些政治标准是不能取代艺术标准的。

（三）"社会主义现实主义"是最好方法但不是唯一方法

毛泽东在中国共产党全国宣传工作会议期间的谈话就指出，社会主义现实主义的方法不是强制一切作品都使用的方法，甚至不是占多数比重的方法，要在相当长的时间内容忍其他创作方法：

> 社会主义现实主义也不能强制人家接受。那末，不是社会主义现实主义的作品怎么办呢？只好让它发行，只要不是对社会主义制度抱敌对情绪的。马克思主义作家的作品，如果是教条主义的，人家不要看。教条主义不是马克思主义，而是反马克思主义。要好的、真正马克思主义的、真正社会主义现实主义的作品，哪怕少一点，有那么几部，写得较好，用几十年工夫，去影响那百分之八十的知识分子，因为这些作品是为工农兵服务的。①

事实上，毛泽东也并没有要求所有作家都用马克思主义世界观创作作品：

---

① 《毛泽东文集》第7卷，人民出版社1999年版，第251—252页。

有一种看法，实际上是认为思想不能指导创作，这种看法跟对社会主义现实主义的不正确看法有关系。要求所有的作家接受马克思主义世界观是不可能的。大多数作家接受马克思主义世界观大概需要几十年才有可能。在还没有接受马克思主义世界观的时间内，只要不搞秘密小团体，可以你写你的，各有各的真实。①

时任中宣部部长的陆定一在进一步的解释中指出："社会主义现实主义，我们认为是最好的创作方法，但并不是唯一创作方法；在为工农兵服务的前提下，任何作家可以用任何自己认为是最好的方法来创作，互相竞赛。题材问题，党从未加以限制……关于题材问题的清规戒律，只会把文艺工作窒息，使公式主义和低级趣味发展起来，是有害无益的。至于艺术特征问题，典型创造问题等，应该由文艺工作者自由讨论，可以容许各种不同的见解，并在自由讨论中逐渐达到一致。"②

（四）提倡为工农兵服务又允许发表其他作品

当时，毛泽东并不强制一切作家都去写为工农兵服务的作品。在他看来，只能积极地影响作家与工农兵打成一片，但这绝不能强求，反而要允许作家创作其他作品：

无论资产阶级思想也好，小资产阶级思想也好，在知识

---

① 《毛泽东文集》第 7 卷，人民出版社 1999 年版，第 250 页。
② 《建国以来重要文献选编》第 8 册，人民出版社 1994 年版，第 312 页。

第二章　中国式审美现代性的建构（1949—1965）

分子中还是占大多数的，他们还没有跟群众打成一片。我看还是跟工农兵打成一片才有出路，不能打成一片，你写什么呢？光写那五百万知识分子，还有身边琐事？……也可以允许一部分人就写他自己的身边琐事，他又不去跟工农兵打成一片，他又能写，你有什么办法呢？这么大个国家总会有这些人的，这也是客观存在。但我们还是要帮助他，影响他，他不接受也没有办法，可以出他的书。①

不仅如此，他认为有目的的文艺作品和没有目的的文艺作品都可以发表。

有人说文艺不要目的，一有目的就概念化。我看，不要目的的文艺作品，也可以出一些吧。出两种，一种要目的的，一种不要目的的，行不行？②

（五）作为指导思想的马克思主义不能强求接受，甚至允许公开唱反调

毛泽东不仅没有强求作家都接受马克思主义世界观，而且允许人们批评作为指导思想的马克思主义。在他看来，这不仅不会削弱马克思主义的指导地位，反而会增强马克思主义的影响。他很有理论自信地指出：

---

① 《毛泽东文集》第7卷，人民出版社1999年版，第255—256页。
② 同上书，第252页。

马克思主义者不应该害怕任何人批评。相反，马克思主义者就是要在人们的批评中间，就是要在斗争的风雨中间，锻炼自己，发展自己，扩大自己的阵地。同错误思想作斗争，好比种牛痘，经过了牛痘疫苗的作用，人身上就增强免疫力。在温室里培养出来的东西，不会有强大的生命力。实行百花齐放、百家争鸣的方针，并不会削弱马克思主义在思想界的领导地位，相反地正是会加强它的这种地位。①

不仅如此，他甚至允许公开办唱反调的刊物。在他看来，公开唱反调正是"百花齐放、百家争鸣"的应有之义："我们可不可以让人家办个唱反调的刊物？不妨公开唱反调……我们的文化教育政策不采取他们的办法，我们采取有领导的百花齐放、百家争鸣。现在还没有造成放的环境，还是放得不够，是百花想放而不敢放，是百家想鸣而不敢鸣。"②

在毛泽东看来，"双百方针"不是权宜之计，而是长久之策。事实上，"辩证法大发展的国家"是毛泽东的"中国梦"之一。在他看来，"采取现在的方针，文学艺术、科学技术会繁荣发达，党会经常保持活力，人民事业会欣欣向荣，中国会变成一个大强国而又使人可亲"③。虽然在以后的探索中出现了严重挫折，但是这些主

---

① 《毛泽东文集》第7卷，人民出版社1999年版，第232页。
② 同上书，第253页。
③ 同上书，第291页。

张直到今天都有着重大价值。

第四节 社会主义文艺政策在探索中曲折发展

一 文艺界的"反右派斗争"的扩大化

由于复杂严峻的国内国际形势,加上自身的失误,党中央和毛泽东没有完全坚持中共八大前后正确处理人民内部矛盾的文艺政策,在思想文化领域的阶级斗争被严重扩大化了。毛泽东表示:"资产阶级和资产阶级知识分子对共产党不心服,他们中的右派分子决心要同我们较量一下。较量了,他们失败了,他们才懂得他们的大势已去,没有希望了。只有在这时,他们中的多数人(中间派及一部分右派)才会逐渐老实起来,把自己的资产阶级立场逐渐抛弃,站到无产阶级方面来,下决心依靠无产阶级吃饭。"[①] 文艺界作为思想文化领域的敏感区域,"反右派"斗争运动更是异常尖锐,突出表现为批判"暴露阴暗面"写作。正像周扬指出的那样:"在全国反击资产阶级右派的斗争中,文艺界揭露和批判了丁玲、陈企霞反党集团及其他右派分子,并且取得了很大的胜利。这是文艺战线上的一场大是大非之争。这场斗争,是当前我国无产阶级和资产阶级、社会主义道路和资本主义道路的斗争在文艺领域内的反映","文艺是时代的风雨表。每当阶级斗争形式发生急剧的变化,就可

[①] 《建国以来重要文献选编》第10册,人民出版社2011年版,第434页。

以在这个风雨表上看出它的征兆"。① 具体的批判对象包括王实味的《野百合花》、丁玲的《三八节有感》、萧军的《论同志之"爱"与"耐"》、罗烽的《还是杂文的时代》、艾青的《了解作家，尊重作家》，等等。经过毛泽东大量修改和加写的《"再批判"编者按语》中严厉批评这些文章是反党反人民的，甚至帮助了日本帝国主义和蒋介石反动派。其中有这样一段话："谢谢丁玲、王实味等人的劳作，毒草成了肥料，他们成了我国广大人民的教员。他们确能教育人民懂得我们的敌人是如何工作的。鼻子塞了的开通起来，天真烂漫、世事不知的青年人或老年人迅速知道了许多世事。"② 林默涵、王子野、张光年、马铁丁、严文井、冯至等先后发表文章响应。

1957年9月，周扬根据在中共中国作家协会党组扩大会议上的讲话整理、补充并和文艺界的一些同志交换了意见之后发表了《文艺战线上的一场大辩论》。文中对于阴暗面写作的一些作家给予了严厉的政治批评："有阴暗心理的人，看一切事物都是阴暗的，对于他们，阴暗就是唯一的真实。他们害怕看到光明，社会主义的逼人的光芒，他们看到了是很不舒服的。这完全是他们的阶级本能的反映。"③ 事实上，周扬没有把批评当成目的，也没有简单地否定一切暴露阴暗面的写作方式，而是阐释了文学作品中黑暗和光明之间的辩证关系。周扬指出，"在我们的社会中是否存在着缺点和阴暗

---

① 谢冕、洪子诚：《中国当代文学史料选（1948—1975）》，北京大学出版社1995年版，第406页。
② 同上书，第405页。
③ 同上书，第431—432页。

第二章 中国式审美现代性的建构（1949—1965）

面呢？当然是存在的。缺点和阴暗面，不但现在有，将来也永远有，否则历史就不会继续前进了……但是，必须看到，正是生活中的新的、积极的、先进的事物才是我们社会中的主要的决定性的东西"[1]，因此，"我们的文学作品是应该暴露黑暗的。既然在我们的生活中有光明面也有阴暗面，文学就应当既歌颂光明又揭露黑暗，就应当描写光明和黑暗的斗争。文学不应当片面地反映生活。凡是足以阻碍社会进步的消极落后的现象，都应当加以批评和揭露。官僚主义就是这种现象之一，就应当揭露和批判。我们的文学作品应当成为和一切消极事物作斗争的武器，成为批评和自我批评的武器。我们是反对无冲突论的。问题是从什么立场和为什么目的去进行揭露和挑评。我们的作家应当站在正确的立场明辨是非，真正分清什么是光明面，什么是阴暗面；不要有闻必录甚至幸灾乐祸地去渲染和夸大阴暗面，抹煞光明面，造成读者对生活的曲解和失望"[2]。从周扬的这段文字表述来看，似乎并没有严重的观点错误。事实上，一些知识分子也确实存在某些过失。比如一些作家的确过度地否定了社会主义革命和建设时期的文艺成就。但若是一概贴以阶级标签，夸大地把文艺问题上升至阶级斗争的问题，这不能不是某种失误。实际上，社会主义革命和建设时期党中央从未放弃"双百方针"。正像周扬在文中解释的那样，"在我国，文艺和科学事业是享有充分自由的。'百花齐放、百家争鸣'的政策，就是这种自

---

[1] 谢冕、洪子诚：《中国当代文学史料选（1948—1975）》，北京大学出版社1995年版，第431页。
[2] 同上书，第433页。

由的重要保证。我们的国家为文艺及其他各种书籍的出版提供了最优越的条件。根据宪法,国家只对反共、反人民、反社会主义的作品加以限制或禁止,因为这是人民的根本利益所不容许的"。① 但是,在实际问题的运用上,"双百方针"的贯彻确实发生过一些变形。如果一些作家存在"否定或贬低社会主义文艺的成就,说社会主义文艺不真实,说在我们的社会里没有'创作自由'"的问题,这样的错误确实有必要纠正。但这些问题更多的是文艺本身的问题,还不足以上升到阶级斗争的程度。即使是运用意识形态批评的方式,也应该当作人民内部矛盾,以"团结——批评——团结"的公式加以解决。若是一棍子打死,认为"这就是资产阶级右派和修正主义者反对社会主义文艺的主要论点。很明显,他们攻击的目标不只对着文艺本身,而是对着整个社会主义制度"②,就把人民内部矛盾夸大为敌我矛盾,反而制造了紧张气氛,无益于问题的解决。

紧接着,邵荃麟在中国作家协会的扩大党组会上的讲话《修正主义文艺思想一例——论〈苔花集〉及其作者的思想》发表在《文艺报》1958年第1期。文中指出:"近两年来,修正主义文艺思想在我国文艺界产生了相当普遍的影响……资产阶级的人道主义,个性主义等思想,在民主主义革命初期,确实曾经对我们产生过刺激革命的作用。但是当我们已经参加到集体主义的革命队伍的时候,这种思想就成为一种前进的障碍,成为个人的包袱。而当革命更向

---

① 谢冕、洪子诚:《中国当代文学史料选(1948—1975)》,北京大学出版社1995年版,第435页。

② 同上书,第424—425页。

前发展，它和工人阶级的集体主义思想也就愈来愈无法调和。不是摔掉这包袱，就是被这包袱所压倒。我们这时代中，知识分子身上两种阶级意识的矛盾，最突出的就表现在这一点上。"① 实际上，他所批判的问题仍然是暴露阴暗面写作的具体思想认识问题，但这个问题被修正主义的标签贴死了："修正主义者似乎很强调真实，以为只有描写阴暗面，才能描写真实。但是同一现实，在不同作家的眼里往往可以看成是两种不同的真实……客观的真实，不仅决定于作家的直接感受，还要依靠作家对事物本质的认识，它是通过作家的意识的三棱镜而反映出来的。"②

二 文艺政策的调整和社会主义文艺政策体系的建成

（一）文艺政策的调整

批评和自我批评是中国共产党的优良作风。同经济部门的纠"左"一样，党和国家领导人在文艺部门也进行了纠"左"。1961年6月19日，周恩来的《在文艺工作座谈会和故事片创作会议上的讲话》，就是力图纠正文艺部门"反右派"斗争扩大化的错误，把文艺政策调整到正常轨道上来。所以周恩来在引言中开宗明义地对文艺部门的不正常现象提出了批评："先是抓辫子，抓住辫子就从思想上政治上给戴帽子，从组织上打棍子，而这些都是从主观的框

---

① 谢冕、洪子诚：《中国当代文学史料选（1948—1975）》，北京大学出版社1995年版，第384—385页。
② 同上书，第402页。

子出发的，是从定义出发的，那种定义又是错误的，并不合于马克思列宁主义。还有挖根子……因为我们从旧社会来，旧社会使我们身上带有旧的东西，有毛病，这必须承认，但不能随便联系，主要应根据今天的表现、本人的表现去判断。先定一个框子，拿框子去套，接着是抓辫子、挖根子、戴帽子、打棍子，那就不好了。"[1] 他特别强调，文艺领域的一些具体问题要回归"双百方针"的正确方式加以解决："现在的问题正是乱戴帽子，把一句话的错误、一种想法的错误，甚至把那种本来允许的、可以百花齐放、百家争鸣的各种说法想法，也都看成毒草、邪道，就不对了。打棍子更要慎重。即使他错了，只要他愿意改也还要允许他改，一时改不过来的还要等待，不能随便开除党籍，那是不慎重的做法。"[2] 在这篇讲话中，他宣讲了七个问题：精神生产与物质生产的问题、阶级斗争与统一战线的问题、为谁服务的问题、艺术规律问题、遗产与创造问题、领导问题、话剧问题。周恩来讲话的主要内容涉及如下四个方面。

第一，文艺路线的调整：防止过"左"的阶级斗争。

阶级斗争问题虽然是周恩来宣讲的第二个问题，但实际上这个问题是本次讲话最核心也是最重要的内容，因为文艺部门最需要调整的就是阶级斗争的极"左"倾向。周恩来认为，思想认识的改造是一个长期过程，绝不是疾风骤雨的斗争所能解决的。一个人个别思想认识的缺点不影响他为社会主义服务。周恩来举例指出："拿

---

[1] 《周恩来论文艺》，人民文学出版社1979年版，第81—82页。
[2] 同上书，第82—83页。

第二章 中国式审美现代性的建构（1949—1965）

医生来说，我曾遇到过这样的医生，技术是第一流的，是为社会主义服务的，但脑子里有上帝，这并不妨碍他为社会主义社会服务。我们家中有的老人也信鬼神，也还可以是一个社会主义社会的公民嘛！这是可以允许存在的，是无法勉强的。有些老人终其一生而无法改变，带迷信思想进棺材，但他活着的时候仍可以为社会主义服务。思想影响他的作风，由于信上帝就要去教堂，或到吃饭时要默祷一下，有些同志对此也看不惯，斗他一下，造成了社会上不必要的紧张和不安。"[1] 在他看来，即便共产党的领导干部都可能有思想认识的缺点，更不用说非党人士了。在这个意义上，周恩来解释了改造思想认识的长期性、复杂性，也就在指导方针上调整了过激的文艺政策。

第二，文艺生产制度的调整：制定合乎实际的精神生产制度。

同物质生产部门一样，当时的文艺生产同样受"三面红旗"的影响，出现了超越实际情况的"一大二公"现象。所以周恩来要求从生产力、生产关系的两个层面调整文艺生产制度。生产力层面，他指出："物质生产的某些规律，同样适用于精神生产。搞得过了头，精神生产也会受到损害，甚至损害更大。"因此，他要求："精神生产是不能限制时间数量的……过高的指标，过严的要求，有时反而束缚了精神产品的生产。"[2] 生产关系层面，他反对文艺生产部门过度追求公有化，要求保留集体所有制文艺团体，甚至允许发挥群众首创性自办文艺团体。周恩来认为："群众自己爱好，愿意保

---

[1] 《周恩来论文艺》，人民文学出版社1979年版，第87—88页。
[2] 同上书，第83—84页。

留一个流动剧团,大家出股子养活一个剧团,在社队之间巡回演出,这样的剧团就可以保留下来。我们允许集体所有制,为什么剧团都要全民所有呢?当然,集体所有制的剧团,应该防止旧势力复活,不能让班主、把头拿高薪。剧团工作是精神劳动,应该是主要演员、艺术水平真正高的人多劳多得。要允许他们搞合作社性质的剧团,而由地方党委和文化行政部门加以指导……至于业余的,群众自己办,又不影响生产和工作,应该允许办。我们普及文化,主要还是靠业余活动来实现。"①

第三,文艺标准的调整:政治标准的扩展、艺术标准的突出、评价主体的提出。

如前文所述周扬讲话那样,即便在实际工作出现了一些失误,党中央在这个时期依然对文艺教条主义有着某种警惕。在出现偏差的时候,党中央依然能够力图纠正。在周恩来的这次讲话中,文艺的"两大标准"都有所调整。政治标准方面,既强调为工农兵服务,又强调为人民大众服务,防止过于狭隘的某种倾向。周恩来指出,文艺"为工农兵服务,为劳动人民服务,为无产阶级专政制度下的人民大众服务"。与此同时,周恩来在讲话中对于"艺术标准"进行了突出强调,认为"没有形象就没有文艺""以政治代替文艺就没有文艺"。"没有了形象,文艺本身就不存在,本身都没有了,还谈什么为政治服务呢?标语口号不是文艺。像我今天的讲话,只能叫漫谈,就不能叫艺术。"实际上,周恩来已经指明,形象性是

---

① 《建国以来重要文献选编》第14册,人民出版社1997年版,第470—471页。

第二章 中国式审美现代性的建构（1949—1965）

文艺的根本特性。在这里，周恩来强调文艺的形式要多种多样："这只是文艺的政治标准。政治标准不等于一切，还有艺术标准，还有个如何服务的问题。服务是用文艺去服务，要通过文艺的形式。文艺的形式是多种多样的，不能框起来。文艺要为工农兵服务、为无产阶级政治服务，是肯定的，至于表现形式，是多样的。文艺形式至少像周扬同志报告中说的，有文学、戏剧、音乐、美术、舞蹈、电影、曲艺、摄影等方面，细分还不止，如戏曲中就有很多剧种。"不仅如此，周恩来还揭示了文艺评价主体的问题。在他看来，文艺评价的主体只能是人民群众，而不是领导干部："既然如此，文艺要好好为人民服务，就要通过实践，到群众中去考验。你这个形象是否站得住，是否为人民所喜闻乐见，不是领导批准可以算数的。艺术作品的好坏，要由群众回答，而不是由领导回答；可是目前领导决定多于群众批准。"[1]

第四，领导制度的调整：党委不能包办一切。

基于对于文艺标准及其评价主体的阐释，周恩来认为文艺领导制度也需要调整，调整的关键是"少干涉"。他指出："在座的同志都是做领导的人，希望你们干涉少些，当然不是要你们不负责任。第一，要负责任；第二，要干涉少些。负责任主要指政治上，不要放任毒草，放任修正主义。但是一定要区分清楚，不要把什么都说成是修正主义。"[2] 在其后《对在京的话剧、歌剧、儿童剧作家的讲话》中，周恩来又强调："党委应领导一切，统帅一切，但不要包

---

[1]《建国以来重要文献选编》第14册，人民出版社1997年版，第476—477页。
[2] 同上书，第478页。

办一切。什么是专家的事，什么是行政的事，要分清楚，党委不要包办。"①

(二) 社会主义文艺政策体系的建成

"社会主义现实主义"作为我国文艺政策的最高原则，是第二次全国文代会就确立的。但当时我国正处于社会主义改造的历史时期，社会主义基本制度还没有最终建成。"社会主义现实主义"在当时仍然是作为"最高原则"的努力方向，并没有实现完整化的政策体系建制。而这件事情只能在社会主义改造以后，在全面建设社会主义时期的探索中实现。周恩来在调整时期的讲话原则上指导了社会主义文艺政策的构建。随着1962年4月20日中共中央批转文化部党组和全国文联党组《关于当前文学艺术工作若干问题的意见（草案）》（以下简称《意见》），这一构建得以完成。其中包含的内容如下。

第一，社会主义文艺的工作对象是工农兵和广大人民群众。

《意见》既强调社会主义文艺要为工农兵服务，又强调要为广大人民群众服务，防止文艺工作的狭隘化。《意见》同时强调，文艺为无产阶级政治服务不能局限于为斗争服务，而是要为人民群众多种多样的生活需求服务。《意见》有如下规定："文学艺术为无产阶级的政治服务，就是为工农兵的利益服务，为社会主义事业的利益服务，为全国和全世界绝大多数人的利益服务，就是从多方面来满足广大人民正当的精神需要，不应该把文学艺术为无产阶级政治

---

① 《周恩来论文艺》，人民文学出版社1979年版，第108页。

第二章　中国式审美现代性的建构（1949—1965）

服务理解得太狭隘";"运用一定的文艺形式,及时地适当地反映和配合当前的斗争,是必要的,但是,把文艺为无产阶级政治服务,简单地看成仅仅是宣传当时当地的中心工作,则是片面的,不恰当的","工农兵和广大人民群众文化生活上的需要,是多种多样的"。① 这实际上是党性和人民性统一的社会主义文艺原则的重申。

第二,社会主义文艺的工作方针是"百花齐放、百家争鸣"。

《意见》坚决批评了之前违背"双百方针"的工作错误:"某些文化艺术领导部门、文艺工作单位和领导文艺工作的党员干部,没有正确理解和认真执行百花齐放、百家争鸣的方针,对一些文学创作和艺术活动进行了简单粗暴的批评、限制和不适当的干涉,妨害了生动活泼的文艺创造和学术上的自由探讨。"② 从而进一步强调"双百方针"是发展社会主义文艺的根本方针。《意见》对于"双百方针"的贯彻的解释是相当包容的。主要表现在三个方面。

题材方面,要求丰富多样和充分自由:"我们提倡多写革命斗争和社会主义建设的题材,并且引导和帮助作者熟悉这些题材。表现伟大的社会主义时代,应该是我们的作家艺术家的光荣任务。但是,作家艺术家完全可以根据自己的政治经验和生活经历、自己的兴趣和特长,选择任何题材。可以写今天的生活,也可以写历史的事迹;可以写尖锐的政治斗争,也可以写普通的日常生活;可以写正面人物,也可以写反面人物;可以写敌我矛盾,也可以写人民内

---

① 吴秀明、马小敏:《中国当代文学史料丛书（公共性文学史料卷）》,浙江大学出版社2016年版,第16—17页。
② 同上书,第16页。

部矛盾；可以写喜剧，也可以写悲剧；可以歌颂，也可以批评或者讽刺。任何题材，只要是用正确的态度去写，并且写得好，都是为群众所需要的。"①

体裁、形式方面，要求自由发展、自由竞赛。风格、流派方面，要求多样并存、相互尊重、相互探讨。"革命现实主义和革命浪漫主义相结合的创作方法，包含多种多样的艺术风格，而不是相反。我们提倡这种方法，认为它是最好的创作方法；但是，不要求所有作家艺术家都必须采用这种方法。作家艺术家完全可以按照自己的方法进行创作和表演，发展自己的风格和流派。作家艺术家的独特风格和艺术流派，是经过长期的艰苦的艺术实践形成的，必须加以珍视。各种艺术流派之间，应该互相尊重、互相探讨，不要互相歧视、互相排斥。"② 与此同时，《意见》还鼓励艺术手法、艺术技巧的个人独创，支持艺术革新的尝试。

艺术批评方面，要求有讨论的自由、批评的自由和反批评的自由。《意见》要求："努力发展马克思列宁主义的文艺批评，树立革命性和科学性相结合的批评作风，克服文艺批评中简单化、庸俗化的现象。文艺批评既要指出创作中不正确、不健康的倾向，更要善于发现和鼓励新的创造，勇于肯定新的成就。对于作品的评价，要看它的总的倾向，不要由于局部性质的缺点，就否定整个作品。不要因为一篇作品的错误或者失败，就否定一个作家。作家、艺术

---

① 吴秀明、马小敏：《中国当代文学史料丛书（公共性文学史料卷）》，浙江大学出版社2016年版，第17页。
② 同上。

第二章 中国式审美现代性的建构（1949—1965）

家、评论家之间，应该互相尊重、互相学习、共同探讨、密切合作。"① 这里还特别强调，即便"毒草"，也应该以批评和讨论的方式来对待，严格区分两类矛盾："文学艺术作品和理论中表现出来的某些资产阶级观点及其他错误倾向，属于人民内部范围的，也应该批评；但是，必须同敌我性质的问题严格区别开来。"② 不仅如此，《意见》要求文艺批评应该多种多样，不局限于意识形态批评："文艺批评文章可以着重评论作品的思想内容，也可以着重分析作品的艺术形式和表现技巧，可以是系统的批评，也可以就一个问题发表意见。"③

从这三个方面可以看出，《意见》实际上力求回到毛泽东《关于正确处理人民内部矛盾》的文艺发展正确轨道。

第三，社会主义文艺的质量标准是政治标准和艺术标准的统一。

值得注意的是，《意见》中并未简单地强调"政治标准第一、艺术标准第二"，而是强调两大标准有机统一："提高作品的思想性和艺术性，要求政治和艺术的统一……我们的文学艺术作品应该力求革命的政治内容和尽可能完美的艺术形式的统一。应该鼓励作家艺术家努力创作这样的作品。"④《意见》认为，作为优秀作品的条件，正确的思想立场、丰富的生活和熟练的技巧三者缺一不可。在某种程度上，《意见》对艺术标准还在某种程度上作了突出强调：

---

① 吴秀明、马小敏：《中国当代文学史料丛书（公共性文学史料卷）》，浙江大学出版社2016年版，第18页。
② 同上书，第19页。
③ 同上。
④ 同上书，第17页。

"轻视艺术技巧,用空洞的政治概念来掩盖艺术缺点,或者把要求提高艺术技巧看成是资产阶级思想的表现,以致不敢利用和吸收前人的艺术技巧和经验,这都是错误的。文化领导部门和文艺工作单位,应该帮助作家艺术家们解决业务学习的条件,对他们的生活和学习作出妥善的安排。"[1]

第四,健全社会主义文艺制度。

在党的领导制度方面,要求明确党组织领导核心职责,同时强调党组织不能代替行政领导机构,不能不恰当地干涉学术性质和艺术性质问题。在文艺单位和团体制度方面,要求政府文化主管部门与文艺群团组织密切合作,尤其要积极吸收和发挥非党代表人物的作用。在作家组织生活方面,要求自愿结合的集体创作:"组织创作应该按照作家艺术家的自愿和可能……文学艺术作品要以个人创作为主。不要把个人创作和个人主义等同起来。集体创作应该自愿结合,不要勉强。"[2] 总之,无论在党、政、群宏观制度三方面还是在创作制度等微观方面,《意见》都予以了明确的规定,社会主义文艺制度全面完善。

三 卷入阶级斗争的社会主义文艺政策

非常遗憾的是,由于纠"左"的不彻底,上述正确的和比较正

---

[1] 吴秀明、马小敏:《中国当代文学史料丛书(公共性文学史料卷)》,浙江大学出版社2016年版,第17—18页。

[2] 同上书,第17页。

第二章 中国式审美现代性的建构（1949—1965）

确的文艺政策没有很好地贯彻到底。特别是党的八届十中全会上"阶级斗争"的重提以及其后意识形态领域过火的批判，社会主义文艺政策也不可避免地卷入进来。当然，文艺政策在激进的方向上愈演愈烈，但不是说任何一个具体政策都是错误的。

1963年4月19日，中宣部文艺工作会议和中国文联三届全委二次扩大会议上，周恩来发表《要做一个革命的文艺工作者》的讲话，文艺政策开始被斗争话语覆盖。讲话要求文艺工作者"积极参加革命的阶级斗争"，也就是说："要不断地考验自己，经得住惊涛骇浪。不要怕运动。现在、今后，都会有多种多样的运动，文艺工作者不要把自己放在运动外面，作壁上观，而要随时把自己放在运动里，考验自己。要认识到我国还处于革命时期，还要不断革命。"[①] 文艺工作就是这样卷入了阶级斗争的浪潮。在此种状况下，文艺政策依然强调四方面：（1）文艺工作的对象，是为工农兵服务；（2）文艺工作的目的，是为社会主义服务；（3）文艺工作的方针，是百花齐放、百家争鸣；（4）提倡革命的现实主义和革命的浪漫主义相结合的创作方法。[②] 但是这四个方面的内容都有着不同程度的缩小，而且其阐释话语的使用已经是"大力加强革命的文艺战线"，而不是正常意义上的文艺治理政策。在这样的文艺政策下，名为"社会主义现实主义"的创作方法"升华"为"共产主义理想主义"，因为在这里突出强调的已不再是深入群众生活的写真实，而是强调远大理想挂帅："文艺工作者要有远大的理想，要有共产

[①] 《周恩来论文艺》，人民文学出版社1979年版，第155页。
[②] 同上书，第165页。

主义理想、世界革命的理想。这样才能产生好的作品。不仅写人物要有理想,即使画人物画、山水画也要如此……我们提倡革命的浪漫主义和革命的现实主义相结合的创作方法,就是要有理想,有气魄。这样的文艺立足于今天的人民之中,表现得更远、更广、更深、更大。"[1] 与此同时,文艺制度也开始升级。不再支持"个人创作"和"自愿结合",而是强调按"三结合"方针办事,即"不论哪一级,哪一个单位,都必须按照领导、专家、群众三结合的方针办事,才能生动有力,创造出革命文艺"。[2] "个人才能要同集体结合起来"成为普遍性要求。实际上,这不但部分偏离了精神生产的规律,而且也不完全符合马克思"自由人联合体"的设想。

1963年8月16日,周恩来作了《在音乐舞蹈座谈会上的讲话》。《讲话》中仍然强调"百花齐放、百家争鸣"的工作方针,把"百花齐放,推陈出新,百家争鸣,薄古厚今"作为座右铭。但是,《讲话》强调文艺的阶级性和战斗性挂帅,提出"我们提倡作品一要有阶级性二要有战斗性",尤其是把文艺的阶级性与人民性完全等同,提出"阶级性也就是人民性"[3],并特别提出文艺的"战斗性",要求与修正主义做斗争,等等,这些使得"双百方针"的内涵狭隘化了。对此,文艺作品的标准也演变为四大标准:好坏的标准;高低的标准;好恶的标准;多少的标准。[4] 一句话:拿阶

---

[1] 《周恩来论文艺》,人民文学出版社1979年版,第152页。
[2] 同上书,第173页。
[3] 同上书,第179—181页。
[4] 同上书,第183—185页。

第二章 中国式审美现代性的建构（1949—1965）

级观点、革命观点、民族化观点、现代化的观点来衡量。这些标准的制定反映了"非此即彼"的思维模式。尤其是，政治标准简单化为阶级标准；人民的喜爱标准简单化为爱憎分明；现代化占多数实质上表现为当下的阶级斗争；艺术标准式微，这些对于社会主义文艺的发展繁荣并不是有利的。

此后，毛泽东分别于1963年12月12日和1964年6月27日对文学艺术作了两个批示，对中华人民共和国成立以来的文艺工作进行了严厉指责："许多部门至今还是'死人'统治着……许多共产党人热心提倡封建主义和资本主义的艺术，却不热心提倡社会主义的艺术，岂非咄咄怪事。"[1] 甚至认为"基本上（不是一切人）不执行党的政策，做官当老爷，不去接近工农兵，不去反映社会主义的革命和建设。最近几年，竟然跌到了修正主义的边缘。如不认真改造，势必在将来的某一天，要变成匈牙利裴多菲俱乐部那样的团体"[2]。文艺领域内的阶级斗争进一步升级了。1964年12月，三届人大一次会议的《政府工作报告》中又一次解释了"双百方针"。其中指出："'百花齐放、百家争鸣'的过程，正是思想斗争的过程。只有在同资产阶级思想的斗争中，才能发展无产阶级思想；只有在同毒草的斗争中，社会主义的香花才能更好的开放。"[3] "双百方针"的运用已不再是正确处理人民内部矛盾的"团结——批

---

[1] 谢冕、洪子诚：《中国当代文学史料选（1948—1975）》，北京大学出版社1995年版，第599页。
[2] 同上书，第600页。
[3] 《周恩来论文艺》，人民文学出版社1979年版，第215页。

评——团结"的方法，而是演变为处理敌我矛盾的尖锐斗争武器。这预示着中国文艺政策的又一个时期即将到来。

第五节 "十七年"文艺政策话语的内在矛盾与影响

一 马克思式话语与席勒式话语的部分冲突

中国共产党是马克思主义政党，其文艺政策也必然体现马克思主义基本精神。马克思主义经典作家认为，文艺是意识形态的形式之一。文艺意识形态论作为马列文论的核心命题，也就很自然地成为党的文艺政策一以贯之的指导思想和努力方向。无产阶级领导权的巩固，社会主义文艺制度的建立，社会主义现实主义最高原则的确立，社会主义文艺政策的体系化，这一切从根本上说就是马克思主义文艺话语在中国的体现。也就是说：

> 从物质生产的一定形式产生：第一，一定的社会结构；第二，人对自然的一定关系。人们的国家制度和人们的精神方式由这两者决定，因而人们的精神生产的性质也由这两者决定。[①]

当然，马克思主义不是教条，而是指导思想。具体问题具体分

[①] 《马克思恩格斯全集》第26卷第1册，人民出版社1972年版，第296页。

第二章　中国式审美现代性的建构（1949—1965）

析是马克思主义最本质的东西，亦是马克思主义活的灵魂。《〈政治经济学批判〉序言》确实把文艺作为意识形态的形式之一，但这篇文章的宗旨是阐释社会有机体及其发展规律，它并没有给文艺下定义，亦没有特别阐释文艺领域的具体规律。马克思主义经典作家并没有一部文艺学、美学专著，但他们确实提出了一些该领域的经典命题，留给了后人们充分阐释的空间。

审美现代性在西方是一套庞杂的话语圈，然而，在中国也没有那么纯粹。马克思式话语与席勒式话语在"十七年"文艺政策中是共存的，尽管党和国家领导人或许并未意识到如此。审美现代性，无论是马克思还是席勒，其渊源都不能不从以康德为代表的德意志古典美学中寻找。涉及文艺美学问题，席勒、马克思都接受了康德审美公共性这一学说。康德对此有着如下阐释：

> 美的经验性的兴趣只在社会中；而如果我们承认社会的冲动对于人来说是自然的，因而又承认对社会的适应和偏好，也就是社交性，对于作为被社会性方面规定了的生物的人的需要来说，是属于人道的观点，那么，我们就免不了把鉴赏也看作对我们甚至能够借以向每个别人传达自己的情感到东西的评判能力，因而，看作对每个人的自然爱好所要求的东西加以促进的手段。流落到一个荒岛上的人独自一人既不会装饰他的茅屋也不会装饰他自己，或是搜寻花木，更不会种植它们，以便用来装饰自己；而只有在社会里他才想起他不仅是一个人，而且还是按照自己的方式的一个文雅的人（文明化的开端）；因为

> 我们把一个这样的人评判为一个文雅的人，他乐意并善于把自己的愉快传达给别人，并且一个客体如果他不能和别人共同感受到对他的愉快的话，是不会使他满意的。①

当然，在审美公共性具体表现方式上，席勒式话语和马克思式话语却有着明显差异。

席勒式话语，一言以蔽之，就是"时代精神的传声筒"，也就是说，推崇文艺的政治教化功能，要求文艺公开传播进步主张。在他看来，通过艺术传播政治观点是时代精神的迫切需要："当今，道德世界的事物有着更切身的利害关系，时代的状态迫切地要求哲学精神探讨所有艺术中最完美的作品，即研究如何建立真正的政治自由。"② 在这里，文艺的艺术审美性就是为政治意识形态性服务的中介，并且是极其重要的、不可或缺的、强大有力的中介："人们在经验中要解决的政治问题必须假道美学问题，因为正是通过美才可以走向自由。"③ 在这个意义之上，艺术理所当然以国家意志的高度弘扬人类之崇高。所以席勒指出："一个国家机构的哲学家和立法者所仅能提出的最高和最终要求，是提高普遍的幸福。使肉体生命得到延续的东西，将永远是它的第一个目标；使人类在其本质之内高尚化的东西，将永远是他的最高目标。"④ 艺术"才是把分离的

---

① [德] 康德：《判断力批判》，邓晓芒译，人民出版社2012年版，第139页。
② [德] 席勒：《审美教育书简》，冯至、范大灿译，北京大学出版社1985年版，第12页。
③ 同上书，第14页。
④ [德] 席勒：《秀美与尊严》，张玉能译，文化艺术出版社1996年版，第9页。

第二章　中国式审美现代性的建构（1949—1965）

精神能力重新结合起来的活动，才是把头和心、机智和诙谐、理性和想象力和谐地联结起来的活动，才可以说是在我们心中重新创造完整的人的活动"①。在这个意义之上，十七年文艺政策非常符合席勒"传声筒"的理念。《中华全国文学艺术界联合会章程》总纲开宗明义地规定："积极参加人民解放斗争和新民主主义国家建设，通过各种文学艺术形式，反映新中国的成长，表现和赞扬人民大众在革命斗争和生产建设中的伟大业绩，创造富有思想内容和艺术价值、为人民大众所喜闻乐见的人民文学艺术，以发挥教育人民的伟大效能"②，实际上就是让文艺以新时代精神教育人民群众。社会主义现实主义原则把革命的理想主义和革命的现实主义相结合作为明确要求，把讴歌工农兵中的典型人物作为集中体现，无不是把文艺作为弘扬社会主义新时代世界观、人生观和价值观的传声筒。尤其不乏党的理论、路线、方针、政策在文艺作品和文艺批评中直接展现，席勒式话语愈发浓烈。在文艺制度上，党的文艺工作是直接从属于党的宣传工作的。实际上，席勒所说的"使理智的教育和心灵的教育于最高尚的娱乐结合起来"③，正是十七年文艺政策的主要内容。要使得传播时代精神的文艺政策落实，就必须塑造崇高的创作主体。正如席勒指出的那样："诗人的第一个条件是理想化、高尚

---

① ［德］席勒：《秀美与尊严》，张玉能译，文化艺术出版社1996年版，第21页。
② 《中华全国文学艺术界联合会章程》，载《中华全国文学艺术工作者代表大会纪念文集》，第572—573页。
③ ［德］席勒：《秀美与尊严》，张玉能译，文化艺术出版社1996年版，第11页。

化，没有这个条件，他就再也不能获得他的名声。"① 十七年文艺政策中，无论是对文艺工作者学习党的理论、路线、方针、政策的要求，还是对文艺工作者向工农兵学习的要求，以及文艺界整风、批判、参与阶级斗争的各种运动，实际上都是塑造理想化、高尚化文艺创作者的题中之义。更巧合的是，党中央对于戏剧政策的突出重视与席勒对于戏剧功能的突出强调竟有惊人的相似。在席勒看来，戏剧是一切文艺中传播时代精神的最佳形式。他指出"剧院比起其他任何公开的国家机构，更多的是一所实际生活经验的学校，一座通向公民生活的路标，一把打开人类心灵大门的万无一失的钥匙"②；"剧院是公共的渠道，智慧的光芒从善于思考的部分人之中照进剧院，并且以柔和的光纤从这里照彻整个国家"。③ 党不仅在综合性文艺政策中给以戏剧突出位置，甚至还有专门为戏剧制定的文艺政策，如《政务院关于戏曲改革工作的指示》《对在京的话剧、歌剧、儿童剧作家的讲话》等，这在其他文艺形式中是罕见的。诸如对《武训传》的批判，在文艺学术界开展整风学习运动等一些规模浩大的文艺运动亦是针对戏剧或由戏剧直接引起。哈贝马斯认为："席勒把艺术理解成一种交往理性……它不能单独从自然和自由任意一个领域中形成，而只应出现在教化过程当中。"④ 事实上，

---

① ［德］席勒：《秀美与尊严》，张玉能译，文化艺术出版社 1996 年版，第 29 页。
② 同上书，第 15 页。
③ 同上书，第 232 页。
④ ［德］哈贝马斯：《现代性的哲学话语》，刘东译，译林出版社 2004 年版，第 52—55 页。

第二章 中国式审美现代性的建构（1949—1965）

党中央也的确把戏剧作为教育群众的最佳方式，这一点与席勒的看法是一致的。

在审美公共性问题上，马克思与康德有着相似的看法。马克思早期著作就指出：

> 动物只是按照它所属的那个种的尺度和需要来构造，而人却懂得按照任何一个种的尺度来进行生产，并且懂得处处都把固有的尺度运用于对象；因此，人也按照美的规律来构造。①

也就是说，美是人的本质力量对象化的积极肯定。而人的本质就是自由自觉的实践活动，亦是一切社会关系的总和。对于艺术的交往理性，马克思是同样看重的：

> 艺术对象创造出懂得艺术和具有审美能力的大众，——任何其他产品也都是这样。因此，生产不仅为主体生产对象，而且也为对象生产主体。②

但是，马克思在其为数不多的文论段落中坚决反对了"时代精神传声筒"的创作方式：

> 能够在更高得多的程度上用最朴素的形式把最现代的思想

---

① 《马克思恩格斯文集》第 1 卷，人民出版社 2009 年版，第 163 页。
② 《马克思恩格斯文集》第 8 卷，人民出版社 2012 年版，第 16 页。

表现出来……你就得更加莎士比亚化，而我认为，你的最大缺点就是席勒式地把个人变成时代精神的单纯的传声筒。①

马克思主义经典作家的确把文艺作为意识形态的形式之一，但文艺的意识形态性是自然而然流露出来的倾向性，而不是像席勒那样公然宣讲政治观点。恩格斯指出：

> 我认为倾向应当从场面和情节中自然而然地流露出来，而不应当特别把它指点出来；同时我认为作家不必要把他所描写的社会冲突的历史的未来的解决办法硬塞给读者。②

他强调以美学的和历史的观点做文艺批评，并且认为"作者的见解越隐蔽，对艺术作品来说就越好"③，也就是说，意识形态性应消融在审美性之中。同时值得注意的是，恩格斯并不提倡主题先行，而是主张真实再现：

> 现实主义的意思是，除细节的真实外，还要真实地再现典型环境中的典型人物。④

---

① 《马克思恩格斯全集》第29卷，人民出版社1972年版，第573—574页。
② 《马克思恩格斯全集》第36卷，人民出版社1975年版，第385页。
③ 《马克思恩格斯文集》第10卷，人民出版社2009年版，第570页。
④ 同上。

第二章　中国式审美现代性的建构（1949—1965）

比起先入为主的精神弘扬，他们宁愿现实主义本身的胜利：

> 巴尔扎克就不得不违背自己的阶级同情和政治偏见；他看到了他心爱的贵族们灭亡的必然性，把他们描写成不配有更好命运的人；他在当时唯一能找到未来的真正的人的地方看到了这样的人，——这一切我认为是现实主义的最伟大胜利之一，是老巴尔扎克最大的特点之一。①

不仅如此，在恩格斯看来，典型是每一个人，而并不局限于优秀的理想的人物：

> 每个人都是典型，但同时又是一定的单个人，正如老黑格尔所说的，是一个"这个"，而且应当是如此。②

当然，不能教条式地理解马克思恩格斯的某些具体观点，毕竟他们所处的时代有自身局限性。正如恩格斯自己所说的那样：

> 在当前条件下，小说主要是面向资产阶级圈子里的读者，即不直接属于我们的人的那个圈子里的读者，因此，如果一部具有社会主义倾向的小说通过对现实关系的真实描写，来打破关于这些关系的流行的传统幻想，动摇资产阶级世界的乐观主

---

① 《马克思恩格斯文集》第 10 卷，人民出版社 2009 年版，第 571 页。
② 《马克思恩格斯全集》第 36 卷，人民出版社 1975 年版，第 384 页。

义，不可避免地引起对于现存事物的永世长存的怀疑，那末，即使作者没有直接提出任何解决办法，甚至作者有时并没有明确地表明自己的立场，但我认为这部小说也完全完成了自己的使命。①

但即便是工人和共产主义运动风起云涌的帝国主义时代，列宁依旧没有主张文艺作品全然传播革命思想：

> 如果我们看到的是一位真正伟大的艺术家，那么他在自己的作品中至少会反映出革命的某些本质的方面。②

我们无意否定马克思式话语抑或席勒式话语的其中一方，但至少在"时代精神的传声筒"这个问题上，这两套话语确实有着显著冲突。这两套话语事实上共存在当代中国文艺政策中，正是文艺意识形态论的马克思式话语和时代精神传声筒的席勒式话语交织在一起，建构了中国的审美现代性，对当代中国的文艺政策产生了重大而深远的影响。

二　工具性话语与人民性话语的紧张共存

"人民性"是在文艺复兴时期萌芽，资产阶级革命时期形成的

---

① 《马克思恩格斯全集》第36卷，人民出版社1975年版，第385页。
② 《列宁全集》第17卷，人民出版社1988年版，第181页。

第二章　中国式审美现代性的建构（1949—1965）

美学话语。唯物史观的形成为"人民性"话语奠定了科学基础。列宁揭示了"人民性"文论的科学内涵："艺术是属于人民的。它必须在广大劳动群众的底层有其最深厚的根基。它必须为这些群众所了解和爱好。它必须结合这些群众的感情、思想和意志，并提高他们。它必须在群众中间唤起艺术家，并使他们得到发展。"① 毛泽东《在延安文艺座谈会上的讲话》中确立了中国共产党文艺政策"人民性"话语的立场、方法和标准。中华人民共和国作为人民民主专政的国家，一切权力属于人民，必然要求"人民性"文艺政策的施行，也根本上保证了它的施行。"人民性"话语的要求是，文艺要确立人民的主体性，表现最广大人民的立场，来源于人民，服务于人民，令人民喜闻乐见，满足人民的多种需要。

"工具性"话语，则把文艺作为宣教工具，以实现某种社会实用目的。中国古代文论有着深厚的"工具性"话语传统。当然，"工具论"在西方从古至今也没有缺席。从柏拉图"他们的作品需对我们有益……并且遵守我们原来替保卫者们设计教育时所定的那些规范"②，到席勒"时代精神的传声筒"，再到韦勒克"所有的艺术家都是或应该是宣传家，或者说：所有诚恳的、有责任感的艺术家都有充当宣传家的道德义务"③，无不是"工具论"话语的例证。很显然，"人民性"话语和"工具论"话语有着显著差异。当然，

---

① 《列宁论文学与艺术》第2卷，人民文学出版社1960年版，第912页。
② 柏拉图：《柏拉图文艺对话集》，朱光潜译，人民出版社1959年版，第51页。
③ [美] 雷·韦勒克、奥·沃伦：《文学理论》，刘象愚等译，生活·读书·新知三联书店1984年版，第26—27页。

并非一定是对立的,因为人本身既是目的又是手段。在马列文论中,文艺为无产阶级政治服务与为人民服务是辩证统一的。但一旦处理不好两者之间的关系,把"工具性"与"人民性"紧张共存,就会使得文艺工作走向歧途。

文化领导权确立,也就标志着"人民性"话语的确立。毛泽东、周恩来的讲话,确立了为人民服务的根本方向、为劳动人民服务的主要方向。根据中华全国文学艺术界联合会章程,中华人民共和国的文学艺术就是人民文学艺术,并要求让人民群众喜闻乐见。当然,在当时的历史背景下,党的文艺政策要实现的目标是立场方向的扭转,不可能也不能苛求即刻提出"满足人民的多种需要"。与此同时,中华人民共和国文艺体制的建立也使得文艺成为党的宣传工作的组成部分,行使着媒介工具作用。中华人民共和国文化领导权确立不是简单的政权更迭的权力转换,而是社会性质根本转折中反动文化领导权被进步文化领导权取代,这就不能不发挥文艺的宣教作用,实现文化的破旧立新。《武训传》批判以及其后的戏曲改革、文艺整风学习运动都是如此。虽然在某些具体事项中存在批判过火倾向,但文艺工作确实较好地发挥了政治宣教作用,为中华人民共和国旧文化向新文化的转变做出了重要贡献,合乎了人民群众特别是劳动群众的利益和需要。社会主义现实主义最高原则的确立时期,文艺政策在方针上的要求就是文艺为工农兵服务,在方法上的要求就是"与劳动人民共呼吸……和人民群众的生活打成一片"[①],在形式上要求采用有益于劳

---

① 《周恩来论文艺》,人民文学出版社1979年版,第53—54页。

第二章　中国式审美现代性的建构（1949—1965）

动人民的多种形式。"主体"不能等同于"全体"，"工农兵""劳动群众"亦不能等同于"人民群众"本身。但当时国家处于社会主义改造阶段，城市小资产阶级、民族资产阶级是要被消灭的，所以基本上符合历史的要求。在"工具性"话语中，党中央对"完全不考虑作家的基础和创造兴趣，只是简单地出题作文，限期交卷，甚至规定人物、故事和对话"等官僚主义行为有效地进行了自我批评。因此，在这两个时期，"人民性"话语和"工具性"话语在根本上是一致的。

三大改造完成以后，中华人民共和国进入全面建设社会主义时期。在这个时期，"人民性"话语和"工具性"话语呈现出此消彼长的紧张共存局面。"双百方针"提出伊始，"人民性"话语相当程度上"统摄"了"工具性"话语。"双百方针"本身就是"正确处理人民内部矛盾"在文学艺术工作和科学研究工作中的具体运用。由于创造愿望得到满足，创造成果得到尊重，人民的主体性凸显。虽然此时党的文艺方针仍提"为工农兵服务"，但允许其他作品发表；社会主义现实主义是指导性方法，但不是唯一方法，也不是占绝大多数比重的方法，不同创作方法还可以相互竞赛。在这个意义之上，人民的主体性和整体性、根本需求的一致性和具体需求的差异性都得到肯定。正如周扬指出的那样："社会主义文艺的百花齐放、百家争鸣，正是符合人民群众的广泛需要，促进文艺事业发展和繁荣的最有效的途径。"[1] 在正确处

---

[1] 谢冕、洪子诚：《中国当代文学史料选（1948—1975）》，北京大学出版社1995年版，第563—564页。

理人民内部矛盾的主题下，毛泽东虽然制定了区分"香花""毒草"的六条政治标准，但是这些标准本身仍然可以辩论，甚至允许公开唱反调。可惜好景不长，由于党中央和毛泽东对国内外形势严峻性的夸大估计，接下来几年时间文艺工作连政治宣教的功能都大为狭小，几乎成了阶级斗争的工具，而且工具性文艺也经常被错误地使用了。

当然，党中央还是努力去纠正失误的文艺政策。随着文艺政策的调整和社会主义现实主义文艺政策的确立，"人民性"话语获得了有史以来最全面的阐释。"工具性"话语也有了准确的定位。党中央的文艺方针不再简单地提"为工农兵服务"，而是重提"为人民群众服务"。周恩来在1961年的表述是："为工农兵服务，为劳动人民服务，为无产阶级专政制度下的人民大众服务"。他同时提出，文艺评价的主体是人民群众而不是领导干部。1962年的《意见》的要求是文艺"为工农兵的利益服务，为社会主义事业的利益服务，为全国和全世界绝大多数人的利益服务"[①]。可以说，文艺政策在服务对象上回归到了毛泽东《在延安文艺座谈会上的讲话》中"人民性"的轨道。不仅如此，《意见》正式提出了"从多方面满足人民正当的精神需要"这一要求。《意见》指出，"工农兵和广大人民群众文化生活上的需要，是多种多样的"；"我们的文学艺术，也应该有助于增长人民的知识和智慧，扩大人民的眼界，并且使他们得到正当的艺术享受和健康的娱乐，提高人民的审美能力和欣赏

[①] 吴秀明、马小敏：《中国当代文学史料丛书（公共性文学史料卷）》，浙江大学出版社2016年版，第17页。

第二章 中国式审美现代性的建构（1949—1965）

水平，丰富人民的精神生活"。① 这不仅从原则上提出了"满足人民多种多样的精神需求"，而且把这个原则具体化，实际上肯定了文学艺术多种多样的价值，这是前所未有的。在这个意义之上，《意见》反对把文艺为无产阶级政治服务的理解狭隘化。1962年5月23日，《人民日报》发表社论：《为最广大的人民群众服务——纪念毛泽东同志〈在延安文艺座谈会上的讲话〉发表二十周年》，根据该社论的表述，文艺服务对象的广泛性空前加强："今天文艺联系的群众，比过去任何时候都广泛得多了。各种文艺形式和各种优秀作品，日益深入到新社会的各个阶层，为更多的人们所接受。因此，文学艺术也有了更大的可能去影响更多的群众，促进人民群众更广泛、更坚强的团结。"② 不仅如此，人民群众对于文艺需求的多样性也得到空前重视："广大人民对于文学艺术的需要是多种多样的。我们的文艺既要担负着用社会主义、共产主义精神教育人民的任务，又要通过各种方式多方面地满足人民文化生活上的广泛需要……今天，人民已经成为国家的主人，正在社会主义建设的各个战线上紧张地劳动着，他们除了需要从文艺继续得到革命的教育和战斗的鼓励之外，同时又需要多种多样的文艺作品和艺术活动来丰富他们的精神生活，满足他们的艺术欣赏的要求。我们的文艺工作者决不可以忽视人民群

---

① 吴秀明、马小敏：《中国当代文学史料丛书（公共性文学史料卷）》，浙江大学出版社2016年版，第16—17页。

② 谢冕、洪子诚：《中国当代文学史料选（1948—1975）》，北京大学出版社1995年版，第562页。

众的这种日益增长的需要。群众需要的多样性，生活本身的多样性，决定了文学艺术的多样性。"① 在"工具性"话语中，《意见》指出："运用一定的文艺形式，及时地适当地反映和配合当前的斗争，是必要的，但是，把文艺为无产阶级政治服务，简单地看成仅仅是宣传当时当地的中心工作，则是片面的，不恰当的。"② 在这里，已经不再把宣教功能作为文艺的唯一功能，而是必要的一种功能。尤其值得注意的是，《意见》中要求"政治和艺术的统一"，但不再直接表述为"政治第一、艺术第二"，文艺的艺术审美性得到空前强调。重读史料可以得出，调整时期"工具性"话语成为"人民性"话语的"必要不充分条件"。在当时的历史条件下，已经相当难能可贵。

但是，党的八届十中全会以后，文艺政策再次卷入阶级斗争，并且一发不可收拾。"人民性"话语逐渐式微，"工具性"话语获得霸权。1963年4月19日，周恩来在中宣部文艺工作会议和中国文联三届全委二次扩大会议上讲话，提出文艺政策为适应阶级斗争的需要武装成"文艺战线"。"为最广大人民群众服务"已经不再提及，"为工农兵服务"也被简单化为阶级斗争宣教。1963年8月16日，周恩来在音乐舞蹈座谈会上的讲话中提出"我们提倡作品一要有阶级性二要有战斗性"，文艺进一步成为与修正主义作斗争的工具；并且提出"阶级性也就是人民性"③，"人民性"话语发生了畸

---

① 谢冕、洪子诚：《中国当代文学史料选（1948—1975）》，北京大学出版社1995年版，第563—564页。
② 吴秀明、马小敏：《中国当代文学史料丛书（公共性文学史料卷）》，浙江大学出版社2016年版，第16—17页。
③ 《周恩来论文艺》，人民文学出版社1979年版，第179—181页。

第二章　中国式审美现代性的建构（1949—1965）

变。1964年12月，在三届全国人大一次会议上发布的《政府工作报告》中"双百方针"也改弦更张了："'百花齐放、百家争鸣'的过程，正是思想斗争的过程。只有在同资产阶级思想的斗争中，才能发展无产阶级思想；只有在同毒草的斗争中，社会主义的香花才能更好的开放。"① 即使是原本彰显"人民性"话语的"双百方针"也完全转变为政治宣教的"工具性"话语。而且这一"工具"很不"友好"，连"时代精神传声筒"的某些"寓教于乐"的因素也蒙受破坏，成为你死我活的"斗争武器"。

三　战斗性话语与生活性话语的对立共存

如果说马克思式话语与席勒式话语只是部分冲突，不是全部冲突，工具性话语和人民性话语只是有可能紧张共存，不是不能共存，那么战争性话语与生活性话语却是几乎对立的。很显然，这两种话语，一种是常态性话语，另一种是非常态性话语。正如学者黄擎指出："战争只是人类社会生活的中特殊状态……这种关乎生死存亡的利害关系在日常生活和寻常领域是少见甚至没有的。在现实生活中，并非任何矛盾都必须激化或转化。"② 在这里，"战斗性话语与生活性话语的对立共存"与前文所述的"工具性话语与人民性话语的紧张共存"具有某种一致性，但其侧重视角又有明显的差异性。一方面，"武器"只是相当特殊的"工具"，如果说一个政权把

---

① 《周恩来论文艺》，人民文学出版社1979年版，第215页。
② 黄擎：《视野融合与批评话语》，浙江大学出版社2008年版，第120页。

文艺作为一种宣教工具算是正常现象,那么把文艺作为枪炮一般的武器就只能是非常现象了;另一方面,在北伐战争、土地革命、抗日战争、解放战争包括中华人民共和国成立以后的"抗美援朝"等这些特殊的历史时期,"战斗性"话语恰恰承担着"人民性"话语的关键使命,过分强调常态的"生活性"话语反而是不利于人民的。

这里尤其要强调的是,"文艺为政治服务"也不能等同于"文艺为阶级斗争服务"。"政治"这个概念本身就有广义、狭义之分。即便是狭义的政治,也与阶级斗争的范畴有很大区别。列宁指出:"政治就是参与国家事务,给国家定方向,确定国家活动的形式、任务和内容。"[1] 在这里,阶级斗争当是且仅当是政治活动的内容之一。社会主义条件下,政治的内涵比以往有了重大变化:

> 我们主要的政治应当是:从事国家的经济建设,收获更多的粮食,供应更多的煤炭,解决更恰当地利用这些粮食和煤炭的问题,消除饥荒,这就是我们的政治。[2]

很显然,阶级斗争虽然存在,但已不再是政治生活的主题。可惜的是,改革开放以前,我党对这一问题的认识是异常"纠结"的。

中华人民共和国文艺政策的"战斗性"话语一开始就有。比如

---

[1] 《列宁文稿》第2卷,人民出版社1978年版,第407页。
[2] 《列宁选集》第4卷,人民出版社2012年版,第308—309页。

第二章　中国式审美现代性的建构（1949—1965）

"建设我们的独立、自由、民主、统一、富强的新国家"的有力"武器""文艺军队的会师"，等等。当然，如果没有斗争，文化领导权的取得和巩固是不可能的。所以，在那个特殊时刻，"战斗性"话语是必要的，也是正确的。即便在当时，中共领导人对旧艺人的态度是"团结""尊重"，而不是"排斥""打击"。有学者指出："在新中国成立后，战争的特殊性并未得到正确的认识，战争思维和战时政策反而被进一步铺展到包括文艺在内的社会生活各个领域。"[①] 在相当程度上的确如此，但又不完全如此。事实上，新民主主义革命时期党的文艺政策已经出现生活式话语了。当然，革命时期的中国共产党已经获得了局部执政。新民主主义时期"生活式"话语首先体现在对文艺源泉的揭示。毛泽东指出：

> 人民生活中本来存在着文学艺术原料的矿藏，这是自然形态的东西，是粗糙的东西，但也是最生动、最丰富、最基本的东西；在这点上说，它们使一切文学艺术相形见绌，它们是一切文学艺术的取之不尽、用之不竭的唯一的源泉。这是唯一的源泉，因为只能有这样的源泉，此外不能有第二个源泉。[②]

其次表现在对文艺接受者的揭示。也就是说：

> 各种干部，部队的战士，工厂的工人，农村的农民，他们

[①] 黄擎：《视野融合与批评话语》，浙江大学出版社2008年版，第121页。
[②] 《毛泽东论文艺》，人民出版社1992年版，第48页。

识了字，就要看书、看报，不识字的，也要看戏、看画、唱歌、听音乐，他们就是我们文艺作品的接受者。①

再次表现在对文艺批评标准的揭示，即"喜闻乐见"：

洋八股必须废止，空洞抽象的调头必须少唱，教条主义必须休息，而代之以新鲜活泼的、为中国老百姓所喜闻乐见的中国作风和中国气派。②

中华人民共和国成立伊始，中国共产党人能够清醒地认识到，革命党到执政党的转变必然要求文艺工作的战斗性话语理应转向生活式话语。第二次全国文代会确立的社会主义现实主义的方法就是用生活式话语建构的："必须掌握国家政策，这样才能了解生活向前发展的方向；同时……又必须与劳动人民共呼吸，深入群众的斗争，和人民群众的生活打成一片，这样才不至于旁观。必须做到了这两方面，这样的生活体验才有价值，这样从生活中续期的原料才有可能进入加工过程。"③ 至于帮助群众开展文艺活动，更是生活性话语落到实处的一种体现。当然，其间也发生过《武训传》批判这样的过火事件，某种程度上是革命时期战斗性话语的留存。社会主义基本制度建成伊始，党的主要领导人尚能准确地认识到，人民内

---

① 《毛泽东选集》第3卷，人民出版社1991年版，第850页。
② 《毛泽东选集》第2卷，人民出版社1991年版，第534页。
③ 《周恩来论文艺》，人民文学出版社1979年版，第53—54页。

第二章 中国式审美现代性的建构（1949—1965）

部矛盾已经成为国家生活的主题。"双百方针"的文艺话语呈现出前所未有的生活化，甚至允许写个人生活的琐事：

> 也可以允许一部分人就写他自己的身边琐事，他又不去跟工农兵打成一片，他又能写，你有什么办法呢？这么大个国家总会有这些人的，这也是客观存在。但我们还是要帮助他，影响他，他不接受也没有办法，可以出他的书。①

当然，战斗性话语依然潜在地留存着。正像陆定一所说的那样："文学艺术和科学研究，虽然同阶级斗争密切有关，可是它和政治终究不是完全相同的。政治斗争，是阶级斗争的直接表现形式，文艺和社会科学，可以直接地表现阶级斗争，也可以比较曲折地表现阶级斗争。以为文艺和科学同政治无关，可以'为艺术而艺术'，'为科学而科学'，这是一种右的片面性的看法，是错误的。反之，把文艺和科学同政治完全等同起来，就会发生另一种片面性的看法，就会犯'左'的简单化的错误。"② 在这里，政治和阶级斗争是等同的。文艺无论是"直接表现"阶级斗争，还是"曲折表现"阶级斗争，都是战斗性话语的继续。潜在的战斗性话语很容易导致文艺政策接下来某个时段失误。后来文艺界的阶级斗争顷刻点燃，战斗性话语令生活性话语窒息。就是在那个时期，周扬作了这样一段宣讲："文艺理论的批评，是思想斗争最前线的哨兵。阶

---

① 《毛泽东文集》第7卷，人民出版社1999年版，第256页。
② 《建国以来重要文献选编》第8册，人民出版社1994年版，第312页。

级斗争形势的变化，往往首先在文艺方面表现出来，资产阶级思想对我们的侵蚀，也往往通过文艺。资产阶级思想来影响无产阶级，无产阶级思想来打击资产阶级思想，前哨战往往是在文艺方面。"①

当然，我们党还是发现了问题，努力地纠正"左"的错误，力求实现生活性话语的回归。调整时期周恩来的讲话就是非常明显的体现。他不仅在文艺工作路线上反对抓辫子、挖根子、戴帽子、打棍子，而且在文艺题材内容上也要求回归生活："有人问我：文艺的教育作用和娱乐作用是不是统一的？是辩证的统一。群众看戏、看电影是要从中得到娱乐和休息，你通过典型化的形象表演，教育寓于其中，寓于娱乐之中。当然要多样化，不能老是打仗。朱德同志说，我打了一辈子仗，想看点不打仗的片子。如果天天让人家看打仗的片子，人家就不爱看，就要去看香港片，这只能说明电影局的工作没做好。"② 至于1962年4月20日中共中央批转文化部党组和全国文联党组《关于当前文学艺术工作若干问题的意见（草案）》，更是提出"工农兵和广大人民群众文化生活上的需要，是多种多样的"③，文艺工作的"生活性"话语得到了空前重视。但是战斗性话语的隐患并没有消除。正如黄擎所说，"这种'无声的战争'……到20世纪60年代中期，作为这场'无声的战争'之'锐

---

① 周扬：《建立中国自己的马克思主义的文艺理论和批评》（1958年8月），载《周扬文集》第3卷，人民文学出版社1990年版，第31页。
② 《建国以来重要文献选编》第14册，人民出版社1997年版，第478页。
③ 吴秀明、马小敏：《中国当代文学史料丛书（公共性文学史料卷）》，浙江大学出版社2016年版，第16—17页。

第二章　中国式审美现代性的建构（1949—1965）

利武器'的文学批评,更是成为权力争夺的重要舆论工具和砝码"①。正如前文所述的那样,"时代精神传声筒"变成了你死我活的"斗争武器",最终引发了"文化大革命"这样的十年浩劫。

四　政治上层建筑话语与意识形态本性话语的差异共存

文艺工作领导者对文艺本性的认识对文艺政策的制定有着根本性影响。"文艺为无产阶级服务"作为文艺的属性话语在十七年文艺政策中经常见到,当然也有不同表述。但这并非全部。事实上,在周扬的主持下,20世纪60年代教育部统编教材已经出现了"文艺意识形态本性论",这与"为政治服务"话语有着显著不同。"十七年"时期,这两种差异性话语是容易混淆的,反映了文艺工作领导者对文艺本性判断的含混和纠结,造成政策的矛盾和反复。

在马克思主义经典作家看来,政治上层建筑与社会意识形态是两个不同的范畴。马克思在《〈政治经济学〉批判序言》中就已经指出:

物质生活的生产方式制约着整个社会生活、政治生活和精神生活的过程。②

在这里,"政治"与"精神"是并列的。政治上层建筑与意识

---

① 黄擎:《视野融合与批评话语》,浙江大学出版社2008年版,第122页。
② 《马克思恩格斯文集》第2卷,人民出版社2009年版,第591页。

形态虽然都反映并反作用于经济基础,但它们分别是"经济的集中表现"和"漂浮在经济之上的观念",有着明显差异。正如恩格斯指出的那样,"一切历史上的斗争,无论是在政治、宗教、哲学的领域中进行的,还是在其他意识形态领域中进行的,实际上只是或多或少明显地表现了各社会阶级的斗争"①。"或多或少"一词的使用,意味着各种意识形态当且仅当部分地表现阶级斗争,但并非全部。虽然政治的、宗教的、艺术的或哲学的观念都可以作为意识形态的一种形式,但是这些意识形态的形式各有其不可取代的特性。至于文学艺术,既可以是统治阶级意识形态的活动,也可以是自由精神生产的活动:

> 只有在这种基础上,才能够既理解统治阶级的意识形态组成部分,也理解一定社会形态下自由的精神生产……例如资本主义生产就同某些精神生产部门如艺术和诗歌相敌对。②

通过马克思主义经典作家的论述可以得出,意识形态性是文艺的本体性实然存在的题中之义,而非单纯意义上的某种功能。否认文艺的意识形态性,或者以"工具论"把意识形态强加给文艺,都是对文艺本体性的扭曲和伤害。把意识形态性作为文艺的类本质无可厚非,但对于文艺的每一种具体类型、每一个具体作品都需要做具体分析。既要承认文艺意识形态性这一根本性,又要承认文艺特

---

① 《马克思恩格斯文集》第 2 卷,人民出版社 2009 年版,第 469 页。
② 《马克思恩格斯全集》第 26 卷第 1 册,人民出版社 1972 年版,第 296 页。

第二章　中国式审美现代性的建构（1949—1965）

性的多样性，以其根本性漠视多样性抑或以其多样性降低根本性都是偏颇的；既要坚持文艺本性的"根本性""多样性"这两点论、重点论的辩证统一，还要适度把握原则性与灵活性，看到矛盾主次方面在某些在场转化的某种必要性和可能性。

重读以群《文学的基本原理》可以发现，这套教材比较准确地揭示了文艺的社会意识形态本性，并且已经为新时期"审美意识形态"论的提出作了理论准备。教材指出，"作为社会意识形态之一的文学，不是一种孤立的现象，而是一种社会历史现象。它与社会的经济基础，与作为上层建筑的政治以及其他社会意识形态有着密切的联系；同时又有自身的发展规律，并反过来对社会历史的发展起促进或阻碍的作用"[1]。而且同时指出："文学艺术的基本特点，在于它用形象反映社会生活"[2]；"作为一种反映现实的特殊形式，文学、艺术与哲学、社会科学又各有不同的特点。哲学、社会科学以抽象的概念的形式反映客观世界；文学、艺术则以具体的、生动感人的形象的形式反映客观世界"[3]。正是在对文艺意识形态本性较为准确揭示的基础上，这本教材也较为准确地阐释了文艺的思想教育、认识、美感教育三种功能及其相互关系。教材既认识到文学思想教育、认识、美感教育三者不能彼此分割开来，而是密切地联系在一起的，同时又指出这三种作用亦是有着明显区别的："表现在具体作品中，由于文学作品的题材、主题、体裁以及作家个人的风

---

[1] 以群：《文学的基本原理》上，作家出版社1964年版，第25页。
[2] 同上书，第26页。
[3] 同上书，第27页。

格和兴趣的不同，还存在着非常复杂的情况。文学的各种社会作用也并不是同等地存在于任何作品之中。就某一篇作品来说，它在各个方面所发生的作用是不会完全成等比例的。"① 也正是因此，《文学的基本原理》指出："文学作品可以直接描写阶级矛盾和阶级斗争，也可以描写日常生活和自然景物"②；"文学艺术是把人和人的生活作为一个完整的、有各种内部联系的整体加以表现的。它不仅要表现人与人之间的各种复杂的关系，表现人的思想感情和道德面貌，而且也要描绘人的外貌特征、内心活动、爱好、习惯等。把人和人的社会生活的各个方面作为一个不可分割的整体来表现，是文学艺术内容的主要特点"。③ 在这里，政治观念当且仅当是文学艺术的内容之一而非全部。此外，还要注意的是，以群《文学的基本原理》并没有把文学"为政治服务"等同于"为阶级斗争服务"，而是把文学"为政治服务"作了较为宽泛的解释，甚至满足群众的艺术需要也属于为政治服务的方式之一："文学为政治服务，领域是十分广阔的，方式也是多种多样的……只要反映本阶级的政治需要，不论是体现当时的政治要求和斗争目标，描绘人民群众的斗争生活，或是表达自己的阶级和群众的思想感情，乃至满足群众的艺术需要，都不同程度地承担了为一定时期的革命斗争服务的任务。"④

---

① 以群：《文学的基本原理》上，作家出版社1964年版，第76页。
② 同上书，第89—90页。
③ 同上书，第32页。
④ 同上书，第124页。

第二章 中国式审美现代性的建构（1949—1965）

有学者认为蔡仪《文学概论》与以群《文学的基本原理》对于文艺意识形态本性以及文艺与政治关系的表述大同小异，但并非如此。蔡仪《文学概论》同样认为文学是一种社会意识形态，形象是文学意识形态的特征，这是与以群教材相同的地方。该教材指出："文学是一种社会现象，是一种社会意识形态。"[①]"文学和科学对社会生活的反映方式确有不同，科学的反映是抽象的，形成概念和理论，而文学的反映则是具体的，形成形象及形象体系。"[②]"通过形象反映社会生活是文学的基本特征。"[③] 但与以群教材不同的是，蔡仪《文学概论》把"为政治服务"和"为阶级斗争服务"等同起来："阶级社会的文学，既是属于一定的阶级并为一定阶级的利益和需要服务的。也就必然是离不开一定的政治并为一定的政治服务的。因为从整个社会来说，政治原是经济的集中表现；而从各个阶级具体地说，政治也就是阶级的利益和需要的集中表现，而且只有经过政治，阶级的利益和需要才能集中地表现出来"[④]；"文学为政治服务，也就是为阶级斗争服务。无论革命的政治或反革命的政治，都是阶级对阶级的斗争。文学既要服务于阶级斗争，同时也就必然形成文学方面的阶级斗争。特别是在革命运动发展时期，文学上的斗争往往是政治上的斗争的直接表现"[⑤]。

当然还要看到，即便"为政治服务"话语，也并非千篇一律。

[①] 蔡仪：《文学概论》，人民文学出版社1979年版，第1页。
[②] 同上书，第18页。
[③] 同上。
[④] 同上书，第49页。
[⑤] 同上书，第50页。

党的文艺工作的领导干部周扬是始终坚持"文艺为政治服务"的。但他突出强调两点。一是强调形象思维,反对取消文艺的自身特性和规律。在他看来:"文艺是要通过特点为政治服务的。不通过文艺特点,也可以服务,但服务得不好。不如标语口号式的文学,可以服务而作用不大。只有通过文艺的特点,通过艺术感染力才能服务得好。"①"科学和艺术都是反映现实的,艺术反映现实的特点是通过形象,通过艺术的特殊规律——形象思维,不是艺术没思想,任何艺术都是有思想的,和科学、政治不同的地方是艺术通过形象表达思想,艺术的特点是形象思维。"② 但是,从周扬讲话文稿可以得出,形象思维的艺术特性仍然是从属于政治的,难免让人误解为"艺术是政治的图解"。二是强调文艺的主体性,反对文艺的工具论。他指出:"艺术作品的价值,不在于表现政治运动、生产的过程。而要表现创造世界的人,创造政治运动、生产过程中的人,把他当主人,而不是运动的附属品、不是运动的傀儡,现在我们把人当作生产的附属品,写运动,把人安进去。应该运动是背景,中心是人,这人不是你的工具,不是傀儡,不是作者可以支配的,客人,是有独立性的,有自己的思想、情感,按照客观规律行动,要创造这样的人。"③ 在当时的历史条件下,周扬能提出主体性文艺理论话语,这是难能可贵的。但是以上所述并非"为政治服务"话语的全部。"为政治服务"话语还经常表现为"为政策服务"甚至

---

① 《周扬文集》第 3 卷,人民出版社 1991 年版,第 348 页。
② 《周扬集》,中国社会科学出版社 2000 年版,第 94 页。
③ 同上书,第 99 页。

第二章 中国式审美现代性的建构（1949—1965）

"赶任务"。比如在党的文艺部门工作的王朝闻曾经提出"通过形象为政策服务"："为政策服务，不是要以图画解释政策条文，而是要通过形象来反映与政策有关的实际生活。真正为政策服务的作品，是作家既有政策原则的理性知识，又有政策在实施过程中的感性知识，能够批判地对待具体现象，从生活中获得活生生的形象而成功的。"[1] 邵荃麟在《论文艺创作与政策和任务相结合》中特别强调："所谓创作与政策的结合，既是说作家在其创作活动中间的主观作用和作为指示客观运动规律的政策密切的结合，而且以后者为活动的指针，这样才能够增强他作品的政治内容与艺术力量，反过来也就增强了政策的教育作用。"[2] 茅盾在1950年年初"创作座谈会"上也说过："与其牺牲了政治任务，毋宁在艺术上差一些。"[3] 此外还有"公式主义"话语，甚至被持有"为政策服务"话语的理论家所反对。

"十七年"时期，我国理论界基本上认为文艺是社会意识形态的一种。但体现社会意识形态话语的文艺政策，除了以国家意志统编的两版教材之外，在领导人讲话和工作文件中几乎没有直接见到。当然，也有一些文艺政策虽然没有提及社会意识形态的学理论述，但确实符合文艺意识形态的本性规定。在这里举三个例子。一是茅盾在第一届全国人民代表大会第三次会议上的发言：

---

[1] 王朝闻：《新艺术创作论》，人民文学出版社1953年版，第40页。
[2] 陶东风、和磊：《当代中国文艺学研究（1949—2009）》，中国社会科学出版社2011年版，第180页。
[3] 同上书，第181页。

"我们认为：反映社会重大事件，现在是，而且将来也应当是文艺作家们努力的主要方面！但是，不等于说，我们就排斥了其他题材。只要不是有毒的，对于人民事业发生危害作用的，重大社会事件以外的生活现实，都可以作为文艺的题材。在现实生活中，我们需要炼钢厂，需要水闸，但也需要美丽的印花布，需要精致的手工艺品；在文化娱乐方面，如果我们只供给抒情诗、圆舞曲、翎毛花卉，群众就会有意见，但如果朝朝暮暮只给清一色的表现重大社会事件的作品，而且从形式到内容又不免千篇一律，那么，群众也会有意见，而且事实上已经有意见。自古以来，人民所创造的文艺就不是单调、生硬的，而是包罗万象、多姿多彩的。"[①] 这篇发言发表于1956年7月14日《人民日报》。二是"双百方针"。三是调整时期《关于当前文学艺术工作若干问题的意见》中对于"双百方针"的回归。

"为政治服务"，是我党十七年文艺政策一以贯之的话语。这说明在当时的历史时期我党误把社会意识形态等同于政治上层建筑，对文艺学本身的研究还需要深入。当然，这里依然有三种情况需要具体分析。例如有些文艺政策还是对"为政治服务"和"宣传工作"作出了区分。就像1962年《意见》："文学艺术为无产阶级的政治服务，就是为工农兵的利益服务，为社会主义事业的利益服务，为全国和全世界绝大多数人的利益服务，就是从多方面来满足广大人民正当的精神需要，不应该把文学艺术为无产阶级政治服务

---

① 茅盾：《茅盾文艺论集》上，文化艺术出版社1980年版，第205—206页。

第二章 中国式审美现代性的建构（1949—1965）

理解得太狭隘"；"运用一定的文艺形式，及时地适当地反映和配合当前的斗争，是必要的，但是，把文艺为无产阶级政治服务，简单地看成仅仅是宣传当时当地的中心工作，则是片面的，不恰当的"。① 再如特定历史背景下强调"文艺与政策的配合"是必要的。如《中央文化部党组关于目前文化艺术工作状况和今后改进意见的报告》适应了我国社会主义改造的需要，合乎了最广泛、最深刻社会变革的历史规律。而错误的政治形势误判会导致失误的文艺政策，特别是文艺界反右派斗争的扩大化和八届十中全会后卷入阶级斗争时期的文艺政策。

习近平总书记指出：

> 我们党领导人民进行社会主义建设，有改革开放前和改革开放后两个历史时期，这是两个相互联系又有重大区别的时期，但本质上都是我们党领导人民进行社会主义建设的实践探索……不能用改革开放后的历史时期否定改革开放前的历史时期，也不能用改革开放前的历史时期否定改革开放后的历史时期。改革开放前的社会主义实践探索为改革开放后的社会主义实践探索积累了条件；改革开放后的社会主义实践探索是对前一个时期的坚持、改革、发展。②

---

① 吴秀明、马小敏：《中国当代文学史料丛书（公共性文学史料卷）》，浙江大学出版社2016年版，第16—17页。
② 《十八大以来重要文献选编》上，中央文献出版社2014年版，第112页。

这段论述准确地评价了新中国改革开放前的历史时期，对于评价这个时期的文艺政策同样是有效的。中国共产党在中华人民共和国成立前几个月组织召开了第一次全国文代会，确立了人民民主专政的文化领导权。第一次全国文代会明确了为人民服务的文艺新方向，开启了旧文艺到新文艺的转化，创建了新的文学体制；进而创建了体系化的人民文艺团体，建立了人民政府的文艺部门，党的文艺意识形态工作也开展起来。为了适应过渡时期总路线，全国第二次文代会确立了与社会主义基本制度相适应的文艺制度。全面建设社会主义时期，中国共产党领导建成了以工农兵和广大人民群众为工作对象、以"百花齐放、百家争鸣"为工作方针、以政治标准和艺术标准相统一为评价标准、以党政群相结合为文艺制度特点的完整的社会主义文艺政策体系。这所有的一切正是中华人民共和国社会主义文艺发展的根本前提和制度基础。在这个时期，我们党提出了社会主义文艺政策的许多正确主张，特别是1962年4月20日中共中央批转文化部党组和全国文联党组《关于当前文学艺术工作若干问题的意见（草案）》中已经形成的一整套社会主义文艺政策体系，当时没有全面落实，改革开放后获得了真正贯彻，并在将来继续坚持和发展。也正如习近平总书记所言：

> 对改革开放前的社会主义实践探索，要坚持实事求是的思想路线，分清主流和支流，坚持真理，修正错误，发扬经验，

第二章 中国式审美现代性的建构（1949—1965）

吸取教训，在这个基础上把党和人民事业继续推向前进。①

中华人民共和国成立后，以毛泽东为核心的党的第一代领导集体在中国式审美现代性建构的探索中取得了很大的成绩，涌现了一大批为人民服务、为社会主义服务的优秀作品，直至今天依然是我们脍炙人口的精神食粮；同时，也存在失误。由于复杂严峻的国内国际形势，加上我党自身的认识误区，思想文化领域的阶级斗争被严重扩大化，最终不再把"双百方针"作为正确处理人民内部矛盾的方法，而是作为处理敌我矛盾的尖锐斗争武器，最终陷入了"文化大革命"的深渊。这些经验教训值得仔细分析、认真总结。

---

① 《十八大以来重要文献选编》上，中央文献出版社2014年版，第112页。

第三章　革命的美学：美学转向"革命"(1965—1977)

事实上，文艺政策卷入阶级斗争以后，"文化革命"这一提法已经在思想文化领域出现了。由于思想文化领域"左"的错误没有被纠正，并且不断升级，《评新编历史剧〈海瑞罢官〉》这场文艺批评引燃了影响全局、旷日持久的"无产阶级文化大革命"，我国社会主义文艺政策进入了另一个特殊的历史时期。"文化大革命"，正如《关于建国以来党的若干历史问题的决议》指出的那样："文化大革命"是一场由领导者错误发动，被反革命集团利用，给党、国家和各族人民带来严重灾难的内乱。《评新编历史剧〈海瑞罢官〉》发表以后，部队文艺工作座谈会把"阶级斗争"作为文艺工作的总纲，强调以"样板戏"为代表的革命现代京剧和以大字报为代表的群众文艺，提倡走群众路线的文艺创作和批评。"五一六通知"、《中国共产党中央委员会关于无产阶级文化大革命的决定》和1966年文艺界大会标志着"文化大革命"时期文艺政策的开启。随后，江青在1967年北京文艺界座谈会的讲话中强调斗私、批修是文艺界的中心任务，同时强调样板戏是民族艺术的尖端、榜样和方向；于会泳发表《让文艺舞台永远成为宣传毛泽东思想的阵地》，提出了"首要任务"论，"三突出"原则，"一个主要任务""三个对头""三个突破"工作守则。这两个事件标志着"文化大革命"时期文艺政策全部展开。"九一三"事件以后，党的文艺政策进入了调整阶段。

第一节 文艺批评引燃"文化革命"

在当代中国，历史新时期来临的号角有时在文艺领域率先吹响。"文化大革命"这段特殊的时期也并不例外。这场旷日持久、影响深远的政治运动，正是由《评新编历史剧〈海瑞罢官〉》这场文艺批评引燃的。

党的八届十中全会后，社会主义文艺政策卷入了阶级斗争。在这个历史背景下，一些别有用心的反革命集团不惜抓住一切"契机"，将文艺批评激化为政治运动，最终酿成"文化大革命"这场十年浩劫。于是，吴晗的新编历史剧《海瑞罢官》就成为壮烈的"牺牲品"。

《海瑞罢官》本是在响应毛泽东中共八届七中全会讲话号召，学习海瑞刚正不阿、冒死上谏精神的背景下，于1960年写成的新编历史剧。这本历史剧顺应了当时党中央"调整、巩固、充实、提高"的要求，曾受到毛泽东的肯定和好评。但是，江青认为《海瑞罢官》是庐山会议彭德怀问题的"影射"，应该批判。1965年2月，在江青、张春桥等人秘密策动下，姚文元撰写了《评新编历史剧〈海瑞罢官〉》这篇文艺批评,并于1965年11月10日正式发表于《文汇报》,点燃了"文化大革命"这场运动的导火索。

事实上,姚文元文章的致命问题还远不止是以政治取代艺术的问题。无论从历史批评还是美学批评来看,他都违背了马克思列宁主义、毛泽东思想的基本原则。

第一,《评新编历史剧〈海瑞罢官〉》违背了马克思主义历史人物的评价原则和方法。马克思和恩格斯明确指出:

> 单个人的历史决不能脱离他以前的或同时代的个人的历史,而是由这种历史决定的。①

也就是说,要以具体的历史条件评价历史人物的功过。不能要求历史人物提当代所要求的东西,也不能以当代的要求苛求古人,而是要看他们是否比他们的前辈提供了新的东西。毛泽东在评价孙中山时,也正是坚持了这样的原则和方法:"像很多站在正面指导时代潮流的伟大历史人物大都有他们的缺点一样,孙先生也有他的缺点方面。这是要从历史条件加以说明,使人理解,不可以苛求于前人的。"② 可是,在姚文元的批评中却持有这样一种论调:"封建国家是地主阶级对农民实行专政的工具。封建国家的法律、法庭和执行统治权力的官吏,包括'清官'、'好官'在内,只能是地主阶

---

① 《马克思恩格斯全集》第3卷,人民出版社1960年版,第515页。
② 《毛泽东文集》第7卷,人民出版社1999年版,第157页。

第三章 革命的美学:美学转向"革命"(1965—1977)

级专政的工具,而决不可能是超阶级的,决不可能是既为统治阶级又为被统治阶级服务的工具……所谓'清官'、'平冤狱'之类,作为国家问题的一部分,恐怕是被地主资产阶级弄得特别混乱的问题,成了毒害人民思想的一种迷信……《海瑞罢官》恰恰相反,它不但不去破除这种迷信,而且在新编历史剧的名义下百般地美化地主阶级官吏、法庭、法律,加深这种迷信……并且用'实际行动'证明:只要有海瑞这样的'清官'按'王法'办事,就能使法庭变成保护农民的场所,就能'为民雪恨',就能平反'冤狱',使农民获得土地。这不是把地主阶级的国家机器统统当作保护农民的工具了吗?这不是把地主阶级专政镇压农民的本质一笔勾销了吗?这不是在宣传只要有地主阶级清官大老爷在衙门里'为民做主',农民一'告'就能获得解放了吗?这种大肆美化地主阶级国家、宣传不要革命的阶级调和论的戏,还谈得上什么'历史剧的创作也必须以马克思列宁主义、毛泽东思想为指导'呢?"① 列宁明确指出:"马克思主义的全部精神,它的整个体系,要求人们对每一个原理(α)历史地,(β)都要同其他原理联系起来,(γ)都要同具体的历史经验联系起来加以考察。"② 毫无疑问,在海瑞的生存年代,不可能有人以约五百年以后才传入中国的马克思列宁主义为行动指南。毛泽东曾经强调:"在中华民族的开化史上……有许多伟大的思想家、科学家、发明家、政治家、军事家、文学家和艺术家,有丰富的文

---

① 姚文元:《评新编历史剧〈海瑞罢官〉》,《文汇报》1965年11月10日。
② 《列宁专题文集:论马克思主义》,人民出版社2009年版,第163页。

化典籍。"① 因此，姚文元的批判，是一种历史虚无。姚文元以其阉割的马克思列宁主义、毛泽东思想批判海瑞，批判新编历史剧《海瑞罢官》，只是为了实现自己的目的罢了。

第二，《评新编历史剧〈海瑞罢官〉》违背了马克思主义艺术反映论。文艺是广阔的社会生活的反映，还是当前阶级斗争的影射？毛泽东有过明确的回答："一切种类的文学艺术的源泉究竟是从何而来的呢？作为观念形态的文艺作品，都是一定的社会生活在人类头脑中的反映的产物……人民生活中本来存在着文学艺术原料的矿藏，这是自然形态的东西，是粗糙的东西，但也是最生动、最丰富、最基本的东西；在这点上说，它们使一切文学艺术相形见绌，它们是一切文学艺术取之不尽、用之不竭的唯一源泉。"② 很明显，这里说的"人民生活"比"阶级斗争"的内涵广阔得多。而姚文元却是这样批评《海瑞罢官》的："大家知道，1961年，正是我国因为连续三年自然灾害而遇到暂时的经济困难的时候，在帝国主义、各国反动派和现代修正主义一再发动反华高潮的情况下，牛鬼蛇神们刮过一阵'单干风'、'翻案风'。他们鼓吹什么'单干'的'优越性'，要求恢复个体经济，要求'退田'，就是要拆掉人民公社的台，恢复地主富农的罪恶统治。那些在旧社会中为劳动人民制造了无数冤狱的帝国主义者和地富反坏右，他们失掉了制造冤狱的权利，他们觉得被打倒是'冤枉'的，大肆叫嚣什么'平冤狱'，他们希望有那么一个代表他们利益的人物出来，同无产阶级专政对

---

① 《毛泽东选集》第2卷，人民出版社1991年版，第622页。
② 《毛泽东论文艺》，人民出版社1992年版，第48页。

抗，为他们抱不平，为他们'翻案'，使他们再上台执政。'退田'、'平冤狱'就是当时资产阶级反对无产阶级专政和社会主义革命的斗争焦点。阶级斗争是客观存在，它必然要在意识形态领域里用这种或者那种形式反映出来，在这位或者那位作家的笔下反映出来，而不管这位作家是自觉的还是不自觉的，这是不以人们意志为转移的客观规律。"[1] 姚文元以其狭隘的意识形态批评，把作者适应国民经济调整的本意牵强附会地阐释为阶级斗争的表现。这种畸形的文艺批评一旦得逞，势必会产生严重的危害。

由于意识形态领域"左"的错误一时未能纠正，毛泽东未能经受住一些反革命分子的言语蛊惑，错误地认识到《海瑞罢官》的"要害问题是'罢官'。嘉靖皇帝罢了海瑞的官，1959年我们也罢了彭德怀的官，彭德怀也是'海瑞'"[2]。这场文学批判运动经过一次又一次的斗争，终于一发不可收拾了。

第二节 转向"革命"的文艺政策

一 先声夺人：《部队文艺工作座谈会纪要》的出炉

江青等人对《海瑞罢官》的批判虽然最终得逞，但毕竟受到了包括"二月提纲"在内的勉力抵制。她对此非常不满，便在林彪的

---

[1] 姚文元：《评新编历史剧〈海瑞罢官〉》，《文汇报》1965年11月10日。
[2] 中共中央党史研究室：《中国共产党历史（1949—1978）》第2卷下册，中共党史出版社2011年版，第756页。

支持下，到上海主持召开部队文艺工作座谈会，图谋"请解放军这个尊神"，向她所谓的"反党反社会主义的黑线"专政。

林彪之所以支持江青主持召开文艺工作座谈会，是因为江青的文艺路线与他的斗争哲学有着强烈的"共鸣"。林彪狭隘地认为，马克思主义哲学就是斗争哲学，除此之外别无其他。他曾经这样讲过："我们党是无产阶级先锋队，其所以朝气蓬勃，所以不腐化，就是因为我们的哲学是斗争的哲学，是保证我们不断前进的哲学，保证我们生气勃勃的哲学，否则，党会成为腐朽的、萎靡不振的、机会主义的党"①；"中国共产党根据马克思列宁主义的根本原理，对于事物采取这种政策，就是斗，出了毛病就斗"②；"念念不忘阶级斗争，念念不忘无产阶级专政，念念不忘突出政治，念念不忘高举毛泽东思想伟大红旗。"③ 在这个意义之上，林彪把无产阶级文艺简单粗暴地理解成兴无灭资的武器："无产阶级文艺的目的，就是要团结人民，鼓舞革命人民的斗志，瓦解敌人，消灭敌人，进行兴无灭资的斗争。它是强有力的思想武器，是形象地、通俗地宣传马克思列宁主义、毛泽东思想的工具。"④ 事实上，在社会主义条件下，阶级矛盾依然存在，并且在一定条件下有可能会被激化，但已经不再是社会主要矛盾了。真正的主要矛盾是，人民日益增长的物质文化需要和落后的社会生产之间的矛盾。正是因此，包括文艺在

---

① 《林彪同志语录》，中国人民解放军技术工程学院东方红联合总部（内部学习），第39页（共366页）。
② 同上书，第40页。
③ 同上书，第67页。
④ 同上书，第40页。

第三章 革命的美学：美学转向"革命"（1965—1977）

内的社会主义精神生产的目的，只能而且应该是不断满足人民群众的多种需要。人民内部矛盾，也只能以民主的方法，"团结——批评——团结"的方式加以解决。即使是针对极少数分子的阶级斗争，其方式、内容等与以往也有很大不同。而这些，是林彪、江青等人没有也不可能看到的。

1966年2月2—20日，江青到上海主持部队文艺工作座谈会。3月22日，林彪致信中央军委常委，称："十六年来，文艺战线上存在着尖锐的阶级斗争，谁战胜谁的问题还没有解决。文艺这个阵地，无产阶级不去占领，资产阶级就必然去占领，斗争是不可避免的。这是意识形态领域里极为广泛、深刻的社会主义革命，搞不好就要出修正主义。我们必须高举毛泽东思想伟大红旗，坚定不移地把这一场革命进行到底。"[1] 4月16日，经江青、陈伯达等人修改和毛泽东审阅过的《部队文艺工作座谈会纪要》（以下简称《纪要》）作为中共中央文件在党内发表。4月18日，《解放军报》公布了《纪要》的全部观点。

《部队文艺工作座谈会纪要》，全称《林彪同志委托江青同志召开的部队文艺工作座谈会纪要》，包括十项内容：十六年来，文化战线上存在着尖锐的阶级斗争；近三年来，社会主义的"文化大革命"已经出现了新的形势，革命现代京剧的兴起就是最突出的代表；文艺战线两条道路的斗争，必须要反映到军队内部来，军队不是生活在真空里，决不能例外；在社会主义"文化革命"中解放军

---

[1] 谢冕、洪子诚：《中国当代文学史料选》，北京大学出版社1995年版，第630—641页。

要起重要作用；"文化革命"要有破有立，领导人要亲自抓，搞出好的样板；在文艺工作中，不论是领导人员，还是创作人员，都要实行党的民主集中制，提倡"群言堂"，反对"一言堂"，要走群众路线；要提倡革命的战斗的群众的批评，打破少数所谓"文艺批评家"（即方向错误的和软弱无力的那些批评家）对文艺批评的垄断，把文艺批评的武器交给广大工农兵群众去掌握，使专门批评家和群众批评家结合起来；文艺上反对外国修正主义的斗争，不能只捉丘赫拉依之类小人物，要捉大的，捉肖洛霍夫，要敢于碰他；在创作方法上，要采取革命的现实主义和革命的浪漫主义相结合的方法，不要搞资产阶级的批判现实主义和资产阶级的浪漫主义；重新教育文艺干部，重新组织文艺队伍。① 其中，以下几点内容最为重要。

第一，把"阶级斗争"作为文艺工作的总纲。准确地说，是把"批斗"作为文艺工作的总纲。《纪要》点名批评了所谓"黑八论"，即"写真实"论、"现实主义广阔的道路"论、"现实主义的深化"论、反"题材决定"论、"中间人物"论、反"火药味"论、"时代精神汇合"论、"离经叛道"论，牵强地认为这是文艺界"黑线专政"。《纪要》宣称："文艺界在建国以来，却基本上没有执行，被一条与毛主席思想相对立的反党反社会主义的黑线专了我们的政，这条黑线就是资产阶级的文艺思想、现代修正主义的文艺思想和所谓三十年代文艺的结合……在这股资产阶级、现代修正主义文艺思想逆流的影响或控制下，十几年来，真正歌颂工农兵的英

---

① 谢冕、洪子诚：《中国当代文学史料选》，北京大学出版社1995年版，第632—633页。

第三章 革命的美学：美学转向"革命"（1965—1977）

雄人物，为工农兵服务的好的或者基本上好的作品也有，但是不多；不少是中间状态的作品；还有一批是反党反社会主义的毒草。我们一定要根据党中央的指示，坚决进行一场文化战线上的社会主义大革命，彻底搞掉这条黑线。搞掉这条黑线之后，还会有将来的黑线，还得再斗争。所以，这是一场艰巨、复杂、长期的斗争，要经过几十年甚至几百年的努力。这是关系到我国革命前途的大事，也是关系到世界革命前途的大事。"[①] 这种论调，基本上否定了十七年的文艺工作成果。

第二，强调以样板戏为代表的革命现代京剧和以大字报为代表的群众文艺。《纪要》认为，革命现代京剧是社会主义"文化革命"的"最突出的代表"。其中指出："革命现代京剧《红灯记》《沙家浜》《智取威虎山》《奇袭白虎团》等和芭蕾舞剧《红色娘子军》、交响音乐《沙家浜》、泥塑《收租院》等，已经得到广大工农兵群众的批准，在国内外观众中，受到了极大的欢迎。这是一个创举，它将会对社会主义文化革命产生深远的影响。它有力地证明：京剧这个最顽固的堡垒也是可以攻破的，可以革命的；芭蕾舞、交响乐这种外来的古典艺术形式，也是可以加以改造，来为我们所用的，对其它艺术的革命就更应该有信心了。有人说革命现代京剧丢掉了京剧的传统，丢掉了京剧的基本功。事实恰恰相反，革命现代京剧正是对京剧传统的批判地继承，是真正的推陈出新。京剧的基本功不是丢掉了，而是不够用了，有些不能够表现新生活的，应该也必

[①] 谢冕、洪子诚：《中国当代文学史料选》，北京大学出版社1995年版，第632—633页。

须丢掉。而为了表现新生活，正急需我们从生活中去提炼，去创造，去逐步发展和丰富京剧的基本功。同时，这些事实也有力地回击了形形色色的保守派，和所谓'票房价值'论、'外汇价值'论、'革命作品不能出口'论，等等。"①《纪要》同时认为，以大字报为代表的群众文艺是社会主义"文化革命"的"另一个突出表现"。其中指出："从工农兵群众中，不断地出现了许多优秀的、善于从实际出发表达毛泽东思想的哲学文章；同时，还不断地出现了许多优秀的、歌颂我国社会主义革命的伟大胜利，歌颂社会主义建设各个战线上的大跃进，歌颂我们的新英雄人物，歌颂我们伟大的党，伟大的领袖英明领导的文艺作品，特别是工农兵发表在墙报、黑板报上的大量诗歌，无论内容和形式都划出了一个完全崭新的时代。"②

第三，继续强调"两结合"的创作方法，反对其他创作方法。《纪要》指出："在党的正确路线指引下涌现的工农兵英雄人物，他们的优秀品质是无产阶级阶级性的集中表现。我们要满腔热情地、千方百计地去塑造工农兵的英雄形象。要塑造典型……不要受真人真事的局限。不要死一个英雄才写一个英雄，其实，活着的英雄要比死去的英雄多得多。这就需要我们的作者从长期的生活积累中，去集中概括，创造出各种各样的典型人物来。"③ 同时批评：

---

① 谢冕、洪子诚：《中国当代文学史料选》，北京大学出版社1995年版，第633—634页。
② 同上书，第634页。
③ 同上书，第639页。

第三章　革命的美学：美学转向"革命"（1965—1977）

"有些作品，歪曲历史事实，不表现正确路线，专写错误路线；有些作品，写了英雄人物，但都是犯纪律的，或者塑造起一个英雄形象却让他死掉，人为地制造一个悲剧的结局；有些作品，不写英雄人物，专写中间人物，实际上是落后人物，丑化工农兵形象；而对敌人的描写，却不是暴露敌人剥削、压迫人民的阶级本质，甚至加以美化；还有些作品，则专搞谈情说爱，低级趣味，说什么'爱'和'死'是永恒主题。这些都是资产阶级的、修正主义的东西，必须坚决反对。"[①] 事实上，《纪要》尚未要求"三突出"的创作原则，这一原则是1968年5月23日于会泳在《文汇报》发表的《让文艺舞台永远成为毛泽东思想的阵地》中首先提出的。

第四，提倡走群众路线的文艺创作和批评。包括两个方面。一是文艺创作要广泛听取群众意见，提倡"群言堂"，反对"一言堂"："对待文艺创作，应该经常记住这样两点：第一，要善于倾听广大群众的意见；第二，要善于分析这些意见，好的就吸收，不好的就不吸收。完全没有缺点的作品是没有的，只要基调还好，要指出其缺点错误，把它改好。坏作品不要藏起来，要拿出来交给群众去评论。我们不要怕群众，要坚决地相信群众，群众会给我们提出许多宝贵意见的。另外，也可以提高群众的鉴别能力。"[②] 二是提倡专门批评家和群众批评家结合起来的文艺批评："要提倡革命的战斗的群众性的文艺批评，打破少数所谓'文艺批评家'（即方向错

[①] 谢冕、洪子诚：《中国当代文学史料选》，北京大学出版社1995年版，第639—640页。

[②] 同上书，第638页。

误的和软弱无力的那些批评家）对文艺批评的垄断，把文艺批评的武器交给广大工农兵群众去掌握，使专门批评家和群众批评家结合起来。"但是，《纪要》中所要求的文艺批评已经严重畸形化，要求"在文艺批评中，要加强战斗性，反对无原则的庸俗捧场。要改造交锋，提倡多写通俗的短文，把文艺批评变成匕首和手榴弹，练出二百米内的硬功夫；当然也要写一些系统的，有理论深度的较长的文章"①。《纪要》的要求被反革命集团利用，成了"别有用意的政治指控和人身攻击"②。

一般认为，《部队文艺工作座谈会纪要》是"文化大革命"时期文艺政策的纲领性文件。事实上，一个部队工作的《纪要》不可能作为全国范围内的"文艺宪法"。真正意义的"文化大革命"时期全国范围的文艺政策，是包括"五一六通知"、《中国共产党中央委员会关于无产阶级文化大革命的决定》，领导人在国家层面的文艺座谈会讲话以及文艺工作批示等在内的一整套话语体系。但是也要看到，"文化大革命"时期的文艺政策，也确实是从《纪要》展开和推广的。

二 正式启动：《通知》《决定》和 1966 年文艺界大会

1966 年 5 月 16 日，《中国共产党中央委员会通知》（即"五一

---

① 谢冕、洪子诚：《中国当代文学史料选》，北京大学出版社 1995 年版，第 638 页。
② 黄擎：《视野融合与批评话语》，浙江大学出版社 2008 年版，第 110 页。

第三章 革命的美学：美学转向"革命"(1965—1977)

六通知"，以下简称《通知》）发布，"文化大革命"正式发动。"五一六通知"成为"文化大革命"的纲领性文件。《通知》要求："全党必须遵照毛泽东同志的指示，高举无产阶级文化大革命的大旗，彻底揭露那批反党反社会主义的所谓'学术权威'的资产阶级反动立场，彻底批判学术界、教育界、新闻界、文艺界、出版界的资产阶级反动思想，夺取在这些文化领域中的领导权。而做到这一点，必须同时批判混进党里、政府里、军队里和文化领域的各界里的资产阶级代表人物，清洗这些人，有些则要调动他们的职务。尤其不能信用这些人去做领导文化革命的工作，而过去和现在却有很多人是在做这种工作，这是异常危险的。"①

1966年8月8日，《中国共产党中央委员会关于无产阶级文化大革命的决定》（以下简称《决定》）发布，"文化大革命"迅速扩展到全国。《决定》认为，"当前开展的无产阶级文化大革命，是一场触及人们灵魂的大革命，是我国社会主义革命发展的一个更深入、更广阔的新阶段"。《决定》要求："资产阶级虽然已经被推翻，但是，他们企图用剥削阶级的旧思想，旧文化，旧习惯，来改变整个社会的精神面貌。在当前，我们的目的是斗垮走资本主义道路的当权派，批判资产阶级的反动学术'权威'，批判资产阶级和一切剥削阶级的意识形态，改革教育，改革文艺，改革一切不适应社会主义经济基础的上层建筑，以利于巩固和发展社会主义制度。"②

---

① 吴秀明、马小敏：《中国当代文学史料丛书（公共性文学史料卷）》，浙江大学出版社2016年版，第26页。
② 同上书，第27页。

1966年11月28日，中央文化革命领导小组在北京召开文艺界大会，陈伯达、江青、周恩来、谢镗忠、吴德分别讲话。陈伯达致开幕词。江青详尽阐释了"文化革命"意义的"古为今用、洋为中用"，集中强调批判地继承祖国最美好的艺术形式、艺术特色，为无产阶级事业服务：

> 因为我们是一个无产阶级专政的国家，我们是要建设社会主义，我们的经济基础是公有制度，坚决反对那些压迫人、剥削人的私有制度。我们无产阶级文化大革命的一个重要方面，就是扫荡一切剥削制度的残余，扫荡一切剥削阶级的旧思想、旧文化、旧风俗、旧习惯。虽然有的词我们还在用，但内容是完全不同了。例如忠这个词，封建地主阶级是忠于君王，忠于封建阶级的社稷；我们是忠于党、忠于无产阶级、忠于广大劳动人民。又例如节这个词，封建阶级所谓的气节，是属于帝王的，属于封建阶级社稷的，我们讲的是无产阶级的革命气节，这就是说，我们要对无产阶级的、共产主义的事业有坚定不移的信仰，决不向少数压迫人民、剥削人民的敌人屈服。所以，同一个忠字、节字，我们还在用着，阶级内容是完全相反的。至于艺术形式，就不能采取虚无主义的态度，也不能采取全盘肯定的态度。一个民族，总有它的艺术形式，艺术特色。我们如果不把祖国最美好的艺术形式、艺术特色加以批判地继承，采取虚无主义的态度，那是错误的。相反，全盘肯定，不作任何推陈出新，也是错误的。对于全世界各族人民的优秀艺术形

第三章 革命的美学：美学转向"革命"(1965—1977)

式，我们也要按毛主席的"洋为中用"的指示，来做推陈出新的工作。帝国主义是垂死的、寄生的、腐朽的资本主义，他们什么好作品都搞不出来了。资本主义已经有几百年了，他们的所谓"经典"作品，也不过那么一点。他们有一些是模仿所谓的"经典"著作，死板了，不能吸引人了，因此完全衰落了；另一些则是大量泛滥，毒害麻痹人民的阿飞舞、爵士乐、脱衣舞、印象派、象征派、抽象派、野兽派、现代派……等等，名堂多了。一句话：腐朽下流，毒害和麻痹人民。①

周恩来在讲话中解释了"文化大革命"的意义，高度评价了以样板戏为代表的文艺革命成果。他指出："当前我国正在开展的无产阶级文化大革命，是一场极其广阔的、极其深刻的、更高阶段的无产阶级革命运动。这场革命具有极其伟大的意义。这场革命，发动了亿万革命群众，触及了每个人的灵魂。这场革命，震动了全世界，震动了整个社会，震动了整个文艺界。这场革命，在毛泽东思想指引下，用无产阶级世界观改造社会。这场大革命的目的，是为了巩固无产阶级专政，挖掉修正主义根子，防备资本主义的复辟，保证我国永不变色，大大促进社会生产力的发展，并且大大影响和支持全世界人民的革命运动。"② 同时指出："我们的文艺革命获得了伟大的胜利。近几年来，京剧改革，芭蕾舞剧改革，交响音乐改

---

① 《江青同志讲话选编》，人民出版社1968年版，第20—21页。
② 《周恩来同志在文艺界大会上的讲话》，1966年11月28日中央办公厅秘书局印，1966年12月12日上海新华书店伏虎战斗队翻印。

革,雕塑改革,都取得了划时代的成就。这是文艺革命化、大众化、民族化的一个大飞跃。这些成就,都是经过严重的阶级斗争,冲破了旧中宣部、旧文化部、旧北京市委反革命修正主义路线的重重障碍而取得的。这些都是在毛主席的为工农兵服务的方向和厚今薄古、古为今用、洋为中用的方针指导下取得的。这是在普及的基础上的提高,又是在提高指导下的普及。在这些样板的影响和带动下,已经产生了一批新的革命的文学艺术作品,广大的工农兵登上了戏剧舞台。这个革命运动必将在各个文艺领域里进一步深入地开展起来,必将对我们的未来产生极其深远的影响。"[①] 必须指出的是,周恩来在当时的讲话是一定历史条件的产物,讲话的一些错误内容已经不能代表他个人的真心愿望。此外,谢镗忠、吴德也分别讲话。

三个事件标志着,"文化大革命"的文艺政策已经正式启动,并推广到全国。当然,"文化大革命"的文艺政策并没有就此完成,在接下来的历史时期,又获得了"完善"和"发展"。

三 全面展开:北京文艺座谈会和"革命"美学的成型

《纪要》宣称,"文化革命"要有破有立,搞出好的样板。在纪念《在延安文艺座谈会上的讲话》发表二十五周年之时,北京舞台上上演了八个样板戏。它们是:京剧《智取威虎山》《海港》《红

[①] 《周恩来同志在文艺界大会上的讲话》,1966年11月28日中央办公厅秘书局印,1966年12月12日上海新华书店伏虎战斗队翻印。

第三章 革命的美学：美学转向"革命"(1965—1977)

灯记》《沙家浜》《奇袭白虎团》，芭蕾舞剧《红色娘子军》《白毛女》，以及交响乐《沙家浜》。《人民日报》于1967年5月31日发表社论《革命文艺的优秀样板》，阐释了八个样板戏的历史意义。社论认为："这八个样板戏，突出地宣传了光焰无际的毛泽东思想，突出地歌颂了历史主人翁工农兵。它贯穿着毛主席的为工农兵服务、为无产阶级政治服务的革命文艺路线，体现了'百花齐放''推陈出新''古为今用''洋为中用'的正确方针，做到了'革命的政治内容和尽可能完美的艺术形式的统一'，成为'团结人民、教育人民、打击敌人、消灭敌人的有力的武器'。"[①]

1967年11月，江青在北京主持召开文艺座谈会并讲话，这个讲话后由中共中央和弘扬"文革"小组转发至各省、市、自治区革命委员会（筹备小组）、军管会，各大军区、省军区，要求组织文艺界、新闻出版界、军队的文艺单位、大中学校各革命群众组织进行学习和贯彻执行。江青在讲话中分析了当前文艺界"无产阶级文化大革命"的形式，并对文艺界"无产阶级文化大革命"运动的问题和今后的任务作出"重要指示"。江青主要讲了两个问题，一是强调斗私、批修是文艺界的中心任务："现在的中心任务还是斗私、批修，组织革命队伍，否则，是不可能搞出真正为社会主义服务的符合工农兵需要的东西的。斗私、批修是很艰苦的事情，如果有人企图利用下乡下厂的活动逃避它，那就更不对了。这种思想，同志们不一定有，不过应当警惕……我觉得同志们还是要安下心来，搞

[①] 社论：《革命文艺的优秀样板》，《人民日报》1967年5月31日。

好斗私、批修。这在当前说来，是最重要的，最基本的。"二是强调样板戏作为民族艺术的尖端、榜样、方向意义："一个民族，总要有它自己的艺术尖端，现在的八个革命样板戏，可不可以说是我们民族的艺术尖端？大家知道，搞一个样板戏是不容易的，千锤百炼，总要改二、三年才成。因此，不可能每一个戏，每一个文艺团体搞的节目都搞成样板。样板是尖端，是榜样，是方向。当然，也不能孤立地搞尖端，尖端总是在普及的基础上出现的、提高的，而且尖端也是要普及的。例如，我们的革命样板戏，就要通过各种途径，主要是通过拍成电影普及到全国各个角落。"①

于会泳于1968年5月23日在《文汇报》发表《让文艺舞台永远成为宣传毛泽东思想的阵地》，根据江青的文艺论述提出了一系列术语，中国的"革命美学"就此形成。这一系列术语包括如下内容。

第一，"首要任务"论，即塑造无产阶级的英雄形象，特别是当代形象："首先抓住宣传毛泽东思想这个关键，着力塑造以毛泽东思想武装起来的高大的无产阶级英雄形象。因为只有塑造了无产阶级英雄的形象，才能有力地宣传毛泽东思想。"②

第二，"三突出"创作原则："在所有人物中突出正面人物；在正面人物中突出英雄人物；在主要英雄人物中突出最重要的即中心的英雄人物。江青同志的上述指示精神，是创作社会主义文艺的极其重要的经验，也是以毛泽东思想为武器，对文学艺术创作规律的

---

① 《江青同志讲话选编》，人民出版社1968年版，第74—75页。
② 《文汇报》1968年5月23日。

第三章 革命的美学:美学转向"革命"(1965—1977)

科学总结。"①

第三,"一个主要任务""三个对头""三个突破"的工作守则。其中,"一个主要任务",即"戏曲音乐的主要任务是着重通过揭示人物内心世界的途径塑造英雄人物的音乐形象,而不是像旧戏所搞得那样,为了'造气氛'、'打补钉'、'点缀色彩'、'悦耳动听'";"三个对头",即"思想感情对头,性格气质对头,时代气息对头,而不是像过去有些人所主张的那样,音乐设计只是为了'表达唱词'、'表达情绪'等等";"三个突破",即"打破唱腔流派,打破唱腔行当,打破旧有格式。'破,就是批判,就是革命。破,就要讲道理,讲道理就是立,破字当头,立也在其中了'"。于会泳在文中指出,要达到"一个主要任务",则必须做到"三个对头";要完成三个对头,则又必须做到"三个突破"。

第三节 文艺革命政策的若干调整

"九一三"事件以后,"文化大革命"时期的文艺政策已经进入了调整阶段,这是不容抹杀的事实。而调整阶段的文艺政策,是以往研究容易被忽略的。当然,在文艺政策调整的过程中,依然有"四人帮"反革命集团的破坏。但是,毛泽东、周恩来等党和国家主要领导人对文艺政策的勉力调整,几乎没有停止过。虽然这样的调整有局限性,但毕竟调整已经成为此时文艺工作的主要方面。

---

① 《文汇报》1968 年 5 月 23 日。

周恩来主持中央工作时，努力地批判极"左"思潮。他要求增加作品数量，提高艺术质量。1972年4月9日，周恩来在广州观看部队文艺演出时发表讲话，认为极"左"思潮破坏艺术质量的提高。他在讲话中有这样一些批评："你们报幕的同志，为什么不报独唱、伴奏人员的名字？看来你们的极左思潮还没有肃清。极左思潮不肃清，破坏艺术质量的提高"；"你们的歌越唱越快，越唱越尖，越唱越高"；"革命激情要和革命抒情结合，要有点地方的色彩"。① 1972年10月14日，《人民日报》甚至以一个整版发表三篇文章，批判极"左"路线和无政府主义，坚决反对"打倒一切""砸烂一切""群众运动天然合理"等谬论，而且特别告诫人们要警惕极"左"思潮的"重新出现"，产生了很大反响。② 1973年1月1日，周恩来在接见电影、戏剧、音乐工作者时发表讲话，认为当前作品太少，远不能满足群众的需求："群众提意见，说电影太少，接到很多群众来信。这是对的，不仅电影，出版也是这样。导演、摄影搞成功的要推广。要解决电影少的问题，首先得有剧本。目前，按照计划已有七个厂可以工作了，再加上革命戏曲，新的品种丰富了电影，这是可喜的现象。当然电影不只是故事片，还有科教片。但对无产阶级文化大革命以后的要求来说，太少了，这是我们的大缺陷。"③ "电影的教育作用很大，男女老少都需要它，这是大有作为的……经过三

---

① 《周恩来选集》下卷，人民出版社1984年版，第471—472页。
② 中共中央党史研究室：《中国共产党历史（1949—1978）》第2卷下册，中共党史出版社2011年版，第874页。
③ 《周恩来论文艺》，人民文学出版社1979年版，第222页。

第三章 革命的美学：美学转向"革命"（1965—1977）

年努力，把这个空白填上，群众要求很迫切。"①

实际上，毛泽东对"四人帮"文艺政策有着更多的批评，也有着更多调整文艺政策的行动。根据《建国以来毛泽东文稿》和最新出版的《毛泽东年谱》，至少有如下记载。1973年6月，毛泽东在中共中央政治局会议讲话中指出：从乌龟壳（指甲骨文）到共产党这一段历史应该总结。中国小说，艺术性、思想性最高的，还是《红楼梦》。读《红楼梦》，不读五遍，根本不要发言，因为你不能把它的阶级关系弄清楚。《红楼梦》的作者，是生在康熙、雍正之后的曹雪芹。在雍正年代他家是受整的，抄了家的。②这客观上批评了"四人帮"文艺政策的历史虚无主义。1972年4月，北京市新华书店开始发行《红楼梦》《水浒》《三国演义》《西游记》等中国古典文学名著。其后，毛泽东又指示注释和印刷了大量古籍：如1973年6月中旬的《史记·汲郑列传》、司马迁《报任安书》。③1974年4月，《韩非子·说难》、王充《论衡·刺孟》；5月上旬的庾信《枯树赋》、谢庄《月赋》、谢惠连《雪赋》、江淹《别赋》《恨赋》；1975年3月的洪皓《江梅引》、汤显祖《邯郸记·度世》；4月上旬的王安石《桂枝香》、张孝祥《六州歌头》、陈亮《念奴娇》、辛弃疾《贺新郎》《摸鱼儿》《水龙吟》《水调歌头》《破阵子》《永遇乐》《汉宫春》、蒋捷《梅花引》《虞美人》《贺新郎》、

---

① 《周恩来论文艺》，人民文学出版社1979年版，第223页。
② 中共中央文献研究室：《毛泽东年谱》（1949—1976），人民出版社2013年版，第480页。
③ 同上。

萨都剌《满江红》《念奴娇》(《百字令》)、《木兰花慢》；6月的陆游《渔家傲》《双头莲》《鹊桥仙》《真珠帘》，等等。1974年11月，毛泽东在长沙收看花鼓戏、湘剧和京剧节目时评论说：京剧的风格、唱腔，要保留百分之七十，京剧要像京剧。1974年7月，当江青批判湘剧电影《园丁之歌》是"为旧的教育路线唱赞歌"时，毛泽东看后却说："我看是出好戏。"① 1975年7月初，毛泽东同时任中共中央副主席、国务院副总理的邓小平谈话时直接批评"四人帮"文艺政策违背了"百花齐放"宗旨，"样板戏太少，而且稍微有点差错就挨批。百花齐放都没有了。别人不能提意见，不好"；"怕写文章，怕写戏。没有小说，没有诗歌"。② 1975年7月14日，毛泽东同江青谈话时指出："党的文艺政策应该调整一下，一年、两年、三年，逐步逐步扩大文艺节目。缺少诗歌，缺少小说，缺少散文，缺少文艺评论。对于作家，要惩前毖后、治病救人，如果不是暗藏的有严重反革命行为的反革命分子，就要帮助……鲁迅在的话，不会赞成把周扬这些人关起来。脱离群众。已经有了《红楼梦》、《水浒》，发行了。不能急，一两年之内逐步活跃起来，三年、四年、五年也好嘛。"③ 7月25日，当得知江青和文化部核心小组以十条批评意见批判故事影片《创业》时，毛泽东作出批示："此片无大错，建议通过发行。不要

---

① 中共中央文献研究室：《毛泽东年谱》(1949—1976)，人民出版社2013年版，第559页。
② 《建国以来毛泽东文稿》第12册，中央文献出版社1998年版，第443页。
③ 中共中央文献研究室：《毛泽东年谱》(1949—1976)，人民出版社2013年版，第597页。

第三章 革命的美学:美学转向"革命"(1965—1977)

求全责备。而且罪名有十条之多,太过分了,不利调整党的文艺政策。""此信增发文化部及来信人所在单位。"① 7月29日,当毛泽东得知文化部部长于会泳给《海霞》扣上了"贬低英雄人物""丑化人民解放军""拿穷人开心""文艺黑线回潮的典型"等帽子时,毛泽东作出批示:"印发政治局各同志。"邓小平、李先念等八位中央政治局委员审看了《海霞》的两种拷贝,并开会决定,用修改后的拷贝在全国上映。② 10月25日,根据毛泽东的批示,首都音乐界举办了纪念聂耳、冼星海音乐会,在"文化大革命"中受到冲击的音乐界人士几乎全部出席。③ 10月底,毛泽东又批准国家出版局做的鲁迅著作出版规划:立即着手出版现存全部鲁迅书信的《鲁迅书信集》;新注鲁迅著作单行本二十六种,1977年年底出齐;新注《鲁迅全集》十五卷(正式出版时为十六卷),1980年年底出齐。11月2日,毛泽东阅读作家姚雪垠来信时指出:"我同意他写《李自成》小说二卷、三卷至五卷。"④ 1975年11月15日,毛泽东审阅完《关于上海召开大型文艺工作座谈会的情况简报》后,指示姚文元印发鲁迅提倡削烂苹果的一篇文章:鲁迅在文章中以有烂疤的苹果作比喻,批评那种金要足赤、人要完人,在文学批评中对作者、作品、译作求全责备的做法,希望批评家不要因为苹果有烂疤就一下子抛掉,而应做些削

---

① 中共中央文献研究室:《毛泽东年谱》(1949—1976),人民出版社2013年版,第600—601页。
② 同上书,第602页。
③ 同上书,第612页。
④ 同上书,第620页。

烂苹果的工作。① 此外，中共上海市委根据毛泽东对文化部提出的要求，拍摄了一批传统京剧和曲艺的色彩纪录片；同时恢复了上海电影译制片厂，译制了《简·爱》《巴黎圣母院》《魂断蓝桥》《鸽子号》《瑞典女王》等22部西方经典故事影片。毛泽东观看了好莱坞演员嘉宝主演的《瑞典女王》。②

这里还不能不提及的是，1977年12月31日《人民日报》第1版刊登了毛泽东1965年7月21日给陈毅信的手迹，明确肯定了艺术形式："你叫我改诗，我不能改。因我对五言律，从来没有学习过，也没有发表过一首五言律。你的大作，大气磅礴。只是在字面上（形式上）感觉于律诗稍有未合。因律诗要讲平仄，不讲平仄，即非律诗。我看你于此道，同我一样，还未入门。我偶尔写过几首七律，没有一首是我自己满意的。如同你会写自由诗一样，我则对于长短句的词学稍懂一点。剑英善七律，董老善五律，你要学律诗，可向他们请教。"又明确肯定了形象思维：

> 诗要用形象思维，不能如散文那样直说，所以比、兴两法是不能不用的。赋也可以用，如杜甫之《北征》，可谓"敷陈其事而直言也"，然其中亦有比、兴。"比者以彼物比彼物也"，"兴者，先言他物以引起所咏之词也"。韩愈以文为诗；有些人说他完全不知诗，则未免太过，如《山石》，《衡岳》，《八月

---

① 中共中央文献研究室：《毛泽东年谱》（1949—1976），人民出版社2013年版，第623—624页。
② 同上书，第454—455页。

第三章 革命的美学：美学转向"革命"（1965—1977）

十五酬张功曹》之类，还是可以的。据此可以知为诗之不易。宋人多数不懂诗是要用形象思维的，一反唐人规律，所以味同嚼蜡。以上随便谈来，都是一些古典。要作今诗，则要用形象思维方法，反映阶级斗争与生产斗争，古典绝不能要。但用白话写诗，几十年来，迄无成功。民歌中倒是有一些好的。将来趋势，很可能从民歌中吸取养料和形式，发展成为一套吸引广大读者的新体诗歌。又李白只有很少几首律诗，李贺除有很少几首五言律外，七言律他一首也不写。李贺诗很值得一读，不知你有兴趣否？[①]

从以上资料不难看出，以毛泽东为代表的党和国家领导人花了大量精力纠正"文化大革命"时期文艺政策的许多失误，他们至少对"四人帮"文艺政策的过火批判和历史虚无主义是持反对态度的。这就要求我们，在研究"文化大革命"时期的文艺政策时，老一辈无产阶级革命家致力于发展社会主义文艺的设想、努力（尽管这些会有错误或者局限）与反革命集团别有用心的目的、行动是要作本质上的区分的。

在评价"无产阶级文化大革命"时期文艺政策时，应把握以下两点。第一，一定要把毛泽东同志探索社会主义文艺出现的严重错误同两个反革命集团祸国殃民的罪恶活动区分开来。从这个时期党和国家指导思想来看，马克思主义、列宁主义、毛泽东思想仍然发

[①] 毛泽东：《毛主席给陈毅同志谈诗的一封信》，《人民日报》1977年12月31日第1版。

挥着基础性作用，"无产阶级专政下继续革命理论"则发挥着最直接、最主要作用（一定时期甚至是全局性作用）。毛泽东坚持了影响全局的错误观点，即"被推翻了的资产阶级采用各种方法，企图利用文艺阵地，作为腐蚀群众、准备资本主义复辟的温床"①；同时又能纠正一些具体错误，特别是毛泽东对"四人帮"文艺政策的批评。林彪、江青两个反革命集团利用了指导思想的错误成分，实施了体现法西斯主义意识形态的行径，这完全是另外一种性质的问题了。第二，一定要把"文化大革命"这场运动和"文化大革命"时期的整套社会审美文化建构区分开来。"文化大革命"这场运动不是也不可能是任何意义上的革命或社会进步，而是给党、国家和各族人民带来严重灾难的内乱，需要予以否定。与此同时，应当准确评价"文化大革命"文艺政策的社会审美建构，包括样板戏和工农兵群众文艺这两个部分。样板戏的美学建构中的"三突出"原则，即，在所有人物中突出正面人物；在正面人物中突出英雄人物；在主要英雄人物中突出最重要的英雄人物，比较合乎古典美学典型塑造的一般规律。但"三突出"原则与马克思主义的典型塑造有差距，马克思主义并不赞成把阶级属性当成人的唯一属性，也不赞成典型人物应该具有完美人格，而且特别强调"个性"描写。样板戏作品遵循了崇高审美的一般规律，但并不完美，它只是诠释了崇高类型的一种；它颠倒了生产斗争和阶级斗争的关系，也颠倒了英雄与群众的关系，偏离了马克思主义崇高观的本质。在当时的历史时

---

① 《首都举行文艺界无产阶级文化大革命大会》，《人民日报》1966年12月4日。

期，样板戏不失为"古为今用、洋为中用"的一种尝试，不可避免地呈现出幼年时期的稚气，而且还有些简单粗暴，对此需要以历史主义的态度进行评价。工农兵群众文艺包括红卫兵运动文艺、民间社团文艺、非组织性群众文艺运动、非运动性工农兵作家创作四种形式。在"文化大革命"的不同时期，四种不同的群众文艺形式有着不同影响。红卫兵运动文艺在"九一三"事件以前占据绝对优势。非运动性工农兵作家创作则在"九一三"事件以后占据主流。民间社团文艺在"四人帮"反革命集团围剿"间隙"中活动。非组织性群众文艺运动则在特定的历史节点爆发。对于这四种不同的群众文艺形式，评价也不尽相同，需要具体分析。与此同时，工农兵群众文艺是"文化大革命"时期呈现给媒体的大众艺术，但严重失范。当然，工农兵群众文艺是审美平等的一次实践，有着宝贵的历史经验。

第四章 现代化进程中的文艺政策调整(1977—1989)

"文化大革命"结束后,特别是党的十一届三中全会后,党和国家在文艺领域进行了拨乱反正,中国文学艺术工作者第四次代表大会成为我国社会主义文艺发展的新的里程碑。邓小平《在中国文学艺术工作者第四次代表大会上的祝词》恢复了曾经提出的文艺为最广大的人民群众、首先为工农兵服务的方向和百花齐放、推陈出新、洋为中用、古为今用的方针,同时改变了以往党领导文艺的方式——文学艺术从属于临时的、具体的、直接的政治任务,而高度提倡文艺家发挥个人的创造精神。周扬重新阐释了文艺与政治的关系,要求尊重文艺工作者的创作自由,赋予"推陈出新"更宽广的含义,并且不再以某一种固定的创作方法来统一整个文艺创作。随着改革开放的不断深入,文艺政策的改革也取得了突破性进展。胡耀邦在《在剧本创作座谈会上的讲话》中重新阐释了文艺作品的评价标准问题,把"政治标准第一、艺术标准第二"的提法更新为"思想性和艺术性浑然一体"的新提法。1980年7月26日《人民日报》发表社论,把"文艺为政治服务"的口号更改为"文艺为人民

第四章　现代化进程中的文艺政策调整(1977—1989)

服务、为社会主义服务"的"二为"方向。当然，面对社会上出现的错误思潮，党在文艺领域开展了反对资产阶级自由化和清除精神污染的必要行动。在文艺政策发生重大调整的历史背景下，文艺界、理论界萌生了大量新思潮。

第一节　文艺领域拨乱反正与"二为"方向的确立

1976年10月，"四人帮"反革命集团覆灭。1977年8月，党的十一大宣布"无产阶级文化大革命"结束。华国锋在党的十一大政治报告中批判了"四人帮反革命集团"的文化专制主义，要求大力发展社会主义的文化教育事业，顺应了广大文学艺术工作者的殷切期望。党的十一大的政治报告中，毛泽东曾经提出的发展社会主义文艺的正确方针获得了重申，也就是"百花齐放、百家争鸣的方针，古为今用、洋为中用的方针，推陈出新的方针"。为了尽早走出"四人帮"反革命集团制造的"文化废墟"，实现社会主义文化的大繁荣，华国锋要求："认真搞好各个文化领域的革命，坚持为无产阶级政治服务、为工农兵服务的方向，努力创作具有革命政治内容和尽可能完美的艺术形式的、丰富多采的文学艺术作品，大力开展以马列主义、毛泽东思想为指导的创造性的学术研究，兴起社会主义文化建设的高潮。"[①] 从中可以看出，虽然"文化领域的革命"这个术语仍然在提，但其主要内容已经发生了根本性转化，即

---

① 参见人民网（http://cpc.people.com.cn/GB/64162/64168/64563/65449/4526445.html）。

从"阶级斗争"转化到"文化建设"。

1978年12月召开的党的十一届三中全会成为我党历史上的一次伟大转折。这次全会标志着党和国家的工作重点转移到社会主义现代化建设上来，并作出了改革开放的伟大决策，中国由此进入了改革开放和社会主义现代化建设的新时期。为了配合改革开放和社会主义现代化建设，华国锋在党的十一届三中全会上强调了党中央和各级党委的集体领导，同时提议：全国报刊宣传和文艺作品要多歌颂工农兵群众，多歌颂党和老一辈革命家，少宣传个人。

1979年5月3日，中共中央发出了批转总政治部《关于建议撤销一九六六年二月部队文艺工作座谈会纪要的请示》的通知，《部队文艺工作座谈会纪要》作为"文化大革命"期间的"文艺宪法"从此失去效力。中共中央指出："对受《纪要》影响被错误批判、处理的人员和文艺作品，要实事求是地予以平反；对过去曾经宣传、执行过《纪要》的各级组织和个人，不必追究政治责任。"[①]总政治部在该文件中对《纪要》进行了重新定性，认为它是两个反革命集团篡党夺权的一个步骤，完全否定了《纪要》中提出的所谓"黑线专政"论。

1979年10月30日，邓小平发表《在中国文学艺术工作者第四次代表大会上的祝词》（以下简称《祝词》）。《祝词》重新肯定了"文化大革命"前十七年的文艺路线和文艺工作的成绩，强烈谴责了两个反革命集团的"黑线专政"论。邓小平重申了毛泽

[①] 《三中全会以来重要文献选编》上，中央文献出版社2011年版，第130页。

第四章　现代化进程中的文艺政策调整(1977—1989)

东文艺思想的正确原则:"我们要继续坚持毛泽东同志提出的文艺为最广大的人民群众、首先为工农兵服务的方向,坚持百花齐放、推陈出新、洋为中用、古为今用的方针,在艺术创作上提倡不同形式和风格的自由发展,在艺术理论上提倡不同观点和学派的自由讨论。"①邓小平进一步发展了文艺理论的"人民性"思想,在他看来:"人民是文艺工作者的母亲。一切进步文艺工作者的艺术生命,就在于他们同人民之间的血肉联系。忘记、忽略或是割断这种联系,艺术生命就会枯竭。人民需要艺术,艺术更需要人民。自觉地在人民的生活中汲取题材、主题、情节、语言、诗情和画意,用人民创造历史的奋发精神来哺育自己,这就是我们社会主义文艺事业兴旺发达的根本道路。"②不仅如此,邓小平反对文艺单调刻板、机械划一的公式化概念化倾向,而是要求:"我们的社会主义文艺,要通过有血有肉、生动感人的艺术形象,真实地反映丰富的社会生活,反映人们在各种社会关系中的本质,表现时代前进的要求和历史发展的趋势,并且努力用社会主义思想教育人民,给他们以积极进取、奋发图强的精神。"③

值得注意的是,在《祝词》中,邓小平对文艺的领导方式也作出了调整:"党对文艺工作的领导,不是发号施令,不是要求文学艺术从属于临时的、具体的、直接的政治任务,而是根据文学艺术的特征和发展规律,帮助文艺工作者获得条件来不断繁荣文学艺术

---

① 《邓小平文选》第2卷,人民出版社1994年版,第210页。
② 同上书,第211—212页。
③ 同上书,第210页。

事业，提高文学艺术水平，创作出无愧于我们伟大人民、伟大时代的优秀的文学艺术作品和表演艺术成果……文艺这种复杂的精神劳动，非常需要文艺家发挥个人的创造精神。写什么和怎样写，只能由文艺家在艺术实践中去探索和逐步求得解决。在这方面，不要横加干涉。"① 邓小平的这段讲话，既把政治和具体政策区分开来，又给予文艺自由创作空间。

在全国第四次文代会上，周扬作了《继往开来，繁荣社会主义新时期的文艺》的主题报告。他全面回顾了中华人民共和国成立以来我国社会主义文艺的发展历程，详尽阐释了三十年文艺工作的是非得失，并从中总结了经验教训。主要集中在三个方面：文艺和政治的关系，其中包括党如何领导文艺工作的问题；文艺和人民生活的关系，表现在艺术实践上，也就是文艺创作上的现实主义问题；文艺继承传统和革新的关系，也就是如何贯彻推陈出新、古为今用、洋为中用的方针的问题。在这三个关系中，最基本的、起决定作用的是文艺和人民生活的关系。对此，周扬分别作了详细的理论阐述。

关于文艺和人民生活的关系，周扬指出："文艺是社会生活的反映，它把生活的整体作为自己的对象。它从生活出发，又落脚于生活，并给与伟大的影响于生活。作家任何时候都应当深入生活，忠实于生活，写他自己所熟悉的、有兴趣的、感受最深的、经过深思熟虑的东西。作家不应只根据一时的政策，而应从更广阔的历史

---

① 《邓小平文选》第2卷，人民出版社1994年版，第213页。

第四章　现代化进程中的文艺政策调整(1977—1989)

背景来观察、描写和评价生活。"① 正是依据马克思主义的文艺反映论，周扬继续提倡"两结合"的创作方法，提倡表现英雄人物，承认世界观对文艺创作的指导作用。但同时指出，"写真实"、现实主义道路、写英雄人物和中间人物等问题可以作为学术问题自由讨论，而不是当作资产阶级或修正主义的文艺思想加以反对：

> 毛泽东同志对文艺创作提出的革命现实主义和革命浪漫主义相结合的主张，对于帮助作家正确地而又富有远见地观察和描写生活，是有指导意义的。但无论是革命现实主义或革命浪漫主义，都必须植根于现实生活的土壤。革命现实主义往往包含着革命浪漫主义的因素，因为它要反映现实的发展前途和生活理想。革命浪漫主义也应以现实主义为基础，即使幻想小说也不能脱离现实。当然，任何创作口号，都不应成为束缚创作生命力的公式和教条。在遵循文艺必须正确地反映现实生活这个客观规律的前提下，每一个作家或艺术家采用什么样的创作方法来从事创作，这是作家、艺术家的自由。我们要提倡我们所认为最好的创作方法，同时更要鼓励创作方法和创作风格的多样化，不应强求一律。文学艺术发展的历史表明，以某一种固定的创作方法来统一整个文艺创作是不可取的，也是不可能的，这样做不利于充分发挥不同个性的作家、艺术家的创作才

---

① 李庚、许觉民：《中国新文艺大系（1976—1982）》理论第一集（上卷），中国文联出版公司 1988 年版，第 88 页，参见中国作家网（http://www.chinawriter.com.cn/2012/2012-07-05/133218_4.html），2012 年 7 月 5 日。

能，不利于创作的繁荣和发展。①

关于文艺和政治的关系，在周扬看来，根本上也就是文艺和人民的关系。在这里，周扬准确区分了政治与政策、具体政治任务之间的差异，他指出：

> 我们所说的政治，是指阶级的政治，群众的政治，不是少数政治家的政治，更不是一小撮野心家和阴谋家的政治。我们党所制定的政治路线和政策，归根到底，都是为了实现人民的长远利益和当前利益。因此，文艺反映人民的生活，不能与政治无关，而是密切相联，只要真实地反映人民的需要和利益，也就必然给予伟大的影响于政治。鼓吹脱离政治，只能使文艺走入歧途。在政治、经济、理论等各种阶级斗争的形式中，政治总是居于主导地位。但是任何政治家，包括无产阶级的政治家，并不能保证自己在任何时候总是正确的，也难免有发生错误的时候。政治路线和具体政策，总是要随着国内外形势的变化而变化，要根据实践的检验而有所补充和修正，要根据当时当地的不同情况而有所改变。彼时彼地认为是正确的东西，此时此地就可能变成不正确的了。因此，文艺反映生活的真实，就应当适合一个历史阶段的政治的需要。在今天来说，就是社

---

① 李庚、许觉民：《中国新文艺大系（1976—1982）》理论第一集（上卷），中国文联出版公司1988年版，第88—89页，参见中国作家网（http：//www.chinawriter.com.cn/2012/2012-07-05/133218_4.html）。

第四章　现代化进程中的文艺政策调整(1977—1989)

会主义现代化建设的需要。凡是有利于实现现代化的，凡是能直接间接鼓舞人们献身于建设社会主义祖国的，都是为无产阶级所需要的，都是符合无产阶级和广大人民的利益的，而不应该把文艺和政治的关系狭隘地理解为仅仅是要求文艺作品配合当时当地的某项具体政策和某项具体政治任务。政治不能代替艺术。政治不等于艺术。政策图解式的、说教式的、公式化概念化的、标语口号式的作品，由于缺乏生活的真实和艺术的力量，是不为人们所欢迎的，也不能很好地发挥文艺的政治作用。[①]

周扬正确地从学理上阐述了文艺与政治之间的关系，并结合现实阐释了社会主义条件下文艺与政治的关系，指明了社会主义文艺发展的正确轨道。也正是基于文艺与政治关系的正确理解，周扬进一步解释了党对文艺的正确领导方式：

> 党对文艺工作的正确领导，应当是依靠群众包括尊重专家的群众路线的领导，应当是力求由外行变为内行，按照艺术规律办事的实事求是的领导，而决不应当是只凭个人感想和主观意志发号施令的家长式的领导。作家写什么和怎样写，应有自己的自由，领导不要横加干涉，而要善于诱导；要鼓励不同意见的相互讨论和争辩，要允许犯错误和改正错误，允许批评和

[①] 李庚、许觉民：《中国新文艺大系(1976—1982)》理论第一集（上卷），中国文联出版公司1988年版，第89—90页。

反批评。①

关于继承传统和革新的关系，周扬指出：

> 我们不能满足于民族的旧形式，而要努力发展和创造民族的新形式，一方面要推陈出新，古为今用，另一方面也要把外国一切好的东西拿来，加以改造，洋为中用。我们应当重视革命现代戏的成果，决不能因为"四人帮"曾经窃取和歪曲这些成果并荒谬地封之为"样板戏"，而对它们采取一概排斥的态度。我们要彻底清除"四人帮"强加在它们身上的污染，正确总结革命现代戏的经验，使它们重放光辉。

特别值得注意的是，在周扬看来，帝王将相、才子佳人也应该有一席之地：

> 有的帝王将相是为祖国的安全统一立过功勋或给人民做过好事的杰出人物，有的才子佳人是敢于冲破封建礼法的樊篱、争取个人自由和幸福的叛逆者。舞台上不但要有正面人物，也需要有反面人物作为谴责和鞭挞的对象。我们不应当不加区别地把他们一律赶下舞台，而应该用历史唯物主义的观点来重新

---

① 李庚、许觉民：《中国新文艺大系（1976—1982）》理论第一集（上卷），中国文联出版公司1988年版，第90页。

第四章 现代化进程中的文艺政策调整(1977—1989)

评价他们,使他们在戏曲舞台上重新占有一定的位置。①

在详尽阐释这些重要理论问题之后,周扬提出了文艺工作者的主要任务,包括五个方面:积极发展各类文学艺术创作,提高思想和艺术水平;提倡文艺反映当前实现社会主义现代化的伟大斗争,反映我们无产阶级革命斗争的光辉历史,也要鼓励作家、艺术家以各种形式、体裁和各自不同的风格,描写其他各种历史题材和现实题材,表现各种各样的人物,帮助人民认识古代和当代的一切生活形式和斗争形式,扩大视野,鼓舞斗志,增长智慧;积极开展群众文化活动,使社会主义文艺进一步得到普及;进一步积极发展各兄弟民族的文化艺术,加强各兄弟民族之间的文化交流;加强马克思主义的文艺理论和文艺批评。②

1980年1月31日,《中共中央关于认真学习贯彻全国第四次文代会精神的通知》发布,以中央文件的形式对本次文代会精神加以贯彻落实。

1980年2月12—13日,胡耀邦作《在剧本创作座谈会上的讲话》,进一步贯彻落实第四次文代会精神,其中包括八条意见:召开这个会议的目的和希望;应该如何看待我们自己;如何对待我们社会生活中的阴暗面;言论和作品要经得起历史的检验;关于干预生活和写真实;我们的文学题材无比宽阔;要培养和锤炼一支敢想

---

① 李庚、许觉民:《中国新文艺大系(1976—1982)》理论第一集(上卷),中国文联出版公司1988年版,第90页。
② 同上书,第93—95页。

敢干、百折不挠的文艺创作大军；几点希望。

胡耀邦认为，文艺要反映社会，不是简单地反映社会的阴暗面，而是要反映社会最本质的东西："不是说落后的东西、阴暗的东西不该反映，即使是落后的、阴暗的东西，只要有代表性、有典型性，也应该作为本质的一个侧面加以反映。但是从文艺的总体上说，如果单单是或者总是反映落后面、阴暗面的东西，我觉得就不能说是充分地、准确地反映我们社会的本质，也就不符合社会整体的真实。"① 也正是在这个意义之上，胡耀邦详尽论述了如何看待我们的党、我们这个社会、体力劳动和脑力劳动人民、人民解放军、毛泽东和毛泽东思想。在如何对待社会生活中的阴暗面这个问题上，胡耀邦提出了两条意见："第一条，总的说还是光明面大吧，光明面总是主导的方面吧。这是就整个国家、整个社会说的。当然，就某一个人、某一个具体单位、某一个局部说，阴暗面可能大，可能是主要的。第二条，在我们这个国家里，阴暗面总是非法的，总是暂时的。一个是它的暂时性，一个是它的非法性。它终究要被我们的党、我们的人民所抛弃、所克服。"② 在这里，胡耀邦提出，要正确区分两种性质的阴暗面，即敌我性质或敌对性质的阴暗面、人民内部落后的东西。

在作品经得起历史检验这个问题上，胡耀邦重新阐释了文艺作品的评价标准问题："我不大赞成机械地把某个标准排在第一，某个标准摆在第二。我认为真正的艺术品应该是政治和艺术的高度统

---

① 《三中全会以来重要文献选编》上，人民出版社1982年版，第356页。
② 同上书，第357页。

第四章 现代化进程中的文艺政策调整(1977—1989)

一,或者说,应该使思想性和艺术性浑然一体。"[①] 也就是说,胡耀邦没有使用抗日战争时期毛泽东《在延安文艺座谈会上的讲话》中"政治标准第一、艺术标准第二"的提法,而是回归到了"十七年"文艺在调整时期作出的"政治标准与艺术标准相统一"的提法,并进一步提出了"思想性和艺术性浑然一体"这一更加精准的命题。

关于写真实,胡耀邦提出艺术作品的真实应当是典型的真实、历史发展的真实:"不能不加选择地把任何偶然性的东西都当做艺术的真实";"不能把暂时性的东西写成一成不变的、永恒的东西"。[②]

胡耀邦代表党中央提出,希望文艺作品表现四个方面的内容:一是全国人民搞四个现代化;二是党的奋斗历程;三是旧民主主义革命的重大事件和风流人物;四是中国古代重要历史人物和故事。

胡耀邦最后指出,不再使用文艺从属于政治的提法,但文艺不能脱离政治。

1980年7月26日,《人民日报》发表社论,把"文艺为政治服务"的口号重新扩展为"文艺为人民服务、为社会主义服务",并且作出了详细解释:"为人民服务,就是为除一小撮敌对分子外的全体人民群众,包括广大的工人、农民、士兵、知识分子、干部和一切拥护社会主义、热爱祖国的人们服务,首先是为工农兵服务。为社会主义服务,就是为社会主义的经济、政治、军事、文化等各项事业的根本需要服务,在今天,就是为社会主义现代化建设的伟

[①] 《三中全会以来重要文献选编》上,人民出版社1982年版,第367页。
[②] 同上书,第370页。

大事业服务。我们的文艺要培养社会主义新人，促进社会主义社会的进一步完善和发展，提高人民的社会主义觉悟和共产主义的道德风尚，满足人民日益增长的越来越多样化的文化需要，帮助人们认识和克服社会主义现代化进程中的障碍，抵制和克服封建阶级、资产阶级、小资产阶级思想的种种影响，振奋人们的斗志，鼓舞人们同心同德地投身于社会主义现代化的伟大事业。"①"文艺为人民服务、为社会主义服务"简称为"二为"，从此成为我国社会主义文艺的方向。"二为"方向和"双百"方针一起，在我国今后的文艺政策中一直沿用。

第二节　文艺治理方式的转变与影响

一　文艺治理从政府治理中分离

第四次文代会显示出文艺政策的重大调整，总体上转向更宽泛、更人性化、更尊重艺术规律的方向。之后不久，1980年7月26日的《人民日报》社论，明确提出了"文艺为人民服务，为社会主义服务"的总口号，不再过分强调文艺与政治的关系，相应地，党和政府对文艺事业的管控，也开始调整原则和方法，逐步走向宽松、间接的治理模式。

总体而言，20世纪50—70年代，政府对文艺的规范和控制比

---

①《文艺为人民服务，为社会主义服务》，《人民日报》1980年7月26日第1版。

第四章　现代化进程中的文艺政策调整(1977—1989)

较严格,出台大量的方针政策,也召开过多次关于文艺工作的会议,主要目的在于教育、规范艺术家们如何创作。其间种种规范和管控会出现"时紧时松"的波动——当思想领域控制过分紧张、文艺创作和研究成果单调稀少时,会出现相对宽松的方针政策;而当文艺创作和研究溢出了限定范围,又会出台紧缩的方针政策甚至运动。直到"文化大革命"时期的极端严控政策,让邓小平等领导人深觉过分整齐划一的管控已使文学艺术极度贫困化、单一化,于是,新时期的文艺治理开始逐渐从政府治理中分离,或者说,"文化大革命"之后恢复或新建的管理部门开始转换文艺管理方式。

中华人民共和国成立以后,党和政府对文艺的治理,主要通过四种"组织形式"进行:文艺团体、学术机构、文艺刊物和会议。首先,文艺团体方面,在延安时期建立的文工团基础上,将所有的民间文艺团体、戏班子改制组建成国营文艺团体,其中最有影响的是"中国文学艺术界联合会",成立于1949年7月,简称"文联",文联之下包含不同类别的团体会员,其中影响最大的是"中国作家协会",其余则有戏剧家、电影家、美术家、舞蹈家、音乐家协会等。从名称上看,文联及各协会似乎是民间自愿结合的群众组织,但事实上从成立伊始,它们就是政府管理的官方组织(譬如中国作协就直接受中宣部领导)。20世纪70年代末之前,文联的主要职责是制定、发布有关文艺的方针政策,阐释文艺路线和政策问题;总结一段时期文艺创作、文艺思想的成绩,肯定成就、纠正问题;直接领导全国性的文艺运动,把艺术家的思想统一到为政治服务的轨道上。1979年之后,文联的工作职责有所转变,它为自己规定的任务在表述上出现新的话语,如"实践文艺为人民服务、为社会主义服务的方向,发展和繁荣社会主义文艺事业","积极贯彻'百花齐放、百家争鸣'的方针,提倡创作题材多样化和各种艺术风格、流派的自由竞赛"等,这都显示出其治理方式更宏观、提倡的创作氛围更宽松的气象。文联的工作态度也从居高临下的"指令式"管制逐步过渡到较为平易的"服务式"管理。此外,文艺家个体与"文联"的关系也产生了从仰慕到平视的变化——自20世纪50—70年代,作家艺术家在自我"身份认同"中都渴望得到文联或各协会的认证和肯定,从县、市级到省级、中央级,艺术家加入组织的级别越高,就被认为艺术成就和社会身份越高(而且一旦加入组织,就能获得固定工资,由政府供养进行创作)。到70—80年代,这种身份认同机制相当程度上依然存在,但其权威性渐渐降低,少数艺术家在体制外展开自己的创作,不再寻求来自组织肯定的身份认同。

　　文艺研究机构方面,较早建立的、影响较大的机构是中国社会科学院文学研究所(这与文学在文艺领域中的重要地位有关,相较于美术、音乐、舞蹈等,文学自从《在延安文艺座谈会上的讲话》以来就一直是最受重视的艺术门类,许多政策管理都是先从文学领域开始,再扩及其他艺术类别)。自1958年起,文学研究所虽然隶属中国科学院哲学社会科学部(后独立为中国社会科学院),其工作实际上由中宣部领导,事实上成为一个意识形态部门,其日常研究要密切配合时政需求,许多中、长期工作也要纳入国家规划。中国社会科学院的其他部门也是如此。与中国社会科学院相似的另一个机构是1980年成立的中国艺术研究院(在中华人民共和国成立初期成立的中国戏曲研究院、中国音乐研究所、中国美术研究所的基础上合并建立的,由文化部直属主管,组合了原属分散状态的戏曲、音乐、美术、舞蹈、电影等科研机构)。此外是各省相对应设置的各级社会科学院、艺术研究院等。上述机构的工作思想、规划制定、经费来源、人员配备等,由国家统一给定,与此相适应的还有奖励制度、项目资助、对外交流乃至职称升迁等,规制了研究者的思想取向和课题选择,学术体制同国家利益密切联系在一起。从20世纪70年代末起,各级机构的研究氛围有所松动,除继续完成上级政府部门给予的指令性项目外,学者们也可以研究一些自己感兴趣的学术课题,各级各类机构的"意识形态阐释与宣传"功能不再像过去那样明显。

文艺刊物方面,作为创作和理论生产得以实现的重要载体,文艺刊物自从中华人民共和国成立前夕起就受到党和政府的重视。直到"文化大革命"结束前后,文艺刊物较少有自由发言的空间,尤其《文艺报》《人民日报》《光明日报》《解放军报》《文学评论》等重要报刊,都肩负着宣传、阐释党的文艺方针政策,引导艺术创作方向的重要职责,成为时代政治风云变幻的晴雨表。20世纪70年代以前,很多重大的文艺运动、批评论战、创作指导意见,都是通过发表于重要报刊谕示全国,而且很多艺术界事件往往更进一步演变为政治事件。"文化大革命"期间,由于文艺管制的极端化,甚至连不少宣谕性的刊物也被迫停刊。直到1978年,《文艺报》等重要报刊才恢复出版。随后大量新刊物如雨后春笋般创办起来,而20世纪80年代的报刊中,除《文艺报》《人民日报》《光明日报》

等少数几家仍肩负着宣布、阐释党和政府的文艺政策使命外，大多数刊物不再与政府指令、政治任务直接关联，而可以较为自由地引介西方文艺作品、发表各种创作成果、开展较为正常的审美批评。

最后一种有中国当代特色的组织形式，是有关文艺的重要会议，以及由此产生的一种特殊文体——会议报告。如同《在延安文艺座谈会上的讲话》是以会议报告的形式成为此后几十年文艺工作的重要纲领一样，中华人民共和国成立之后的很长时间，党和政府也常常是以"会议"形式来传达方针政策、统一思想步伐、布置创作或研究任务、纠正错误偏向的。许多重要会议的精神对某个时段的艺术创作和理论批评都产生直接的指导作用。诸多大会上形成的会议报告，也成为一个时期文艺政策的指令性文件，它们往往向文艺界宣谕权威性的管理精神，是主流意识形态的表达。而邓小平《在中国文学艺术工作者第四次代表大会上的祝词》传达出政治氛围的缓和、创作环境的开放等讯息，也迅速地作为一个重要文件得到文艺管理部门的领会，要求各级各界文艺工作者认真学习和贯彻，并将其转化为各种具体措施。不过，进入20世纪80年代以后，某个讲话或报告再产生如此举足轻重影响的情形基本不再出现。总的来说，由官方召开会议对文艺界进行指令、规划的情况在减少，会议报告的影响也在减弱。

通过上述多种组织形式，国家治理、规范着文艺创作及研究，塑造与培养着文艺的精神生产者，造就着文学艺术生存和发展的外部环境。总体而言，从20世纪70年代末至今，政府的文艺治理部门由管微观向管宏观转变，加大对创作的扶持，组织多种有导向性

第四章　现代化进程中的文艺政策调整(1977—1989)

的活动,从严格控制逐步转向引导和服务;帮助文艺创作从紧跟政治逐步转向遵循审美规律和市场规律,逐步形成统一、开放、竞争、有序的文化市场体系,充分发挥市场对文化艺术生产资源的配置作用,艺术生产力日渐得到解放;逐步建立文化法律框架体系,在大量艺术活动有法可依的基础上减少行政干预,削减和下放文化行政审批项目,激发艺术事业活力……文学艺术的外部环境日益宽松自由。

二　文学和艺术的向内转

"向内转"这一概念,起源于1986年10月18日《文艺报》刊载的鲁枢元《论新时期文学的"向内转"》一文。这篇文章在沉寂一段时间后,1987年夏引起热烈讨论,以《文艺报》为主要阵地,持续讨论了一年多,1988年下半年渐渐停息;但到1991年春,《人民日报》《文艺报》又重新发表一批署名文章批评"向内转",前后共延续了五年,是新时期持续时间长、参与人数多、论点针锋相对的一场大讨论。这场争论事实上已经远远超出了单个概念或单篇文章的范畴,而体现了20世纪80年代文艺新思潮与旧体制的抗争,以及文艺界渴望艺术创作回归审美自身规律,并与世界文艺价值体系相认同的强烈愿望。

鲁枢元发表上述文章时,"新时期文学"已经积累了十年的创作成果,此文便带有总结和评价十年文艺现象的意图。何谓"向内转",鲁文并没有给出十分学术化的定义,而是陈列式地表述为

"题材的心灵化、语言的情绪化、主题的繁复化、情节的淡化、描述的意象化、结构的音乐化似乎已经成了我们的文学最富当代性的色彩"。鲁枢元主要强调新时期文学的主观性与内向性,与之前大多数文学作品的客观性、外向性形成了对比——从1949年到"文化大革命"时期的文学,基本上都遵循"革命现实主义"的要求,较多描写人物的外在行动,鲜少体现心理世界尤其是主观化、情绪化的内在心理。以鲁枢元为代表的一批理论家倡导文学摆脱简单外向的写作,努力转向"内"即心理空间、个人情感空间。在这个倡议过程中,由于过去30年浓烈的政治氛围、经常性的文艺论辩和斗争使得一种明显的"二元对立"思维模式植根于众多文艺家的头脑中,使得他们仍然习惯于将倡导和反对的审美倾向划分成诸多二元对立的领域:如文艺工具论、机械创作论、"镜映式"的外在描写等是属于过去的、不合理的;审美超越论、内部感觉与体验、主体意识、审美个性等是符合文艺自身规律的、合理的。因此,"向内转"这一命题表面上好像只是审美心理学问题,但在当时的语境中,仍然是一个文艺政治学命题——意图通过转向心理学的路线而达到解构政治束缚的目的。以鲁枢元、童庆炳、叶廷芳等为代表的艺术家和批评家们,一面提倡向心理世界转移,一面强调文艺本身的固有(审美)属性,与以张炯、曾镇南等坚持文艺应当紧贴政治时势的另一派理论家展开了长久的论争。

"向内转"这样一个逻辑并不严密、学理性不强的概念之所以引起如此大的反响,是此前文艺过分的政治化导致艺术环境开放后出现强烈的反弹。大多数艺术家希望消除文艺过度政治化造成的偏

第四章　现代化进程中的文艺政策调整(1977—1989)

颇,回归真正关心"人"的美学,与此同时,西方心理学的传入,正好提供了"主体美学""心理美学"等新领域,让渴求着"去政治化"的艺术家、批评家们觉得这是重回真实生活、重建人的复杂性与丰富性的必然选择。在鲁枢元等人看来,构筑心理时空、表现内心世界,不仅能展现人的复杂性和深刻性,而且能回归人的自由与独立,如此得以超越此前政治化氛围中人的不自由、非独立状态,文艺也回归到其应有的审美属性。在这样的信念下,重视个体独立、抒写个人体验与情感、开展相关艺术实验,成为主张"向内转"的艺术家们的共同追求。今天看来,在强烈的"去政治化"诉求下,论辩者们赋予了"心理美学"这个武器以超负荷的使命。事实上心理世界并不能避免政治的浸染——政治的运作方式之一正是通过内化为心理上的主动选择与热情从而影响人的行为。

在上述背景下,新时期文学呈现出迥异于前的面貌,如小说"从人物的内部感觉和体验来看外部世界,并以此构筑起作品的心理学的时间和空间",淡化时代背景和人物思想性格,出现"三无"(无情节、无人物、无主题)小说。诗歌"发生了由'客体真实'向'主体真实'的位移,发生了由'被动反映'向'主动创造'的倾斜",[①] 等等。类似的变化,也发生在其他艺术门类的创作现象中,在戏剧、美术、音乐、舞蹈等不同门类的作品中,都出现了淡化时代背景、疏离社会政治、隐匿道德判断,转向关注艺术自身的语言形式、文体结构、审美性质以及艺术家本人的个性情感等

---

① 李育红:《文学·审美·审美主义:当代文艺和文艺理论问题研究》,辽宁大学出版社2008年版,第56页。

因素。

"向内转"的外来借鉴资源，是西方现代派文学。"文化大革命"之后国门打开，被闭锁了几十年的中国文艺家们接触到大量20世纪西方现代派作品，顿时受到强烈吸引。其中，现代主义文艺对人类内心世界的探索、对心理世界的开拓和新鲜表达，令许多国内艺术家产生了需要学习、跟进的渴望。这一时期的朦胧诗、"意识流"及其他现代派小说、先锋派话剧等，都呈现出与西方现代主义文艺相似的特征："题材的心灵化、语言的情绪化、情绪的个体化、描述的意象化、结构的散文化、主题的繁复化"，体现出中国文艺界与世界潮流接轨、对"世界文学"现代体系和审美规范的急切认同。首先产生较大轰动效应的是"朦胧诗"。1978年12月，北岛、芒克自筹创办的刊物《今天》面世，主要登载青年诗人如食指、江河、杨炼、顾城、舒婷等人的诗歌，这些诗张扬主体价值、注重感性与个人体验，在诗歌形式和语言方面做各种新异探索，大量使用象征、暗示、通感。小说方面，1980年王蒙发表了中国第一部"意识流"小说《春之声》，宗璞、李陀、冯骥才等作家相继进行了各种现代派小说创作尝试；1985年，多家文学期刊推出了一批青年作家的小说：刘索拉《你别无选择》《蓝天绿海》，徐星《无主题变奏》，残雪《公牛》，扎西达娃《西藏，隐秘的岁月》，马原《冈底斯的诱惑》，等等。这些小说大多强调个体生存的偶然性，怀疑世界人生的确定性，表达对人生的迷惘心态，同时在语言、形式上也作了很多新鲜甚至另类的探索，把外在艺术形式与作者的现代处境与心灵感受结合起来。戏剧方面，从1980年起，出现了一批有自觉

第四章　现代化进程中的文艺政策调整(1977—1989)

创新意识的先锋话剧，如谢民的《我为什么死了》，高行健、刘会远的《绝对信号》，刘树纲的《一个死者对生者的访问》，马中骏、秦培春的《红房间　白房间　黑房间》，魏明伦的《潘金莲》等，这些剧作大多富有反讽、夸张、荒诞的特征，让人物在不同历史时段中自由穿越，大量营造"陌生化"效果，注重在现代情境中深入探索人物内心。

关于"向内转"的争论及相应的艺术创作，是新时期理论家和艺术家反对艺术"工具论"、去政治化的集体行动，但总体而言，其理论主张有绝对化的缺陷，带有那个时代简单二元对立的痕迹。为了反对过度政治化，倡导文艺作品统统都走向主观的、超越的、空灵悠远的境界，就又走向了另一个极端。从今天的视角看，文学艺术与政治并非你死我活不可并存的关系，"既不必像'向内转'的反对者那样，只是简单地强调文学的政治性；但也不必像'向内转'的主张者那样，只是回避或否定文学与政治的关系"，理想的文艺与理想的政治应当"基于对人类美好生活的共同想象走到一起，其中的任何一方，若是离开了对美好生活的想象，都将可能被对方所超越"①。

三　审美与教育：当代主体的若干问题

中国共产党对于文艺教化民众、塑造主体的作用，很早就开始

---

① 刘锋杰：《文学"向内转"：由外而内的"去政治化"策略研究》，《文艺理论研究》2010年第2期。

重视。早在1939年，毛泽东在《纪念白求恩》一文中，就要求党员努力使自己成为"一个高尚的人，一个纯粹的人，一个有道德的人，一个脱离了低级趣味的人，一个有益于人民的人"。从延安时期起，大量的革命文艺作品，都有意识地塑造正面、高尚、道德水准高的人物，以引领审美风尚，为民众做精神榜样。文艺作品具有强大的审美教育功能，能寓教于乐、让民众喜闻乐见，对于"人的再生产"能够发生重要的功用，通过报刊传媒、学校美育、社区宣传等各方面的教化活动，可以在广大范围内培育社会主义建设需要的新人，因此这方面的工作一直受到党的文艺管理部门重点关注。西方马克思主义理论家路易·阿尔都塞指出，意识形态是个体与社会相联系并互相作用的中介，其性质和作用主要由社会关系来决定。在阶级社会中，剥削和压迫者阶级将意识形态作为控制人们思想、观念、情感的文化机制和手段，具有虚幻性和欺骗作用，但是在一种新的社会关系和审美关系（如社会主义社会）中，意识形态可以而且应该发挥积极的建设性的作用，让积极合理的政治目标内化为个体的自我诉求、行为方式及生活态度，生产国家所需要的公民。

在20世纪70年代末之前，在主流意识形态的驱动下，文艺作品塑造的"典型人物"，几乎都是农民或农民出身的军人。他们思想纯粹，性格透明，充满了理想主义和英雄主义。从张思德、小二黑到李有才、吴琼花，以及大量引进的苏联文学作品中的保尔·柯察金、奥列格等人物，形成了一系列道德理想的形象谱系，并且在当时的民众中获得了广泛的认同。但从今天的视角来看，这些"艺

第四章 现代化进程中的文艺政策调整(1977—1989)

术榜样"显得较为雷同、性格单一,他们"是乐观的历史哲学的信仰者,从根本上拒绝悲观和绝望,拒绝对历史以及对世界在认识上的犹豫不决"。学者洪子诚认为,20世纪50—70年代小说普遍的共性,是"只发现'力的快乐',而不能体验'美的悲哀';只急于完成,而不耐烦'启示';只喜欢高潮和'斩钉截铁',而不喜欢变化和复杂的过程;只喜欢有力的英雄,而不喜欢不彻底的凡人",在大量这类作品的渗透教化下,当时的青少年普遍崇拜战争英雄,渴慕激烈壮美的人生,"每个人都想成为历史的'把犁人',成为'雄狮',没有人想成为'历史的肥料',成为'绵羊'"[①]。

时至1980年,7月26日《人民日报》发表的重要社论《文艺为人民服务,为社会主义服务》,解释了"二为方针"这个总口号下新时期文艺工作的方向,其中包括:"培养社会主义新人,……提高人民的社会主义觉悟和共产主义的道德风尚,振奋人们的斗志,鼓舞人们同心同德地投身于社会主义现代化建设的伟大事业。"新时代需要塑造新的主体,也需要用新的方法去塑造。学者童庆炳认为,新时期的"人的建设",就是要用文艺的审美功能去培养人、丰富人,而不是用所谓的工具作用去鼓动人,要恢复人的丰富性与完整性,"文学艺术作为人类一种审美意识,它可以恢复人的精神力量,解放人的全部感觉,医治人的残废、丑陋、野蛮、呆笨"[②],

---

[①] 洪子诚:《问题与方法》,生活·读书·新知三联书店2002年版,第288、294—295页。

[②] 童庆炳:《文学的"向内转"与艺术创作规律——兼评〈新时期文学要警惕进一步"向内转"〉》,《文艺报》1987年7月4日。

提高、丰富和诗化人的心灵。从当代"政府治理"到"主体生产"之间,"审美教育"将成为重要的中间环节。总体而言,这一时期文学艺术一方面回归审美属性,减少工具意识和说教色彩,在教化读者时更多地以情动人、润物无声;另一方面,则开拓更多的审美风格,创造更丰富的人物形象,打破过去30年的单一模式,为民众尤其是青少年提供更多样化的精神食粮。

20世纪70年代末至80年代后期,一个能够让我们直接感受到审美教育变迁、文艺典范变化的领域就是"学校教材",尤其是中小学语文课本中不时发生的删除旧诗文、增补新作品情况,那些入选与弃选的课文,通常体现着官方编写者的价值观与政治倾向的变化,某种程度上是主流意识形态在审美教化方面的风向标。

以人教版小学语文教材为例,1949—2013年,人民教育出版社总共出版了10套语文教材(除"文化大革命"期间教材被停用),如果将1956年版、1961年版和1978年版对比,就会发现明显带有意识形态意图的修改和调整。70年代以前的教材,更多地选取主题上符合当时政治利益的作品,而课文的审美品质、语言修养是次要的因素。1961年版课本甚至提出以培养"小革命家"为目标,侧重思想政治教育的文章占到全书的70%,很大一部分课文的主题是歌颂祖国、颂扬领袖、弘扬革命精神和提倡社会公德,如《合作社好人人夸》《我们要做毛主席的好孩子》《英雄黄继光》等。1978年编写的小学语文课本(试用本)是"文化大革命"结束后第一套新教材,其指导思想是彻底清除"四人帮"的流毒和影响,为实现四个现代化培养又红又专的人才。热爱科学、赞美自然、描写学校生

第四章　现代化进程中的文艺政策调整(1977—1989)

活等主题的文章明显增多,如《队里有了新机器》《日月潭》等。1981年该试用本又改编确定为正式教材,更注意处理思想教育与语文教学的关系,拓宽了知识面,并且更注意符合儿童学习的特征,深入浅出。70年代末到1989年间改编的课本,弱化了"劳作知识"、"批判揭露"(旧社会、封建迷信、资本主义等)主题,弃选了《我做了记工员》《半夜鸡鸣》等一批过时的课文。同时强化了"科学思维方式"(如《刻舟求剑》《找骆驼》等)、"保护生态环境"(《翠鸟》《我和狮子》)、"童年生活"(如《打雪仗》《好朋友》等)主题,体现出更宽宏的视野、活泼的形式、更注重审美特征的抉择意识。比较而言,"文化大革命"前的小学语文教育,承载了较多政治思想教育功能,力图培养出阶级斗争意识强、热爱祖国、崇拜领袖、具有初级劳动常识的小学生;而1978年以后的语文课本则倾向于培养热爱祖国、热爱自然、具有较灵活的科学思维、善于观察体验生活的儿童。[1]

过去我们耳熟能详的"审美自律论"和"审美救赎论",往往把艺术审美与实用理性、政治管理对立起来。但英国学者伊格尔顿认为,在现代性过程中,美学学科知识的建立与权威型国家机器中的政治领导权之间不再是对抗关系,而形成同构生产关系。托尼·本尼特承继伊格尔顿的思路,又考察了国家治理与美学的关系,认为文艺治理就是一种审美地塑造主体的技术——审美的感性特征具有理性无法达到的感受力和自我认知能力,能使审美主体在自我情

---

[1] 本段论述综合引自但媛《建国后小学语言教材主题史研究——以人教版为例》,硕士学位论文,南京师范大学,2014年。

感中萌发，而不是依靠外在力量的强制注入而产生道德认知。具备了审美判断力的主体将学会不断地自我检查和自我改良，最终感知自身在一种自由自觉的状态下，走向道德伦理的满足。对于当代中国的文艺治理与审美教育而言，在政治昌明的环境下，通过文艺作品传递先进社会理想和价值，通过审美教育保证个体在社会化的过程中成为优秀国民，是促进国家昌盛的重要路径。

第三节　审美现代性兴起与文艺政策应对

一　两种审美现代性之争

"审美现代性"是来自西方的概念，它源自"现代性"，是对前者的反思与批判。"启蒙与现代性"是西方自18世纪以来社会与文化发展的两大主题，启蒙去除宗教文化"神"的蒙蔽，实现"人"的理想，张扬理性，实现社会的合理化、秩序化。启蒙现代性追求理性、进步、真理、同一性和整体性，但这种追求走到极端，工具理性不断膨胀而价值理性衰落，使得现代资本主义制度变成了僵硬的、功利主义的巨大经济秩序和科层制系统，因此文化中又出现了"审美现代性"，对启蒙现代性进行反省，强调超功利、感性、多元化、差异性、非连续性等，将主体从现代社会工具理性的"铁笼"中解救出来，以纠正现代社会物化、异化、僵化的弊端。

对于中国文艺界来说，20世纪80年代出现的两种"审美现代性"之争，既有来自西方思潮的影响，也有中国当时自身特定社会

第四章　现代化进程中的文艺政策调整(1977—1989)

语境下的独特内容,与西方学者讨论的"审美现代性"在概念内涵上有差异,争论的目的也颇为不同。

20世纪50—70年代,中国当代文学艺术与政治的关系过于紧密,"客体论"文艺学、认识论文艺学长期占据统治地位,导致"十七年"和"文化大革命"文艺作品主题与理念过度整齐划一,人物高度类型化,语言形式缺少鲜明个性,呈现出种种僵化特征。进入新时期后,一批不满上述状况的文艺家开始借助西方现当代美学、艺术理论,倡导主体性、个性、艺术自律、审美感性等;而另一批理论家则认为文艺应当坚持理性、同一性、(马克思主义的)历史进步信仰等。双方以各种报刊为阵地,展开了长久的争论。

从1979年起,李泽厚连续撰文结合康德哲学讨论"主体性"问题,开始引起学界对"主体性"问题的关注。1985年、1986年,刘再复在《文学评论》上分两期发表长文《论文学的主体性》,提倡将文学研究的重心从客体转向主体,在文学活动中恢复人的主体地位,发挥人精神的能动性、自主性和创造性。刘再复的文章引起很大反响,许多理论家都提笔投入了对"主体性"的讨论。继而从"主体性"延伸开去,在"向内转"等概念的讨论中,又出现主张艺术自律、强调个体感性体验、注重艺术形式追求(在政治至上的时期,艺术形式是不受重视的因素,政治诉求只关心主题内容,形式只需要服从意义的表达,本身不具备独立价值。因此,当文艺家们要反对政治、理性的过度辖制时,关注形式、追求形式创新也成了斗争方式之一)等多种理论声音。这一派理论家的主张比较接近西方自康德、海德格尔以来的"审美现代性"诉求,但他们反对的对象不是社会现代化，（在市场经济尚不发达的20世纪80年代）也不是资本主义用"物"的文化异化人、抹杀人的个性，而主要是反对之前中国文化界用"革命文化"统一众人思想、泯灭艺术家个性的做法，反抗带有强烈政治色彩的认知—工具理性和道德—实践理性的压抑。

而与之争论的一派则坚持理性原则、本质主义、文化的整体性和一元论，反对多元论、非理性主义、"为艺术而艺术"倾向和个人主义等。这批理论家大多认为现实主义仍然是重要和主要的创作方式，而现实主义追求的"真实"应该是普泛性的社会真实，而非个体内在的心理真实或本能表现；认为文艺始终应该表现进步的倾向，乐观地相信理性必然带来社会进步，肯定必然、价值、规律、本质等传统美学范畴，反对偶然性、不可知论、历史悲观主义等其他"没落的"多元观点；主张美学和艺术应当始终密切联系社会实践，不应脱离现实沉溺于个人体验乃至潜意识中，认为文艺与社会、文艺与政治、文艺与道德等外在标准仍然是评判艺术作品的重要标尺；认为在进行美学的认知时，要"从抽象上升到具体"，从马克思主义的本质规律出发，而非从"表象蒸发为抽象"[①]，等等。

从今天的眼光看，对待这场"审美现代性之争"，最好的选择不是在上述两派中直接支持一方，而是站在面向未来的高度，超越二者的简单对立。在这里，马克思本人的理论能给我们提供很好的启示：在《政治经济学批判·导言》中，马克思提出现代性问题就

---

① 董学文：《关于马克思恩格斯美学思想研究的几个问题》，《文艺理论与批评》1987年第5期。

第四章 现代化进程中的文艺政策调整(1977—1989)

是历史进步与它所付出的代价问题,在历史发展中出现物质与精神的分裂、理性秩序与感性审美的不平衡有其必然性,如何弥合分裂、恢复平衡即是审美现代性问题,而马克思认为这个问题同时也就是审美意识形态的现代作用问题。在马克思的理论视野中,审美意识形态的现代作用包括三个方面的理论内容——首先,在现代社会中,由于社会生活的异化,审美意识形态必然发生严重的扭曲和异化,与它所表征的社会关系发生某种程度的脱节甚至断裂。其次,在社会已经充分个体化了的现代社会,个体意识形态与主流意识形态必然形成诸多差异,这就为审美启蒙并且重新把握现实生活关系提供了可能,通过审美转换,艺术的形式与现实关系的要求结合起来。最后,由不同的现实生产方式所规定或由一定的意识形态所规范的情感模式将影响到审美关系,而审美关系的差异将使共同的审美对象或文艺文本产生出不同的审美效果。换言之,完全服从于现存生产方式、单一审美关系的艺术文本只能提供虚假、幻想的安慰,能够呈现差异、多样审美关系的文艺作品才能表征出更为真实的现实。沿着马克思的思路,学者弗雷德里克·詹姆逊认为:文学生产应当涵括差异性,应当包含以往的甚至未来的多种生产方式的痕迹,表征出过去、未来、现在诸种生产方式的复杂状态的文本,才能更好地与真实现实相结合。

　　从中国当代的语境来看,审美现代性要拯救的对象不是(西方式的)现代工业社会中孤独的个体,它面对的主体在1949年以前是反压迫、反殖民化斗争中的大众,在20世纪80年代则是急于实现现代化、自强于世界民族之林的民众。在这个语境下,审美意识形态成为改造社会关系的范型和先导，文化政策的管理者希望通过文艺的审美作用引领民众将精神力量转化为物质力量，审美文化的最终目的是把握可以实现的未来。也就是说，当代文艺的现代性主要通过艺术形象怎样表征未来而体现出来，其理论基础是历史哲学，而不是美学或伦理学。那么，我们应当如何合理地展望未来？伊格尔顿认为，现代性的主要特征是理性、意志、欲望（情感）的分裂及其相对自律性的发展，而只有社会主义文学才能使彼此分裂的价值重新联系起来，超越审美现代性问题，使人的存在获得完整性。因此，对于审美现代性的争论，仅只是歌颂审美超越性、追求艺术自律，或仅只是沿袭现存生产方式下的审美关系和表达机制，都是不足取的。马克思主义对文艺现代性的理解，着重点在于艺术把人们引向"未来"的能力。沿着这一启示，我们能够展望的理想的文学艺术，是弥合理性与感性、平衡意志与情感、连接传统与现实的作品，它们在个体与社会之间建立真实审美关系，面向未来、成为未来生活的"预演"，它们以历史必然性为基础，把朦胧的理想放大、显影。

二　反对资产阶级自由化和清除精神污染

党的十一届三中全会以后，社会上出现了极少数人怀疑甚至反对四项基本原则的思潮。1979年3月，邓小平在党的理论工作务虚会议上讲话，明确提出坚持四项基本原则、反对资产阶级自由化的要求。1981年3月，邓小平同解放军总政治部负责同志谈话，进一

第四章　现代化进程中的文艺政策调整(1977—1989)

步提出：

> 要加强坚持四项基本原则的宣传、教育，要多写这方面的文章。要批判"左"的错误思想，也要批判"右"的错误思想。①

在这次谈话中，他要求批判电影《苦恋》，认为这是有关坚持四项基本原则的问题。《解放军报》由此发表文章，批判了《苦恋》。《苦恋》是白桦创作的剧本，它于1979年9月出版于《十月》第3期。1980年年底，该剧本改编为电影《太阳和人》。其中，男主角的女儿有这样一句台词："您爱这个国家，苦苦地恋着这个国家……可这个国家爱您吗？"

《苦恋》批判开展以后，社会上又有一些错误言论抛头露面，甚至超过了1957年的右派言论。1981年7月17日，邓小平和中央宣传部门领导同志谈话，进一步要求批判《苦恋》。邓小平认为：

> 《太阳和人》，就是根据剧本《苦恋》拍摄的电影，我看了一下。无论作者的动机如何，看过以后，只能使人得出这样的印象：共产党不好，社会主义制度不好。这样丑化社会主义制度，作者的党性到哪里去了呢？有人说这部电影艺术水平比较高，但是正因为这样，它的毒害也就会更大。这样的作品和那

---

① 《邓小平文选》第2卷，人民出版社1994年版，第379页。

些所谓"民主派"的言论，实际上起了近似的作用。①

邓小平指出，《解放军报》可以不再批评《苦恋》，但《文艺报》要写出好的文章，由《人民日报》转载。邓小平还特别提出了文艺作品要正确引导青年的问题：

> 一部分青年人对社会的某些现状不满，这不奇怪也不可怕，但是一定要注意引导，不好好引导就会害了他们。近几年出现很多青年作家，他们写了不少好作品，这是好现象。但是应该承认，在一些青年作家和中年作家中间，确实存在着一种不好的倾向，这种倾向又在影响着一批青年读者、观众和听众。坚持社会主义立场的老作家有责任团结一致，带好新一代，否则就会带坏一代人。弄不好会使矛盾激化，会出大乱子。总之，必须坚持党的领导，必须坚持社会主义制度。党的领导和社会主义制度都需要改善，但是不能搞资产阶级自由化，搞无政府状态。②

当然，相比于以往，邓小平在批评方法上做了很大的调整："不能再搞什么政治运动，但一定要掌握好批评的武器"，"批评要采取民主的说理的态度，这是必要的，但是决不能把批评看成

---

① 《邓小平文选》第2卷，人民出版社1994年版，第391页。
② 同上书，第391—392页。

第四章　现代化进程中的文艺政策调整(1977—1989)

打棍子"①。

在邓小平谈话的基础上,1981年8月3日,胡耀邦发表《在思想战线问题座谈会上的讲话》,要求全党必须学会运用批评和自我批评这个武器。谈到《苦恋》作者白桦时,胡耀邦指出:"这次批评白桦同志,也有不少人对他表示支持,还在给他写信。要分析分析,是些什么人写信?要学学鲁迅。一个托派在一九三六年给鲁迅写信,说你如何如何好、英明。鲁迅一看,是这样的人来捧我,就回了一封信,骂了他一通。如果一个反革命分子写信捧我,我洋洋得意,那岂不是把自己同敌人等同起来了?敌人向我鼓掌,我还自鸣得意,我把自己摆到哪里去了?向受了正确批评的人表示同情,确有糊涂人,确有情绪不对头的人,也确有极少数反革命。给白桦同志写信的人决不都是坏人,其中有很多是认识不清的人,但是必须提醒白桦同志要痛下决心,认识和改正自己的严重错误,既不要计较批评文章是否十全十美,感觉自己受了'委屈',更不要因为收到不少支持的信而感觉安慰,认为这才是'春天的厚爱'。决不能这样想!真正的春天的厚爱正是一时使自己感觉痛苦的严厉批评,而不是因为受了批评而得来的'同情'。"②胡耀邦继续强调,要把《苦恋》的批评做好。在他看来,对《苦恋》的批评是一次"补课"。原因有两点:"第一,《苦恋》不是一个孤立的问题,类似《苦恋》或者超过《苦恋》的要脱离社会主义的轨道、脱离党的领导、搞自由化的错误言论和作品,还有一些。对这种错误倾向,

---

① 《邓小平文选》第2卷,人民出版社1994年版,第391—392页。
② 《三中全会以来重要文献选编》下,中央文献出版社2011年版,第216页。

必须进行严肃的批评而不能任其泛滥。第二，国内外有些人大肆歪曲批评《苦恋》的真相，散布了大量的煽动性的、挑拨性的言论。我们现在好好收一个场，也是好好开一个场，否则以后我们批评就阻力重重。我刚才说了，我们审判一个出卖情报的反革命分子，国内外就发出了挑拨性的东西。"①对于如何做好批评的问题，胡耀邦提出，要反对"捧杀"和"骂杀"两种错误。

1981年8月8日，胡乔木进一步发表《当前思想战线的若干问题》。他进一步解释了批评《苦恋》的原因："我们对电影剧本《苦恋》和根据这个剧本摄制的影片《太阳和人》进行批评，就是因为它们歪曲地反映了我国社会现实生活的历史发展，实际上否定了社会主义的中国，否定了党的领导，而宣扬了资本主义世界的'自由'。无论是在《苦恋》还是在《太阳和人》中，作者和编导都采用对比的手法，极力向人们宣扬这样一种观点：似乎'四人帮'就是中国共产党，十年内乱就是社会主义；似乎在社会主义中国的人民并没有得到解放和幸福，而只有愚昧和迷信；似乎党和人民并没有对'四人帮'进行斗争和取得历史性的胜利，因而在中国看不见一点光明，一点自由，知识分子的命运只是惨遭迫害和屈辱；似乎光明、自由只存在于美国，存在于资本主义世界，那里的知识分子自由生活的命运才是令人羡慕的。这种观点，正是资产阶级自由化思想的一种重要的典型表现。"②对于文艺作品的政治性批评，胡乔木提出了正确批评的三个条件：第一，对需要批评的对

---

① 《三中全会以来重要文献选编》下，中央文献出版社2011年版，第219页。
② 同上书，第228—229页。

第四章 现代化进程中的文艺政策调整(1977—1989)

象,需要批评的人或事,或观点,要有全面、深入的了解。第二,人民内部的批评,一定要有团结的愿望。第三,从以上两个前提出发,我们的批评就要既入理又入情。事实上,这既反对了理论界、文艺界的涣散倾向,又力图避免"文化大革命"这样的错误。

与此同时,胡乔木还提出了社会主义社会精神产品与物质产品的差异问题,反对精神产品商品化:"在社会主义社会,精神产品同物质产品一样,多数是要作为商品进行流通的。但是无论物质产品的生产和精神产品的生产,都必须以满足全体人民的物质需要和精神需要为根本目的。为了实现这个根本目的,我们的精神生产部门不仅要努力增加精神产品的数量,而且要努力提高精神产品的质量,就是说,要力求每一件精神产品都具有爱国的、革命的、健康的思想内容,能够真正给人民精神上以美的享受和奋发向上的鼓舞力量。同时,尽管多数精神产品要作为商品流通,但任何精神产品决不能脱离自己的精神目的而盲目地商品化,它们的生产者决不能商人化。总之,决不能'一切向钱看'。如果背离了满足人民需要这个根本目的,如果追求商品化,那就背离了社会主义的根本原则,那样我们社会的精神生产就会同资本主义社会的精神生产没有什么本质的区别了。"[①] 他反对出版事业、文化事业由私人经营。

1981年9月25日,胡耀邦作《在鲁迅诞生一百周年纪念大会上的讲话》。通过对鲁迅精神的正面肯定,胡耀邦再次强调了文艺批评的重要意义。胡耀邦指出:"要促进文艺的健康发展,正确地

---

① 《三中全会以来重要文献选编》下,中央文献出版社2011年版,第244页。

开展批评和自我批评是十分必要的。现在的情况是，好些优秀的作品，得不到应有的表扬，而某些很坏的作品，则受不到有力的批评和谴责。对好作品和不好的作品，都缺乏马克思主义的科学的分析和评论。有些同志和朋友虽然知道文艺批评的重要性，但是过于忧心忡忡，老是担心刚刚恢复过来的文艺欣欣向荣的局面会被打下去。这些同志和朋友看问题不大全面，缺少两点：第一是缺少一点辩证法。如果我们让恶草和佳花并长，而不作必要的斗争，那我们的文艺只能是一个混乱的局面。第二是没有充分地估计到我们党已经正确地总结了在发展文艺批评工作中的正反两方面的经验，因而始终注意和能够消除来自任何方面的干扰。"① 胡耀邦在肯定文艺批评意义的同时，进一步解释了当时针对《苦恋》等一些作品的批评的正当性：

> 党中央已经并将继续精心指导全党，对于文艺界、理论界、出版界、新闻界发表过严重错误言论的人们，采取分析态度，区分不同情况，加以正确对待。有些同志曾经作过许多好事，写过许多好的作品，由于一时的迷误，也发表了有害的作品。我们既不能因此否定他的成就和贡献，也不能因为他有过成就和贡献，就放任他的有害作品。还有些同志因为过去受了冤屈，吃了苦头，有点情绪，这是可以理解的。如果因此抱着对党对社会主义制度怨恨的情绪来观察社会，写成作品，那就是

---

① 《三中全会以来重要文献选编》下，中央文献出版社2011年版，第273页。

第四章 现代化进程中的文艺政策调整(1977—1989)

极错误的了。我们应当通过说服和批评,帮助他们把自己的有害作品修改好或索性废弃。我们党对于自己的经过实践检验,证明是错误的决议,就加以撤销和废除,难道文艺界不可以借鉴和推广这种终归不仅不会丢脸反而大有出息的风格吗?①

他要求运用批评这个武器,克服文艺队伍中的消极因素,发扬积极因素,提高人民的精神境界,建设社会主义精神文明。

在文艺界反对资产阶级自由化之后,党和国家又部署了清除精神污染的重要举措。

1983年10月11日,党的十二届二中全会通过《中共中央关于整党的决定》。邓小平作了题为"党在组织战线和思想战线上的迫切任务"的报告,在他看来,"整党中需要作组织处理的,在全党,只是很少数。对大多数党员来说,是通过思想教育,增强党性"②。而通过思想教育增强党性,就是要在思想战线上反对精神污染。在这里,邓小平着重谈了理论界和文艺界存在的相当严重的精神污染现象:

> 一些人却同时代和人民对他们的要求背道而驰,用他们的不健康思想、不健康作品、不健康表演,来污染人们的灵魂。精神污染的实质是散布形形色色的资产阶级和其他剥削阶级腐朽没落的思想,散布对于社会主义、共产主义事业和对于共产

---

① 《三中全会以来重要文献选编》下,中央文献出版社2011年版,第274页。
② 《邓小平文选》第3卷,人民出版社1993年版,第38页。

党领导的不信任情绪。前年党中央召开了思想战线问题的座谈会，批评了某些资产阶级自由化倾向和领导上的软弱涣散现象，那个会收到了一些效果，但没有完全解决问题。领导上的软弱涣散状态仍然存在；资产阶级自由化倾向有的有所克服，有的没有克服，有的发展得更严重了。①

在理论界，邓小平主要批评了"人道主义""异化"研究中的两个错误倾向。对于这两个问题，邓小平亲自作了理论阐释加以澄清。对于"人道主义"问题，邓小平指出：

> 人道主义作为一个理论问题和道德问题，当然是可以和需要研究讨论的。但是人道主义有各式各样，我们应当进行马克思主义的分析，宣传和实行社会主义的人道主义（在革命年代我们叫革命人道主义），批评资产阶级的人道主义。资产阶级常常标榜他们如何讲人道主义，攻击社会主义是反人道主义。我没有想到，我们党内有些同志也抽象地宣传起人道主义、人的价值等等来了。他们不了解，不但在资本主义社会，就是在社会主义社会，也不能抽象地讲人的价值和人道主义，因为我们的社会内部还有坏人，还有旧的社会渣滓和新的社会渣滓，还有反社会主义分子，还有外国和台湾的间谍。我们的人民生活水平和文化水平还不高，这也不能靠谈论人的价值和人道主

---

① 《邓小平文选》第3卷，人民出版社1993年版，第40页。

第四章　现代化进程中的文艺政策调整(1977—1989)

义来解决，主要地只能靠积极建设物质文明和精神文明来解决。离开了这些具体情况和具体任务而谈人，这就不是谈现实的人而是谈抽象的人，就不是马克思主义的态度，就会把青年引入歧途。①

对于"异化"问题，邓小平指出：

> 马克思在发现剩余价值规律以后，曾经继续用这个说法来描写资本主义社会中工人的雇佣劳动，意思是说工人的这种劳动是异己的，反对工人自己的，结果只是使资本家发财，使自己受穷。现在有些同志却超出资本主义的范围，甚至也不只是针对资本主义劳动异化的残余及其后果，而是说社会主义存在异化，经济领域、政治领域、思想领域都存在异化，认为社会主义在自己的发展中，由于社会主体自身的活动，不断产生异己的力量。他们还用克服这种所谓异化的观点来解释改革。这样讲，不但不可能帮助人们正确地认识和解决当前社会主义社会中出现的种种问题，也不可能帮助人们正确地认识和进行在社会主义社会中为技术进步、社会进步而需要不断进行的改革。这实际上只会引导人们去批评、怀疑和否定社会主义，使人们对社会主义、共产主义的前途失去信心，认为社会主义和资本主义一样地没有希望。既然如此，干社会主义还有什么意义呢！②

---

① 《邓小平文选》第3卷，人民出版社1993年版，第40页。
② 同上书，第41—42页。

· 239 ·

当然还有其他问题：

> 其他类似的问题还不少。比如宣传抽象民主，直至主张反革命言论也应当有发表的自由；把民主同党的领导对立起来，在党性和人民性的问题上提出违反马克思主义的说法，等等。有些同志至今对党提出坚持四项基本原则仍然抱怀疑态度。有一个时期，有少数同志认为，我们这个社会是不是社会主义社会，该不该或能不能实行社会主义，以至我们党是不是无产阶级政党，都还是问题。有些同志又认为，既然现在是社会主义阶段，"一切向钱看"就是必然的，正确的。[①]

在文艺界，邓小平在讲话中着重批评了三个问题。一是文艺作品和文艺思潮的问题：

> 近年来反映社会主义建设新生活的文学作品多了一些，这是值得欢迎的。但是，能够振奋人民和青年的革命精神，推动他们勇敢献身于祖国各个领域的建设和斗争，具有强大鼓舞力量的作品，除了报告文学方面比较多以外，其他方面也有，可是不能说多。一些人对党中央提出的文艺为人民服务，为社会主义服务的口号表示淡漠，对文艺的社会主义方向表示淡漠，

---

① 《邓小平文选》第3卷，人民出版社1993年版，第41—42页。

第四章　现代化进程中的文艺政策调整(1977—1989)

对党和人民的革命历史和他们为社会主义现代化而奋斗的英雄业绩，缺少加以表现和歌颂的热忱，对社会主义事业中需要解决的问题，很少站在党的积极的革命的立场上提高群众的认识，激发他们的热情，坚定他们的信心。相反，他们却热心于写阴暗的、灰色的、以至胡编乱造、歪曲革命的历史和现实的东西。有些人大肆鼓吹西方的所谓"现代派"思潮，公开宣扬文学艺术的最高目的就是"表现自我"，或者宣传抽象的人性论、人道主义，认为所谓社会主义条件下人的异化应当成为创作的主题，个别的作品还宣传色情。①

二是精神产品商品化的问题：

在文艺界也传播开来了，从基层到中央一级的表演团体，都有些演员到处乱跑乱演，不少人竟用一些庸俗低级的内容和形式去捞钱。很可惜，有些名演员、有些解放军的文艺战士，也被卷到里边去了。对于那些只顾迎合一部分观众的低级趣味，而不惜败坏社会主义文艺工作者光荣称号的人，广大群众表示愤慨是理所当然的。这种"一切向钱看"、把精神产品商品化的倾向，在精神生产的其他方面也有表现。有些混迹于艺术界、出版界、文物界的人简直成了唯利是图的商人。②

---

① 《邓小平文选》第 3 卷，人民出版社 1993 年版，第 42—43 页。
② 同上书，第 43 页。

三是西方资产阶级腐朽文化侵蚀问题:

> 对于西方学术文化的介绍如此混乱,以至连一些在西方国家也认为低级庸俗或有害的书籍、电影、音乐、舞蹈以及录像、录音,这几年也输入不少。这种用西方资产阶级没落文化来腐蚀青年的状况,再也不能容忍了。①

邓小平的这些讲话旗帜鲜明地表达出他对西方审美现代性的批判和文化产业的批判态度。

对于以上问题,邓小平要求大力加强党对思想战线的领导。具体地说,就是要开展批评和自我批评,提高批评的质量;使马克思主义的和社会主义、共产主义的宣传,特别是在一切重大理论性、原则性问题上的正确观点,在思想界真正发挥主导作用;增强党员、专家、学者、作家、艺术家的党性。

我们注意到,无论"反对资产阶级自由化"还是"清除精神污染",都没有上升到"文化大革命"式全局性政治运动的高度,大多数问题作为"人民内部矛盾"而非"敌我矛盾"处理。当时无论是中央领导还是文艺界学者,普遍形成一个共识:不能再用"文化大革命"时期无限上纲上线、搞围攻的方式进行理论斗争,希望在可控制的范围内展开辩论、清除反动思潮。这说明20世纪80年代的文艺政策与文艺管理较之60—70年代,总体上要更理智、更

---

① 《邓小平文选》第3卷,人民出版社1993年版,第44页。

宽容。

三 文艺的民族性与现代性的冲突及政策应对

20世纪中国的文学艺术，可以说是在"民族性"与"现代性"的张力中发展的。早从"五四"时期开始，中国文艺家面对西方文化和世界现代化进程，就产生了强烈的焦虑感，在此后的大半个世纪里，当代文艺在中与西、民族与世界、传统与现代资源之间，进行了多种试验与探索，其间难免偏激和跟跄：五四时期，多数知识分子急于向欧美学习，以西方现代艺术为蓝本，扬弃、割裂民族传统；到"延安时期"，毛泽东的美学思想强调民族作风与民族气派，主张以民间大众喜闻乐见的形式促进现代民族国家的建立，文艺创作与"现代性"的关联暂时被搁置，同时"民族化"形式则与马克思主义的基本语汇如阶级斗争、社会主义等密切结合起来；1949年以后国门关闭，文艺界对西方现代性文化采取彻底拒斥态度；直到70年代末改革开放，大量西方文艺作品和思潮涌入，现代性问题才重新凸显出来。但是在中国的特殊语境下，中国的"民族"或"民间"社会与西方概念颇有差异，而20世纪70—80年代，"现代化"与"现代性"追求也常常并行不悖，当代中国文艺中的"民族性"与"现代性"就呈现出非常复杂的关系。

在西方，欧洲学者从19世纪中晚期起，为了对抗理性主义（及其现实结果即城市文明和工业文明）的过度扩张，便诉诸地方性、民间文化的感性主义传统，认为偏远地带的农民少受理性文明浸染，保持着民族共同体的传统感性生活方式，他们的文化能够救赎僵硬机械的理性文明下的现代社会。在这样的语境中，形成了理性/感性、城市/乡村的对立关系。但在中国，"民族性"的意义与西方有很大不同：如果将"民族"理解为"种族""族群"，由于自古以来中华地域多民族长期共处的局面，单一民族的文化并不得到特别强调；而把"民族性"理解为"民间"的、下层民众的文化（与官方、统治阶层相对），则比较接近20世纪40年代以来的理解。在中国语境中，下层民众的文化一般并不被用来反对理性弊端和城市文明，它在毛泽东时期主要被用来推翻和取代旧的统治阶级文化（在这一阶段，民间文化起到了明显的正面作用）。但当其"反对"功效实现后，需要建构新观念、新价值时，这种文化就显得有些力不从心。

在西方现代化进程中，自近代以来形成了比较成熟的市民社会，它"占有了自足的经济生活领域并且发展了自律的价值生活准则——'人'的现代主题"①，继之而来的现代化进程及现代文化建设也就得以自然地推进；而中国近现代以来并没有出现西方国家那样成熟的市民社会及其民间文化，文艺也难以自发地从传统民族性走向现代性。1949年前后的文化建设特征是：共产党先取得政权，再自上而下地推行文艺政策——从定义为何为"人民"（主要是工人和农民，排除了传统市民和知识分子）、应倡扬何种"民族文化"（新鲜活泼的、为中国老百姓所喜闻乐见的中国作风和中国气派）

---

① 吕微：《现代性论争中的民间文学》，《文学评论》2000年第2期。

第四章 现代化进程中的文艺政策调整(1977—1989)

开始,到指引具体的创作方法(社会主义现实主义)、发动知识分子去体验工农的"民间生活"等。这种自上而下的文化建设,往往是以理念(即关于未来社会应有的理想模式)去引领现实,其风险是有时会与具体的现实脱节(如"文化大革命"期间假大空的艺术)。

20世纪70年代末,当代文艺的民族性建构开始逐步淡化现实政治功能,转向审美特质的发掘与表达;80年代,文艺作品开始与西方现代性对话,出现反思现代文明、批判工具理性、弥合价值分裂的诉求。新时期起始阶段,首先出现的朦胧诗、意识流小说等,是文学急于借鉴吸纳西方现代主义的表现,它们是文艺"现代性"的尝试,但其成就并没有超越西方文学,同时也缺少本土化、民族化的精神,基本上只是一个模仿学习的预备阶段。而后出现"寻根文学",回向历史、乡土文化中挖掘传统积淀,在精神上蕴含着一定的民族韵味,展示了过去30年间被遗忘的中华美学传统。但总体而言,这批作品在民族文化价值的现代建构方面并没有特别大的成就,作者们主要是为了反抗"文化大革命"时期以机械唯物论压抑人性的偏颇,而从历史文化中去挖掘人性之根,其反思过去的意图大于面向未来的激情,因而作品展示"现代性"征象、表达现代价值的诉求不强。相对于文学在这方面的平淡表现,这一时期美术、戏剧领域则出现了较为引人注目的作品:罗中立的《父亲》(1980),将一位中国乡间传统老农的形象以西方油画形式和令人吃惊的巨大画幅呈现于观众面前,这种在过去只有领袖画像才能"享有"的大尺寸画像,逼迫观众去凝望和思索一位普通老农的个体存

· 245 ·

在，感受艰难的生存如何压制出这样一张沧桑面孔、刻写下如此凄苦迷茫的表情，展示出现代情景、中国语境下具有代表性的底层个体境遇。由朱晓平小说《桑树坪纪事》（1985）改编的同名戏剧，通过复杂生动的"群像"塑造，展现了当代困苦愚昧的村庄里人们严峻的生存状况，表现了作者对传统民族文化心理的冷峻审视。之后的《狗儿爷涅槃》（1986）、李龙云《洒满月光的荒原》（1987）、李杰《古塔街》（1987）等戏剧作品，都大胆借鉴了西方现代戏剧的意识流、象征、荒诞、内心外化等手法，对民族历史和复杂现实作了生动表现和深入反思。

对于20世纪80年代的中国文艺来说，追求民族性与现代性的融合，也就是思考如何把前现代社会基础上产生的传统置放于文化全球化机置中并使其焕发生命力，如何让古老的、底层的文化形式转变成当前社会发展的力量。西方文化呈示出的现代性弊端，是精神与物质的分离、感性与理性的分裂，大众文化出现强烈的肉体化、肉欲化单向度发展趋势；而中国的传统民族艺术以农耕文明为基础，其审美价值与政治价值、经济价值尚未（像西方现代艺术中那样）分裂，其艺术符号和象征体系的基础与艺术生产过程和使用过程都是有机联系的，这是中国"民族性"的审美文化值得珍视的特征，它有可能对陷于后现代困境中的当代文化产生重要启示。在文明冲突的条件下，民族艺术可以起到新文化建设的"母胎"的作用，成为抵御现实压力、改造社会包括改造主体自身的一种方式和手段。

在西方，"现代性"往往意味着资本主义生产方式与艺术的、精神生产的方式是敌对的。而在中国，在社会主义条件下，艺术与

第四章　现代化进程中的文艺政策调整(1977—1989)

意识形态的关系无疑已经发生了重要的变化，文艺形象与现实生活体验之间的联系并未断裂，过去的民族传统与激进的当下体验之间也不一定是对立关系。通过审美转换，中国马克思主义美学把形式和现实内容、符号与现实体验结合起来，在传统民族艺术的符号系统和文化表达机制与西方现代文化的符号系统和文化表达机制的碰撞和摩擦过程中，有可能产生出一种新的文化，这种文化能够使在全球化条件下发展中国家民族性的日常生活体验得到表达（即如上文所举的《父亲》等作品）。在这里，西方与东方、现代与古典的冲突并不可怕，文明的冲突有可能成为新文化创造的动力和契机——西方现代文化的不同层面与中国当代文化、民族文化形成多维度多层面的矛盾关系，最终，矛盾的主导方面和主导倾向决定于艺术生产者的价值立场和文化倾向。具体而言，最重要的因素在于寻找到一个超越文化霸权和民族主义立场的文化支点。在这样的超越性立场上，艺术家在现实强大压力下激发出来的创造力和激情一旦与现代文化媒介、现代艺术生产方式相一致，就有可能创作出优秀作品，发挥积极的效力和影响。如果说西方工业社会中的艺术家是以梦和幻想表达对现实的反抗和超越，但其梦想往往是审美乌托邦，那么在社会主义的新型审美关系中，艺术展现的幻想和想象应当是未来生活的"原型"，是有可能实现的一种理想生存的"预演"。

四　第三种形态先锋派的出现

1984年，作家马原发表小说《拉萨河的女神》，1985—1986

年，又发表了《冈底斯的诱惑》《虚构》《零公里处》等，被当代文学史视为"先锋派"小说的开端代表作。随后，苏童、余华、格非、孙甘露、残雪、北村等作家发表了一批形式、风格迥异于过去的现实主义作品的小说，在文坛以至整个社会上引起强烈轰动，于是一场激情澎湃的先锋实验热潮在20世纪80年代中后期铺展开来。

上述"先锋"小说的普遍特征是：大量的主观叙事、对世界的幻觉体验，实验各种叙事手法，追求以独特另类的语言和极端的感觉经验去表达非常个人化的对世界和人性的认识。同时期的诗歌也呈现出相似的特征，甚至更为激进，最引人注目的"非非主义"提出了"反文化、反语言、反英雄、反崇高、反意义"等口号，同时尝试了实验性更强的形式表达。

为什么在20世纪80年代中期会出现艺术先锋派？首先，如同80年代大多数新文艺现象一样，先锋派的创新源自于对"十七年"和"文化大革命"文艺过于单调、政治化风格的反叛——相对于长久统治文坛的现实主义的客观化倾向，他们更倾心于内心幻觉、呓语；相对于通俗易懂的大众化艺术形式，他们更热衷于探索艰深、晦涩的独特艺术语言。其次，他们也反叛较新近的文学潮流，如批判"文化大革命"的伤痕文学、反思文学，歌颂新时期建设的改革文学等（这几类文学的目标主要是转向和促进"现代化"，而先锋艺术对理性主义的现代化是持怀疑、反抗态度的），先锋派文学不像反思文学、改革文学那样关注现实社会热点，而更关注在主观化的个体眼中世界如何呈现，并且试图用更新奇、另类的表达法来展现这些世界面相——这也比较符合"先锋"一词的激进意义，即反

第四章　现代化进程中的文艺政策调整(1977—1989)

叛各种艺术传统，包括最新最近的传统。最后，中国先锋派的出现当然也与西方文艺的影响有密切关系，大量西方现代、后现代艺术作品的涌入，令久困于"社会主义现实主义"单调经验中的中国艺术家激奋，急于尝试各种新鲜特异的文艺表达方式。

先锋派的反叛和颠覆性尝试，在20世纪80年代获得了一个较为宽松的文化氛围。自70年代末改革开放以来，总体上文艺政策较为宽容，虽然有时出现一些清理运动，但在胡耀邦、赵紫阳先后主政时期，对文学艺术的实验变革大多是容许和支持的。而且由于先锋派艺术多数的反叛、突破都发生在语言形式、表达手法方面，在思想和政治导向上并没有激烈的越界和颠覆，因而也并没有引发治理或禁令。尽管在热烈的论争中也有少数论者认为先锋派主观的表达、晦涩的形式、个人化理念等是资本主义特色的东西，但并未形成强大的反对势力。中央高层有时对一些问题主张不要过多争议（例如邓小平倡导改革实验、后来在1992年形成明文的"姓资"还是"姓社"不争论的主张），为先锋文艺的开放、实验、突破禁区提供了较好的氛围。

先锋派艺术尝试在20世纪80年代取得了卓著的成果，大胆突破了长期以来束缚着文艺发展的理性规范，为表现形式过于单调的艺术带来种种新鲜范例，极大地推动了当代艺术家的创新激情，促进了艺术自律的深层自觉。先锋艺术在叙述视角、形式结构、艺术语言等方面对艺术惯例进行了全方位的突破，几乎挑战了所有的传统艺术形式和观念。先锋派的功绩还不只这些，著名作家王蒙认为：也许更值得我们欣慰的不在于某种手法某种风格某种文体某种试验之被接受，而在于人们通过这些先锋们的努力，对于文学艺术现象已经开始抱着一种更为多元更为开阔的态度了。这就使得后来的试验者们面临了更好的文学环境、文学观念和文学胸怀，而这样的文学环境和文学胸怀的开始出现与正在发展，才是最值得珍视的。①"心灵空间"的扩大，也许比"艺术空间"的扩容更重要，20世纪80年代先锋派实验开拓的空间，为后来者的涌现打开了可能性，对90年代以至21世纪艺术多元共生的局面都产生了先导和启示作用。

  中国当代的先锋派与西方先锋派对比，有很多不同之处，这是由中国特殊的历史语境决定的。西方资产阶级的艺术发展，经历了一个逐步脱离现实社会的"无功利化"过程，艺术以这种超脱性与功利化、工具化的资本主义理性文化相对立，渐渐固化为"艺术自律"姿态，艺术失去现实政治功能。针对这一境况，西方先锋艺术的初衷是试图否定艺术自律性，以激进的理念加上另类的形式，催动艺术重新介入生活实践，发挥其政治解放潜能。中国当代艺术却是另一种状况：1940—1970年，当代艺术一直都富有激进的革命理念，试图颠覆旧的社会体制和进行阶级斗争，形式上却强调使用老百姓喜闻乐见的民族形式，形成了极其传统（比如京剧）保守的形式与极其激进的马克思主义革命理念的嫁接，同时这种文艺又长期过度地承担了现实政治功能而审美功能被弱化。因而80年代的先锋派文艺首先以形式上的反叛、创新为主，在艺术语言、审美形式方

---

① 王蒙：《先锋文学失败了么？》，《今日先锋》，生活·读书·新知三联书店1994年版。

第四章 现代化进程中的文艺政策调整(1977—1989)

面进行强力突破、作了各种新异的尝试。所以，与西方先锋派否定艺术自律性、挑战"为艺术而艺术"观念的诉求不同，中国的先锋派追求的主要目标是艺术的自律性，渴求文艺摆脱与政治意识形态过于密切的缠绕关系，摆脱过去创作不自主的文化处境。

另外，中国先锋派艺术家也没有像西方同行那样刻意挑衅、背离大众，触犯主流社会——虽然20世纪80年代的先锋派作品确实常常艰涩难懂，但一个奇特的现象是：大多数读者并不觉得受到冒犯、对其弃之而去，相反，很多先锋派作品都受到热烈关注、引起广泛的讨论，并且逐步被大众接受认可（譬如朦胧诗引起的全民狂热，现当代历史上没有其他时段出现过这样的景况）。这说明80年代中国先锋派艺术所表达的姿态和情感与广大受众的心理有深层应和，或许正是在从关注外部世界转向内在意识、从宏大叙事转向个体感受这些方面，艺术与大众心理是同步呼应的。

斯洛文尼亚著名学者阿列西·艾尔雅维奇认为，大多数先锋艺术起初是真正意义上的政治宣传手段，但经历了历史的同化过程后，它就逐渐转化为另一种抽象和美学的艺术体制，走向自律——"先锋派艺术作品经历着不断失去作品他律性和不断获得（或保留）作品自律性的浮动过程"。但是，先锋派并非只能在"政治宣传"和"自律艺术"中二者择一，它可以有"第三种形态"：由于艺术形象有其抽象的审美属性，与直接的政治话语不同，因而它常常能溢出其意识形态目的而表现出更为复杂的内涵，尤其在艺术作品面世一段时间之后，随着最初的社会语境消失，"政治和意识形态叙述的退场"，艺术作品就可能呈现出更丰富的美学意义。阿列西认为，中国的一些当代先锋派作品（如黄锐 1979 年为"星星美展"设计的标志）就是既带有政治目的，又超越了有限的意识形态诉求的作品，在从他律性向自律性过渡的过程中，先锋艺术或可打开一个新的审美领域。而最终，"艺术和先锋派美学所拥有的观念，往往共同建立在人类解放的观念之上"①。

第四节　文艺评奖制度的建立及其政策效果

早在 1942 年延安文艺座谈会前后，中国共产党就开始以"文艺奖金"的制度鼓励文艺创作、树立意识形态认定的文艺经典；这种制度在"文化大革命"期间一度式微，"文化大革命"之后又恢复并逐步增添了越来越多的奖项，使得文艺评奖制度成为当代文艺治理的一项重要措施。

最初，在苏维埃革命根据地，共产党的奖励举措主要是以"征文"并给以奖励报酬的形式，鼓动苏区知识分子和民间艺人积极创作，由于当时迫切的革命宣传需求以及受众文化水平普遍较低的现实境况，征文要求政治化、通俗化，并不鼓励作品追求艺术性及语言的雅致深奥等。延安文艺座谈会后，解放区的文艺活动走向体制化，建立起以党的意识形态为核心的奖励机制，各类奖项迅速增加，奖金数量也明显提高。当时有代表性的奖金主要有：山东解放区设立的"五月""七月"文艺奖金、晋西解放区设立的"七七七"文艺奖金、晋

---

① ［斯洛文尼亚］阿列西·艾尔雅维奇：《"单刀直入"：美学与政治性艺术的特性》，《探索与争鸣》2013 年第 6 期。

第四章 现代化进程中的文艺政策调整(1977—1989)

东南太岳区设立的文化奖金、晋冀鲁豫解放区设立的"文教"作品奖金、冀鲁豫解放区设立的季度文艺奖金，等等。上述各类奖金在评选规则上，充分体现共产党的意识形态要求，即以建立现代民族国家为目标，反映以工农兵大众为主体的无产阶级思想感情。在这样的诉求下，评奖时政治标准优先于艺术标准，具体而言，即以主题内容的政治性与艺术形式的通俗性为衡量准则。①

20世纪70年代末至80年代，文艺评奖制度的功能不再是发动群众参加革命或进行阶级斗争，而转向树立"经典"，即评选出来的作品成为这一时代的范本，供同时代的创作者跟从学习。这一时期评奖制度的某些基本精神仍然承袭着延安传统——政治和文艺管理层对文艺作品在社会上可能发生的影响作用一直十分重视，认为树立何种文艺经典对政治秩序和文化秩序的建立和维系都是至关重要的，因而对评奖的各个环节有严格的控制，以评奖制度为核心，开始了新时期"主旋律"艺术作品有目的的组织生产。

1978年，全国"优秀短篇小说评选活动"的开展，标志着文学评奖开始以制度的形式登上新时期历史舞台，并逐步向丰富化、多样化等纵深方向延展。起初的奖项较集中于文学领域，如茅盾文学奖（1981年开设）、全国优秀剧本奖（后于1994年更名为曹禺戏剧文学奖）、鲁迅文学奖（1986）等，同时影视奖也恢复、设立起来，如大众电影百花奖（最早于1962年开始评奖，但只办了两届就被迫停止，于1986年恢复）、电影金鸡奖（1981）、电视金鹰奖

---

① 本段论述综合引自郭国昌《奖励机制的转型与延安文艺体制的确立》，《中共党史研究》2015年第4期。

(1983)以及摄影金像奖(1989)。进入 90 年代以后，在国家文艺政策的引导下，又在更多领域相继设立由国家倡导的各类文艺评奖，设立了舞蹈荷花奖(1996)、民间文艺山花奖(1999)、曲艺牡丹奖(2000)、杂技金菊奖(2001)、书法兰亭奖(2002)、中国戏剧奖(2005)、中国美术奖(2009)、音乐金钟奖(2013)等，基本上覆盖了各种主要的艺术门类。从 1992 年起，另一个重要大奖"五个一工程奖"设立，并发展为从国家到地方层层设置的政府奖的主干体系。除上述国家级评奖外，各省市或各艺术行业也设立了许多层级、门类的其他奖项（如北京的"老舍文学奖"、江苏的"紫金山文学奖"；连环画创作奖、交响乐作品奖等）。

新时期文艺评奖活动一方面是以鼓励的方式激励艺术家进行创作、繁荣文艺，另一方面，更重要的是以获奖作品的评选和推广来倡导某类创作题材、创作主题。评奖承载着意识形态意图的隐性表达，以这一制度来弘扬主旋律，达到思想宣传的目的。以影响较大的"茅盾文学奖"为例，根据《茅盾文学奖评奖条例》，评奖标准为"有利于倡导爱国主义、集体主义、社会主义的思想和精神，有利于倡导改革开放和现代化建设的思想和精神，有利于倡导民族团结、社会进步、人民幸福的思想和精神，有利于倡导用诚实劳动争取美好生活的思想和精神"，其次是"要重视作品的艺术品位，鼓励题材，主题，风格的多样化，鼓励在继承我国优秀传统文化和借鉴外国优秀文化基础上的探索和创新，鼓励具有中国作风和中国气派，为人民大众所喜闻乐见的作品"。1977—1988 年，茅盾文学奖选出的作品有周克芹《许茂和他的女儿们》、魏巍《东方》、李准

第四章　现代化进程中的文艺政策调整(1977—1989)

《黄河东流去》、路遥《平凡的世界》、刘白羽《第二个太阳》等，大多数是主调积极的现实历史题材、对未来充满乐观或在反思历史教训后作乐观展望的作品，基本上没有先锋实验性的现代主义作品入选。

也正因为评奖制度与意识形态的密切联系，组织参评、争取获奖对于各级文艺管理部门来说，成为越来越重要的工作，各级文联、作协从20世纪80年代后期到90年代，日益重视本辖区内文艺作品的获奖业绩。获奖与否以及奖项的级别和种类，成为衡量文艺部门组织工作和管理成就的关键指标。从激励艺术家生产、创作到推举作品参加各类评奖，各级宣传部门、文联、作协等机构都投入大量精力、财力去组织，评奖制度成为"主旋律"艺术生产的重要杠杆。文艺管理部门常常从挑选（有培养前途的）艺术家、选题规划、提供资金、帮助艺术家深入体验生活，到集合专家对作品提出修改意见、组织参选、评论宣传、市场推广等前期后期环节都全程参与，使得主旋律文艺作品创作获得全方位的支持，形成了具有中国特色的当代文化战略及其支援机制。文艺评奖制度确实促发了作品"生产热"，每年有许多艺术家或自发创作，或在管理部门的组织催促下创作符合奖项要求的作品，形成主旋律创作始终不退的热潮。

但是文艺评奖制度的公信力，渐渐地出现了衰退的迹象。20世纪80年代前、中期，专家或读者对各类获奖作品的争议还不多，这一方面是因为意识形态的统摄力仍比较强大，另一方面，80年代前期市场对文艺的冲击、文化官员对获奖业绩的追求尚不严重，影响奖

· 255 ·

项权衡的外部因素不多。但是，随着加入评奖活动各方博弈的力量渐渐增加、获奖可能给艺术家个人及其上级管理部门带来的利益的增大，一些奖项的评选出现了制度混乱（参选者同时也是评奖者）、不同标准（政治标准、艺术标准与商业标准）的商谋妥协乃至暗箱操作等现象，获奖名单公布后遭到理论界、艺术界及广大受众的质疑，一些曾经重要的奖项权威性日渐弱化。这方面的问题，后来在90年代及21世纪（尤其是2005年、2015年）受到中央有关部门重视，并展开了大力整顿，要求各类奖项评选时努力做到标准科学、过程公开，接受舆论监督，尽力恢复评奖的权威性与公正性。

第五节　语境叠合中的理论阐释

中国当代文艺理论，很大程度上是一种被"西化"的话语。从五四时期开始，文艺理论就与传统美学发生断裂，同时非常依赖"西学"，之后的很长时间里，各种基本概念、话语体系、理论范式都来自西方。有学者指出，近百年的中国文艺理论更多地像是"西方理论在中国"，百年来我们总是自觉不自觉地试图从西方美学中撷取现成的模式，来阐释中国艺术漫长与复杂的历程以及阐释这个历程中暗含的规律，虽然这种文化引入拓展了我们的视野、促进了理论的体系化，但又常常让理论家们在西方模式与中国现实难以嵌合的时候，意识到本土话语的缺失、中国智慧的匮乏，并进而感到焦虑。怎样在中国的特殊语境中提出一系列具有中国本土化特征的问题、话语结构和解答路径，建构起有中国特色的社会主义文艺理

第四章 现代化进程中的文艺政策调整(1977—1989)

论，在 20 世纪 80 年代成为理论家们急于着手的工作。

根据中国当代文艺理论问题在各个阶段不同的特征，我们把自马克思主义美学传入中国、社会主义文艺话语体系初现端倪起至今 80 多年的发展历史，大致划分为三个阶段：第一阶段从 20 世纪 30 年代到解放战争时期，其时马克思主义美学和中国文艺理论呈现出了理论源流纠缠组合的复杂局面，中国特色的现实主义美学理论初步确立；第二阶段从中华人民共和国成立初期到 70 年代后期，美学和文艺理论较深入地思考文艺与政治的关系，形成了中国模式的审美意识形态美学；第三阶段从 20 世纪 80 年代开始，此时美学研究出现理论上的繁荣，而在文艺理论研究方面则表现为更自觉地面对当下的中国问题，试图摆脱西方模式、建立有中国特色的社会主义文论体系并将之理论化。

在中国特色文艺话语体系发展的早期，就基本形成了其特有的美学问题：审美意识形态新的文艺生产方式、大众文化研究（具体而言，即大众文化的审美意义）问题。将这个问题深入讨论并使之具有美学学理基础和文艺理论模式的，是毛泽东的《在延安文艺座谈会上的讲话》。在 20 世纪 30—40 年代的延安，作家和作品不是以对不合理现实的批判者面貌出现的，而是以新的现实关系和新文化建设者的面貌出现的。在这种审美关系的基础上，作品和现实之间的审美转换就不是以审美距离为基本原则，而代之以民族性和大众性的美学原则。这种艺术作品的审美效果在个体方面能够沟通个体与社会的隔阂；在社会方面，文学艺术负担起在社会心理层面拯救民族危亡的责任。《讲话》最大的贡献或者说最本质的意义，就在于准确地抓住了新文学的基本问题，提出了相应的美学原则。马克思主义文艺观与毛泽东文艺思想，成为后来建构有中国特色社会主义文艺理论的思想渊源。

时至20世纪80年代，整体文化话语发生着从"革命文化"到"建设文化"的转换，文艺理论话语也需要转型和拓宽研究视野。过去30年间以"阶级分析"方法为人文社会科学研究基本方法造成的后果是，将理论研究置于"唯物"与"唯心"划界的范式下、用阶级分析方法探究各种艺术作品和艺术现象，这使得大多数的文艺理论研究都偏离了真正的美学问题，也偏离了真正的中国问题。新时期中国的社会主义文艺理论，面对着这样几个方面的问题：第一，社会主义初级阶段经济基础对意识形态的要求；第二，文化或意识形态与现实的多重关系（对抗性的和非对抗性的）；第三，现实与未来的关系；第四，以上几个方面的叠合性共存或有机统一；等等。有中国特色的文艺理论研究应该分析这种多重叠合或有机统一现象在本国艺术中是否产生了新的审美效果，以及这种新的文艺风格和审美风格在理论研究中的意义。

面对以上问题，中国美学家和文艺理论工作者从不同方面入手进行理论建构，在与西方各种现代美学理论、马克思主义美学、中国传统美学理论的多元对话中，建立起若干种有理论原创意义的中国特色文艺理论模式，主要有实践美学、文艺美学、审美反映论、文艺生产论等：

（一）实践美学

代表人物有李泽厚、蒋孔阳、刘纲纪等。实践美学坚持把实践论作为中国特色的马克思主义文艺理论的哲学基础,并将之渗透于美学研究中,用于阐明美的本质亦即找寻使一切事物成为美的共同原因和根据。实践美学认为,美和审美既不能脱离人的主观意识,也不能没有物的客观属性,但美却不简单是意识的产物和物的特征,而是人类社会实践改造物质世界的成果。实践是人的自由活动,而自由的感性显现正是美的本原,这是实践美学的核心命题。实践美学最终是期望人的整个生存达到艺术化、审美化,走向全面发展的人。实践美学对当代中国文艺理论面临的基本问题——审美意识形态的积极作用及其哲学基础——做出了富于启发性的深入研究。然而,实践美学模式并非无懈可击,对美学这一特殊学科的研究没有能够充分展开和生成。

(二)文艺美学

20世纪80年代初期由胡经之、周来祥等人提出的美学理论,从文艺现象的特殊性这一经验论角度出发,讨论作为艺术创造主体的艺术家如何把自然审美、文化审美提升到艺术创美,以及接受者的审美接受问题。文艺美学主要是从创作主体的心理、艺术创作的规律和艺术的审美价值等方面来探讨艺术的审美特性,它的兴起主要是为了反拨极"左"文艺思想和美学观念忽视文艺特殊性的错误。文艺美学努力阐发艺术的本体论意义这一当代哲学的重大问题,并以马克思主义思想为理论基础,吸收了中国传统美学重整体体悟和西方美学传统强于逻辑分析的特征,试图在掌握审美"自律性"的同时兼顾审美的"通律性",推动了文艺理论的中国化进程。但是,文艺美学忽视或回避了文艺同审美意识形态的复杂关系这一当代中国文艺理论的重要主题。离开现实的审美关系,将无法彻底解析文学艺术尤其是审美幻象中审美变形、审美转换的特殊表达机制,也很难在学理上说明20世纪中国文学艺术的审美特性以及现实文学艺术实践提出的时代课题,实现真正意义上的审美交流和审美人生目标。

(三) 审美反映论

中华人民共和国成立以后的文艺理论几乎都是从反映论出发,认为文艺是社会社会生活的反映,而用形象反映现实生活则是其根本特征。反映论在新时期里由传统的反映论发展为审美反映论,代表人物是钱中文和王元骧。该理论在反映与文艺间插入了审美这一中介,并与实践美学联系密切,强调审美反映的本质特征决定于"实践—精神"把握世界的方式。它首先表明文艺作为一种审美意识形态的基本特质,其次这种审美反映论突出了反映的感性化、情感化、个性化的创造性特征。在这里,情感不同于一般认识活动,它是客观事物对于人的意义,是一种以情绪体验的形式所表现出的人们对客观事物的态度和评价。把审美引入反映论不仅贴近文学自身的特征,更重要的是突出了文学反映主体的主观能动性。

(四) 文艺生产论

关于文艺生产论,国内学术界进行了广泛讨论,主要表述为下述几方面内容。第一,文艺生产作为精神生产,其与物质生产的关系包含着物质生产与精神生产(包含艺术生产)之间的作用与反作用、文艺生产等一些精神生产领域发展与物质生产发展之间的不平衡关系等。第二,文艺生产在精神生产领域内部同其他精神生产领

第四章 现代化进程中的文艺政策调整（1977—1989）

域的相互关系，包括既相互独立又相互影响，既有相同规律又有各自不同的规律，等等。第三，文艺生产作为一种特殊的精神生产，具有其特殊的本质规定；对此，马克思主义经典作家着重强调了艺术想象、幻想对自然和社会生活进行加工，并且运用美的规律来创造、富有激情等特征。

回顾历史，我们看到有中国特色的社会主义文艺理论将马克思主义美学原则与中国的文学艺术实践相结合，发展出了不同于西方美学理论的思想理念。它在早期就跨越了"审美的"和"形式的"自律性美学阶段，跨越了西方审美现代性将审美价值与社会生活其他诸种价值割裂开来的康德美学范式，从一开始就强调表征和阐释人民大众审美经验的"文化研究"。中国模式的文艺理论不像西方现代美学那样将现实世界与想象世界相对立、将文艺作品作为社会的对立面和批评性力量，而认为现实美即是真正的美，并始终把文艺当作为社会变迁和社会变革服务的上层建筑力量。在社会主义阶段，文学艺术成为一种以情感和艺术形象为媒介的审美意识形态，被期许着在社会现实关系转型的过程中发挥积极作用，表征出中国现代化进程中与社会主义目标相联系的审美和情感经验。

改革开放是决定当代中国命运的关键抉择，中国由此进入了一个新的历史阶段。习近平同志深刻指出：

> 我们党深刻认识到，实现中华民族伟大复兴，必须合乎时代潮流、顺应人民意愿，勇于改革开放，让党和人民事业始终充满奋勇前进的强大动力。我们党团结带领人民进行改革开放

新的伟大革命，破除阻碍国家和民族发展的一切思想和体制障碍，开辟了中国特色社会主义道路，使中国大踏步赶上时代。①

当代中国的改革不仅是经济治理领域的改革，而且涉及包括文艺政策在内的文化治理领域的改革。文艺政策的调整与改革在文艺意识形态领域也引起了思想大解放。不仅如此，文艺政策的调整及其影响下的文艺创作也为整个改革开放事业吹响了号角。

---

① 习近平：《决胜全面建成小康社会 夺取新时代中国特色社会主义伟大胜利——在中国共产党第十九次全国代表大会上的报告》，人民出版社2017年版，第14页。

第五章　社会主义市场经济条件下的文艺政策(1989—2012)

以江泽民为核心的党的第三代中央领导集体和以胡锦涛为总书记的党中央接续发展了中国特色社会主义。在这二十多年间，社会主义市场经济和社会主义和谐社会的提出是中国社会最具影响的两件大事：前者标志着中国经济体制的根本性变革；后者标志着中国现代化建设增加了新的维度。这两件大事也推动了国家治理方式的重大转变。与此同时，包括文艺政策在内的文化治理也作出了改革、调整与范式创新。以江泽民为核心的党的第三代中央领导集体提出了"弘扬主旋律、提倡多样化""社会效益放在首位前提下实现经济效益和社会效益的统一"等观点，文化产业、文化经济及其政策法规开始形成；以胡锦涛为总书记的党中央提出了"贴近实际、贴近生活、贴近群众""建设和谐文化""思想性艺术性观赏性相统一"等观点，公共文化服务体系开始建立。互联网时代催生的网络文艺也成为党和国家文化治理的重要组成部分。

第一节 "弘扬主旋律、提倡多样化"与两个效益

党的十四大报告指出，我国经济体制改革的目标是建立社会主义市场经济体制。社会主义市场经济体制，是建立在以公有制为主体，多种所有制共同发展基础之上的。这一目标的确立，标志着我国经济体制走向了根本性变革，社会经济成分、组织形式、就业方式、利益关系和分配方式多样化，与之相适应，包括文化体制在内的社会运行机制的各个领域也必将发展变化。中国特色社会主义文艺的发展由此进入了新阶段。

进一步配合改革开放和现代化建设的顺利发展，江泽民于1994年1月24日在全国宣传工作会议上发表讲话。正如江泽民指出的那样，这次讲话是在"关键时期"做出的，具有"全局意义"。主要体现在两个方面。

第一，在"二为"方向和"双百"方针的基础上，提出了"弘扬主旋律、提倡多样化"的文艺发展方向。江泽民指出，"弘扬主旋律、提倡多样化"是"二为"和"双百"方针的具体体现。"弘扬主旋律、提倡多样化。"江泽民对"弘扬主旋律"作了具体解释："弘扬主旋律，就是要在建设有中国特色社会主义的理论和党的基本路线指导下，大力倡导一切有利于发扬爱国主义、集体主义、社会主义的思想和精神，大力倡导一切有利于改革开放和现代化建设的思想和精神，大力倡导一切有利于民族团结、社会进步、人民幸福的思想和精神，大力倡导一切用诚实劳动争取美好生活的思想和

第五章　社会主义市场经济条件下的文艺政策(1989—2012)

精神。"① 提倡多样化,是在文化市场竞争中赢得优势的关键。江泽民对此作了这样的解释:

> 社会生活是丰富多彩的,人民群众的精神文化需求也是多方面、多层次的。只要是能够使人民得到教育和启发、得到娱乐和美的享受的精神产品,都应受到欢迎和鼓励。②

江泽民在肯定文艺的思想教育功能的同时,也明确肯定文艺的审美娱乐功能,这同样是党的文艺政策有史以来的一大突破。

第二,坚持把社会效益放在首位,在这个基本前提下实现经济效益和社会效益的统一。在市场经济条件下,文艺产品就不能不存在经济效益和社会效益的价值排序问题。江泽民肯定了文艺作品的经济效益,这是前所未有的;即便如此,他仍然把社会效益摆在了优先位置:

> 随着社会主义市场经济的发展,精神产品的生产流通同市场运行一般规律的联系愈益紧密,确实也有经济效益的问题。经济效益好,有助于宣传文化事业的发展。同时也要看到,精神产品又具有不同于物质产品的特殊属性,它的价值实现形式更重要地表现在社会效益上。有些精神产品,直接经济收益可能不大,但对推动社会生产力的发展和社会全面进步的作用很

---

① 《十四大以来重要文献选编》上,人民出版社2011年版,第572页。
② 同上书,第573页。

大。我们在宣传文化工作中要始终把社会效益作为最高准则，当经济效益同社会效益发生矛盾时，自觉服从社会效益。①

丁关根在这次全国宣传工作会议上作总结讲话，进一步阐释了江泽民主报告的讲话精神。在"弘扬主旋律、提倡多样化"问题上，丁关根指出：

> 要唱响主旋律，不要搞"噪音"……大力倡导一切有利于发扬爱国主义、集体主义、社会主义的思想和精神，一切有利于改革开放和现代化建设的思想和精神，一切有利于民族团结、社会进步、人民幸福的思想和精神，一切用诚实劳动争取美好生活的思想和精神……我们在弘扬主旋律的同时要提倡多样化，满足人民群众多层次、多方面的精神文化需求。无害的东西是允许的，但它毕竟是低标准的要求……让无害的东西充斥市场，绝不是文化市场真正的繁荣。对人们多层次、多方面的精神文化需求，我们要努力满足，同时也应当加以引导提高。②

在经济效益和社会效益关系问题上，丁关根指出：

> 要注意社会效益，不要见利忘义。在社会主义市场经济条

---

① 《十四大以来重要文献选编》上，人民出版社2011年版，第573—574页。
② 同上书，第587—588页。

第五章 社会主义市场经济条件下的文艺政策(1989—2012)

件下,大多数精神产品要进入市场,要讲经济效益。但是,精神产品的生产与经营,有自己的特殊性,必须把社会效益摆在首位,力求实现经济效益与社会效益的统一。这是精神产品生产中一个值得普遍重视的根本性问题。所有的精神产品生产部门都要认真处理好经济效益与社会效益的关系。从事精神产品生产的个人和部门,要有崇高的责任感和使命感,要树立良好的职业道德,不能见利忘义,不考虑产品的社会影响。我们要进一步研究制定文化经济政策,鼓励和扶持好的精神产品的生产。①

在这里,丁关根已经明确提出了"文化经济政策"这个概念。

1996年10月10日,党的十四届六中全会通过《中共中央关于加强社会主义精神文明建设若干重要问题的决议》,以中央文件的方式将"弘扬主旋律、提倡多样化"与"二为"方向和"双百"方针并提:"繁荣文学艺术,首要任务是多出优秀作品。要坚持为人民服务、为社会主义服务的方向,贯彻百花齐放、百家争鸣的方针,弘扬主旋律,提倡多样化。树立精品意识,实施精品战略,在文学艺术各门类中,努力创作出一批思想性艺术性统一,具有强烈吸引力感染力,深受广大群众欢迎的优秀作品,带动社会主义文艺事业的全面繁荣。"② 12月16日,中国文学艺术界联合会第六次全国代表大会、中国作家协会第五次全国代表大会召开,旨在在文艺

---

① 《十四大以来重要文献选编》上,人民出版社2011年版,第588页。
② 《十四大以来重要文献选编》下,人民出版社2011年版,第144页。

领域贯彻党的十六届四中全会精神。江泽民发表重要讲话，强调社会主义文艺是社会主义精神文明建设的重要战线。其职责是"培养有理想、有道德、有文化、有纪律的'四有'新人，激励人民团结奋进"①。在这次讲话中，江泽民重申了"弘扬主旋律、提倡多样化"的要求：

> 文艺工作者要努力在自己的作品和表演中，贯注爱国主义、集体主义、社会主义的崇高精神，鞭挞拜金主义、享乐主义、个人主义和一切消极腐败现象。在人民的历史创造中进行艺术的创造，在人民的进步中造就艺术的进步，给人民以信心和向上的力量，才能实现以优秀作品鼓舞人的任务，使人民群众不断提高的精神需求得到满足，使弘扬主旋律与提倡多样化完满地统一起来。②

"深化文化体制改革，落实和完善文化经济政策。坚持为人民服务、为社会主义服务的方向，贯彻百花齐放、百家争鸣的方针，弘扬主旋律，提倡多样化，创作出更多思想性和艺术性统一的优秀作品"③被写入了党的十五大报告中，成为社会主义市场经济条件下文艺政策最凝练的表述。以上政策，在2001年12月18日，江泽民在中国文学艺术界联合会第六次全国代表大会、中

---

① 《十四大以来重要文献选编》下，人民出版社2011年版，第222页。
② 同上书，第224页。
③ 《江泽民文选》第2卷，人民出版社2006年版，第34—35页。

国作家协会第五次全国代表大会上的讲话中,作了一以贯之的重申。

第二节 文化经济、文化产业的发展及其法制保障

"文化产业"一词是法兰克福学派的代表人物本雅明在其1930年代写的《技术复制的时代》一文中首先提出来的,20世纪80年代从日本传入我国。我国文化产业与文化经济改革的推出和实施路径,与国家的文化与经济体制相吻合,及时出台刺激文化经济和文化产业发展的政策,不仅是中国文化经济,也是文化产业政策制定的合理路径。

自1988年文化部、国家工商局联合发布《关于加强文化市场管理工作的通知》,正式提出"文化市场"的概念;1991年国务院批转《文化部关于文化事业若干经济政策意见的报告》,正式提出"文化经济"概念;1993年中央《关于加速发展第三产业的决定》;1996年推出《关于进一步完善文化经济政策的若干规定》;1998年8月,第一次设立文化产业专门管理机构,即文化部文化产业司;随后的2000年,党的十五届五中全会通过《中共中央关于制定国民经济和社会发展第十个五年计划的建议》,第一次在中央文件里正式提出了"文化产业"和"文化产业政策"两个概念;"文化产业"的提法,在2002年11月党的十六大报告中得到进一步的深化和细化,至此,中国文化经济及文化产业从计划性管制调控向政府引导与市场

调整相结合演变，实现了从"事业模式"向"产业模式"的重大转变，"文化产业"的合法性建构不仅得到了实质性突破，并不间断地受到政策的激励和扶持；2009年7月国务院出台《文化产业振兴规划》，文化产业作为一项产业第一次被正式纳入国务院的产业规划体系，标志着我国文化产业的战略地位得到进一步提高，很大程度上刺激和推进了现代文艺体制管理的完善；国家在此背景下，陆续出台了《关于深化国有文艺演出院团体制改革的若干意见》《关于深化中央各部门各单位出版社体制改革的意见》等政策措施，为我国文化产业适应新的时代发展实际提供了政策保障。虽然，文化产业并非新出现的产业，伴随商品经济产生，人类社会的文化经济就开始出现了，那些最古老的卖艺和私塾制都可以看作文化产业的萌芽，但是，显然，文化经济和文化产业的推出和实施，具有深远的社会变革意义，真正促使人们将文化与经济联系在一起，真正意识到商品属性也是文化产品的基本属性之一，在显示文化产业在国家经济活动中的重要地位的同时，也表明我国文化经济和文化产业改革的推进和实施具有历史必然性和现实合理性。

伴随现代社会和经济的发展，文化产业规模化的条件也已经在我国逐步形成，文化产业成为当代经济的重要支柱之一，在国民经济总产出中的比重越来越高，但是，文化产业和文化经济改革的推出和改革的合理性，并不能掩盖文化体制发展中的众多矛盾，我们国家在文化产业实践中，已经陆续就产业性与文化性之间的矛盾、文化产业和文化事业的矛盾关系、文化产业与其他经济领域，以及整个社会发展的关系等理论问题展开讨论。在以上众多矛盾构成的

第五章　社会主义市场经济条件下的文艺政策(1989—2012)

复杂的多重矛盾之网中,产业性与文化性的矛盾,是最根本的矛盾。解决整个矛盾的关键在于充分辩证认识"文艺产品的商品属性"以及"文化生产能否产业化"这两个问题。

2010年6月16日,李长春作了题为"正确处理文化建设中的若干重大关系,努力探索中国特色社会主义文化发展道路"的报告,详尽论述了文化产品的"两种属性"和"两个效益"的关系:"在社会主义市场经济条件下,文化产品既有教育人民、引导社会的意识形态属性,也有通过市场交换获取经济利益、实现再生产的商品属性、产业属性、经济属性。在'两种属性'中,意识形态属性是文化产品的特殊性,商品、产业、经济属性是文化产品的普遍性。不能因为文化产品具有商品的一般属性,就忽视其意识形态的特殊属性;也不能因为文化产品具有意识形态的特殊属性,就排斥其商品的一般属性,而是要把两者统一起来。正确把握'两种属性'的关系,要求我们必须正确认识和处理'两个效益'即社会效益与经济效益的关系。不论是公益性文化事业,还是经营性文化产业,都要突出以文化人的功能。每个国家、每个民族、每个人都要有精神支撑,因此要充分发挥文化陶冶情操、凝聚力量、提振信心、鼓舞士气的重要功能。公益性文化事业、经营性文化产业,只是文化传播形式的差别、传播载体的不同,而承载的精神即文化的灵魂应是一致的,那就是必须以弘扬社会主义先进文化为己任。因此,文化建设必须坚持社会主义先进文化前进方向,把社会效益摆在首位,切实加强对文化产品创作生产的引导,把数量不断增长和质量显著提高紧密结合起来,创作生产更多思想性、艺术性、观赏性相统一，深受人民群众喜爱的精品力作，旗帜鲜明地反对低俗、媚俗、庸俗，最大限度地发挥文化引导社会、教育人民、推动发展的功能。"① 事实上，文艺产品难与其他一般物质商品一样实现普遍的真正的等价交换。文艺产品具有使用价值和价值，其使用价值具体表现为文艺作品的思想性、艺术性及其所发挥的认识、教育、审美和娱乐功能，它同物质商品的使用价值一起构成人类社会的精神财富和物质财富的实体，但是，正如马克思所言，人们能够准确地指导做一张桌子需要多少消耗多少劳动量，然后许多"非物质产品"为达到某种结果所需要的劳动量只能靠猜测，这也就不奇怪，为什么有"拿手术刀的不如拿剃头刀"的说法，又为什么曹雪芹晚景凄惨了。对于文艺生产者而言，如果一味地按照市场经济规律来生产，过度迎合市场，重复推出类型化的低俗主题，那么，显然，从作用于人的精神意识，影响人的思想认识、价值观念和审美素养角度而言，其产生的恶劣的社会影响，与毒品显然就没有区别了。当然，目前也存在一些问题，就是社会倡导的主流文艺又往往得不到市场行为的青睐。因此，要明确，不是所有门类文化产品都能在某一阶段商品化，比如主要以追求社会效益为主，或者体现人民和国家意愿为主的高雅文艺和高头学术讲章，目前阶段还较难实现市场盈利，那么其生产只能由政府来调控和资助。当然，如流行音乐、畅销书和旅游等大量消遣性、娱乐性的文化活动、文艺产品和场所，它们能够以市场为中介实现自负盈亏，那么就应该完全产业化，政府只负

---

① 《十七大以来重要文献选编》中，人民出版社2011年版，第767—768页。

第五章 社会主义市场经济条件下的文艺政策(1989—2012)

责管理，而不具体负责经营。当然，有些门类的文艺产品在目前社会主义市场经济建设还没有完善的情况下，比如大量面向成人的，雅俗共赏的文艺产品，还有电视业、出版业和报业等，可以定义为"有产业化倾向的文艺生产"类别，目前还只能半产业化，政府依旧要有一定的投入和必要的扶持，以期这些门类更快地在市场壮大，完全进入市场。不过，有一点要明确，这几种门类的文艺产品的边界是流动的，比如，随着人们对文化的需求和文化消费层次的提高，原本难以为继的一些高雅文艺也有可能实现自负盈亏。

以上提及的文化产业化问题，在鼓励大众彻底解决思想观念问题，确立文化生产的企业性质的基础上，又充分依靠政府从战略上积极及时地调整文化经济布局，依靠日渐健全的现代文艺管理体系，对于文化产品的意识形态属性和文化产品的入市口要坚决"管"；有些门类的文化生产应以市场调节为基础，但有些门类和层次的文化生产应由政府调控，或者由政府和民间的非营利性组织来办，以保证更多优秀的文艺产品不仅能实现经济效益，也能更好地实现社会效益；同时，政府也要继续激励建立和健全包括刺激企业文化意识觉醒、建立与完善文化基金会在内的文化保护机制，将财政拨款转变为国家投资，积极发展多元投资主体的文化产业企业，社会主义文化生产力才能迅速地健康发展，呈现出虽充满矛盾却又生机勃勃的发展景观。

文化经济和文化产业客观上需要法制保驾护航。随着我国文化经济和文化产业的发展，包括文艺在内的文化领域立法逐步开展起来，使得文化市场能够依法有序地运行。

1980年中国政府申请成为世界知识产权组织成员国。1986年中国第六届全国人民代表大会第四次会议通过《中华人民共和国民法通则》,首次明确"公民、法人享有著作权(版权),依法署名、发表、出版、获得报酬的权利",著作权法体系的建立,已经成为中国文艺法的重要组成部分,为中国现代文艺管理体系的发展奠定了重要的基础;1982年,《中华人民共和国文物保护法》实现文化法零的突破;20世纪90年代以后,伴随改革开放的深入,文艺作品同一般物质商品之间的价值交换越来越频繁,文艺生产的商品性特点和属性逐步得到社会较为普遍的确认,文艺生产力得到了很大的发展,中国国内文艺市场日渐繁荣;同时,在中国加入WTO后,对外文艺著作权的国际交流也日趋正常化,传统的文化管理体系遭受到了前所未有的冲击,在文艺领域内也开始出现了不少法律纠纷,因而,凸显文艺法制,加强文化立法工作,健全社会主义文艺管理体制就显得非常迫切。① 到目前为止,国家法律层面专门法有1982年制定、2002年修改后重新颁布的《文物保护法》《著作权法》《图书馆法》《博物馆法》以及全国人大2011年通过的《非物质文化遗产保护法》;与此同时,还在文物保护和文化市场管理方

---

① 文艺政策是一定阶级或政治集团、国家政权或执政党对文艺提出的基本要求,是国家和政党管理意志在文艺工作中的反映,是调节各种社会关系、处理各种社会问题的基本依据和出发点,同时也是一定的物质生产方式所产生的利益和需要的表现。文化政策和文艺政策就其意义关系而言,是母系统和子系统的关系,文化政策比文艺政策具有更宽广的统摄面,这两者的关系在中国的出版物中,经常被描述为"一身二任、重构兼出"的状况;中华人民共和国成立以后,中国共产党的文艺政策,同时也是社会主义国家的文艺政策。见胡惠林《文化政策学》,上海文艺出版社2003年版,第2页;魏天祥《文艺政策论纲》,中共中央党校出版社1993年版,第1页。

第五章　社会主义市场经济条件下的文艺政策(1989—2012)

面颁布了《公共文化体育设施条例》《音像制品管理条例》《互联网上网服务营业场所管理条例》等行政法规和规章。

自"九五"以来，国家制定了各类法规38件，其中行政法规8件、部门规章30件，文化立法进程加快，现代文艺管理体系的现代性特征越来越凸显，但文化立法现状与建立社会主义市场经济的要求，以及与其他领域的立法现状相比，还显得相对滞后，主要表现为立法盲点多、法制建设不平衡，以及文化立法效力层次较低，不能很好适应客观现实需要等方面。在许多重要领域，如文艺创作、文化建设、文化事业、文化产业、对外文化交流等方面，都还没有从根本上解决统筹协调和有法可依的问题。即便就是行政法规中，艺术表演方面的法规大大少于文物、电影和出版方面，再进一步而言，就艺术表演而言，规范艺术院团管理和艺术生产的法规就比规范演出市场的法规少很多。这些情况不同程度地影响了现有文化法规的法律效率和权威性，以及现代文艺管理体系的完善。

现代文艺管理体系的发展和完善是各时期文化立法工作的重点和难点，但时至今日，文艺管理法则依旧是文艺立法工作的薄弱点。完善文化立法是现代文艺体制发展之必需，也是一个长期、艰巨和紧迫的任务。为加快立法进程，今后一个历史时期立法的重点是力争主要文艺法律尽快出台；充分贯彻"二为"方向和"双百"方针，将重点从便于行政管理转变到促进文化发展和繁荣上来，保障实现公民的文化参与权、文化消费权、文化创造权和文化成果保护权等诸多文化权利；在提高立法水平的基础上，有效保障立法进程与构成保障文化建设中的经费投入、基础建设、产业划分、权责界定、赏罚奖惩等现实需要相适应。用党的方针政策的调整，引导法律法规的调整，并通过法律法规的制定赋予重要的方针政策以法律地位，使文艺政策规范和法律规范互相联系，各有侧重，两者互补，更加协调，则是推动建立和完善现代文艺管理体系的重要前提，是建立一个多元共治或者协同创新的社会主义文化强国的基本制度保障。

第三节　网络文艺及其治理

互联网时代催生了网络文艺，它是文学、动漫、音乐、影视、视频和游戏等不同类别文化产业之间融合发展的复合体，是一种人人皆可参与创作的大众化的文艺形式，具有发展迅速、受众面广、关注度高、社会影响巨大以及市场化程度高等特点。

1998年，小说《第一次亲密接触》开国内网络文艺先河，只是当时，在国内，互联网还没有普及。伴随着网民规模飞速增长，网络文艺迅速繁荣起来，其中网络文学与影视的"联姻"是国内网络文艺的早期表现形式之一，从2000年和2004年《第一次亲密接触》分别被改编成电影和22集电视剧，到2011年鲍晶晶的网络小说改编为电影《失恋三十三天》收获3.5亿票房、2012年网络作家流潋紫的长篇小说被改编成电视剧《甄嬛传》，等等，网络文学与影视剧"联姻"的运作模式日益发展成熟；其中2012年3月热播的《甄嬛传》无疑是这种联姻模式运作成功

第五章　社会主义市场经济条件下的文艺政策(1989—2012)

的代表作,"80后"网络作家流潋紫的长篇小说,被改编成电视剧后,不仅在电视台播出,还包括视频网站,据乐视网副总裁透露:"《甄嬛传》的网络版权花费了2000万元天价,播放次数68.7亿次。"① 至此,从互联网写手做起,成为"80后"作家普遍的成长路径,当然,"80后"也是中国网民的重要组成部分,对于他们来说,同龄人创作的作品更容易引起他们的情感共鸣。当然,与网络文学"联姻"的并不只是电影和电视,还有其他文学产品,比如各种以网络小说的人物和故事情节为背景的网页游戏、手机游戏、广播剧、话剧和动漫等多种表现形式,网络文艺日益发展成熟,并在与游戏、影视和音乐等为文学、动漫文化产业交叉融合的基础行创造出新的价值。以上提及的"80后"网络作家之前成名前大多十分普通,比如流潋紫成名前只是一名普通的教师,2011年和2012年,原本是外贸公司普通职员的"80后"网络作家南派三叔,更以1580万元的版税收入分别荣登中国作家富豪榜第2位和第9位;原本普通的他们产生的影响力和经济效益,一方面使得更多普通的网民加入网络创作队伍,另一方面,也启迪了不少传统文艺界人士转入网络领域发展。总之,网络文艺相比传统文艺,具有前所未有的大众化的特征,加之网络本身自带的无与伦比的即时性和互动性特征,网络文艺的影响力日趋增强。那么,如何引导和管理网络文艺,日益成为必须要面对的至关重要的新课题。

---

① 赵昂:《网络文艺:从"稚嫩期"走向"黄金时代"》,《工人日报》2015年9月21日。

网络文艺的产生和发展离不开商业资本的影响，在很大程度上，新兴的网络文艺的商业属性特征要强于以印刷、广播和电视等旧媒体传播的文艺形式，这也在很大程度上导致网络文艺在产生之初具有先天的一些不足，比如为片面追求"点击率"，谋取市场份额，而粗制滥造大量快餐式产品，导致"色情""暴力"和"危害社会公德"等词语一度成为网络文艺的社会标签。然而，社会主义网络文艺作为新兴的文艺形式，同其他文化产业内容一样，是国家战略性新兴产业的重要组成部分，在接纳商业资本的同时，其"社会公共产品"的属性也不能被忽视，即便它是复合型文艺新形式，它也和传统文艺一样当坚守"文艺为大众服务"的根本方向，具有承载和传递社会主义核心价值体系的时代责任。从文艺批评和文艺管理体制发展的角度而言，因为网络文艺及其传播形式更易于被大众接受，因而更具备有利条件成为先进文化和社会主义核心价值体系建设的重要路径，网络文艺理应越来越受到重视，我们当用全新的眼光看待他们，用全新的政策和方法团结、吸引他们，将社会主义核心价值观融入和统领网络文艺建设的全方面和全过程，通过这种大众化的传播形式，引导网络文艺以人民的根本利益为出发点，切实担当起引领风尚的社会责任，思想性与艺术性并重，实现政治效益、社会效益和经济效益的有机结合。具体而言，一是注重对网络文艺与新媒体关系的研究，要充分地意识到，无论对于电影、电视、音乐，还是动漫、网游还是舞台艺术，都正在被网络等新媒体技术所重新塑造和定义。二是要注重网络新文艺与新现实的关系，大众认识世界

第五章 社会主义市场经济条件下的文艺政策(1989—2012)

的方式,包括价值观、情感模式、情感结构等,都强烈地被新媒体技术建构起来的带有强烈虚幻性的"新现实"改造。正如胡锦涛指出:

> 互联网深刻改变了文化产品的生产和传播,影响着人们的精神文化生活。特别是网络文化的形成和发展,既促进了整个社会文化的发展和创新,也加剧了世界范围内不同思想文化的相互激荡。我国网络文化的快速发展,为传播信息、学习知识、宣传党的理论和路线方针政策发挥了积极作用,同时也使我国意识形态领域多元、多样、多变的特点进一步凸显出来,给我国社会主义文化建设提出了新的课题。当前,国际上围绕信息获取、利用、控制的斗争日趋激烈,把握信息化发展的方向、维护国家在网络空间的安全和利益成为信息时代的重大战略课题。能否积极利用和有效管理互联网,能否真正使互联网成为传播社会主义先进文化的新途径、公共文化服务的新平台、人们健康精神文化生活的新空间,关系到社会主义文化事业和文化产业健康发展,关系到国家文化信息安全和国家长治久安,关系到中国特色社会主义事业全局。[①]

正是因此,党和国家高度重视网络文艺的政策引导。

---

① 《胡锦涛文选》第 2 卷,人民出版社 2016 年版,第 559 页。

2004年9月19日，中共中央通过《中共中央关于加强党的执政能力建设的决定》，要求"高度重视互联网等新型传媒对社会舆论的影响，加快建立法律规范、行政监管、行业自律、技术保障相结合的管理体制，加强互联网宣传队伍建设，形成网上正面舆论的强势"①。2007年1月23日，胡锦涛主持中共中央政治局1月23日下午进行第三十八次集体学习，对网络文化建设和管理专门作了重要讲话，具体提出了五个方面的要求。一是要坚持社会主义先进文化的发展方向，唱响网上思想文化的主旋律，努力宣传科学真理、传播先进文化、倡导科学精神、塑造美好心灵、弘扬社会正气。二是要提高网络文化产品和服务的供给能力，提高网络文化产业的规模化、专业化水平，把博大精深的中华文化作为网络文化的重要源泉，推动优秀文化产品的数字化、网络化，加强高品位文化信息的传播，努力形成一批具有中国气派、体现时代精神、品位高雅的网络文化品牌，推动网络文化发挥滋润心灵、陶冶情操、愉悦身心的作用。三是要加强网上思想舆论阵地建设，掌握网上舆论主导权，提高网上引导水平，讲求引导艺术，积极运用新技术，加大正面宣传力度，形成积极向上的主流舆论。四是要倡导文明办网、文明上网，净化网络环境，努力营造文明健康、积极向上的网络文化氛围，营造共建共享的精神家园。五是要坚持依法管理、科学管理、有效管理，综合运用法律、行政、经济、技术、思想教育、行业自律等手段，加快

---

① 《十六大以来重要文献选编》中，人民出版社2011年版，第285页。

第五章　社会主义市场经济条件下的文艺政策(1989—2012)

形成依法监管、行业自律、社会监督、规范有序的互联网信息传播秩序，切实维护国家文化信息安全。① 在这五项要求中，胡锦涛特别重视发挥网络文艺作为精神产品的重要功能。他对此要求：

> 研究不同网民特别是青少年的接受心理，创作生产出更多体现和谐精神、讴歌真善美、群众喜闻乐见的作品，推动网络文化发挥滋润心灵、陶冶情操、愉悦身心的作用。②

2008年6月20日，胡锦涛在《人民日报》考察工作时再次强调了互联网对社会主义先进文化的重要意义：

> 互联网已成为思想文化信息的集散地和社会舆论的放大器，我们要充分认识以互联网为代表的新兴媒体的社会影响力，高度重视互联网的建设、运用、管理，努力使互联网成为传播社会主义先进文化的前沿阵地、提供公共文化服务的有效平台、促进人们精神生活健康发展的广阔空间。③

2011年10月18日，党的十七届六中全会通过《中共中央关于深化文化体制改革推动社会主义文化大发展大繁荣的决定》，对发

---

① 《胡锦涛文选》第2卷，人民出版社2016年版，第560—562页。
② 同上书，第561页。
③ 《唱响奋进凯歌、弘扬民族精神》，《人民日报》2008年6月21日第1版。

展健康向上的网络文化特别作了政策部署。该文件强调:"加强网上思想文化阵地建设,是社会主义文化建设的迫切任务。要认真贯彻积极利用、科学发展、依法管理、确保安全的方针,加强和改进网络文化建设和管理,加强网上舆论引导,唱响网上思想文化主旋律。实施网络内容建设工程,推动优秀传统文化瑰宝和当代文化精品网络传播,制作适合互联网和手机等新兴媒体传播的精品佳作,鼓励网民创作格调健康的网络文化作品。支持重点新闻网站加快发展,打造一批在国内外有较强影响力的综合性网站和特色网站,发挥主要商业网站建设性作用,培育一批网络内容生产和服务骨干企业。发展网络新技术新业态,占领网络信息传播制高点。广泛开展文明网站创建,推动文明办网、文明上网,督促网络运营服务企业履行法律义务和社会责任,不为有害信息提供传播渠道。加强网络法制建设,加快形成法律规范、行政监管、行业自律、技术保障、公众监督、社会教育相结合的互联网管理体系。加强对社交网络和即时通信工具等的引导和管理,规范网上信息传播秩序,培育文明理性的网络环境。依法惩处传播有害信息行为,深入推进整治网络淫秽色情和低俗信息专项行动,严厉打击网络违法犯罪。加大网上个人信息保护力度,建立网络安全评估机制,维护公共利益和国家信息安全。"①

值得注意的是,党和国家高度重视网络文艺管理制度建设和法制建设。鉴于"人人皆可成为网络文艺的创作者"这种网络文艺创

---

① 《十七大以来重要文献选编》下,人民出版社2013年版,第569—570页。

第五章　社会主义市场经济条件下的文艺政策(1989—2012)

作者的特殊性,更又必要通过各种政策手段将他们组织化,建立完善网络文艺管理体制,比如"把思想道德建设放在队伍建设首位,创新文化治理方式,对创作者群体进行社会主义核心价值观教育和培养。各级作家协会要积极主动作为,将网络文艺创造者吸收发展成为会员并纳入地方人才队伍建设的总体规划,创新管理服务方式,将网络文艺创造者组织化,建立完善网络文艺人才数据库。中央和地方各级政府当成立网络文学院、创办网络文学评论刊物、举办网络作家培训班,用社会主义文艺理论武装、培养优秀网络作家"。[①] 鉴于"我中有你,你中有我"抄袭盛行的网络领域,完善网络文艺制度的重要保障是建立网络文艺作品的产权规范。近年来,政府日益重视网络版权的保护,出台了一系列保护网络版权的政策法规:2000 年通过的《著作权法》修正案,同年修订的《计算机软件保护条例》进一步加大了对软件版权的保护力度;2005 年、2006 年分别制定了《互联网著作权行政保护办法》和《信息网络传播权保护条例》,从行政上细化了网络版权保护的措施;2010 年发布了由多家重点网站参加的《中国互联网行业版权自律宣言》,以期通过行业自律促进版权保护;为进一步完善互联网制度建设和规范网络文化执法行为,2012 年还陆续推出《国务院办公厅关于印发 2012 年全国打击侵犯知识产权和制售假冒伪劣商品工作要点的通知》《网络文化市场执法工作指引(试行)》。虽然国内互联网政策法规建设日益完善,但相较于国外成熟的立法保护和高端的技术保

[①] 唐文艳等:《核心价值观建设之网络文艺路径》,《思想政治工作研究》2015 年第 12 期。

· 283 ·

护，我国网络版权保护的立法仍显不足，技术保护更加滞后，亟须在现有的法律基础上，以期推出一部专门的《数字版权法》来统领我国网络版权保护全局，形成多梯次的法律保护体系。同时，在网络版权保护中还要充分运用数字水印、移动 Agent、安全容器等先进技术，全方位加强网络版权保护。

第四节　社会主义和谐社会及其文艺政策

"构建社会主义和谐社会"是党的十六大以来以胡锦涛同志为总书记的党中央开启的历史新征程。2003 年 10 月 14 日，胡锦涛在党的十六届三中全会第二次全体会议上正式提出要树立和落实科学发展观，"坚持在经济发展的基础上促进社会全面进步和人的全面发展"。其中"社会更加和谐，人民生活更加殷实"[1]是其中的重要内涵。2005 年 2 月 19 日，胡锦涛《在省部级领导干部提高构建社会主义和谐社会能力专题研讨班上的讲话》中提出社会主义和谐社会的科学内涵。胡锦涛指出，"我们所要建设的社会主义和谐社会，应该是民主法治、公平正义、充满活力、安定有序、人与自然和谐相处的社会"[2]。同时，讲话认为构建社会主义和谐社会与建设社会主义物质文明、政治文明、精神文明是有机统一的。建设社会主义物质文明、政治文明、精神文明可以为构建社会主义和谐社会提供坚实的基础；构建社会主义和谐社会又可以为建设社会主义物

---

[1] 《胡锦涛文选》第 2 卷，人民出版社 2016 年版，第 104 页。
[2] 《十六大以来重要文献选编》中，人民出版社 2011 年版，第 706 页。

第五章　社会主义市场经济条件下的文艺政策(1989—2012)

质文明、政治文明、精神文明提供重要条件。

2003年12月6日,李长春作了《在全国宣传思想工作会议上的讲话》,提出了宣传思想工作中"贴近实际、贴近生活、贴近群众"的要求。2005年12月23日,《中共中央、国务院关于深化文化体制改革的若干意见》(以下简称《意见》)发布,《意见》在"二为""双百""弘扬主旋律、提倡多样化"的基础上,增加了"三贴近",即"贴近实际、贴近生活、贴近群众",共同作为社会主义先进文化的前进方向。完整的表述是:"坚持为人民服务、为社会主义服务的方向和'百花齐放'、'百家争鸣'的方针,坚持贴近实际、贴近生活、贴近群众,弘扬主旋律,提倡多样化。"[1] 这是与以改善民生为重点的社会建设相适应的。与此同时,《意见》还完整地提出了文化体制改革的目标任务:

> 以发展为主题,以改革为动力,以体制机制创新为重点,形成科学有效的宏观文化管理体制,完善文化法律法规体系,强化政府文化管理和服务职能,构建覆盖全社会的公共文化服务体系;形成富有效率的文化生产和服务的微观运行机制,增强文化事业单位的活力,提高文化企业的竞争力;形成以公有制为主体、多种所有制共同发展的文化产业格局,充分发挥国有资本在文化领域的主导作用,调动全社会力量积极参与文化建设;形成统一、开放、竞争、有序的现代文化市场体系,更

---

[1] 《十六大以来重要文献选编》下,人民出版社2011年版,第142—143页。

大程度地发挥市场在文化资源配置中的基础性作用；形成完善的文化创新体系，加大知识产权保护力度，积极应用先进科技手段，推进内容创新，使原创性文化产品在市场上占有重要地位；形成以民族文化为主体、吸收外来有益文化，推动中华文化走向世界的文化开放格局，进一步提升文化事业和文化产业的国际影响力和竞争力。[①]

2006年10月11日，党的十六届六中全会通过《中共中央关于构建社会主义和谐社会若干重大问题的决定》（以下简称《决定》）。这次会议深入研究了构建社会主义和谐社会的重要性和紧迫性，提出构建社会主义和谐社会的指导思想、目标任务和原则；并对构建社会主义和谐社会作出全面部署。《决定》郑重提出，社会和谐是中国特色社会主义的本质属性，是国家富强、民族振兴、人民幸福的重要保证。《决定》指出，构建社会主义和谐社会的六项原则是：必须坚持以人为本；必须坚持科学发展；必须坚持改革开放；必须坚持民主法治；必须正确处理改革发展稳定的关系；必须坚持在党的领导下全社会共同建设。《中共中央关于构建社会主义和谐社会若干重大问题的决定》成为构建社会主义和谐社会的纲领性文件。

文艺政策在这份文件中亦有重要地位。《决定》继续要求发展文化产业："完善文化产业政策，培育国有和国有控股骨干文化企业，鼓励非公有资本依法进入文化产业，以重大文化产业项目带动

---

① 《十六大以来重要文献选编》下，人民出版社2011年版，第129页。

第五章 社会主义市场经济条件下的文艺政策(1989—2012)

发展，推动集约化经营，提供价格合理、形式多样的文化产品和服务，增强文化产品国际竞争力。"这些政策是对党的第三代领导集体文化经济和文化产业政策的继续发展，其中"鼓励非公有资本依法进入文化产业"是一项重大突破。不仅如此，与构建社会主义和谐社会相适应，《决定》还明确提出"建立公共文化服务体系"的要求："加强公益性文化设施建设，鼓励社会力量捐助和兴办公益性文化事业，加快建立覆盖全社会的公共文化服务体系。优先安排关系群众切身利益的文化建设项目，突出抓好广播电视村村通工程、社区和乡镇综合文化站（室）工程、全国文化信息资源共享工程。"①

事实上，就在《中共中央关于构建社会主义和谐社会若干重大问题的决定》这部纲领性文件颁布后不久，也就是2006年11月10日，胡锦涛在中国文学艺术联合会第八次全国代表大会、中国作家协会第七次全国代表大会发表讲话，要求在社会主义先进文化引领下建设和谐文化，与构建社会主义和谐社会的历史任务相适应。胡锦涛明确指出："在当代中国，繁荣社会主义先进文化，建设和谐文化，是我国广大文艺工作者的庄严使命。"也就是说：

> 文学、戏剧、电影、电视、音乐、舞蹈、美术、摄影、书法、曲艺、杂技以及民间文艺、群众文艺等各方面的文艺工作者，都应该坚持先进文化的前进方向，按照建设和谐文化的要

---

① 《十六大以来重要文献选编》下，人民出版社2011年版，第656页。

求，自觉投身亿万人民创造幸福生活和美好未来的伟大实践，用自己熟悉和擅长的文艺形式，努力生产出为人民群众喜闻乐见的文艺作品，努力创作出符合时代要求的精品力作，积极推进我国文艺创新和繁荣，为全面建设小康社会、构建社会主义和谐社会作出自己的贡献。①

胡锦涛对文艺工作者具体提出了四点要求：一切有理想有抱负的文艺工作者，都要担当起时代赋予的神圣使命，积极投身讴歌时代的文艺创造活动；一切有理想有抱负的文艺工作者，都要密切同人民群众的血肉联系，积极反映人民心声；一切有理想有抱负的文艺工作者，都要大力发扬创新精神，积极开拓文艺的新天地；一切有理想有抱负的文艺工作者，都要做到德艺双馨，积极履行人类灵魂工程师的职责。其中，胡锦涛在"三贴近"方面作了明确要求："要贴近实际、贴近生活、贴近群众，深入改革开放和现代化建设第一线，深入企业、乡村、社区、军营、校园生活最前沿，不断创作出让人民满意的优秀作品，满足人民群众多层次、多样化、多方面的精神文化需求。"②

构建社会主义和谐社会必然要求社会管理创新，形成党委领导、政府负责、社会协同、公众参与的社会管理格局。社会组织的改革发展是在社会管理创新的最显著标志。和谐社会建设启动后，我国社会组织无论在数量上还是质量上都呈现出蓬勃发展趋势。

---

① 《胡锦涛文选》第 2 卷，人民出版社 2016 年版，第 540 页。
② 同上书，第 542 页。

第五章 社会主义市场经济条件下的文艺政策(1989—2012)

2004年9月,党的十六届四中全会首次提出"发挥社团、行业组织和社会中介组织提供服务、反映诉求、规范行为的作用"①。也正是在这样的背景下,我国文艺体制按照构建社会主义和谐社会的要求,做出了诸多管理创新。胡锦涛在中国文学艺术联合会第八次全国代表大会、中国作家协会第七次全国代表大会的讲话中对于我国文艺体制的管理创新作了两个方面的要求。在党对文艺工作的领导方面,胡锦涛要求:

> 要全面贯彻党的文艺方针政策,充分发扬艺术民主和学术民主,坚持社会责任和创作自由的统一、弘扬主旋律和提倡多样化的统一,加强调查研究,不断认识和掌握文艺规律,尊重文艺工作者的创造性劳动,以符合文艺规律的方式领导文艺工作。

在文联、作协等人民团体方面,胡锦涛要求:

> 面对新情况新问题,各级文联、作协要努力探索适应社会主义市场经济体制、符合文艺发展规律和人民团体特点的管理体制、运行机制、组织形式、活动方式,不断加强行业服务、行业管理、行业自律,依法维护文艺工作者的权益,广泛团结各方面各领域的文艺工作者,把文联、作协办成文艺工作者之家。②

---

① 《十六大以来重要文献选编》中,人民出版社2011年版,第287页。
② 胡锦涛:《在中国文联第八次全国代表大会、中国作协第七次全国代表大会上的讲话》,《人民日报》2006年11月11日第01版。

同样是在2006年度，党和国家召开了全国文化体制改革工作会议，以前所未有的力度推进了我国文化体制改革，推动经营性文化单位转企改制和文化企业上市，形成了一批有实力的国有和国有控股文化企业，非公有制文化企业快速发展。2006年12月1日，李长春作了《在全国宣传部长会议上的讲话》，对于建立现代文化市场体系、公共文化服务体系等均提出了要求。其中，建立现代文化市场体系的要求是："加快重塑文化市场主体，加快建立统一、开放、竞争、有序的现代文化市场体系，加快转变政府职能，形成富有活力的文化管理体制和文化产品生产经营机制。加快建立现代企业制度，培育国有和国有控股骨干文化企业；积极推介部分有实力的国有文化企业上市，着力打造文化领域战略投资者，加快跨地区兼并、重组的步伐；鼓励非公有资本依法进入文化产业，努力形成以公有制为主体、多种所有制共同发展的文化产业格局；充分利用对外开放的条件发展我国文化，努力形成以民族文化为主体、积极吸收外来有益文化的文化市场格局。"建立公共文化服务体系的要求是："创新公共文化服务方式，健全公共文化服务体制机制，以政府为主导，调动社会力量，加大投入力度，发展公共文化服务体系。要优先安排与人民群众切身利益紧密相关的文化建设项目，向农村倾斜、向基层倾斜，加快建设农村广播电视'村村通'、社区和乡镇综合文化站（室）、全国文化信息资源共享等工程，实施好农村电影放映、'农家书屋'、'万村书库'等工程，着力解决农民群众看书难、

第五章 社会主义市场经济条件下的文艺政策(1989—2012)

看戏难、看电影难等问题。"①

2011年11月18日,党的十七届六中全会召开,通过了《中共中央关于深化文化体制改革推动社会主义文化大发展大繁荣的决定》,极大地发展了社会主义市场经济条件下和社会主义和谐社会背景下的文艺政策。

在原有的"思想性艺术性相统一"的基础上,增加了"观赏性",提出"思想性艺术性观赏性相统一",是这一文件的突出亮点,旨在推出更多优秀文艺作品。在强调"寓教于乐"的同时,增加了"陶冶情操""愉悦身心"。完整的表述是:"文学、戏剧、电影、电视、音乐、舞蹈、美术、摄影、书法、曲艺、杂技以及民间文艺、群众文艺等各领域文艺工作者都要积极投身到讴歌时代和人民的文艺创造活动之中,在社会生活中汲取素材、提炼主题,以充沛的激情、生动的笔触、优美的旋律、感人的形象,创作生产出思想性艺术性观赏性相统一、人民喜闻乐见的优秀文艺作品。实施精品战略,组织好'五个一工程'、重大革命和历史题材创作工程、重点文学艺术作品扶持工程、优秀少儿作品创作工程,鼓励原创和现实题材创作,不断推出文艺精品。扶持代表国家水准、具有民族特色和地方特色的优秀艺术品种,积极发展新的艺术样式。鼓励一切有利于陶冶情操、愉悦身心、寓教于乐的文艺创作,抵制低俗之风。"②

文件对构建公共文化服务体系作了详尽的规定:

---

① 《十六大以来重要文献选编》下,人民出版社2011年版,第795—796页。
② 《十七大以来重要文献选编》下,人民出版社2013年版,第569页。

加强公共文化服务是实现人民基本文化权益的主要途径。要以公共财政为支撑，以公益性文化单位为骨干，以全体人民为服务对象，以保障人民群众看电视、听广播、读书看报、进行公共文化鉴赏、参与公共文化活动等基本文化权益为主要内容，完善覆盖城乡、结构合理、功能健全、实用高效的公共文化服务体系。把主要公共文化产品和服务项目、公益性文化活动纳入公共财政经常性支出预算。采取政府采购、项目补贴、定向资助、贷款贴息、税收减免等政策措施鼓励各类文化企业参与公共文化服务。鼓励国家投资、资助或拥有版权的文化产品无偿用于公共文化服务。加强文化馆、博物馆、图书馆、美术馆、科技馆、纪念馆、工人文化宫、青少年宫等公共文化服务设施和爱国主义教育示范基地建设并完善向社会免费开放服务，鼓励其他国有文化单位、教育机构等开展公益性文化活动，各类公共场所要为群众性文化活动提供便利。统筹规划和建设基层公共文化服务设施，坚持项目建设和运行管理并重，实现资源整合、共建共享。加强社区公共文化设施建设，把社区文化中心建设纳入城乡规划和设计，拓展投资渠道。完善面向妇女、未成年人、老年人、残疾人的公共文化服务设施。引导和鼓励社会力量通过兴办实体、资助项目、赞助活动、提供设施等形式参与公共文化服务。推进国家公共文化服务体系示范区创建。制定公共文

第五章 社会主义市场经济条件下的文艺政策(1989—2012)

化服务指标体系和绩效考核办法。①

与此同时,把文化产业进一步升级为"国民经济支柱性产业"。其中,有两项要求特别重要。一是构建结构合理、门类齐全、科技含量高、富有创意、竞争力强的现代文化产业体系;二是形成以公有制为主体、多种所有制共同发展的文化产业格局,要求国有经营性文化单位转企业制,非公有制文化企业的地位进一步提升。

2011年11月22日,胡锦涛在中国文联第九次全国代表大会、中国作协第八次全国代表大会发表讲话,重申了"思想性艺术性观赏性统一"的要求,认为只有这样的文艺作品才能为人民群众喜闻乐见。同时继续强调"三贴近",要求文艺工作者"要认清时代和人民赋予的神圣使命,坚持为人民服务、为社会主义服务,坚持百花齐放、百家争鸣,坚持贴近实际、贴近生活、贴近群众,高擎民族精神火炬,吹响时代前进号角,创作生产更多无愧于历史、无愧于时代、无愧于人民的优秀作品,奋力开创文艺发展新局面,为推动社会主义文化大发展大繁荣、建设社会主义文化强国贡献智慧和力量"②。

我们认为,理解中国特色社会主义文艺时期第二阶段的文艺政策要注意两个关键问题。

第一,从中国特色社会主义文艺时期第二阶段起,中国正式进入了文化经济时代。文艺是社会意识形态的形式之一,是精神生产

---

① 《十七大以来重要文献选编》下,人民出版社2013年版,第571页。
② 同上书,第617页。

的重要组成部分,最终受制约于物质生产。马克思曾经这样解释了资本主义社会的精神生产:

> (1)在资产阶级社会中,各种职能是互为前提的;(2)物质生产领域中的对立,使得由各个意识形态阶层构成的上层建筑成为必要,这些阶层的活动不管是好是坏,因为是必要的,所以总是好的;(3)一切职能都为资本家服务,为资本家谋"福利";(4)连最高的精神生产,也只是由于被描绘为、被错误地解释为物质财富的直接生产者,才得到承认,在资产者眼中才成为可以原谅的。①

就这一点来说,一些西方学者亦是有认同的。比如阿多诺对文化产业的批判:"在所有直接的、以社会为导向的文化产业批判中,均有意识形态色彩。自律性艺术本身未曾完全摆脱可恶的文化产业专制主义的困扰。"② 再如皮埃尔·布迪厄对资本占据文学场的解释:"艺术家和作家的许多行为和表现(比如他们对'老百姓'和'资产者'的矛盾态度)只有参照权力场才能得到解释,在权力场内部文学场(等等)自身占据了被统治地位。权力场是各种因素和机制之间的力量关系空间,这些因素和机制的共同点是拥有在不同场(尤其是经济场或文化场)中占据统治地位的必要资本……这些

---

① 《马克思恩格斯全集》第26卷第1册,人民出版社1972年版,第298页。
② [德]阿多诺:《美学理论》,王柯平译,四川人民出版社1998年版,第31页。

第五章　社会主义市场经济条件下的文艺政策(1989—2012)

斗争如同19世纪的艺术家与'资产者'之间的象征斗争,把赌注下在各种不同的资本的相对价值的转变和保留上,而资本本身每时每刻都决定能参加这些斗争的力量。"[1] 当代学者约翰·R.霍尔和玛丽·乔·尼兹则更深刻地指出:"大众传媒的所有权越来越集中到更少的人手中。这一过程已提高了所有者的政治权力,同时也强化了大规模的消费品生产资本主义企业对于传媒的控制。"[2] 当然,必须注意的是,精神生产有着较大的特殊性,不能简单地把物质生产规律套用于精神生产领域。事实上,马克思详尽地分析了商品经济条件下精神生产的两种表现形式,并指出无论哪一种表现形式,资本主义生产方式的适用范围都非常有限。[3] 正是因此,马克思主义经典作家虽然认为文艺是意识形态形式的一种,但并没有排除文艺作为"自由的精神生产"的可能性:"例如资本主义生产就同某些精神生产部门如艺术和诗歌相敌对。"[4] 在马克思看来,作家创作的目的已并非谋生,而是其作品的本身:"作家当然挣钱才能生活,写作,但他绝不应该为挣钱而生活,写作……诗一旦变成诗人的手段,诗人就不成其为诗人了";"作家绝不把自己的作品看作手段。作品就是目的本身:无论对作家本人或其他人来说,作品都根本不

---

[1] [法]皮埃尔·布迪厄:《艺术的法则文学场的生成和结构》,刘晖译,中央编译出版社2001年版,第263—264页。
[2] [美]约翰·R.霍尔、玛丽·乔·尼兹:《文化:社会学的视野》,周晓虹、徐彬译,商务印书馆2009年版,第241页。
[3] 《马克思恩格斯全集》第26卷第1册,人民出版社1972年版,第442—443页。
[4] 同上书,第296页。

是手段，所以必要时作家可以为了作品的生存而牺牲自己的生存"。① 当代美国学者泰勒·考恩指出："金钱并不会使追求创造性自我表达的作者堕落。伟大作品的生产必然始于要写出伟大作品的强烈愿望。轻易放弃这种愿望的作家的头脑里或许根本就没有写出伟大作品的思路。因此，金钱往往仅使那些不注重对创造性生产的非金钱回报的人堕落。由此看来，资本主义财富是一种手段，创造性推动力通过它得到满足和培养。"② 人类社会的发展是一个自然的历史过程，中国社会的新陈代谢不可能摆脱人类社会发展的一般规律。马克思认为，"现代工业社会发展的预备时期，是以个人和国家的普遍货币欲开始的"③。中国特色社会主义，这一穿越"卡夫丁峡谷"的历史进程，必然要经历工业文明发展所带来的长久阵痛。

第二，从中国特色社会主义文艺时期第二阶段起，中国正式进入了以互联网为主要载体的"大数据"时代或"新媒体"时代。在大数据时代，微博、微信、客户端等，都可以称作新媒体，当然互联网是其中的主要载体。新媒体是大众文艺的重要特质，"'使一切体验大众化'，这正是新媒体艺术的最主要特点"④；"新媒体艺术对传统艺术最大的冲击就是试图彻底打破'精英艺术'的神话。由于其样式和解读方式的改变，消解了'精英艺术'与大众艺术的距离感"⑤。党

---

① 《马克思恩格斯全集》第1卷，人民出版社1956年版，第87页。
② ［美］泰勒·考恩：《商业文化礼赞》，严忠志译，商务印书馆2005年版，第47—48页。
③ 《马克思恩格斯全集》第30卷，人民出版社1995年版，第177页。
④ 金江波：《当代新媒体艺术特征》，清华大学出版社2016年版，第84页。
⑤ 同上书，第85页。

第五章 社会主义市场经济条件下的文艺政策(1989—2012)

和国家领导人早就敏锐地觉察到这一时代的到来,并给予了高度关注,制定了与之相适应的文艺政策。中国特色社会主义进入新时代以后,习近平同志对于互联网和新媒体文艺形态作出了积极的、高度的准确评价:

> 互联网技术和新媒体改变了文艺形态,催生了一大批新的文艺类型,也带来文艺观念和文艺实践的深刻变化。由于文字数码化、书籍图像化、阅读网络化等发展,文艺乃至社会文化面临着重大变革。要适应形势发展,抓好网络文艺创作生产,加强正面引导力度。近些年来,民营文化工作室、民营文化经纪机构、网络文艺社群等新的文艺组织大量涌现,网络作家、签约作家、自由撰稿人、独立制片人、独立演员歌手、自由美术工作者等新的文艺群体十分活跃。这些人中很有可能产生文艺名家,古今中外很多文艺名家都是从社会和人民中产生的。我们要扩大工作覆盖面,延伸联系手臂,用全新的眼光看待他们,用全新的政策和方法团结、吸引他们,引导他们成为繁荣社会主义文艺的有生力量。[①]

[①] 《十八大以来重要文献选编》中,中央文献出版社2016年版,第126页。

第六章　党的十八大以来：新时代文艺政策的再转向（2012—　）

党的十八大以来，党和国家发展进程中取得了改革开放和社会主义现代化建设的历史性成就，中国特色社会主义进入了新时代。这是我国发展新的历史方位。以习近平为核心的党的新一代领导集体把文艺重新提升到"经国大业"的高度，这是改革开放以来前所未有的。在党的十八到党的十九大这段时间，习近平总书记专门为文艺工作作了两次讲话，分别是 2014 年 10 月《在文艺工作座谈会上的讲话》和 2016 年 11 月 30 日《在中国文联十大、中国作协九大开幕式上的讲话》。其中，《在文艺工作座谈会上的讲话》甚至可以与《在延安文艺座谈会上的讲话》并称为"两个讲话"。在习近平总书记两次对文艺作专门讲话相间隔的时间点，也就是 2015 年 10 月，《中共中央关于繁荣发展社会主义文艺的意见》发布。在相当长的一段时间，党中央一般是把文艺政策作为文化政策的一个部分发布的。以党中央文件的形式专门发布文艺政策，这在改革开放以后是比较罕见的。不仅如此，习近平总书记在其他一些重要讲话

第六章 党的十八大以来：新时代文艺政策的再转向（2012— ）

中也经常对文艺工作作出重要指示。

第一节 文艺向政治的"回归"性调整

习近平总书记把意识形态工作提升到了"极端重要"的地位。在他看来："我们必须把意识形态工作的领导权、管理权、话语权牢牢掌握在手中。任何时候都不能旁落，否则就要犯无可挽回的历史性错误。"[①] 从 2013 年 8 月习近平总书记《在全国宣传思想工作会议上的讲话》来看，文艺创作显然是从属于党的意识形态工作范围之内的："无论是理论研究、宣传报道，还是文艺创作、思想教育，都要把坚持正确导向摆在首位，始终绷紧导向这根弦，讲导向不含糊、抓导向不放松。"[②] 这里说的"正确导向"，就是党性的导向。可以说，大张旗鼓讲党性、理直气壮讲党性、坚持不懈讲党性，是包括文艺创作在内的党的一切意识形态工作领域的根本要求。

2014 年 10 月 15 日，习近平发表了著名的《在文艺工作座谈会上的讲话》。他指出，"文艺事业是党和人民的重要事业"，实际上是在新的历史条件下重新肯定了列宁"写作事业应当成为整个无产阶级事业的一部分"这一命题。以习近平为核心的党的新一代领导集体之所以如此看重文艺工作，那是因为："文艺是时代前进的号

---

① 《习近平关于社会主义文化建设论述摘编》，中央文献出版社 2017 年版，第 21 页。

② 同上书，第 26 页。

角，最能代表一个时代的风貌，最能引领一个时代的风气。"① 在习近平看来，实现中华民族伟大复兴的中国梦就是党和人民事业的主题，其基本内涵是实现国家富强、民族振兴、人民幸福，奋斗目标是到中国共产党成立一百年时全面建成小康社会；到中华人民共和国成立一百年时建成富强民主文明和谐的社会主义现代化强国。可以说，党的十八大以来，党和国家一切工作的主题就是实现中华民族伟大复兴的中国梦。实现中国梦同样是文艺工作的主题。正是因此，习近平《在文艺工作座谈会上的讲话》所谈的第一个问题就是文艺为实现中国梦而奋斗。他明确要求文艺工作者要从实现中国梦的高度认识文艺的地位和作用，认识自己的使命和责任。也就是说："我国作家艺术家应该成为时代风气的先觉者、先行者、先倡者，通过更多有筋骨、有道德、有温度的文艺作品，书写和记录人民的伟大实践、时代的进步要求，彰显信仰之美、崇高之美，弘扬中国精神、凝聚中国力量，鼓舞全国各族人民朝气蓬勃迈向未来。"②

《在文艺工作座谈会上的讲话》的第四个问题中，习近平详尽阐释了社会主义文艺的意识形态属性和功能。在他看来，中国精神是社会主义文艺的灵魂，文艺在培育和弘扬社会主义核心价值观方面具有独特作用。在这里，他肯定了斯大林"作家是人类灵魂工程师"这个命题："文艺是铸造灵魂的工程，文艺工作者是灵魂的工程师。好的文艺作品就应该像蓝天上的阳光、春季里的清风一样，

---

① 《十八大以来重要文献选编》中，人民出版社2016年版，第121页。
② 同上书，第122页。

第六章 党的十八大以来：新时代文艺政策的再转向（2012— ）

能够启迪思想、温润心灵、陶冶人生，能够扫除颓废萎靡之风。"①当然，习近平对于社会主义文艺意识形态的解释赋予了较大灵活性，主要表现在两个方面：一是把最深层、最根本、最永恒的社会主义核心价值观解释为爱国主义，因而文艺创作的主旋律就是爱国主义：

> 在社会主义核心价值观中，最深层、最根本、最永恒的是爱国主义。爱国主义是常写常新的主题。拥有家国情怀的作品，最能感召中华儿女团结奋斗……我们当代文艺更要把爱国主义作为文艺创作的主旋律，引导人民树立和坚持正确的历史观、民族观、国家观、文化观，增强做中国人的骨气和底气。②

二是认为文艺具有永恒价值，那就是追求真善美：

> 艺术的最高境界就是让人动心，让人们的灵魂经受洗礼，让人们发现自然的美、生活的美、心灵的美……我们要通过文艺作品传递真善美，传递向上向善的价值观，引导人们增强道德判断力和道德荣誉感，向往和追求讲道德、尊道德、守道德的生活。③

---

① 《十八大以来重要文献选编》中，人民出版社2016年版，第136页。
② 同上书，第134—135页。
③ 同上书，第135页。

以上这两点，与先前"以阶级斗争为纲"的文艺意识形态观是有显著区别的。

《在文艺工作座谈会上的讲话》的第五个问题中，习近平要求加强党对文艺工作的领导，进一步强化了文艺的意识形态功能。他特别提出："各级党委要从建设社会主义文化强国的高度，增强文化自觉和文化自信，把文艺工作纳入重要议事日程，贯彻好党的文艺方针政策，把握文艺发展正确方向。"作为党的意识形态工作的一部分，习近平对于文艺阵地的建设和管理的要求还是非常严格的：

> 要重视文艺阵地建设和管理，坚持守土有责，绝不给有害的文艺作品提供传播渠道。①

不仅如此，习近平还提出"准确把握党性和人民性的关系"的问题。对于这个问题，实际上，习近平在2013年8月《在全国宣传思想工作会议上的讲话》中已经给出了答案：

> 党性和人民性从来都是一致的、统一的。我们党是全心全意为人民服务、代表中国最广大人民根本利益、来自人民为了人民的马克思主义政党。从本质上说，坚持党性就是坚持人民性，坚持人民性就是坚持党性。党性寓于人民性之中，没有脱

---

① 习近平：《在文艺工作座谈会上的讲话》，人民出版社2015年版，第28页。

第六章　党的十八大以来：新时代文艺政策的再转向（2012— ）

离人民性的党性，也没有脱离党性的人民性。党性和人民性都是整体性的政治概念，党性是从全党而言的，人民性也是从全体人民而言的，不能简单从某一级党组织、某一部分党员、某一个党员来理解党性，也不能简单从某一个阶层、某部分群众、某一个具体人来理解人民性。只有站在全党的立场上、站在全体人民的立场上，才能真正把握好党性和人民性。把党性和人民性割裂开来、对立起来、搞碎片化，在理论上是错误的，在实践上也是有害的。①

党的十八大以来，在党和国家意识形态话语中，党性和人民性的一致、统一是高度强调的，而党性和人民性的差异提及的较少。

党中央于2015年10月3日发布了《中共中央关于繁荣发展社会主义文艺的意见》（以下简称《意见》）。重申了文艺事业是党和人民事业的重要组成部分。事实上，《意见》不仅使得习近平《在文艺工作座谈会上的讲话》加以贯彻落实，一些内容还在讲话精神基础上进一步深化、细化、强化。《意见》要求以中国梦为主题开展文艺创作：

  生动反映改革开放和社会主义现代化建设的伟大实践，全面展示中国特色社会主义发展前景，着力书写人们寻梦的理想和追梦的奋斗，汇聚起同心共筑中国梦的强大精神力量。不断

---

① 《习近平关于社会主义文化建设论述摘编》，中央文献出版社2017年版，第23—24页。

· 303 ·

丰富拓展中国梦的表现内容，既讲好国家民族宏大故事，又讲好百姓身边日常故事，用生动的艺术形象和叙事体现中国梦的丰富内涵，见人、见事、见精神。①

《意见》要求以社会主义核心价值观引领文艺创作：

坚持以社会主义核心价值观引领文艺创作生产，实现核心价值观的全方位贯穿、深层次融入，通过精彩的故事、鲜活的语言、丰满的形象，使核心价值观生动活泼、活灵活现地体现在文艺作品中，潜移默化、滋养人心，让人们在文化熏陶中感悟认同社会主流价值。运用各种形式，艺术展现党史国史上的重大事件、重要人物，让光辉业绩、革命传统一代一代传承光大。②

《意见》要求文艺创作要唱响爱国主义主旋律：

组织和支持爱国主义题材文艺创作，大力讴歌民族英雄，倾诉家国情怀，弘扬集体主义精神，不断增强做中国人的骨气和底气。正确反映中华民族五千多年文明史、中国人民近代以来斗争史、中国共产党奋斗史、中华人民共和国发展史、

---

① 《中共中央关于繁荣发展社会主义文艺的意见》，《人民日报》2015年10月20日第2版。

② 同上。

第六章　党的十八大以来：新时代文艺政策的再转向(2012—)

当代中国改革开放史，生动反映各族人民维护祖国统一、海外儿女心向祖国的心路历程。旗帜鲜明反对历史虚无主义，抵制否定中华文明、破坏民族团结、歪曲党史国史、诋毁国家形象、丑化人民群众的言论和行为，反对以洋为尊、唯洋是从，引导人民树立和坚持正确的历史观、民族观、国家观、文化观，不断增强中国特色社会主义道路自信、理论自信、制度自信。①

从体现中国梦的丰富内涵，展现党史国史上的重大事件、重要人物，以及正确反映中华民族五千多年文明史、中国人民近代以来斗争史、中国共产党奋斗史、中华人民共和国发展史、当代中国改革开放史，增强中国特色社会主义道路自信、理论自信、制度自信等政策来看，党中央对文艺意识形态的要求进一步增强了，甚至超过了改革开放以后的其他历史阶段。可以说，"文艺为政治服务"这一命题在相当程度上已经恢复了。当然，这里的"政治"主题是实现中华民族伟大复兴的中国梦。

值得注意的是，在文艺价值功能方面，《意见》不再使用党的十七届六中全会决定中"思想性艺术性观赏性相统一"的提法，而是把"观赏性"从中移除，重新回归到"坚持思想性、艺术性相统一"这一命题。

不仅如此，与党的宣传工作根本要求相适应，《意见》在文艺

---

① 《中共中央关于繁荣发展社会主义文艺的意见》，《人民日报》2015年10月20日第2版。

创作和人才培养等方面均对作为指导思想的马克思主义文艺理论加以突出强调。在文艺创作方面，《意见》要求："实施马克思主义文艺理论与评论建设工程，深入研究中国特色社会主义文艺理论，编好用好马克思主义文艺理论教材，把马克思主义中国化最新成果贯穿到课堂教学和文艺评论实践各环节。"在人才培养方面，《意见》要求："深化马克思主义文艺观学习教育，引导文艺工作者成为党的文艺方针政策的拥护者、践行者，成为时代风气的先行者、先倡者"；"加强马克思主义文艺理论评论队伍建设，实施文艺理论评论队伍培养计划"①。这样的要求，对于解决当前我国文艺学、美学领域马克思主义被边缘化、空泛化、标签化，以及学科中"失语"、教材中"失踪"、论坛上"失声"，不仅是异常必要的，而且是异常紧迫的。

与此同时，《意见》对于加强党对文艺工作的领导，也提出了诸多具体要求："各级党委要从建设社会主义文化强国、提升党的执政能力的战略高度，增强文化自觉和文化自信，准确把握党性和人民性、政治立场和创作自由的关系，把文艺工作纳入重要议事日程，加强宏观指导，把好文艺方向，提高创作生产的组织化程度，防止把文艺创作生产完全交由市场调节的倾向。各级政府要把文艺事业纳入经济社会发展总体规划，纳入考核评价体系，落实中央支持文艺发展的政策，制定本地支持文艺发展具体措施，不断加大文艺事业投入力度。各级党委宣传部门要发挥统筹指导作用，充分调动各方面力量做好文艺工作，形成党委统一领导，宣传部门牵头抓

---

① 《中共中央关于繁荣发展社会主义文艺的意见》，《人民日报》2015年10月20日第2版。

第六章　党的十八大以来：新时代文艺政策的再转向(2012—)

总，文化、教育、新闻出版广电、文联、作协等部门和团体协同推进，社会各方面积极参与的文艺工作新格局。选优配强文艺单位领导班子，把那些德才兼备、熟悉文艺工作规律、能同文艺工作者打成一片的干部充实到领导岗位上来。推动文艺界廉政建设，加强纪律，反对腐败，改进作风。"①

2016年11月30日，习近平在中国文联十大、中国作协九大开幕式上再次专门为文艺工作发表讲话。习近平在讲话中重申："文艺事业是党和人民的重要事业。"他进一步强调，文艺要反映时代的声音，与国家和民族的命运紧密相连：

> 文运同国运相牵，文脉同国脉相连；一个时代有一个时代的文艺，一个时代有一个时代的精神。任何一个时代的经典文艺作品，都是那个时代社会生活和精神的写照，都具有那个时代的烙印和特征。任何一个时代的文艺，只有同国家和民族紧紧维系、休戚与共，才能发出振聋发聩的声音。反映时代是文艺工作者的使命。广大文艺工作者要把握时代脉搏，承担时代使命，聆听时代声音，勇于回答时代课题。②

在这次讲话中，习近平解释了文艺内容与形式之间的关系，实

---

① 《中共中央关于繁荣发展社会主义文艺的意见》，《人民日报》2015年10月20日第2版。
② 习近平：《在中国文联十大、中国作协九大开幕式上的讲话》，人民出版社2016年版，第5—7页。

际上也就解释了文艺的意识形态本性和社会主义文艺的意识形态本性问题：

> 对文艺来讲，思想和价值观念是灵魂，一切表现形式都是表达一定思想和价值观念的载体。离开了一定思想和价值观念，再丰富多样的表现形式也是苍白无力的。文艺的性质决定了它必须以反映时代精神为神圣使命。社会主义核心价值观是当代中国精神的集中体现，是凝聚中国力量的思想道德基础。广大文艺工作者要把培育和弘扬社会主义核心价值观作为根本任务，坚定不移用中国人独特的思想、情感、审美去创作属于这个时代、又有鲜明中国风格的优秀作品。

与此同时，他再一次肯定爱国主义是文艺的主旋律，要求文艺工作者歌唱祖国，礼赞英雄：

> 我们要高扬爱国主义主旋律，用生动的文学语言和光彩夺目的艺术形象，装点祖国的秀美河山，描绘中华民族的卓越风华，激发每一个中国人的民族自豪感和国家荣誉感。对中华民族的英雄，要心怀崇敬，浓墨重彩记录英雄、塑造英雄，让英雄在文艺作品中得到传扬，引导人民树立正确的历史观、民族观、国家观、文化观，绝不做亵渎祖先、亵渎经典、亵渎英雄的事情。要抒写改革开放和社会主义现代化建设的蓬勃实践，

抒写多彩的中国、进步的中国、团结的中国，激励全国各族人民朝气蓬勃迈向未来。①

在讲话的最后，他再次指出加强和改进党对文艺工作的领导是文艺事业繁荣发展的根本保证。

第二节 中华优秀传统文化和美学精神的再弘扬

改革开放以后相当长的历史时期，随着西方知识体系和思潮大量涌入，我国包括文艺学、美学、艺术学在内的哲学社会科学大量地引入和使用了西方范式。党的十八大以来，以习近平为核心的党的新一代领导集体在理论话语中改变了中、西文化的序位。中国精神与中国道路、中国力量一起，俨然成为实现中国梦的三个组成部分之一。不仅如此，党中央提出了"文化自信"，并与道路自信、理论自信、制度自信一起，成为全党全国必须树立和坚持的中国特色社会主义"四个自信"。其中，文化自信是更基础、更广泛、更深厚的自信，有着极为突出的地位。在习近平看来：

在五千多年文明发展中孕育的中华优秀传统文化，在党和人民伟大斗争中孕育的革命文化和社会主义先进文化，积

---

① 习近平：《习近平谈治国理政》第2卷，外文出版社2017年版，第351页。

淀着中华民族最深层的精神追求，代表着中华民族独特的精神标识。①

不仅如此，以习近平为核心的党的新一代领导集体还要求积极促进中华文化对外传播，讲好中国故事。可以说，在对待文艺与文化的"古今"问题上，以习近平为核心的党的新一代领导集体"回归"到了以毛泽东为核心的党的第一代领导集体，也就是说，"以自己的东西为主"。但是，与第一代领导集体强调的"博古厚今"不同，新一代领导集体高度弘扬包括中华美学精神在内的中国优秀传统文化。

2013年12月26日，习近平在纪念毛泽东诞辰120周年讲话时就已经指出："站立在九百六十万平方公里的广袤土地上，吸吮着中华民族漫长奋斗积累的文化养分，拥有十三亿中国人民聚合的磅礴之力，我们走自己的路，具有无比广阔的舞台，具有无比深厚的历史底蕴，具有无比强大的前进定力。中国人民应该有这个信心，每一个中国人都应该有这个信心。"② 2013年12月30日，习近平在十八届中央政治局第十二次集体学习时的讲话中进一步提出："中华文化是我们提高国家文化软实力最深厚的源泉，是我们提高国家文化软实力的重要途径。要使中华民族最基本的文化基因与当代文化相适应、与现代社会相协调，以人们喜闻乐

---

① 习近平：《在庆祝中国共产党成立九十五周年大会上的讲话》，人民出版社2016年版，第12页。

② 《十八大以来重要文献选编》上，人民出版社2014年版，第17页。

第六章 党的十八大以来：新时代文艺政策的再转向（2012— ）

见、具有广泛参与性的方式推广开来，把跨越时空、超越国度、富有永恒魅力、具有当代价值的文化精神弘扬起来，把继承传统优秀文化又弘扬时代精神、立足本国又面向世界的当代中国文化创新成果传播出去。要系统梳理传统文化资源，让收藏在禁宫里的文物、陈列在广阔大地上的遗产、书写在古籍里的文字都活起来。"[1] 此后，习近平经常为弘扬中华优秀传统文化和美学精神做大篇幅讲话。

2014年5月4日，习近平在北京大学师生座谈会上讲话，高度评价中华优秀传统文化。在他看来，弘扬社会主义核心价值观只有从中华优秀传统文化中汲取营养才能获得生命力和影响力："比如，中华文化强调'民惟邦本'、'天人合一'、'和而不同'，强调'天行健，君子以自强不息'、'大道之行也，天下为公'；强调'天下兴亡，匹夫有责'，主张'以德治国、以文化人'；强调'君子喻于义'、'君子坦荡荡'、'君子义以为质'；强调'言必信，行必果'、'人而无信，不知其可也'；强调'德不孤，必有邻'、'仁者爱人'、'与人为善'、'己所不欲，勿施于人'、'出入相友，守望相助'、'老吾老以及人之老，幼吾幼以及人之幼'、'扶贫济困'、'不患寡而患不均'，等等。像这样的思想和理念，不论过去还是现在，都有其鲜明的民族特色，都有其永不褪色的时代价值。这些思想和理念，既随着时间推移和时代变迁而不断与时俱进，又有其自身的连续性和稳定性。我们生而为中国人，最根本的是我们有中国

---

[1] 《习近平关于社会主义文化建设论述摘编》，中央文献出版社2017年版，第201页。

人的独特精神世界，有百姓日用而不觉的价值观。我们提倡的社会主义核心价值观，就充分体现了对中华优秀传统文化的传承和升华。"① 从习近平的这段表述来看，中华民族优秀传统文化已然成为主流意识形态的文化根基。2014年9月24日，习近平在纪念孔子诞辰2565周年国际学术研讨会暨国际儒学联合会第五届会员大会开幕会上讲话，以专门讲话的方式再一次肯定作为最基本的文化基因的中华民族优秀传统文化：

> 这些思想文化体现着中华民族世世代代在生产生活中形成和传承的世界观、人生观、价值观、审美观等，其中最核心的内容已经成为中华民族最基本的文化基因。这些最基本的文化基因，是中华民族和中国人民在修齐治平、尊时守位、知常达变、开物成务、建功立业过程中逐渐形成的有别于其他民族的独特标识。

与此同时，习近平全面阐释了中华优秀传统文化的当代价值：

> 比如，关于道法自然、天人合一的思想，关于天下为公、大同世界的思想，关于自强不息、厚德载物的思想，关于以民为本、安民富民乐民的思想，关于为政以德、政者正也的思想，关于苟日新日日新又日新、革故鼎新、与时俱进的思想，

---

① 习近平：《青年要自觉践行社会主义核心价值观》，习近平《习近平谈治国理政》第1卷，外文出版社2018年版，第171页。

第六章 党的十八大以来：新时代文艺政策的再转向（2012— ）

关于脚踏实地、实事求是的思想，关于经世致用、知行合一、躬行实践的思想，关于集思广益、博施众利、群策群力的思想，关于仁者爱人、以德立人的思想，关于以诚待人、讲信修睦的思想，关于清廉从政、勤勉奉公的思想，关于俭约自守、力戒奢华的思想，关于中和、泰和、求同存异、和而不同、和谐相处的思想，关于安不忘危、存不忘亡、治不忘乱、居安思危的思想，等等。中国优秀传统文化的丰富哲学思想、人文精神、教化思想、道德理念等，可以为人们认识和改造世界提供有益启迪，可以为治国理政提供有益启示，也可以为道德建设提供有益启发。①

也正是因此，习近平继承了毛泽东"古为今用、推陈出新"的观点，进一步提出了使优秀传统文化与现实文化相融相通，共同服务以文化人的时代任务。此外，他还肯定了"文以载道，文以化人"的中华美学精神。

2014年10月15日，习近平在文艺工作座谈会上的讲话中频繁引用中国古代文论和美学的经典语句，主要有："文变染乎世情，兴废系乎时序"，"文章合为时而著，歌诗合为事而作"，"龙文百斛鼎，笔力可独扛"，"充实之谓美，充实而有光辉之谓大"，"取法于上，仅得为中；取法于中，故为其下"，"诗文随世运，无日不趋新"，"似我者俗，学我者死"，"随人作计终后人，自成一家始逼

---

① 习近平：《在孔子诞辰2565周年国际学术研讨会暨国际儒学联合会第五届会员大会开幕会上的讲话》，人民出版社2014年版，第7页。

真","笼天地于形内,挫万物于笔端","凡作传世之文者,必先有可以传世之心"等。尤其重要的是,提出并全面阐释了"中国精神是社会主义文艺的灵魂"的重要观点。他高度肯定了中华民族传统优秀思想观念、道德规范和美学精神:中华民族在长期实践中培育和形成了独特的思想理念和道德规范,有崇仁爱、重民本、守诚信、讲辩证、尚和合、求大同等思想,有自强不息、敬业乐群、扶正扬善、扶危济困、见义勇为、孝老爱亲等传统美德。中华优秀传统文化中很多思想理念和道德规范,不论过去还是现在,都有其永不褪色的价值。我们要结合新的时代条件传承和弘扬中华优秀传统文化,传承和弘扬中华美学精神。中华美学讲求托物言志、寓理于情,讲求言简意赅、凝练节制,讲求形神兼备、意境深远,强调知、情、意、行相统一。我们要坚守中华文化立场、传承中华文化基因,展现中华审美风范。①

正是因此,他明确要求,文艺创作要有中华民族优秀传统文化的血脉传承:

> 中华优秀传统文化是中华民族的精神命脉,是涵养社会主义核心价值观的重要源泉,也是我们在世界文化激荡中站稳脚跟的坚实根基。增强文化自觉和文化自信,是坚定道路自信、理论自信、制度自信的题中应有之义。如果"以洋为尊"、"以洋为美"、"唯洋是从",把作品在国外获奖作为最高追求,跟

---

① 习近平:《在文艺工作座谈会上的讲话》,《十八大以来重要文献选编》中,人民出版社2016年版,第136页。

第六章 党的十八大以来：新时代文艺政策的再转向（2012— ）

在别人后面亦步亦趋、东施效颦，热衷于"去思想化"、"去价值化"、"去历史化"、"去中国化"、"去主流化"那一套，绝对是没有前途的！事实上，外国人也跑到我们这里寻找素材、寻找灵感，好莱坞拍摄的《功夫熊猫》、《花木兰》等影片不就是取材于我们的文化资源吗？①

2015年10月3日，《中共中央关于繁荣发展社会主义文艺的意见》对于文艺要传承和弘扬中华优秀传统文化作了详尽指示："中华优秀传统文化是中华民族的精神命脉，是我们屹立于世界文化之林的坚实根基。坚守中华文化立场，坚持古为今用、推陈出新，秉持客观科学礼敬的态度，努力实现创造性转化和创新性发展。弃其糟粕、取其精华，从传统文化中提炼符合当今时代需要的思想理念、道德规范、价值追求，赋予新意、创新形式，进行艺术转化和提升，创作更多具有中华文化底色、鲜明中国精神的文艺作品。实施中华文化传承工程，通过国民教育、民间传承、礼仪规范、政策引导和舆论宣传、文艺创作等各个方面，传承中华文化基因。做好古籍整理、经典出版、义理阐释、社会普及工作。加强对中华诗词、音乐舞蹈、书法绘画、曲艺杂技和历史文化纪录片、动画片、出版物等的扶持。发展民族民间艺术，保护和发掘我国少数民族文艺成果及资源，保护和传承非物质文化遗产。实施地方戏曲振兴计划，做好京剧'像音像'工作，挖掘整理优秀传统剧目，推进数字

---

① 习近平：《在文艺工作座谈会上的讲话》，《十八大以来重要文献选编》中，人民出版社2016年版，第135—136页。

· 315 ·

化保存和传播。推进基层国有文艺院团排练演出场所建设，政府采购戏曲项目，提供公共文化服务，推进戏曲进校园。扶持中华文化基因校园传承工作，建设一批中华优秀传统文化教育基地。"①

2016年5月17日，习近平在哲学社会科学工作座谈会上的讲话中提出加快构建中国特色哲学社会科学。在他看来，中华优秀传统文化的资源是中国特色哲学社会科学发展十分宝贵、不可多得的资源："中华民族有着深厚文化传统，形成了富有特色的思想体系，体现了中国人几千年来积累的知识智慧和理性思辨。这是我国的独特优势。中华文明延续着我们国家和民族的精神血脉，既需要薪火相传、代代守护，也需要与时俱进、推陈出新。要加强对中华优秀传统文化的挖掘和阐发，使中华民族最基本的文化基因与当代文化相适应、与现代社会相协调，把跨越时空、超越国界、富有永恒魅力、具有当代价值的文化精神弘扬起来。要推动中华文明创造性转化、创新性发展，激活其生命力，让中华文明同各国人民创造的多彩文明一道，为人类提供正确精神指引。"② 不仅如此，他还高度重视具有重要文化价值和传承意义的"绝学"、冷门学科。美学、文艺学、艺术学等学科是哲学社会科学的重要组成部分，同样需要把中华优秀传统文化的资源作为理论来源。2016年11月30日，习近平在中国文联十大、中国作协九大开幕式上的讲话，再次要求文艺

---

① 《中共中央关于繁荣发展社会主义文艺的意见》，《人民日报》2015年10月20日第2版。

② 《习近平关于社会主义文化建设论述摘编》，中央文献出版社2017年版，第83页。

第六章　党的十八大以来：新时代文艺政策的再转向（2012—　）

要大力弘扬中国精神，弘扬中华民族优秀传统文化：

> 中华民族精神，既体现在中国人民的奋斗历程和奋斗业绩中，体现在中国人民的精神生活和精神世界中，也反映在几千年来中华民族产生的一切优秀作品中，反映在我国一切文学家、艺术家的杰出创造活动中。①

在习近平看来，包括文艺在内的中华民族传统文化源远流长、灿烂辉煌，是令人无比自豪和自信的。

第三节　"人民性"话语的继续发展

以习近平为核心的党的新一代领导集体进一步发展了马克思主义文艺理论关于"人民性"的学说，提出了"坚持以人民为中心的创作导向"这一观点。事实上，党的十八大以来，党和国家的各项工作都坚持了以人民为中心的发展思想，坚持以人民为中心的创造导向，按照习近平的表述，就是："要把满足人民精神文化需求作为文艺和文艺工作的出发点和落脚点，把人民作为文艺表现的主体，把人民作为文艺审美的鉴赏家和评判者，把为人民服务作为文艺工作者的天职。"习近平对于"坚持以人民为中心的创作导向"做出了详尽的阐释，也提出了诸多新颖的命题。其中包括以下内容：

---

① 习近平：《在中国文联十大、中国作协九大开幕式上的讲话》，人民出版社2016年版，第6页。

第一，社会主义文艺本质上是人民的文艺。这个观点，既是把文论的人民性提升到本质高度，又是对于社会主义文艺本质属性的第一次、最准确和最凝练的阐释。之所以说社会主义文艺本质上是人民的文艺，这是由人民群众的历史地位和社会主义的社会性质决定的。历史唯物主义认为："人民既是历史的创造者、也是历史的见证者，既是历史的'剧中人'、也是历史的'剧作者'。"① 在阶级社会中，广大人民群众承受着剥削和压迫，他们的本质力量是无法得到体认的。社会主义社会是人民群众当家做主的新社会，人民群众的主体地位获得了根本保证。在马克思主义产生以前的文艺理论从生产和接受等方面有过某些"人民性"因素，这些文论大多没有站在最广大人民群众立场，更没有站在劳动群众的立场。更何况，这些有限的"人民性"因素是非常零散的。正如普列汉诺夫所说的那样："上层阶级没有也不可能超过对于被侮辱者和被损害者的同情和怜悯向前更进一步……上层阶级代表中间的优秀人物没有能够最终转到无产阶级方面来，他们只能够向不幸者和被压迫者祝'晚安'。谢谢，善良的人们！可是你们的钟慢了：黑夜已经快要完结，'真正的白天'正在开始到来……"列宁遵循了历史唯物主义人民群众创造历史的观点，提出了彻底的人民性文艺理论："艺术是属于人民的。它必须在广大劳动群众的底层有其最深厚的根基。它必须为这些群众所了解和爱好。它必须结合这些群众的感情、思想和意志，并提

---

① 习近平：《在文艺工作座谈会上的讲话》，《十八大以来重要文献选编》中，人民出版社2016年版，第127页。

第六章　党的十八大以来：新时代文艺政策的再转向(2012—)

高他们。它必须在群众中间唤起艺术家，并使他们得到发展。"①社会主义社会的建立使得人民群众真正当家做主，人民群众前所未有地以其主人翁地位去创造社会精神财富，文论的人民性彻底具有了现实的社会基础。

　　第二，人民是文艺的源泉。习近平《在文艺工作座谈会上的讲话》中指出："人民是文艺创作的源头活水"，这个命题的直接理论来源是毛泽东《在延安文艺座谈会上的讲话》中提出的"社会生活是文学艺术的唯一源泉"。这两个命题本质上是同一的，但前者比后者要更有具体性和主体性。社会生活本质上是实践的，而人民群众是实践的主体。在引用列宁经典著作之后，习近平指出："人民生活中本来就存在着文学艺术原料的矿藏，人民生活是一切文学艺术取之不尽、用之不竭的创作源泉。"② 也正是基于"人民是文艺的源泉"，《中共中央关于繁荣发展社会主义文艺的意见》提出"深入生活、扎根人民"的要求，具体包括："大力倡导文艺工作者深入生活、扎根人民，虚心向人民学习、向实践学习，不断进行生活的积累和艺术的提炼。制定支持文艺工作者长期深入生活的经济政策，健全长效保障机制，为他们蹲点生活、挂职锻炼、采风创作提供必要的工作条件和成果展示平台。完善激励机制，把深入生活纳入文艺单位目标管理和领导班子业绩考核，作为文艺工作者业务考核、职称评定、表彰奖励的重要依据。发挥知名作家艺术家的带头

---

　　① 《列宁论文学艺术》第2卷，人民出版社1960年版，第912页。
　　② 习近平：《在文艺工作座谈会上的讲话》，《十八大以来重要文献选编》中，人民出版社2016年版，第129页。

作用，使深入生活、扎根人民在文艺界蔚然成风。"① 《在中国文联十大、中国作协九大开幕式上的讲话》中，习近平进一步要求：

> 我们的文学艺术，既要反映人民生产生活的伟大实践，也要反映人民喜怒哀乐的真情实感，从而让人民从身边的人和事中体会到人间真情和真谛，感受到世间大爱和大道。关在象牙塔里不会有持久的文艺灵感和创作激情。离开人民，文艺就会变成无根的浮萍、无病的呻吟、无魂的躯壳。一切有抱负、有追求的文艺工作者都应该追随人民脚步，走出方寸天地，阅尽大千世界，让自己的心永远随着人民的心而跳动。②

第三，人民的需要是文艺存在的根本价值所在。这个命题，实际上揭示了"文艺为人民大众服务"的根本依据。不仅如此，这个命题在回答了"为了谁""依靠谁"两个问题的同时，还回答了"我是谁"这个更深刻的问题。也正是因此，习近平进一步提出"为人民抒写、为人民抒情、为人民抒怀。"③ 按照《中共中央关于繁荣发展社会主义文艺的意见》，也就是说："自觉以最广大人民为

---

① 《中共中央关于繁荣发展社会主义文艺的意见》，《人民日报》2015年10月20日第2版。
② 习近平：《在中国文联十大、中国作协九大开幕式上的讲话》，人民出版社2016年版，第11页。
③ 习近平：《在文艺工作座谈会上的讲话》，《十八大以来重要文献选编》中，人民出版社2016年版，第129页。

第六章　党的十八大以来：新时代文艺政策的再转向（2012— ）

服务对象和表现主体，在人民生产生活中进行美的发现和美的创造。"① 既然人民的需要是文艺存在的根本价值，那么人民理应成为文艺评价的主体。习近平要求"运用历史的、人民的、艺术的、美学的观点评判和鉴赏作品"，也就是说，用"人民的""艺术的"观点加以补充恩格斯提出的"美学的""历史的"观点。不仅如此，习近平把"人民评价、专家评价、市场检验"共同作为作品评价的三个维度。《在中国文联十大、中国作协九大开幕式上的讲话》中，习近平更是引用了马克思的格言："人民历来就是作家'够资格'和'不够资格'的唯一判断者。"《中共中央关于繁荣发展社会主义文艺的意见》提出了"建立经得起人民检验的评价标准"的要求："建立经得起人民检验的评价标准。评价文艺作品，要以最广大人民的根本利益为出发点和落脚点，坚持把社会效益放在首位，努力实现社会效益和经济效益、社会价值和市场价值相统一，绝不让文艺成为市场的奴隶。建立健全反映文艺作品质量的综合评价体系，完善影视剧、文艺演出、美术和文艺类出版物等创作生产出版的立项、采购、评审标准，完善文艺作品推介传播等环节的评估标准，把票房收入、收视率、收听率、点击率、发行量等量化指标，与专家评价和群众认可统一起来，推动文艺健康发展。把服务群众和引领群众结合起来，既满足人民多样化精神文化需求，又加强引导、克服浮躁，讲品位、讲格调，坚决抵制趋利媚俗之风。"②

---

① 《中共中央关于繁荣发展社会主义文艺的意见》，《人民日报》2015年10月20日第2版。
② 同上。

在人民性文艺的创作方法上，习近平作了两个方面的新要求：

第一，"两结合"的新要求。在新的历史条件下，"两结合"具体表述为"用现实主义精神和浪漫主义情怀观照现实生活"。习近平《在文艺工作座谈会上的讲话》指出：

> 文艺创作如果只是单纯记述现状、原始展示丑恶，而没有对光明的歌颂、对理想的抒发、对道德的引导，就不能鼓舞人民前进。应该用现实主义精神和浪漫主义情怀观照现实生活，用光明驱散黑暗，用美善战胜丑恶，让人们看到美好、看到希望、看到梦想就在前方。①

《中共中央关于繁荣发展社会主义文艺的意见》则以中央文件的方式加以确认。习近平《在中国文联十大、中国作协九大开幕式上的讲话》更详尽地指出：

> 清泉永远比淤泥更值得拥有，光明永远比黑暗更值得歌颂。广大文艺工作者要提高阅读生活的能力，善于在幽微处发现美善、在阴影中看取光明，不做徘徊边缘的观望者、讥诮社会的抱怨者、无病呻吟的悲观者，不能沉溺于鲁迅所批评的"不免咀嚼着身边的小小的悲欢，而且就看这小悲欢为全世界"。要用有筋骨、有道德、有温度的作品，鼓舞人们在黑暗面前不气

---

① 习近平：《在文艺工作座谈会上的讲话》，《十八大以来重要文献选编》中，人民出版社2016年版，第132页。

第六章　党的十八大以来：新时代文艺政策的再转向（2012— ）

馁、在困难面前不低头，用理性之光、正义之光、善良之光照亮生活。对人民深恶痛绝的消极腐败现象和丑恶现象，应该坚持用光明驱散黑暗、用真善美战胜假恶丑，让人们看到美好、看到希望、看到梦想就在前方。①

第二，"典型人物"的新要求。在塑造典型人物这个问题上，以习近平为核心的党的新一代领导集体与党的第一代领导集体没有使用"理想人物"这个话语，而是使用了"最美人物"这个话语。《在文艺工作座谈会上的讲话》中，习近平提出了"刻画最美人物"的要求："不断进行美的发现和美的创造。要始终把人民的冷暖、人民的幸福放在心中，把人民的喜怒哀乐倾注在自己的笔端，讴歌奋斗人生，刻画最美人物，坚定人们对美好生活的憧憬和信心。"②《在中国文联十大、中国作协九大开幕式上的讲话》中，习近平进一步提出典型人物就是最美人物：

> 典型人物所达到的高度，就是文艺作品的高度，也是时代的艺术高度。只有创作出典型人物，文艺作品才能有吸引力、感染力、生命力。广大文艺工作者要始终把人民的冷暖和幸福放在心中，把人民的喜怒哀乐倾注在自己的笔端，讴歌奋斗人

---

① 习近平：《在中国文联十大、中国作协九大开幕式上的讲话》，人民出版社2016年版，第14页。
② 习近平：《在文艺工作座谈会上的讲话》，《十八大以来重要文献选编》中，人民出版社2016年版，第130页。

生，刻画最美人物。①

事实上，人格的"美"与"善"在内在上具有同一性，"最美人物"和"理想人物"在本质上是一致的。但与"理想人物"侧重于观念的理性表达相比，"最美人物"侧重于情感美学表现，更有利于避免"抽象化""公式化"。

以习近平为核心的党的新一代领导集体对于人民性话语提出了诸多新命题，有着某些回归性调整。值得注意的是，在"人民性"中"人民"内涵表述上也有一个重要转向。

在以往的表述中，人民是指对社会发展起推动作用的大多数人，劳动群众始终是其中的主体部分。也就是说，"人民"这个概念既是一个整体性概念，又有着鲜明的阶级蕴含。所以毛泽东提出文艺要为人民大众服务，首先要为工农兵服务。习近平在专门为文艺的讲话中对于"人民"这个范畴做了新的表述。其中《在文艺工作座谈会上的讲话》中指出：

> 人民不是抽象的符号，而是一个一个具体的人，有血有肉，有情感，有爱恨，有梦想，也有内心的冲突和挣扎。②

《在中国文联十大、中国作协九大开幕式上的讲话》中指出：

---

① 习近平：《在中国文联十大、中国作协九大开幕式上的讲话》，人民出版社2016年版，第12页。

② 习近平：《在文艺工作座谈会上的讲话》，《十八大以来重要文献选编》中，人民出版社2016年版，第129页。

人民不是抽象的符号，而是一个一个具体的人的集合，每个人都有血有肉、有情感、有爱恨、有梦想，都有内心的冲突和忧伤。①

也就是说，"人民"这个概念已经从整体转向到个体，其中关于"阶级"的内容也不再有鲜明的表述。这个转向事实上合乎了我国时代的发展变化。

第四节　党的十九大以来：新时代中国特色社会主义文艺政策的新篇章

党的十九大明确宣告，中国特色社会主义进入了新时代。根本依据在于，我国社会主要矛盾已经转化为人民日益增长的美好生活需要和不平衡不充分的发展之间的矛盾。我们党认识到，人民美好生活的需要是日益广泛的，需要解决不平衡不充分的发展问题，在经济、政治、文化、社会、生态等方面实现人的全面发展和社会全面进步。其中，党对人民的文化需要特别重视，因为文化自信是一个国家、一个民族发展中更基本、更深沉、更持久的力量。文化自信与道路自信、理论自信、制度自信一起，构成了中国特色社会主义的"四个自信"。也正是因此，党的十九大报告特别重视创作无

---

① 习近平：《在中国文联十大、中国作协九大开幕式上的讲话》，人民出版社2016年版，第12页。

愧于时代的精神产品，以满足人民群众的文化生活需要。

改革开放以后历届党的全国代表大会报告中，专门为文艺工作所撰写的篇幅几乎是几句带过的。党的十九大报告前所未有地用一个标题、一个段落为繁荣发展社会主义文艺做专门部署。其中指出：

> 社会主义文艺是人民的文艺，必须坚持以人民为中心的创作导向，在深入生活、扎根人民中进行无愧于时代的文艺创造。要繁荣文艺创作，坚持思想精深、艺术精湛、制作精良相统一，加强现实题材创作，不断推出讴歌党、讴歌祖国、讴歌人民、讴歌英雄的精品力作。发扬学术民主、艺术民主，提升文艺原创力，推动文艺创新。倡导讲品位、讲格调、讲责任，抵制低俗、庸俗、媚俗。加强文艺队伍建设，造就一大批德艺双馨名家大师，培育一大批高水平创作人才。[①]

这些既是十八大以来以习近平为核心的党的新一代领导集体对于文艺工作凝练的、深刻的经验总结，也为新时代中国特色社会主义文艺政策的进一步发展做出了部署。

2017年11月21日，也正是在党的十九大闭幕不久，习近平总书记给内蒙古自治区苏尼特右旗乌兰牧骑队员们的回信中指出："人民需要艺术，艺术也需要人民。在新时代，希望你们以党的十九大精神为指引，大力弘扬乌兰牧骑的优良传统，扎根生活沃土，

[①] 习近平：《决胜全面建成小康社会　夺取新时代中国特色社会主义伟大胜利——在中国共产党第十九次全国代表大会上的报告》，人民出版社2017年版，第43页。

第六章 党的十八大以来：新时代文艺政策的再转向（2012— ）

服务牧民群众，推动文艺创新，努力创作更多接地气、传得开、留得下的优秀作品，永远做草原上的'红色文艺轻骑兵'。"① 2018年6月25日，习近平给新近入党的电影表演艺术家牛犇的信中指出：

> 几十年来，你以党员标准要求自己，把为人民创作作为人生追求，坚持社会效益至上，塑造了许多富有生命力、感染力的艺术形象，受到人民群众高度评价和充分肯定。希望你发挥好党员先锋模范作用，继续在从艺做人上作表率，带动更多文艺工作者做有信仰、有情怀、有担当的人，为繁荣发展社会主义文艺贡献力量。②

这两封信无疑体现了习近平总书记对于新时代文艺繁荣发展的高度关切。也就是通过这样两个个案，习近平总书记对于文艺的党性与人民性问题作出了明确要求，为新时代中国特色社会主义文艺指明了根本方向。

2018年8月21—22日，全国宣传思想工作会议在北京举行。习近平总书记作重要讲话，其中有一段话专门涉及文艺工作。习近平总书记指出，要引导广大文化文艺工作者深入生活、扎根人民，把提高质量作为文艺作品的生命线，用心用情用功抒写伟大时代，

---

① 《习近平总书记给内蒙古自治区苏尼特右旗乌兰牧骑队员们的回信》，《人民日报》2017年11月22日第1版。
② 《习近平给新近入党的电影表演艺术家牛犇的信》，《人民日报》2018年6月27日第1版。

不断推出讴歌党、讴歌祖国、讴歌人民、讴歌英雄的精品力作，书写中华民族新史诗。要坚持把社会效益放在首位，引导文艺工作者树立正确的历史观、民族观、国家观、文化观，自觉讲品位、讲格调、讲责任，自觉遵守国家法律法规，加强道德品质修养，坚决抵制低俗庸俗媚俗，用健康向上的文艺作品和做人处事陶冶情操、启迪心智、引领风尚。要推出更多健康优质的网络文艺作品。要推动公共文化服务标准化、均等化，坚持政府主导、社会参与、重心下移、共建共享，完善公共文化服务体系，提高基本公共文化服务的覆盖面和适用性。要推动文化产业高质量发展，健全现代文化产业体系和市场体系，推动各类文化市场主体发展壮大，培育新型文化业态和文化消费模式，以高质量文化供给增强人们的文化获得感、幸福感。要坚定不移将文化体制改革引向深入，不断激发文化创新创造活力。① 这所有的一切深刻体现了以习近平为核心的党的新一代领导集体对文艺工作一以贯之的重视。习近平新时代中国特色社会主义思想在文艺领域继续深化、发展、向前推移。

2018年8月30日，习近平总书记给中国美院周令钊、戴泽、伍必端、詹建俊、闻立鹏、靳尚谊、邵大箴、薛永年8位老教授回信，高度评价他们长期以来在教书育人、艺术创作等方面对党和人民作出的重要贡献。在这封信中，他肯定了美术教育和美育的重要价值："美术教育是美育的重要组成部分，对塑造美好心灵具有重要作用。你们提出加强美育工作，很有必要。做好美育工作，要坚

---

① 《举旗帜聚民心育新人兴文化展形象　更好完成新形势下宣传思想工作使命任务》，《人民日报》2018年8月23日第1版。

第六章　党的十八大以来：新时代文艺政策的再转向(2012—)

持立德树人，扎根时代生活，遵循美育特点，弘扬中华美育精神，让祖国青年一代身心都健康成长。"这封信虽然字数并不多，但其中蕴含着诸多精辟思想，表现了习近平总书记对审美价值与伦理价值的内在统一、社会发展规律与审美规律的内在统一、中华美育精神的高度等方面的高度体认。此时也正值中央美术学院的百年校庆之际，习近平总书记要求：

> 希望学院坚持正确办学方向，落实党的教育方针，发扬爱国为民、崇德尚艺的优良传统，以大爱之心育莘莘学子，以大美之艺绘传世之作，努力把学院办成培养社会主义建设者和接班人的摇篮。①

习近平总书记从中华民族伟大复兴的高度认识美术教育和美育工作，可见他对美育和美育工作的极其关切。

需要指出的是，新时代文艺政策的"回归"性调整具有正当的学理性。"政治转向"已然成为当代美学的重要现象。正如本雅明所说，人类审美文化构建的方式已经从礼仪转向政治："艺术的整个社会功能也就发生了根本性的变化。艺术的根基不再是礼仪，而是另一种实践：政治。"② 伊格尔顿更是指出："现代文学理论的历

---

① 《做好美育工作弘扬中华美育精神　让祖国青年一代身心都健康成长》，《人民日报》2018年8月31日第1版。
② [德]本雅明：《经验与贫乏》，王炳均、杨劲译，百花文艺出版社1999年版，第266页。

史就是我们这个时代的政治意识形态的一部分。文学理论一直同政治信仰与意识形态价值联系在一起的。文学理论就其自身而言,与其说一直是只是探索的对象,不如说是我们观察历史的特殊看法。这不应该引起惊讶。因为任何人的意识、价值、语言、感觉和经验有关的理论都不可避免要涉及个人与社会的性质、权力与性的问题、对以往历史的解释、对当前的看法以及对未来的希望等更为深广的信念。"[1] 一些非马克思主义的美学家和文艺理论家也有着类似的体认。按照罗兰·巴特的说法,存在主义、精神分析、现象学的一些理论话语等都属于意识形态批评话语。罗兰·巴特认为存在两种批评:一种是学院派的,其原则与方法来自朗松实证主义;另一种可称为"解释性批评",包括存在主义、马克思主义、精神分析、现象学等,代表人物是萨特、巴什拉、普莱等人。巴特认为相比于第一种批评的客观化追求,第二种也可称为"意识形态"批评。很多学院派人物也会实践意识形态批评。[2] 他曾经这样解释了文艺与制度上层建筑的关联性:"文的观念从历史上便完全与制度的社会相纠结:法规、教会、文学工作,教学;文是道德之物:它是作为分担社会契约角色的书写物;它强求我们对其遵守和尊重,然而作为交换,它突出了群体语言的极宝贵的属性(文其实并不具有这一

---

[1] [英] 特里·伊格尔顿:《文学原理引论》,刘峰译,文化艺术出版社1987年版,第229页。
[2] 朱立元:《后现代主义文学理论思潮论稿》上,上海人民出版社、山西教育出版社2015年版,第202页。

第六章　党的十八大以来：新时代文艺政策的再转向（2012—　）

属性）：安全。"①

"人民性"是社会主义文艺的重要标志。文艺的人民性的实质在于，文艺要表现最广大人民的立场，来源于人民，服务于人民，令人民喜闻乐见，满足人民的多种需要。在这里，"人民"是一个整体性范畴，在量上指多数群众，在质上指对社会历史起推动作用的人们。"人民"范畴的所指在不同的社会历史时期会有变化，但劳动群众始终是其中的主体和稳定的部分。彻底的"人民性"文艺理论是列宁首先提出的。列宁提出了文艺为"千千万万劳动人民服务"的命题：

> 它不是为饱食终日的贵妇人服务，不是为百无聊赖、胖得发愁的"一万个上层分子"服务，而是为千千万万劳动人民，为这些国家的精华、国家的力量、国家的未来服务。②

按照历史唯物主义的观点，劳动群众就是最稳定的具体的"大多数"。十月革命以后，列宁更加深入地揭示道：

> 艺术是属于人民的。它必须在广大劳动群众的底层有其最深厚的根基。它必须为这些群众所了解和爱好。它必须结合这些群众的感情、思想和意志，并提高他们。它必须在群众中间

---

① ［法］罗兰·巴特：《文之悦》，屠友祥译，上海人民出版社 2002 年版，第 85—86 页。
② 《列宁全集》第 12 卷，人民出版社 1987 年版，第 97 页。

唤起艺术家，并使他们得到发展。①

列宁在这里既观照了"人民性"的全面内涵，又揭示了"人民性"的主要内容。与此同时，他还提出了"人民性"文艺作品创作的方法："要观察，就应当到下面去观察——那里可以观察到建设新生活的情况；应当到外地的工人居住区或农村去观察——那里用不着在政治上掌握许多极复杂的材料，只要观察就行了。"② 以毛泽东为代表的中国共产党人有着一套完整的群众观点和群众路线。群众观点，就是相信群众自己解放自己的观点；全心全意为人民服务的观点；一切对人民群众负责的观点；虚心向群众学习的观点。群众路线，就是一切为了群众，一切依靠群众，从群众中来，到群众中去。群众观点和群众路线是中国共产党制定包括文艺政策在内的一切政策的依据。虽然"人民性"在各个时期的表述略有不同，但始终要解决的是"一个为群众的问题和一个如何为群众的问题"③。

弘扬中华优秀传统文化和美学精神，是形成新时代中国特色美学风格的必然要求。爱加斯·阿马德说："到目前为止，有关所谓的第三世界的知识都来源于宗主国的档案资料，这些资料中的绝大部分一直集中在宗主国的科研机构之中，过去是这样，今天是这样，而且这种状况还将持续下去……这些档案资料通过大量的学术科目和各种各样的著作向外扩散传播。其中既有经典的哲学著作，

---

① 《列宁论文学艺术》第2卷，人民出版社1960年版，第912页。
② 《列宁全集》第49卷，人民出版社1988年版，第42—44页。
③ 《毛泽东选集》第3卷，人民出版社1991年版，第853页。

第六章 党的十八大以来:新时代文艺政策的再转向(2012—)

又有传教士和行政官员的通俗制作;既有区域性研究项目,甚至是人文学科的核心领域,又有由基金会和私人出版社资助的翻译项目——以上项目构建了各种实践的内容。"[①] 事实上,一个国家的文化建构,包括审美文化建构,理应充分把握该地区的地方性知识;作为崛起中的发展中国家,不能盲目迷信西方所谓的"普世价值",而应当凝练出富有本国特色的话语体系,甚至可以为人类审美理想的实现提供新方案。习近平总书记《在庆祝改革开放40周年大会上的讲话》中特别强调指出:

> 我们要把命运掌握在自己手中,就要有志不改、道不变的坚定……在中国这样一个有着5000多年文明史、13亿多人口的大国推进改革发展,没有可以奉为金科玉律的教科书,也没有可以对中国人民颐指气使的教师爷。[②]

对于坚持和发展中国特色社会主义是如此,对于新时代社会主义文艺的繁荣发展同样是如此。

[①] [美] 罗伯特·J.C.扬:《殖民主义与世界格局》,译林出版社2013年版,第13页。
[②] 习近平:《在庆祝改革开放40周年大会上的讲话》,人民出版社2018年版,第27页。

结束语　新时代文艺工作的使命

新时代是建成社会主义现代化强国，实现中华民族伟大复兴的时代。真正实现"按照美的规律来构造"的机制，是新时代社会主义文艺的主要任务。习近平总书记指出：

> 生活在我们伟大祖国和伟大时代的中国人民，共同享有人生出彩的机会，共同享有梦想成真的机会，共同享有同祖国和时代一起成长与进步的机会。有梦想，有机会，有奋斗，一切美好的东西都能够创造出来。①

新时代社会主义文艺工作有责任担起"积极参与并且唤起人民大众的文化解放"这一历史赋予的使命。同时我们必须看到：

> 中华民族伟大复兴，绝不是轻轻松松、敲锣打鼓就能实现

---

① 习近平：《在第十二届全国人民代表大会第一次会议上的讲话》，人民出版社2013年版，第5页。

的。全党必须准备付出更为艰巨、更为艰苦的努力。①

对此,文艺工作也必须大有作为。文艺和审美是乌托邦的承载形式,它可以把对现实生活的真切感受,对成为一个自由、和谐的真正的人的期望,把为了美好的明天,我们积极承担的生活重负等都用艺术形式呈现出来,成为可以传达、传播和交流的文化形式,正因为如此,我们在苦难中仍然充满希望。

一 艺术和审美如何改变世界

1848年的欧洲,资本主义经过一段时间的迅速发展之后,其内在的矛盾开始显现,周期性的经济危机开始出现。人类在启蒙主义时期曾经具有的积极向上和浪漫乐观的心态开始蒙上了一层浓重的阴影。这一年,德国和欧洲爆发了以第一次工人阶级自觉作为主体的革命运动。虽然1848年革命很快失败了,但是,革命运动之前,也就是1848年1月由年轻的马克思执笔写成的《共产党宣言》却成为一部伟大的不朽之作,影响了整个20世纪人类历史的发展进程,对我们正在进入的新时代,一个艺术和审美具有十分重要性的时代,也正在产生着重要而深刻的影响。2018年5月,习近平总书记在纪念马克思诞辰200周年大会上作了重要讲话,对《共产党宣言》在人类思想史、马克思主义发展史、世界社会主义发展史和人

---

① 习近平:《决胜全面建成小康社会 夺取新时代中国特色社会主义伟大胜利——在中国共产党第十九次全国代表大会上的报告》,人民出版社2017年版,第15页。

类社会发展史上的重大贡献作了全面而深刻的论述。马克思主义经典理论不仅关涉政治或经济,它与我们每个人的现实生活密切相关。

(一)《共产党宣言》:关于未来的美学想象

从整个人类社会发展的角度讲,我们正处一个新时代的转折点上。关于这个转折,可以将分析的重点放在新技术革命方面,也可以把转型的基本动因归结为以大众为主体的消费文化。从马克思主义美学的角度讲,这个转折点的重要动因还可以是艺术和审美。艺术中的先锋派以及对新的艺术形式的审美经验,事实上正在悄然地改变着世界。艺术中的先锋派和新的审美感受力,或者说对新的"情感结构"的审美感知,正在悄然地改变着人们的审美品位、审美习性和对世界的审美感知方式,从而以"陶冶情操"的方式改变着世界。

在当代社会,"一切坚固的东西都已经烟消云散了",事实上成为《共产党宣言》中最有影响力的话语。在审美资本主义时代,或者在文化经济时代,友谊、家庭、爱情、信仰、科学甚至文学艺术,都可能成为商品,具有直接的交换价值,从而使其中本来神圣而美好的东西"烟消云散"了。

然而,从马克思主义美学的角度看,使"一切坚固的东西烟消云散"的社会力量来自资本所具有的摧枯拉朽的强大冲击力,以及似乎是历史必然性的强大学术逻辑。然而,艺术以及审美活动,以

结束语　新时代文艺工作的使命

其看似无用的情感力量和情感逻辑,却以另外一种方式影响着人类的存在以及人类社会的发展,这是今天的社会科学理论特别重视的。

在《共产党宣言》的开篇,马克思和恩格斯写道:一个幽灵,共产主义的幽灵,在欧洲游荡。为了对这个幽灵进行神圣的围剿,旧欧洲的一切势力,教皇和沙皇,梅特涅和基佐,法国的激进派和德国的警察,都联合起来了。①

幽灵是一个没有身体的灵魂,它可能是一个冤屈而死的国王复仇的欲望,就像莎士比亚的《哈姆雷特》中死去的老国王的幽灵一样;也可以是为解决政治纷争而死的美丽皇妃巨大的复仇欲望,就像电影《妖猫传》中的猫妖一样。当然,幽灵还可以是乌托邦的另一种形态,它把一种合理的社会制度、理想的人类存在状态,以幽灵的形式,预先向人们呈现出来,虽然神秘莫测、扑朔迷离,但却是一种挥之不去的存在,一种具有精神力量对现实有影响力的存在。在马克思主义美学看来,艺术和审美就是一种幽灵性的存在。这种存在的哲学特性具有未来性和神秘性,与未来将要发生的事情有着一种内在的联系。在美学方面,这种幽灵性的存在具有感性的形象性和某种程度的恐怖性与怪诞性,或者说,非日常生活性。从《共产党宣言》和马克思撰写的《路易·波拿巴的雾月十八日》以及《政治经济学批判大纲》等著作中,我们都可以看到这种用非日常生活的形象表达出来的对未来社会、更合理的人类存在状态的想

---

① 《马克思恩格斯选集》第1卷,人民出版社1995年版,第271页。

象性描述。

（二）如何用艺术和审美来改变世界

在哲学上，马克思最重要的思想是：以往的哲学都是解释世界，问题在于改变世界。在美学上，马克思的这个命题仍然是一个最重要的观念：用艺术和审美来改变世界。对于马克思主义美学而言，我认为比《共产党宣言》早四年写作的《1844年经济学—哲学手稿》中关于"美的规律"的思想，可以作为当代社会和"新时代"艺术与审美及其在人类社会生活关系的基本观念和理论上的核心原则。在《1844年经济学—哲学手稿》中，马克思写道：

> 诚然，动物也生产。动物为自己营造巢穴或住所，如蜜蜂、海狸、蚂蚁等。但是，动物只生产它自己或它的幼仔所直接需要的东西，动物的生产是片面的，而人的生产是全面的，动物只是在直接的肉体需要的支配下生产，而人甚至不受肉体的影响也进行生产，并且只有不受这种需要的影响才进行真正的生产；动物只生产自身，而人生产整个自然界；动物的产品直接属于它的肉体，而人则自由地面对自己的产品。动物只是按照它所属的那个种的尺度和需要来构造，而人却懂得按照任何一个种的尺度和需要来进行生产，并且懂得处处把固有尺度运用于对象。因此，人也按照美的规律来构造……因此，正是在改造对象世界的过程中，人才真正的证明自己是类存在物，这种

结束语　新时代文艺工作的使命

生产是人的能动的类生活。通过这种生产，自然界才表现为他的作品和他的现实。因此，劳动的对象是人的类生活的对象化，人不仅像在意识中那样在精神上使自己二重化，而且能动地、现实地使自己二重化，从而在他所创造的世界中直观自身。①

在改造世界的过程中，人类才能达到自由。然而，正如马克思的政治经济学研究所分析的那样，在现实的社会生活中，按照"美的规律"来构造，事实上是一个漫长的历史渐进发展过程。在这个历史过程中，具体的个人和历史瞬间可以做到"按照美的规律"来构造，对于大多数的社会生活和历史进程而言，人类的活动并没有达到"按照美的规律来构造"的境界。特别值得注意的是，在艺术的生产和审美的活动中，人们相对较为容易达到这样一种境界。马克思通过艺术和审美来改变世界的思想，在20世纪末至当代的美学和艺术批评中得到了积极的回应。近年来，法国著名哲学家和艺术批评家雅克·朗西埃从马克思的思想中发展出了"美学革命"的理论。朗西埃指出，在当代社会，情感在社会生活中具有越来越重要的意义。艺术，特别是先锋派艺术，通过在艺术形式方面的创新，把改变世界的愿望和对现实生活关系的审美把握结合起来，从而表征出一种新的情感结构，这种新的情感结构是对当代社会生活内在矛盾的情感把握，这种情感结构的美学和哲学属性是，它既是对现

---

① 《马克思恩格斯文集》第1卷，人民出版社2009年版，第162页。

实生活关系的客观把握，又以某种方式实现了现实与未来的连接关系，从而在对现实不合理性进行批判和否定的基础上，获得一种对未来合理社会以及人的自由解放的情感瞭望。朗西埃认为，艺术，特别是先锋派艺术可以把这种具有革命意义的情感结构用艺术的形式呈现出来，并通过审美活动影响广大的人民大众，人民大众在审美活动中导致了情感结构的改变，从而改变了对所生活世界的审美认知和审美评价。因此，艺术所导致的美学的革命成为社会变革和发展进步的先导。在美学上，雅克·朗西埃提出了"艺术审美制度"的概念，即通过艺术和审美活动的革命性作用，人们有可能从一种艺术审美制度中获得解放，达到一种新的、更符合人性的人生状况，这种改变，就是美学的革命。雅克·朗西埃的"美学革命"的理论涉及"感觉的分配"，它决定着人们的行动、生产、感知的形式和思想自由的模式，不同于我们原来理解的形式美学和形形色色的精英主义美学理论，这是一种新的美学，这种美学将艺术作为一种解放的形式，是使人成为"真正的人"的方式。也可以说，在这种美学理论的视野里，人的真正自由和解放，是与"按照美的规律构造"这种存在方式相联系的。

2015年，美国杜克大学出版社出版了国际美学学会前任主席阿列西·艾尔雅维奇的新书《美学的革命与20世纪先锋运动》。按照致谢部分的记述，该书的写作理念形成于2009年11月的中国北京。这一年，国际美学学会在中国成都举行执委会会议，是中国美学界与国际美学界的一次密切接触。在这次中国之行结束后，《美学革命》的主要理念和写作团队都基本形成。该书最终于2015年年初

结束语 新时代文艺工作的使命

由美国杜克大学出版社出版,中译本在年内由东方出版中心出版。在《美学革命与20世纪先锋运动》里,阿列西·艾尔雅维奇提出并论证一个重要观点:20世纪存在一种先锋艺术,这种艺术的特点鲜明,可以被归为一派,也就是说它们是"审美的"先锋艺术,审美的这个词在这里不是"艺术的"同义词,而是这个词的补充。从特定的艺术经验拓展到广阔的、整体的生存领域和想象经验,蕴含在社会、政治、身体、技术等诸多维度内。阿列西认为,审美先锋派不同于欧洲艺术史上的传统先锋派和新先锋派,是第三种形态的先锋派,这种先锋派存在于现代性艺术与后现代艺术之间的中间地带。在地缘上,它主要出现在东欧、拉丁美洲、中国等社会主义国家,或者前社会主义国家;在内容上,美学革命指某种先锋艺术或者审美经验,通过在艺术形式方面的变革,影响现实中的人们情感结构的改变,从而产生促使社会变迁和进步的社会效果。在学理上,它打破了自律性美学的狭隘空间,使艺术形式的实验和探索,与广泛的社会生活,包括政治、身体、技术,以及文化表征机制十分密切地联系起来。艺术和审美成为改造社会的重要物质力量。

关于美学革命中的"革命"一词的意义,阿列西·艾尔雅维奇在《美学的革命》中给出了一种十分有新意的理解和认知。阿列西教授认为,在我们这个时代,无产阶级和工人阶级已经不能代表具有生命活力的革命者。工人阶级和无产阶级,在当代社会已经成"被排除的个人",如果要思考当代革命,美学是一个理想的对象,通过先锋艺术所进行的探索,政治与先锋艺术可以在20世纪的一些艺术流派中重新携起手来,因为它包含重要的激进的情感和生活形式的改造,在

· 341 ·

某种意义上政治则变成了艺术，因为政治和艺术都在一个单一的乌托邦规划中被合并了。这种现象的一些极为重要的例子就是早期意大利未来主义、俄罗斯的极端先锋、20世纪60年代的美国文化、自20世纪70年代以来的"非官方"俄罗斯艺术以及最近的中国艺术，当然还包括20世纪80—90年代的某种斯洛文尼亚艺术，等等。在20世纪的现代艺术中，虽然，这些艺术产生于不同的文化背景和社会历史条件之中，但是在某种意义上，这些不同国度、不同文化背景下产生的先锋派艺术，在美学理念、技法与程序等方面，其实是十分相似的。这些美学上的革命是20世纪文化中特有的现象，它们与20世纪"人类感官知觉方式"之间的关系是最接近的。当然，根据美学革命的理念，我们有理由相信，其他形式的先锋派艺术或者美学的革命也是很有可能出现的。任何真正的先锋派都不仅有政治诉求，而且也有艺术或者至少美学的诉求。在我本人的理论视域中，我认为还包括哲学人类学意义上的诉求，也就是马克思在《1844年经济学哲学手稿》中表述出来的理论诉求。在当代艺术批评的范围内，作为一种艺术探索的美学革命，目前仍然处在悲剧性的"英雄"阶段，虽然在一定程度上，它与日常生活中的美学也存在某种交集，但在基本的形态上，仍然是一种"先锋"状态。在审美资本主义阶段，美学革命与审美资本的关系成为一个重要的理论话题，当然，这是另外一个研究项目的内容了。

在学理上，美学的革命起源于德国美学中从康德到席勒然后到卡尔·马克思的一个传统，马克思把它表达为人类的创造性活动都是依照"美的规律"来进行的。在这里，马克思和康德以及席勒的一个关键区别是：马克思是将人类的本质规定与乌托邦的社会理念相结合的，康德和席勒是从哲学意义上的"自由"来理解和规定人的基本属性的。在美学上，康德把审美判断与人的本质属性、自由的想象直接相关联，无论"优美"和"崇高"都是如此；而席勒在《审美教育书简》中则把"自由冲动"作为游戏的理论内涵。在游戏以及类似于游戏的活动中，人类把艺术形式的完美与现实生活中的自由真正联合了起来。在《审美教育书简》第十五封信中，席勒提出了以下观点：

1. 美不仅是生命，也不只是形式，而是生活形式，即美。

2. 人只有在游戏中才感受到美，只有感受到美，才能自由游戏。

3. 人只有处在人类这个词的充分意义上的时候才能自由游戏，而只有当他游戏时，他才是一个完整的人。①

在席勒美学思想的基础上，雅克·朗西埃结合马克思改变世界的观点进一步指出，在当代社会，艺术与审美结合在一起成为"生活的形式"。另一方面，艺术既是美的艺术，也是"生活的艺术"，因为它们体现了共同的理想的审美状态：按照一切物种的尺度，按照美的规律来构造、赋形和生活。

（三）"美学革命"改变世界的中国实践

相比较于欧洲的现代化进程，艺术和审美始终走在中国现代化

---

① 参见席勒《美育书简》，徐恒醇译，中国文联出版公司1984年版，第86—91页。

转型的最前列，发挥着更为重要的作用。这是因为，在中国现代化过程中，艺术和审美从来没有完全形式化，而是始终作为人类斗争的一种武器而存在的。不管是五四时期的诗歌、小说，还是美术和音乐，都是如此。例如鲁迅的《野草》把大革命失败后，鲁迅内心的苦闷、悲伤乃至绝望，以及在绝望中仍然艰难前行的那种人生经历，很真实地呈现给我们。这是鲁迅的人生经历，也是现代化过程中每一个中国人必然要经历的，它具有浓烈的悲剧意味。当然，尽管如此，它在形式上却是优美的，能够让人体会和感受到一种世俗生活中的"悲剧"与"崇高"。正是这样一种情感结构，使中国的现代化进程虽然艰苦卓绝，但始终没有放弃希望，并且在自己的努力中使人们感受到成为一个真正的人、成为一个精神上和情感上自由的人的那种愉悦。如果说鲁迅的《呐喊》《彷徨》和《野草》是五四时期中国人民情感结构的一种呈现，那么我认为，冼星海的《黄河大合唱》则可以看作是抗日战争时期中国人民情感结构的一种表征和呈现。1938年武汉沦陷后，诗人光未然带领抗敌演剧队第三队转入吕梁抗日根据地。他们在途中目睹了黄河船夫与狂风恶浪搏斗的情景，聆听了高亢、悠扬的船工号子，深受感动。于是在1939年创作了朗诵诗《黄河吟》，用黄河船夫的形象表达中华儿女不屈不挠、保家卫国的坚定信念，并在当年除夕晚会上朗诵。作曲家冼星海听后非常兴奋，他深感民族危机的深重和人民大众的痛苦，当即决定要以中华民族的发源地黄河为背景，创作一首《黄河大合唱》。在一座简陋的土窑中，冼星海纵笔疾书，黄河那呼啸奔腾的壮丽景象以及船夫与狂风恶浪搏斗的情形仿佛就在眼前，他乐思勃发，仅用六天时间就完成了创作，半月之内又完成了八个乐章以及全部的伴奏音乐，成就了一部中华民族的音乐史诗。《黄河大合唱》是中国艺术家用音乐和文学的形式反映中华民族精神和反抗法西斯侵略的旷世杰作。正如光未然《〈黄河〉本事》说："黄河以其英雄的气概出现在亚洲莽原之上，象征着中华民族伟大的精神，古往今来，多少诗人为它赞颂着歌唱着。"① 这首《黄河大合唱》同样是中华民族精神的象征，激荡着坚强伟大、雄浑悲壮的革命情怀和情感共鸣。该作品诞生之后，很快就传唱全国，成为时代的强音、人民的心声，它用震撼人心的力量鼓舞着亿万中华儿女不畏艰难、不怕牺牲、英勇反抗，并最终取得了民族解放和反法西斯战争的胜利。由此可以看出，《黄河大合唱》以及以此为代表的文艺作品与西方的形式艺术相比，真正淋漓尽致地发挥出了"美学革命"和"艺术革命"的巨大力量。

在我们的学术视野中，罗中立在改革开放初期创作的巨幅油画《父亲》，通过用超现实主义的细致手法，领袖画像般的巨大尺度，把一个巴山老农民坚韧、艰苦的生活状态真实地呈现出来。这幅绘画，把生活在社会最底层的山区农民的形象用令人震撼的形式呈现出来，在给人们巨大情感冲击的同时，也悄然地改变了人们的情感结构：这是一个悲悯而伟大的父亲，这是一种应该改变的生活状况，走出大山，向往现代化的生活，成为这种情感结构的内在冲动。艺术和审美是乌托邦的承载形式，它可以把对现实生活的真切

---

① 光未然：《〈黄河〉本事》，冼星海曲，光未然词，冼妮娜主编《黄河大合唱》，浙江文艺出版社2005年版，第5页。

感受,对成为一个自由、和谐的真正的人的期望,把为了美好的明天,我们积极地承担起生活的重负等都用艺术形式呈现出来,成为可以传达、传播和交流的文化形式,正因为如此,我们在苦难中仍然充满希望。

二 文化经济时代的美学问题与任务

在 1861—1863 年撰写的《剩余价值理论》中马克思曾经提出过"艺术和诗歌等精神生产部门与资本主义生产方式相敌对"的著名命题[①],这个命题与浪漫主义美学传统有着十分内在的联系。然而,在马克思对现代性问题思考的理论框架中,这个命题具有与浪漫主义美学并不相同的理论内涵。关于诗歌、艺术和审美活动在现代化过程中的地位、意义和作用,从马克思和恩格斯开始,在马克思主义美学传统中就始终处于理论核心地位,从雷蒙·威廉斯开始,就把这一思维框架表述为文化与社会的关系。如果我们了解拉法格、李卜克内西、普列汉诺夫等早期马克思主义美学家的研究工作,一直到当代马克思主义美学和文化理论的各种理论,那么我们始终关注的理论核心就会是,艺术、诗歌和审美活动在资本主义生产方式中的结构关系。

随着后工业社会的发展,现代社会在生产、交换、消费和在生产的结构性关系方面也发生了很大的变化,一个十分突出的变化

---

① 《马克思恩格斯全集》第 33 卷,人民出版社 1973 年版,第 346 页。

结束语 新时代文艺工作的使命

是,艺术、诗歌和审美活动与现代社会生产方式在结构性关系上不再是相互敌对性的关系。随着休闲经济、体验经济和文化经济的兴起和发展,诗歌、艺术和审美从否定和批评资本主义生产方式的文化形式,转变成为当代资本的一种形式,成为当代消费型社会进步和发展的一种具有强大推动性的力量。在当代社会,随着创意经济和消费经济的发展,整个社会的生产方式,包括审美关系随着社会关系的变化也发生了一系列重要的变化,它的基本力量特征是,在社会系统中,审美和艺术从一种异质性的文化存在,转变成为当代社会结构的基本构成原则之一,也就是说,是它的本质规定之一,因此,经济的原则、效率的原则、与审美的原则之间的关系,在当代社会结构和生产关系中,已经发生了与马克思在写作《资本论》和《政治经济学批判大纲》时,所不同的很大变化,经济、技术、主体的情感结构,等等,都在新的关系和新的规则下重新组合。从美学的角度讲,审美符号、审美资本、审美能力、审美效果、审美意义等概念和范畴,自然具有了在浪漫主义美学理论框架中所不同的含义。对于当代马克思主义和当代马克思主义美学而言,文化经济时代,或者说审美资本主义时代所提出的理论问题是必须认真研究并作出理论上的回应的。

从现象上看,当代中国电影、美术、音乐、网络文学、时尚性的先锋艺术等新的现象,用既有的美学理论,包括西方分析美学和文化研究,或者身体美学和女性主义的美学理论,都难以作出准确的理论定位和理论分析。例如,侯孝贤的电影《刺客聂隐娘》、吴京导演的电影《战狼2》、冯小刚的电影《芳华》等,在审美评价和审美意义方面都出现了广泛的社会争论就是一个明证。

早在第二次世界大战之前，德国的马克思主义理论家阿多诺、霍本海默、瓦尔特·本雅明就发现了一个重要的文化现象：以现代传播技术的发展为基础，以大众的直接审美需要的生产和消费的方式出现了，霍本海默和阿多诺将之定义为"文化工业"，也就是文学、艺术和审美活动被有效地纳入整个社会现代化大生产的系统和结构中。文化工业与汽车、服装等工业产品在市场经济的格局中具有共同的理论规定，也具有十分不同的产品形式和文化功能，从文化工业的兴起开始，美学结束了它曾经十分辉煌的浪漫主义运动的时代。文化工业的产品也具有丰富的想象，独特的个性，对弱者的同情，以及对不合理社会的抗议，等等。因此，在阿多诺和本雅明的时代，在马克思主义美学视域中，一个重要的理论问题就以十分尖锐的形式提出来了：在资本主义生产方式中，在机械复制成为基本的艺术生产方式的时代，真正的艺术以什么形式存在？它在形式和内容方面是怎么样的？

文化工业的社会受众是现代社会的大众，随着电视、电影和各种现代传播手段的发展，大众的审美消费成为一个巨大的消费市场。十分有趣的是，不仅是新的艺术形式在大众文化的范畴里不断发展，而且美学和人文学科的许多新的理论问题也在"大众文化"这个离市场消费和意识形态支配最近的文化领域，离纯粹非功利审美活动、纯粹美、终极关怀以及"绝对命令"之类的高雅审美品位相对最远的领域，却生机勃勃，充满活力，创造了20世纪60年代以来一个又一个文化的奇迹。随着大众文化的勃兴，英国伯明翰大学"当代文化研究中心"迅速崛起,大众文化中来自民间、来自底层、来自青年、来自边缘人群的文化创造力及其创造的文化形式,随着"文化研究"的崛起来迅速扩张,成为自20世纪六七十年代末以来美学和文学艺术研究最为活跃,也最为重要的研究领域和研究理念。从霍加特与雷蒙·威廉斯开始,英国的文化研究学派在把文学艺术从一种贵族性的特权性文化转变成为一种"生活方式",转变成为一种以某种技术和物质性材料为基础的具有不同于"日常生活"的庸常性的另外一种生活方式,这种具有审美品质的生活方式以审美经验的获得或者说实现为基础。从伯明翰学派开始,大众文化中积极的、建设性的文化力量得到了深入而持续的研究。对于美学和文学艺术理论的研究而言,大众文化的研究提供了一个深刻的理论问题:什么是艺术作品?艺术作品在整个现代社会的整体结构中处于什么样的位置,发挥着什么样的作用?艺术作品真的是与社会生活、与经济关系、政治活动以及个体的欲望无关的超验性的精神活动吗?我们看到,在20世纪下半叶,几乎所有的哲学学派都在这个问题上留下了思考的痕迹,从本雅明、海德格尔、路易·阿尔都塞、雷蒙·威廉斯,一直到詹姆逊、朗西埃和阿兰·巴迪欧,都在这个方面有所论述。

人类已经进入了文化经济时代。对于人文学科而言,沉溺于消费主义时代文化精英主义的全面崩溃的痛苦,或者用社会学的统计数据论证社会仍然存在残酷的剥削和压迫,事实上都是软弱无力的。只有认真研究和思考文化经济时代所提出的理论问题,才能在混乱的理论和文化的迷雾中，重新找到理解现实并且通向未来的途径。

随着社会生产方式和现实生活关系的变化，自20世纪中叶以来，美学和文学艺术理论先后发生了"图像化转向""人类学转向"，研究的问题和理论的重心也发生了一系列的变化，这种变化，在美学理论本身的层面，事实上就是美学的文化转向，即从文学、文本的研究转向文化文本的分析和批判，从形式美学和纯粹美的分析转向对"情感结构"和文化表征机制的研究，从以诗歌、小说和架上油画的研究和评价为核心对象，转向以电影、流行音乐、纪念性雕塑，甚至时尚品牌的美学研究。审美和艺术评价的主体，也从专业性和贵族性评论家，转向了社会学意义上的人民大众。这无疑是美学上的深刻变革，而且是一种基本结构和理论范式的转型，当代马克思主义和马克思主义美学在理论与方法上也随之作出了重要的调整。近二十年来，在国外马克思主义美学研究领域，将政治经济学批判与文化人类学、社会心理学，以及拉康的精神分析方法相结合，在开拓美学研究的新领域、研究和阐释社会所提出的新问题，取得了一系列重要的研究成果，在分析和批判当代审美资本主义的审美关系和艺术作品的意义方面，都展现出极为强大的理论阐释力量，其理论的关键在于，分析和说明当代社会已经高度叠合化的语境下，艺术作品审美意义形成的机制及其公共性基础。虽然，当代美学的理论视域超越了康德和黑格尔仅仅从主体角度提出问题的边界。

2008年，雅克·德里达的学生，法国时尚学院的哲学教授奥利维耶·阿苏利出版了《审美资本主义：品味的工业化》一书，对文

化经济时代的美学问题作出了自己的思考,在书中引言部分,作者写道:

> 是否该承认资本主义要成长或生存,则必须在当代历史的某个时刻转向消费的审美化呢?在这个假设在,审美手段的应用构成了21世纪初后福特主义经济的"认知性"转折的特征……几个世纪以来,尤其是启蒙运动之后,出现了艺术评论、艺术家、公众、公民、媒体和消费,审美品味逐步摆脱成规的枷锁。然而必须质问,审美品味的解放是否构成了另一种桎梏,事实上,自从审美品味因其是享乐的关键而被反复用作诱导消费的催化剂,审美资本主义的博弈就超越了纯粹享乐的领域。审美,绝不再仅仅是若干艺术爱好者投机倒把的活动,也不是触动消费者的那种无形的说服力,品味的问题涉及到整个工业文明的前途和命运。①

阿苏利以马克思关于资本主义条件下异化理论为基础,将劳动异化的有关问题扩展到审美的领域,指出审美(品味)作为人类存在的一种重要方式,在资本主义的条件下必然发生异化,因此对于当代人文学科而言,至关重要的是找到导致审美自主权丧失的灾难的社会原因和美学自身的原因,为人类在审美资本主义条件下获得合理生活寻求方法和途径。

---

① [法]奥利维耶·阿苏利:《审美资本主义:品味的工业化》,黄琰译,华南师范大学出版社2013年版,第8—9页。

2014年由 Peter Murphy 和 Eduardo de la fuente 出版了另一部学术专著，书名也叫《审美资本主义》，彼得·墨菲和爱德华多·德·拉·富恩特认为，随着高科技由创新变为守旧，信息时代已然远去，随之而来的是审美资本主义的时代。艺术与商业在21世纪握手言和，创造力和想象力成为最大的经济动力。事实上，现代资本主义基于供给创造需求这个前提，这已经包含了一个审美的前提，即生产必须维持趣味性。商品必然是功能价值和趣味性价值的结合，从而产生了一种迷人的共通感，购买某件品牌产品意味着加入到这个品牌拥有者的想象性集体中去。资本主义能看到事物中非其所是的东西，这赋予它一种移情的能力，而这就是市场经济的"微妙"之处。另一方面，对商品的美的形式的追求和迷恋，又总是指向物质之外的超越世界。资本主义的审美维度提出了如何区分资本主义社会的世俗性与神圣性的难题。审美资本主义是一个复杂而多维的现象。

在该书的导论部分，彼得·墨菲和爱德华多·德·拉·富恩特写道：

> 符号代表其他的东西，这是审美资本主义中"审美"一词的核心。一杯咖啡象征的是爱，一沓世俗的钞票，代表神圣不可侵犯的关系。人与人之间的关系有时候被理解的悲剧的，有时候是喜剧的，戴维·洛奇的小说《好工作》中，企业家与女权主义者之间的喜剧性的邂逅就是一般审美关系的范例。事实上，喜剧不仅存在于小说中，也在实际工作场所中发生。事情

会这样是因为美学就是关于古怪矛盾的组合。任何一种审美关系的核心都是"区分—共谋"。美学促使相同或不同的事物融合，有时候会造成喜剧性混淆。这产生了有趣的，有吸引力的，迷人的共通感（sympathies），资本主义的创新也是如此，它产生相互同期的奇怪组合。谈论资本主义时用"相互同情"似乎有些奇怪，因为大量的著作都说它是冷漠无情的。然而事实上，它的确产生了强大的共通感，这并不是说它只是简单引起同情心。①

如果说在社会现代化早期阶段，劳动异化造成的残酷剥削和非人道主义的压迫是社会的主要矛盾和问题关键所在的话，那么在审美资本主义时代或者说在文化经济时代，美以及欲望表达的异化造成的问题，就是当代美学和人文学科应该着重解决的理论问题。在文化经济时代美学问题研究的基本方法上，我认为马克思的思想方法仍然具有指导意义。

在美学问题的研究上，马克思与康德一样都是以哲学人类学为基本的观照视野，康德是从人作为最高的存在类型，作为内心具有"绝对命令"（道德律令）在这个角度思考美学问题的，在康德那里，美是个乌托邦，是可以达到自由的象征。与康德不同，马克思将人的合理存在的可能性放到人类历史过程中去考察，在理论方法上，马克思不仅把人的存在与动物界相比较，而且把人在现实中的

---

① Peten Murphy and Eduardo de la Fuente edited: *Aesthetic Capitalism*, BRILL Leiden and Baston, 2014.

合理存在与古希腊社会相比照，在这个双重的比较中，人的存在、美的意义，都具有了现实的具体性，因此，也就有了人间性和人民性。

在《1844年经济学—哲学手稿》中这都包含着丰富美学思想的著作论述异化劳动和私有财产的一节中，马克思对德国古典美学中所提出的"美的规律"作出了一种哲学人类学意义上的解释，提出了人类进行创造艺术和文化乃至人类社会生活的基本原则，即"按照美的规律来构造"。在我看来，在审美资本主义时代，这个理论原则的重要性显得更为重要了。在《1844年经济学—哲学手稿》中，马克思写道：

> 诚然，动物也生产。动物为自己营造巢穴或住所，如蜜蜂、海狸、蚂蚁等。但是，动物只生产它自己或它的幼仔所直接需要的东西，动物的生产是片面，而人的生产是全面的，动物只是在直接的肉体需要的支配下生产，而人甚至不受肉体的影响也进行生产，并且只有不受这种需要的影响才进行真正的生产；动物只生产自身，而人生产整个自然界；动物的产品直接属于它的肉体，而人则自由地面对自己的产品。动物只是按照它所属的那个种的尺度和需要来构造，而人却懂得按照任何一个种的尺度和需要来进行生产，并且懂得处处把固有尺度运用于对象，因此，人也按照美的规律来构造。

因此，正是在改造对象世界的过程中，人才真正地证明自己类存在物。这种生产是人的能动的类生活。通过这种生产，自然界才表现为他的作品和他的现实。因此，劳动的对象是人的类生活的对象化；人不仅像在意识中那样在精神上使自己二重化，而且能动地、现实地使自己二重化，从而在他所创造的世界在直观自身。①

马克思在《1844 年经济学—哲学手稿》中的论述，在中国 20 世纪 60 年代和 80 年代的美学大讨论中都曾经有过深入的分析，甚至理论上论辩，在我看，在文化经济时代，马克思的这一段论述可能更为直接地提出了文化经济时代美学和艺术的真正原则，因而，也更为重要。在文化经济时代或者说审美资本主义时代，马克思关于"美的规律"的思想，对于当代文化建设、当代美学研究，乃至当代艺术批评，都具有十分重要的理论规范和思想引领的作用。在当代文化语境中，我主张把马克思在这里表达出来的思想表述为审美人类学理论的基本原则，概括起来包括以下几点。

1. 在理想的意义上，或者说在乌托邦的意义上，人类的全部活动，包括从艺术、友谊、爱情到物质产品的生产，都应该按照"美的规律"来构造，这是人区别于动物的一个本质规定。符合美的规律的人类活动，才是具有哲学人类学意义上的人类活动和人类生活，才是有意义的，或者说，才是真正意义上的美。

2. 在资本主义生产方式条件下，人的社会生活不可避免地发生异化，在社会现代化的不同阶段，异化的形式和内容都有所不同，在早期资本主义时代，异化主要表现为劳动的异化，创造者和生产

---

① 《马克思恩格斯文集》第 1 卷，人民出版社 2009 年版，第 162—163 页。

者沦为贫困者甚至无产者，剥削者和占有者并不面对直接的生产过程，内容和形式处于严重的断裂状态。人类存在方式的二重化，与美学的规律和特点也是一致的，在这个意义上，审美资本主义所带来的异化是更深刻和更严重的异化。

3. "美的规律"包括人在生物学意义上和社会学意义上尺度和规律，最重要的是，还包括"任何一个物种的尺度"以及整个自然界的尺度和规律来生产、创造和活动，这是一个趋向无限的尺度和规律，真正的美体现随着这个规则，其中包含了人性所可能达到的精神规定以及美学所包含的人类感性存在的无限丰富性。

4. 在研究当代美学及其意义上，有必要找到一种有效的方法，将哲学人类学意义上的人类特征和本质规定，和具体的美学分析结合起来，通过实证研究、艺术批评、文化分析等各种现代学术研究的方法和形式，将艺术作品的形式，各种物质和文化的产品的美学形式的分析，与人类存在的意义有效地结合起来，找到人类在具体的语境中"按照美的规律构造"的具体形式，从而获得当代人类存在的具体性和真实性。

在全球化运动的早期阶段，马克思从政治经济学研究转向了文化人类学和比较文化学的研究，努力回应资本主义生产方式全球化发展所提出的新的问题；对于非欧洲的民族国家而言，社会现代化过程是否有可能走不同于欧洲的现代化发展道路？这是马克思晚年倾注全部心血认真研究的问题，在美学和文学艺术理论方面，我们看到被特里·伊格尔顿称为"最有雄心"的审美人类学方法影响下的理论模式的持续发展。在马克思主义美学思想发展史上，恩格斯、拉法格、普列汉诺夫是这一理论传统的早期实践者，在整个20世纪马克思主义美学思想的发展过程中，我们可以看到一条时隐时现、但始终存在的用人类学和比较文化学的方法和理论，研究和思考美学和艺术问题的理论传统，乔治·卢卡契、瓦尔特·本雅明、路易·阿尔都塞、雷蒙德·威廉斯、特里·伊格尔顿，等等，都是如此。在我看来用人类学的思想方法研究美学和艺术问题在文化经济时代具有更为重要的理论意义。这是因为，在文化经济时代，一方面资本主义生产方式高度发展，人的异化现象从外在物质生活条件发展为包括主体欲望和情感表达等方面都发生了深刻的异化，在人类学意义上，个体更为孤独和"碎片化"，在这种条件下，要做到"按照美的规律构造"自己以及自己的对象，的确是一个更为困难的问题。在纷繁复杂的现实语境中，我们常常陷入焦虑和痛苦。问题的解决首先要面对问题并且努力找到当下语境中个体面对问题的具体性。在全球化和逆全球化并行的时代，在文化经济时代，用审美人类学的方法，将哲学人类学和艺术人类学的方法论结合起来，以马克思从"美的规律"的高度所提出问题作为理论框架，用实证的人类学研究，具体分析多重文化语境下的人类活动和审美经验的实现方式，找到每一个将"孤独的个体"（马克思语）的审美经验与"按照任何一个种的尺度来进行生产，并且懂得处处把固有的尺度运用于对象"的方式结合起来，应该就可以获得审美经验的完整性，从而获得现实关系中的感性存在，或者说，实现个体在现实世界的真正意义，成为真正意义上的人。几年前，中国台湾导演魏德圣曾经拍过一个电影《赛德克·巴莱》，在台湾少数民族的生活信仰中，只有通过生命中的重要仪式，才能成为"真正的人"。从人类学意义上讲，在审美资本主义时代，不是任何艺术对象或者审美活动都具有这样的仪式功能，因此，一个十分凸显的现象是，在文化经济时代，真正"按美的规律来构造"实现的审美活动，反而是一种稀有的现象。

因此，在哲学人类学的意义上，真正实现"按照美的规律来构造"的机制，是新时代社会主义文艺的主要任务。

三 当代美学的政治转向及文艺批评要求

早在20世纪30年代，瓦尔特·本雅明就提出当代批评家的任务从对抗权力政治的批判转向"推动并且参与大众的文化解放"。2009年，英国马克思主义文学批评家和美学家特里·伊格尔顿出版了以描述他一生的理论研究和批评工作的著作，书名就是《批评家的任务——特里·伊格尔顿访谈录》[1]，再次强调了马克思主义美学这个主题。2003年，法国哲学家和美学家雅克·朗西埃在哥伦比亚大学举行的学术会议上发表了论文《感觉的共同体：重新思考美学与政治》，论文收入同名会议论集，于2009年由美国杜克大学出版。在这篇论文中雅克·朗西埃认为，艺术、美学、政治都是可感知与理解性框架的"感觉共同体"形式，以艺术自律的同质性为核心的现代主义美学范式，与模糊艺术边界的基础上宣称"美学终

---

[1] ［英］特里·伊格尔顿：《批评家的任务——特里·伊格尔顿访谈录》，王杰、贾洁译，北京大学出版社2013年版。

结"的后现代主义范式,都是对美学的政治之原初悖论的遗忘。美学诞生于法国大革命的时代,一开始便与平等紧密相关。在现代社会中,事实上,存在两种互相矛盾的平等形式:一是打破等级体系和界限限制的平等,最终带来艺术与生活之间的相容性;二是艺术作为艺术自身的平等,将艺术建构为一种人类经验的分离形式。相应地,也有两种审美政治形式:一是审美的革命的方案,旨在将审美经验中的平等和自由转化为共同体的集体存在形式;另一则强调两种平等的感觉共同体之间不可通约的对立面。真正具有现实影响力的政治艺术这是两种审美政治之间的"第三条道路",强调艺术的自律与他律之间的协商与"拼贴",艺术与非艺术之间关系的移动和辩证冲突等等。当代艺术实践中的伦理转向,消除了审美歧见的辩证法,将政治艺术带向了一种共识危机,新的希望由此出现。[①]

在文化经济时代,由于艺术审美活动处于社会发展变化的关键位置,人类在从社会组织到个人品位的各种层面上,全面实现"按照美的规律来构造"的设想成为现实的可能,不断满足"人民日益增长的美好生活需要"在当代社会的文化建设中具有重要意义。

对于文化经济时代社会审美关系的变迁过程,我们可以从以下两个方面来认识和研究。

1. 重新认识美学与政治关系。在美学发展的历史过程中,包括马克思主义美学发展的历史长河中,美学曾经长期是精英主义的领地,艺术被看作是天才们特殊的语言和特权,随着文化经济的发

[①] [法]雅克·朗西埃:《当代艺术与美学的政治》,谢卓婷译,《马克思主义美学研究》第18卷第2期,中央编译出版社2016年版。

展，人类社会的文化治理模式和自由治理的模式也发生了重要而深刻的变化。随着新媒体技术的发展，以及文化经济在社会生活中的逐渐形成，人民大众中蕴含的无比巨大的创造力得以表达和释放出来，成为社会发展的重要力量，在文化经济时代，这种文化创造力的涓涓细流，在社会大生产的平台上得以汇聚，已经成为推动社会变革的重要力量。通过审美的革命而牵引和带动的社会变迁，正在互联网经济、休闲经济、广告时尚文化、现代影视等文化经验的实践中，成为一种不可忽视的社会力量。

2. 人民大众审美品位的重要性自有阶级社会以来，审美品位一直是由上层贵族所垄断的，这是阶级社会统治者维持社会关系的一种重要的文化力量，在文化经济时代，文化格局发生了实质的变化，曾经长期存在的"文化霸权"已经难以通过文化的形式得以维持。对于电影院、博物馆、美术馆和电视节目而言，文化的领导权已经从政治权力以及政治权力加资本权力的统治中挣脱出来，在日益丰富而多元的文化格局中，不同的地域文化、族群文化以及各种各样的亚文化所构成的文化生态，成为人民大众"按照美的规律来构造"自己的愿望、诉求、情感和愿景的广泛空间和肥沃的土壤。按照路易·阿尔都塞的理论，在文化经济时代，文学艺术和审美活动，正在成为新的意识形态斗争的"战场"，许多新的文化形式，包括对未来社会的乌托邦想象和社会改革实验，都在文化和艺术的领域中先期进行。在这一新的历史条件下，人民群众无比丰富，巨大无比的创造力都以坚定的形式向前发展，如果说，在马克思生活的历史时期，社会革命是历史的火车头的话，那么，在文化经济时代，这种革命的内容就是文学、艺术和文化活动中的创造性实践。

在《审美资本主义·导论》的结尾部分，彼得·墨菲和爱德华多·德·拉·富思特指出："现代资本主义连续呈现出疯狂的繁荣时期的普罗米修斯式的能量和制定预算底线时的优雅克制。它制造美丽物品的同时也制造丑陋的物品。它的制度有时候是精简的，有时候是繁冗的。审美资本主义的审美起到的作用是，它让我们记住这种重合叠加，以及在资本主义所生产的机构和物品的灵魂中，存在着最好的艺术品的内敛、高尚和冷静，同时并存的还有各种无价值的、无聊的、不适当的时刻。生活是复杂的。审美在商品的生产和销售中所扮演的角色也一样复杂。"[1]

在文化经济时代，一方面人民大众的审美需要也显现十分复杂的状态，正如精神分析学家雅克·拉康和布拉格学派的后期代表 A. 海勒都曾经分析过的那样，人民大众的审美需要有一个直接的需要和真实的需要这两种基本类型。直接需要也就是人们在没有达到人的"类存在"的意义上，只是按照他们所属的那个时代的社会阶层的"尺度和需要来构造"，这是一种被市场、权力、个体的生物学本能文化习性等的混合状态所支配的审美需要，它虽然直接有效，引领时尚，影响影片的票房，甚至成为某些批判型知识分子的论证社会问题的根据，但是，从社会意义上来说，它是一种虚幻的审美需要，因为它与人民大众真实的社会关系，努力改变不合理、不完善的社会生活状态

---

[1] ［澳］彼得·墨菲、爱德华多·德·拉·富思特：《审美资本主义·导论》，许娇娜、黄漫译，载《马克思主义美学研究》第 18 卷第 2 期，中央编译出版社 2016 年版。

的真实的审美需要是矛盾的和不一致的。例如，由管虎导演、冯小刚主演的电影《老炮儿》，虽然获得了票房的成功，也受到了许多观众的喜爱，甚至得到部分学者的高度评价，但是，从马克思主义美学的角度看，它所表达的是当代社会生活肤浅而庸俗的审美需要，在核心价值观上是混乱的，没有达到历史和美学的真实，也不表达人民大众的真实欲望，其审美意义是消极的。[1]

2014年10月，在中国社会现代化过程的关键阶段，在联合国教科文组织发布关于"文化经济"的报告一年之后，中共中央召开了"文艺工作者座谈会"，习近平总书记发表了《在文艺工作座谈会上的讲话》，对文化经济时代文化的重要作用特别是文学艺术及批评理论的重要性给予了高度的重视，在对在文化经济时代文艺工作中出现的诸多问题作出分析时，习近平总书记指出：

> 改革开放以来，我国经济发展很快，人民生活水平提高也很快。同时，我国社会正处在思想大活跃、观念大碰撞、文化大交融的时代，出现了不少问题。其中比较突出的一个问题就是一些人价值观缺失，观念没有善意，行为没有底线，什么违反党纪国法的事情都敢干，什么缺德的勾当都敢做，没有国家观念，集体观念，家庭观念，不讲对错，不问是非，不知美丑，不辩香臭，浑浑噩噩，穷奢极欲。现在社会上出现的种种问题病根都在这里。这方面的问题如果得不到有效解决，改革

---

[1] 参见王杰等《情感与正义：多重语境叠合下看电影〈老炮儿〉》，《上海艺术评论》2016年第3期。

开放和社会主义现代化建设就难以顺利推过。①

在文化经济时代，习总书记这里提出的问题在美学意义上，是一个全球性的问题。在当代美学的问题域中，审美资本主义的社会生产机制使审美经验被符号化，并且只有符号化才能获得更大的经济利益的社会生产机制中，在符号化是审美经验因为叠合着的文化语境而导致社会意义的多义和滑动性的文化氛围中，在审美价值往往以悖论性地相反相成的形式出现的艺术消费模式中，审美的问题已经成为社会的从生产方式到文化建设，进而关系整个社会的前途和命运的问题。如果我们对改革开放以来中国社会条件下艺术和审美与社会价值观念的变化之间的关系作一个全面的社会调查的话，我相信，大量的事实会证明，美学理论和艺术批评内在价值观的混乱，是许多严重的社会问题的根源之一。例如，许多优秀的党员干部为什么会堕落为腐败分子，审美观念的错位和失范，应该是其中重要的原因。对于文化经济时代，美学问题的关键，在我看来已经不是简单地进行"文化批判"就能够解决的。在当代社会和文化语境中，因为审美意义的多义性和滑动性，因此，在当代美学理论的视域和理论的前提下，对当代艺术作出有理论意义的批评，就成为当代美学的主要任务之一。《在文艺工作座谈会上的讲话》的最后一段，习近平总书记也从当代批评家的任务，强调了这一点，习近平指出：

---

① 习近平：《在文艺工作座谈会上的讲话》，人民出版社2015年版，第22—23页。

真理越辨越明……，要以马克思主义文艺理论为指导，继承创新中国古代文艺批评理论优秀遗产，批判借鉴现代西方文艺理论，打磨好批评这把`利器`，把好文艺批评的方向盘，运用历史的、人民的、艺术的、美学的观点评判和鉴赏作品，在艺术质量和水平上敢于实事求是，对各种不良的文艺作品、现象、思潮敢于表明态度，在大是大非问题上敢于表明立场，倡导说真话，讲道理，营造开展文艺批评的良好氛围。①

在文化经济时代，文学艺术批评被推到了理论的前台。由于这是一个价值失范的时代，因此，在多重语境下艺术作品的意义问题，事实上超越了美学和艺术批评的范围，成为人文学科的应该面对的理论问题，也成为新时代社会主义先进文化建构的实践问题。

四　中国现代性的情感结构与中国梦的审美文化建构使命

随着中国经济和社会的持续发展，中国社会现代化过程的特殊性和内在机制也引起了全世界许多人文学者的关注。一个十分有意思的现象就是，在中国社会现代化过程中的不同历史阶段，文艺和审美始终处在社会变迁的前列。从五四运动，到关于文艺问题的不断讨论和争论，牵动着整个社会的神经，而且重大的社会变革，往往以文艺论

---

① 习近平：《在文艺工作座谈会上的讲话》，人民出版社2015年版，第30页。

争和美学大讨论为先导，例如1942年中共中央举行的延安文艺座谈会，以及毛泽东《在延安文艺座谈会上的讲话》发表与中国新民主主义革命胜利的关系，20世纪80年代美学大讨论与中国社会迅速现代化进程的关系，都是较为典型的现象。对于文化经济时代中国社会持续高速发展的内在动力，我个人认为，美学是一个重要的理论维度。近年来，随着中国社会进一步现代化，随着市场主体地位在中国社会转型过程中的全面确立，也随着当代中国文学艺术在发展过程中美学风格的形成，中国社会审美现代性的特殊性也逐渐引起学术界各方面的关注和重视。在此我提出一个理论的假设：当代中国社会的情感结构是一种有双内核的动态双螺旋结构，其中的审美意义是由具体的语境所制约并决定的。两个关键内核分别是"红色乌托邦"和"乡愁乌托邦"，它们同时产生，互相影响，形成中国审美现代性的基本情感结构。以下我作一个初步的论证。我们首先来看看影响中国社会现代化过程的几个关键时间节点。

1894—1895年，中日两国海军在中国黄海水域展开激战，战役最终以装备精良的"北洋水师"大败而告终。这就是著名的"甲午海战"，次年，中日两国政府签订著名的《马关条约》，割让中国台湾、澎湖列岛等，赔款白银2亿两。甲午海战的失败沉重地打击了中国洋务运动和已经开始发展的中华文化的现代化转型。在这个异常沉重的打击之下，中国社会和文化转向以科学和技术优先发展的现代化道路。"科学救国"成为整整一个时代中国青年知识精英的基本目标。文学家和教育家李叔同、教育家马君武、文学家鲁迅和郭沫若、文艺理论家林焕平等青年学子赴日本留学的专业都是工程技术和医学等。甲午海战以惨败告终，中国社会精英开始了对中国社会结构和未来发展的深刻反省，北洋公学（1895，今天津大学）、南洋公学（1896，今上海交通大学）、求是书院（1897，今浙江大学）相继创办，"科学救国"成为中国高等教育办学的基本理念。甲午海战若干年后，时任"中华民国"大总统的孙中山先生在给南洋公学的题词就是"强国强种"四个字。

在文化方面，甲午海战失败后，中华文化在形式和内容方面都开始了深刻的变化。1905年南洋公学特班学生李叔同在日本留学期间创作了歌曲《送别》，这首用美国作曲家约翰·P.奥德威谱写的歌曲形式，以中国文化和中国诗歌的"乡愁"意象和隐喻为内容，为留学日本时艰苦生活中的李叔同本人，也为中国社会现代化过程中的许多普通中国人，提供了一种情感上和心灵上的慰藉，一种精神的寄托，一种对中华文化的深深依恋，一种在无奈中转身迎向扑面而来的现代化重压的刚毅，一种对依稀的未来的向往等等都在这首《送别》中表达出来了。我将这样一种情感结构概括为"乡愁乌托邦"，这是一种通过退回过去，依凭"乡愁"而勇敢刚毅地面对现代化过程的磨难的复杂情绪。[①] 李叔同在他圆寂之前写下四个大字"悲欣交集"。在我看来，这就是中国审美现代性的一种表达，也是中国现代化过程中基本情感结构的理论化表达。

"甲午海战"20年之后，1915年《新青年》在北京创刊，自由主义、无政府主义、马克思主义、实用主义、进化论等各种西方现

---

① "乡愁乌托邦"是笔者于2016年提出的一个中国化的审美现代性概念，参见王杰《乌托邦的中国形式及其审美表达》，《探索与争鸣》2016年第11期。

代化思潮涌入中国,"中国向何处去?",中国怎样才能实现民族独立的现代化,是当时整个中国知识界的共同问题。蔡元培的"以美育代宗教"的社会现代化方案就是在这个背景下提出来的。从20世纪20—30年代,蔡元培在他人生的最后阶段,一直为美育在中国的实行而奔走、努力,为中国早期的文化现代化发展作出了卓越的贡献。

1918年开始,李大钊相继发表《法俄革命之比较观》《庶民的胜利》《布尔什维主义的胜利》《我的马克思主义观》《再论问题与主义》,马克思主义和社会主义思想进入中国现代文化。在20世纪20—40年代,自由主义、无政府主义、马克思主义、社会达尔文主义、实用主义等西方现代思潮在中国思想界展开了许多争论和对话。1937年7月7日,随着抗日战争全面爆发,民族救亡的问题上升到最为重要也最为迫切的高度,各种"主义"在民族利益之下统一起来。在文艺上持左翼文化立场的马克思主义和持文化保守主义立场的自由主义成为贯穿整个中国社会现代化的基本思想。在美学上,我们这两种文化的基本观念表述为"红色乌托邦"和"乡愁乌托邦"。在我们看来,在中国社会现代化过程中,这两种乌托邦始终存在,呈现为一种双核驱动的双螺旋结构,这种结构也是中国社会现代化过程中的基本情感结构。"以美育代宗教"的设想最初是文化保守主义和自由主义对中国审美现代性问题的解决方案,但是,后来被中国共产党人接过去并加以改造,成为红色乌托邦的美学形式。

1942年4月,在抗日战争最艰苦的阶段,中共中央主要领导坐下来用一个多月的时间专门讨论文艺问题，把文艺问题提高到决定抗日战争能否胜利的高度。中共中央政治局主要成员、八路军高级将领与在陕北延安的文学艺术家的领袖人物进行了40余天的讨论和辩论，最终达成共识，1942年5月13日，毛泽东作了结论性的报告，这就是著名的《在延安文艺座谈会上的讲话》。《讲话》在理论论证了文艺与红色乌托邦的关系，指出在中国现代化过程的第二阶段，也就是新民主主义革命阶段文化领导权的重要性，明确要求用文艺的形式表达红色乌托邦，使其成为广大群众的共同理想，或者说共同的情感结构。毛泽东指出，能否做到这一点，直接关系到中国革命事业的成败。1949年7月，在中华人民共和国正式成立之前，在北京召开了两个重要的会议，一个是"全国各党派政治协商大会"，另一个就是"第一次全国文艺工作者代表大会"。从1942年至1949年，在短短的七年时间里，中国社会取得了抗日战争的胜利和解放战争的胜利，中国社会的历史进入了一个"新的阶段"。在如此短时间内把广大人民大众充分发动起来，使他们自觉投入社会解放和文化解放的伟大斗争中，离开文学艺术的积极作用，离开中国共产党人对文化领导权的高度自觉，离开乌托邦的强大力量，在短时间内实现如此巨大的跨越式发展是不可想象的！

  1966年5月16日，中共中央下发《关于开展无产阶级文化大革命的通知》，标志着"文化大革命"的全面爆发。从审美现代性的角度看，中国的"文化大革命"是一个复杂的现象，是毛泽东晚年进行的一次范围广阔的"社会实验"。我们都知道这个"社会实验"以失败告终，但是从思想史的角度看，这个实验所提供的许多经验教训值得马克思主义理论家和马克思主义美学家深刻地反思并作出理论上的解答。无产阶级"文化大革命"是从对若干文学艺术作品的分析和讨论开始的,以1976年10月"四人帮"被捕和1978年党的十一届三中全会改革开放启动以及1981年《关于建国以来党的若干历史问题的决议》为结束的标志。自1978年开始,中国社会进入"改革开放"的新时期。

1982年,在中国"改革开放"的早期阶段,由中国第四代导演吴贻弓导演的电影《城南旧事》获国际第二届马尼拉国际电影节最佳故事片金鹰奖,这是中国电影1949年后第一部获国际电影节大奖的故事片。《城南旧事》以20世纪30年代的北京为背景,通过一个叫小英子的小女孩的视野,表达了中国社会现代化过程的情感结构。在这部电影中,李叔同的《送别》歌声7次响起,把中国社会现代化过程特有的沉重和坚毅表达了出来。我个人认为,在中国社会的现代化过程中,乡愁乌托邦把中华文化的特有性质与现代化的悲剧性较好地结合起来。在《城南旧事》中,现实生活中的惨烈和历史的无情悲剧,通过一个小女孩的眼里呈现出来,就像经过时间的过滤和净化,苦难的生活呈现出诗性的旋律,在成长和奋斗的小英子和许多青年学子的心胸中徘徊和回荡,成为一个刚毅地面对悲惨世界,勇敢"直面"惨淡的人生的人们感情依托和精神上的支柱。

自20世纪90年代以来,随着市场经济的发育,文化产业化的政策导向与"日常生活审美化"的理论相互呼应,中国美学的批判锋芒被大幅削减,"审美意识形态"理论的矛盾内涵就是社会现实的理论反应。①

　　20世纪80年代以来的市场化进程，推动了中国社会深层次的转型，这个转型由于带有强烈的反思意识和自我批评精神，因而具有强烈的悲剧性。本书认为，在当代中国，悲剧人文主义是中华文化实现再创造和现代转型的核心概念，马克思主义美学的悲剧观念和悲剧理论是解释当代美学问题和当代悲剧观念的理论基础。关于现代中国的悲剧观念，如果说王国维在明确意识到中国社会不可避免地开启现代化过程，传统中国文化的许多内容和形式将必然走向灭亡，从而提出了中国现代悲剧观念的话，那么，可以说蔡元培、鲁迅和周来祥都是以一种积极的悲剧人文主义的理论立场推动中国美学从"大团圆"式的和谐美学，向"把有价值的东西毁灭给人看"的现代悲剧美学形态发展，他们的共同文化目标都是在"甲午海战"之后，对中国文化的现代转型作出理性思考。正是在这个意义上，蔡元培的"以美育代宗教论"和周来祥的促进和推动美学上的"对立和崇高"，努力走出伪古典主义的"和谐文化"的理论思考都具有重要的思想史意义。对于当代中国美学的建设和发展而言，我们认为，马克思主义的悲剧观念以及关于悲剧人文主义的思想在理论上具有十分重要的意义。需要解决的问题主要是：在马克思主义悲剧观念到当代中国文化的再创造的文化链条中，中华文明以什么样的方式介入当代中国的艺术创造，并因此影响中国文化和

---

① 2005—2008年，在中国美学界曾经爆发一场关于"审美意识形态"的理论论争，部分理论家用康德美学和概念阐释"审美意识形态"理论，该理论是否属于马克思主义美学成为论争的原因。

中国社会的未来发展？如果这是当代美学问题的关键和实质所在，那么，比较文化学和审美人类学的研究就具有理论上的优先性。关于中国和俄罗斯等非西方社会的现代化问题，卡尔·马克思在他的晚年曾经以巨大的热情投入研究，十分遗憾的是，马克思和恩格斯本人都没有完成这项任务，后来的西方马克思主义理论家也基本没有再回到这个理论问题上来。

对歌谣传统的再表现以及理论上的阐释，是中国审美现代性的一个主要形式。早在1905年，甲午海战失败十年之后，李叔同就创作了《送别》这样一首现代歌谣，探索了中华诗词传统的现代转型。大约与《新青年》创刊几乎同时，北京大学和广州中山大学分别成立了研究歌谣的专门机构。在20世纪40年代的延安，随着土地改革和新文化运动在乡村社会的推进，"扭秧歌"这种歌舞形式成为红色乌托邦的文化载体，伴随着八路军的发展而"爆炸性"传播，最终成为新中国成立初期最具大众性的文化形式。以音像的回旋性表达的文化机制，事实上是中国审美现代性的文化基础，也是中国现代社会情感结构的一个内核。

"大音希声""宁静致远""一唱三叹""高山流水"等成语是中国古典音乐美学思想的概括性表述。在古代中国，音乐是与礼制相联系的，经过一整套的文化制度，音乐成为现实中的人与最高的"神"——天——相互交流与沟通的中介。自李叔同创作《送别》以来，由于"天"的内涵和形式都有了实质性的改变，中国文化也开启了审美现代性的形式。十分有趣的是，从李叔同的《送别》开始，中国的审美现代性就包含着对待以西方文化为代表的现代化方式的怀疑和审慎的批判。在乌托邦的理念进入中国之后，乌托邦的观念就取代了中国传统文化的"天"的存在方式，成为中国悲剧性艺术表达的终极价值。因此，悲剧人文主义在红色乌托邦和乡愁乌托邦的各种艺术表达中得以重建。值得特别注意的是，如果说红色乌托邦是社会主义目标和社会主义理念的显性表达的话，那么乡愁乌托邦则是社会主义目标和社会主义理念的隐性表达。而且，由于中国文化传统的特殊性，这种隐性表达恰恰因为它的"希声""宁静"，或者说否定性的表达，而达到了"会当凌绝顶，一览众山小"的境界。

我们认为，马克思在《1844年经济学—哲学手稿》中所提出的人类是"按照美的规律来构造"的思想，特别是关于将整个人类和自然的尺度和要求都运用到"按照美的规律来构造"的各种社会活动中去，包括艺术创造和艺术批评的思想，这个思维无疑具有十分重要的意义。由于在现实生活条件下人的二重化，也造成了美的二重化现象。美既可以是人类达到审美经验完整性的状态，也可以是异化和空洞符号化的美和艺术。因此，新时代社会主义文艺工作有责任担起"积极参与并且唤起人民大众的文化解放"这一历史赋予的使命。

习近平新时代中国特色社会主义思想认为，实现社会主义现代化和中华民族伟大复兴的中国梦，是坚持和发展中国特色社会主义的总任务。正如习近平同志在党的十九大报告中指出的那样：

> 实现中华民族伟大复兴是近代以来中华民族最伟大的梦想。

结束语　新时代文艺工作的使命

中国共产党一经成立,就把实现共产主义作为党的最高理想和最终目标,义无反顾肩负起实现中华民族伟大复兴的历史使命,团结带领人民进行了艰苦卓绝的斗争,谱写了气吞山河的壮丽史诗。①

1935年年底,红军经过长征到达陕北不久,北平爆发了"一二·九"学生爱国、学生反日运动。12月17—25日,中共中央在陕北瓦窑堡举行了政治局扩大会议,形成了《中央关于军事战略问题的决议》和《中共中央关于目前政治形势与党的任务决议》,提出了抗日民族统一战线的政策。中国社会一个新的转折悄然降临。虽然仍然处在十分艰苦的条件下,但新的希望出现了,毛泽东以卓越诗人加政治家的敏锐感受到这种新的希望。在陕北一个小村庄的农民家中,在一个普通的小炕桌上,毛泽东写下了他一生中最优秀的诗篇《沁园春·雪》。

北国风光,千里冰封,万里雪飘。
望长城内外,惟余莽莽;
大河上下,顿失滔滔。
山舞银蛇,原驰蜡象,欲与天公试比高。
须晴日,着红装素裹,分外妖娆。

---

① 习近平:《决胜全面建成小康社会　夺取新时代中国特色社会主义伟大胜利——在中国共产党第十九次全国代表大会上的报告》,人民出版社2017年版,第13页。

江山如此多娇，引无数英雄竞折腰。
惜秦皇汉武，略输文采；
唐宗宋祖，稍逊风骚。
一代天骄，成吉思汗，只识弯弓射大雕。
俱往矣，数风流人物，还看今朝。

  关于毛泽东的这首词，已有许多学者写过很多的文字，在这里要强调的是，社会主义的理想信念是这首词"情感结构"的重要因素。"俱往矣，数风流人物，还看今朝"不仅有一种浪漫主义的崇高感，还有一种超越历史的价值优越感。从这首词所体现的思想和情感来看，毛泽东美学思想是包含着浓厚的浪漫主义文化因素的。美国学者罗斯·特里尔在《毛泽东传》中写道："《雪》是一首地道的民族主义的诗词，是中国壮丽的山河使毛泽东产生了如此坚强的信念：现在的中国比4000年历史上任何一个时期都更加辉煌灿烂。毛泽东是在努力团结所有人以结成抗日统一战线的时候写下这首词的。他的英雄主义之梦在把中国作为最高事业的时候，是在中国自成吉思汗以来所面临的危险比任何时候都严重的时刻产生的。"[①]事实上，毛泽东的这首词已经包含着我们今天"中国梦"理念的基本因素，这就是以民族复兴为目标的爱国主义，以现代化的社会为基础的现实主义和以社会主义为目标的社会理想。在中国现代社会发展的不同的历史阶段，这三种文化基因在"情感机构"中的关系

[①] [美]罗斯·特里尔：《毛泽东传》，中国人民大学出版社2006年版，第170—171页。

并不相同，但深层结构是相同的和稳定的。这是中国共产党能够建立"抗日民族统一战线""打到蒋介石，解放全国！"和"坚持改革开放的中国特色社会主义"等不同形式的社会共同体和阶段性政治策略的共同基础。初看起来，"中国梦"似乎是一个简单的政治口号，但是如果我们从整个中华民族近现代以来的发展历程来看，就会发现"中国梦"是一个内涵十分丰富的概念，是一个有中国特色的意识形态现象。从理论上说"中国梦"主要有三个维度。

（1）"中国梦"是中华民族的伟大复兴的必然诉求，这是自近代以来中华民族的最深切的要求和理想。1895年是中国近现代历史十分重要的一年，这一年中日海战以北洋海军的惨败为结局。这一仗把中华民族对世界以及对自己的认识彻底改变了。从此以后"救亡图存"，"改变自己"成为中华民族的基本共识。"南洋公学"也就是上海交通大学的前身就是在"甲午海战"惨败后的第二年由当时的清政府创办的，其目的就是为中国社会的强大和振兴培养管理人才、法律人才、外语及人文学科的人才。历史证明，无论是清朝政府还是1911年辛亥革命后的国民政府都没有能力改变中国半封建半殖民地社会被动挨打的局面，民族屈辱的历史直到1949年中华人民共和国的成立才真正得到改变。中华民族的复兴需要一系列的条件，在很长一个历史阶段我们把物质层面的进步和强大放在首要的位置。例如孙中山给当年的上海交通大学的题词就是"强国强种"四个字。现在看来，仅仅是物质文明层面的强大并不能直接带来中华民族的复兴。只有社会主义才能救中国，这是由中国的社会现实特殊性和文化特殊性所决定的。经过一百多年的艰苦奋斗，中国的社会面貌和经济生产能力都发生了巨大的变化,以大学为例,我们有了自己的世界一流大学,有了许多原来难以想象的成就,中华民族的伟大复兴成为可能,或者说正在开始变成现实。从理论上说,这是"中国梦"的现实基础和社会基础。

(2)中国特色的社会主义现代化,也就是中国特色的现代化过程,是"中国梦"的第二个理论维度。现代化是一个复杂的现象,也是一个充满矛盾和痛苦的过程。中国特色的社会主义现代化是一个不同于西方现代化的具有特殊性的现代化历程,这种特殊性是由历史规定的,也是由文化规定的,我们既要充分尊重整个中国近现代的历史,也要充分发挥中国文化包括中国传统文化在社会现代化过程中的积极作用。正是在这个意义上,马克思主义与儒家思想以及佛教文化的结合才具有重要作用。新的东西与传统的东西的结合,现代化与中国传统文化的结合就可能产生出不同于西方现代化的东西。这就是"中国道路"或者说"中国经验",马克思主义的中国化也是以此为基础的。但是我们应该清醒地看到,我们是从半封建半殖民地的社会跨越到社会主义社会的,并且是在经历了"文化大革命"的错误之后开始中国特色社会主义现代化建设的,事实上,其中的理论问题十分复杂,有许多问题还需要进一步的深入研究。关于中国特色的现代化我们可以从社会学、经济学、政治学等不同的角度做出解读和阐释,这方面的研究已经不少,本书主要从美学的角度作一点阐述。从美学的角度看,社会的现代化过程就是一个"现代悲剧"的现象,为了发展和进步,人们必然要忍受现实经验的分裂,忍受"恶"的暴力和残忍。对于人来说,既需要发展又需要批判资本主义生产方式带来的痛苦,就必须从伦理精神的维度对悲剧历史过程做出思考和阐释。从文献上看,马克思、恩格斯对悲剧的阐释主要来自两处。一是《〈黑格尔法哲学批判〉导言》。马克思指出,"当旧制度还是有史以来就存在的世界权力,自由反而是个人突然产生的想法的时候,简言之,当旧制度本身还相信而且也应当相信自己的合理性的时候,它的历史是悲剧性的。当旧制度作为现存的世界制度同新生的世界斗争的时候,旧制度犯的是世界历史性错误,而不是个人的错误。因而旧制度的灭亡也是悲剧性的"。另一处是源于在与社会主义理论家及剧作家拉萨尔讨论《济金根》的悲剧性表达时。恩格斯在给拉萨尔的信中明确地将悲剧因素视为"历史的必然要求和这个要求实际上不可能实现之间的悲剧性的冲突",而不是作为骑士起义领导人的济金根在智力上和伦理上存有"过失",或者"在实现目的的方法上实行了狡诈"。马克思在致拉萨尔的信中使用了"现代悲剧"这个美学概念。现代历史的悲剧在于历史自身就是合理与不合理的两面之间的同一体,是新与旧、进步与落后二律背反的矛盾统一体。另外,"历史不过是追求着自己的目的的人的活动而已",人作为历史的主体,正是历史悲剧性的承担者。因此,在马克思主义的视域里现代悲剧并不只是某种革命和历史的抽象,而恰恰是饱含人性和人生伦理价值意义的。历史不是神秘的"命运",也不是高高在上的理性和"上帝",而是相互交错、互为作用的多重现实关系,它规定了历史和主体的有限性。但现代悲剧之所以是悲剧,还在于它是一种"必然",它总是指向合理、进步、肯定的一方,历史总是从"恶"的一面前进,人性也总是在否定性的、有限性的一面得以超越。应该看到，威廉斯和伊格尔顿等人的悲剧观也正是在马克思、恩格斯的现代悲剧理论框架下加以展开的。马克思主义的现代悲剧意识可以予人以现实清醒感，它使得任何单向的价值判断都成为一种肤浅。此外，现实中的苦难与超越又分明是人的主体性的明证，对于物质时代人的"溃败"，特别是对于后现代时代里过于浅表的"快乐主义"来说，这无疑是一种反省与批判。但是，始终须要强调的是，马克思主义美学的批判不是高屋建瓴式的道德批判，而是人伦意义上的"尘世"的悲悯，因为悲剧的苦难与抗争是历史人群中每一个人的"恶"与善。

（3）"中国梦"的第三个理论维度，我以为是"社会主义目标"，或者说社会主义理想。在马克思主义传统中有一个重要的概念叫"乌托邦"，这是一种对人类理想社会的追求，向往的文化驱动力，它涉及终极关怀，涉及形而上的精神层面，它的最根本规定是社会主义。有没有这样一种关怀和目标，生活的意义就会有所不同。在"乌托邦"与"中国梦"，或者说在"乌托邦"与中国特色社会主义文化建设的关系方面，哲学社会科学工作者还有大量的理论工作要做，因为在这个方面存在许多理论上的误解和混乱。如果不能澄清这种误解和混乱，对"中国梦"的理解就会流于表面，"中国梦"具有的强大文化力量也不能充分发挥出来。

马克思主义理论确实是一个丰富的矿藏，马克思主义美学也确实可以为当代社会和艺术提供行动指南。特别是对于我们身处的这个时代和我们自身的文化传统而言，马克思主义美学最有意义的恰恰是我们人人都可以感同身受的那一部分价值，而不是外在于我们的生活、传统、情感的抽象、绝对的理性，以及对于现实和芸芸众生的审判式的、抽离的目光。

马克思主义之前的哲学，从柏拉图到费尔巴哈，都是指向一种理性的沉思，而马克思主义却引入了一个关于"未来"的尺度。历史不是某种抽象，而是可以经由主体的实践不断改变的具体过程。所以马克思有精辟的名言："哲学家们只是用不同的方式解释世界，问题在于改变世界。"① 然而，以"人的解放和自由全面发展"为理想目标和价值尺度，并指向"每个人的自由全面的发展"的共产主义理想既是对资本主义社会现实有限性的超越，又没有落入简单的空想或幻想，它始终是一个在现实世界里实践和"改变世界"的过程。这个过程包括相反相成的两个路向，一是向前的"未来"的维度，二是向后的批判的维度。因此，马克思主义在未来的维度里并没有像他们所批判的空想社会主义家们那样，"替未来设计公共厨房"，确立一个精确的"蓝图"式的预言，而是以现实为基础，并积极地、有意识地参加到对社会进行革命改造的历史进程中来，从而与浪漫主义的、抽象的乌托邦幻想区别开来。正是在这种意义上，布洛赫曾将这一过程称之为"具体的乌托邦"；詹姆逊也认为马克思主义是一种"乌托邦计划"，在把对"未来"的信念肯定为"事物本身的性

---

① 《马克思恩格斯选集》第 1 卷，人民出版社 1995 年版，第 17 页。

质"与"深层存在的可能性和潜力"①的前提下,詹姆逊还创造性地继承了马克思主义的历史辩证法,发展出了一套批判的、与现实保持距离的、否定的乌托邦意识形态理论。

德国哲学家雅斯贝尔斯20世纪30年代的作品《时代的精神状况》中对现代人的非精神化的生活样态曾做了如下描述:"终于这样的时代到了:个人直接的现实的周围世界中不再有任何东西是由这个个人为了他自己的目的而制造、规划或形成的了。每一样东西都应一时的需要而来,然后被用完,然后被扔掉。就连住所本身也是机器的产物。环境变得非精神化了。白天的工作自行其是,不再组合到工人的生活要素中去——所有这一切,可以说,使人失去了他自己的世界。人就是这样地被抛入了漂流不定的状态之中,失去了对于连接过去与未来的历史延续性的一切感觉,人不能保持其为人。这种生活秩序的普遍化将导致这样的后果,即把现实世界中的现实的人的生活变成单纯的履行能力。"雅斯贝尔斯所描述的20世纪30年代的欧洲情景也是今天我们每一个人正在亲身感受的。马克思主义,或者马克思主义美学对于现实的贡献就在于,它指出这种悲剧性,并指向了一个可能的更美好的世界。而这也正是在一个对未来普遍充满焦虑感的时代,马克思主义美学重新成为公共话语的可能性所在。

我们认为,关于"中国梦"的内涵应该从这三个方面去理解。这三个方面是相互联系、缺一不可的,而第三个维度是核心、是根

---

① [美]弗雷德里克·詹姆逊:《乌托邦作为方法或未来的用途》,王逢振译,《马克思主义与现实》2007年第5期。

本。这就是为什么习近平总书记强调坚持学习马克思主义理论的重要原因。实现中华民族伟大复兴的中国梦不仅是新时代坚持和发展中国特色社会主义的总任务，同时是新时代繁荣发展社会主义文艺的总任务。我们要有勇气坚持马克思主义文艺理论和美学，也要有足够的智慧在全球化的条件下创造性地发展马克思主义文艺理论和美学，并以此为指导，在中国特色社会主义新时代繁荣发展社会主义文艺。

参考文献

《马克思恩格斯选集》第1—4卷，人民出版社2012年版。
《马克思恩格斯文集》第1—10卷，人民出版社2009年版。
《马克思恩格斯全集》第1卷，人民出版社1956年版。
《马克思恩格斯全集》第3卷，人民出版社1960年版。
《马克思恩格斯全集》第8卷，人民出版社1961年版。
《马克思恩格斯全集》第13卷，人民出版社1962年版。
《马克思恩格斯全集》第20卷，人民出版社1971年版。
《马克思恩格斯全集》第26卷第1册，人民出版社1972年版。
《马克思恩格斯全集》第27卷，人民出版社1972年版。
《马克思恩格斯全集》第29卷，人民出版社1972年版。
《马克思恩格斯全集》第30卷，人民出版社1995年版。
《马克思恩格斯全集》第33卷，人民出版社1973年版。
《马克思恩格斯全集》第36卷，人民出版社1975年版。
《马克思恩格斯全集》第39卷，人民出版社1975年版。
《列宁选集》第1—4卷，人民出版社2012年版。
《列宁全集》第12卷，人民出版社1987年版。

《列宁全集》第17卷，人民出版社1988年版。

《列宁全集》第49卷，人民出版社1988年版。

《列宁文稿》，人民出版社1978年版。

《列宁论文学艺术》，人民出版社1960年版。

《列宁专题文集》，人民出版社2009年版。

《斯大林选集》上下卷，人民出版社1979年版。

《斯大林全集》第1卷，人民出版社1953年版。

《毛泽东选集》，人民出版社1991年版。

《毛泽东文集》第6卷，人民出版社1999年版。

《毛泽东文集》第7卷，人民出版社1999年版。

《毛泽东论文艺》，人民出版社1992年版。

《建国以来毛泽东文稿》第12册，中央文献出版社1998年版。

《周恩来选集》上下卷，人民出版社1984年版。

《周恩来论文艺》，人民文学出版社1979年版。

《邓小平文选》1—3卷，人民出版社1993—1994年版。

《江泽民文选》1—3卷，人民出版社2006年版。

《胡锦涛文选》1—3卷，人民出版社2016年版。

《习近平关于社会主义文化建设论述摘编》，中央文献出版社2017年版。

习近平：《在文艺工作座谈会上的讲话》，人民出版社2015年版。

《建党以来重要文献选编》，人民出版社2011年版。

《建国以来重要文献选编》，人民出版社1992—1997年版。

《三中全会以来重要文献选编》上下，中央文献出版社2011年版。

《三中全会以来重要文献选编》，人民出版社1982年版。

《十四大以来重要文献选编》，人民出版社2011年版。

《十六大以来重要文献选编》，人民出版社2011年版。

《十七大以来重要文献选编》中，人民出版社2011年版。

《十八大以来重要文献选编》上，中央文献出版社2014年版。

《十八大以来重要文献选编》中，中央文献出版社2016年版。

《中国共产党历史》第2卷（1949—1978），中共党史出版社2011年版。

中共中央文献研究室：《毛泽东年谱》（1949—1976），人民出版社2013年版。

《列宁文艺思想论集》，董立武、张耳编选，中国社会科学出版社1986年版。

《西方马克思主义美学文选》，陆梅林编选，漓江出版社1988年版。

［匈牙利］阿格妮丝·赫勒、费伦茨·费歇尔编：《美学的重建——布达佩斯学派论文集》，傅其林译，黑龙江大学出版社2014年版。

《苏联文学艺术问题》，人民文学出版社1959年版。

《中华全国文学艺术工作者代表大会纪念文集》，新华书店1950年版。

［德］阿多诺：《美学理论》，王柯平译，四川人民出版社1998年版。

［法］路易·阿尔都塞等：《读〈资本论〉》，李其庆、冯文光译，中央编译出版社2000年版。

［德］马克斯·霍克海默、西奥多·阿多尔诺：《启蒙辩证法：哲学

断片》，曹卫东译，上海人民出版社 2003 年版。

［法］埃斯卡皮：《文学社会学》，于沛选编，浙江人民出版社 1987 年版。

［法］奥利维耶·阿苏利：《审美资本主义：品味的工业化》，黄琰译，华南师范大学出版社 2013 年版。

［古希腊］柏拉图：《柏拉图文艺对话集》，朱光潜译，人民出版社 1959 年版。

［苏联］鲍列夫：《美学》，乔修业等译，中国文联出版公司 1986 年版。

［德］瓦尔特·本雅明：《经验与贫乏》，王炳均、杨劲译，百花文艺出版社 1999 年版。

［苏联］布罗夫：《艺术的审美实质》，高叔眉、冯申译，上海译文出版社 1985 年版。

蔡仪：《文学概论》，人民文学出版社 1979 年版。

曹卫东等：《20 世纪德国马克思主义文艺理论研究》，北京大学出版社 2012 年版。

［美］大卫·麦克里兰：《意识形态》，孔兆政、蒋龙翔译，吉林人民出版社 2005 年版。

［英］丹尼·卡瓦拉罗：《文化理论关键词》，张卫东、张生、赵顺宏译，凤凰传媒集团、江苏人民出版社 2006 年版。

范国英：《新时期以来文学制度研究：以茅盾文学奖为中心的考察》，四川出版集团、巴蜀书社 2010 年版。

付德根、王杰：《20 世纪英国马克思主义文艺理论研究》，北京大学出版社 2012 年版。

高建平：《当代中国文艺理论研究（1949—2009）》，中国社会科学出版社 2011 年版。

《葛兰西文选（1916—1935）》，李鹏程编，人民出版社 1992 年版。

［意大利］葛兰西：《论文学》，吕同六译，人民出版社 1983 年版。

［意大利］葛兰西：《实践哲学》，徐崇温译，重庆出版社 1990 年版。

［意大利］葛兰西：《狱中札记》，葆煦译，人民出版社 1983 年版。

［苏联］赫拉普钦科：《赫拉普钦科文学论文集》，张捷译，人民文学出版社 1997 年版。

洪子诚：《问题与方法》，生活·读书·新知三联书店 2002 年版。

黄擎：《视野融合与批评话语》，浙江大学出版社 2008 年版。

［英］杰弗里·J. 威廉斯：《文学制度》，李佳畅、穆雷译，南京大学出版社 2014 年版。

金江波：《当代新媒体艺术特征》，清华大学出版社 2016 年版。

［德］康德：《判断力批判》，邓晓芒译，人民出版社 2012 年版。

［英］雷蒙德·威廉斯：《马克思主义与文学》，王尔勃、周莉译，河南大学出版社 2008 年版。

［英］雷蒙·威廉斯：《关键词：文化与社会的词汇》，刘建基译，生活·读书·新知三联书店 2016 年版。

［英］雷蒙·威廉斯：《希望的源泉：文化、民主、社会主义》，祁阿红、吴晓妹译，译林出版社 2014 年版。

［美］雷·韦勒克、奥·沃伦：《文学理论》，刘象愚等译，生活·

读书·新知三联书店1984年版。

[美] 李普曼:《当代美学》,邓鹏译,光明日报出版社1986年版。

[苏联] 列·斯托洛维奇:《审美价值的本质》,凌继尧译,中国社会科学出版社1984年版。

凌继尧:《苏联当代美学》,黑龙江人民出版社1986年版。

[匈牙利] 卢卡奇:《卢卡奇文学论文集》第1—2卷,中国社会科学出版社1980年版。

[匈牙利] 卢卡奇:《关于社会存在的本体论》上下卷,白锡堃等译,重庆出版社1995年版。

[法] 阿尔都塞:《保卫马克思》,顾良译,商务印书馆2010年版。

[法] 吕西安·戈德曼:《隐蔽的上帝》,蔡鸿滨译,百花文艺出版社1998年版。

[法] 罗兰·巴特:《文之悦》,屠友祥译,上海人民出版社2002年版。

[美] 罗斯·特里尔:《毛泽东传》,胡为雄、郑玉臣译,中国人民大学出版社2006年版。

[德] 曼海姆:《意识形态与乌托邦》,李步楼等译,华夏出版社2001年版。

茅盾:《茅盾文艺论集》,文化艺术出版社1980年版。

[美] 诺埃尔·卡洛尔:《大众艺术哲学论纲》,严忠志译,商务印书馆2010年版。

[法] 皮埃尔·布迪厄:《艺术的法则——文学场的生成和结构》,刘晖译,中央编译出版社2001年版。

[俄］普列汉诺夫：《普列汉诺夫美学论文集》Ⅰ、Ⅱ卷，曹葆华译，人民出版社1983年版。

［加拿大］斯蒂文·托托西：《文学研究的合法化》，马瑞奇译，北京大学出版社1997年版。

［斯洛文尼亚］斯拉沃热·齐泽克等：《图绘意识形态》，方杰译，南京大学出版社2002年版。

孙伯鍨：《卢卡奇与马克思》，南京大学出版社1999年版。

［美］泰勒·考恩：《商业文化礼赞》，严忠志译，商务印书馆2005年版。

陶东风、和磊：《当代中国文艺学研究（1949—2009）》，中国社会科学出版社2011年版。

［英］特里·伊格尔顿：《美学意识形态》（修订版），王杰、傅德根、麦永雄译，中央编译出版社2013年版。

［英］特里·伊格尔顿：《批评家的任务——特里·伊格尔顿访谈录》，王杰、贾洁译，北京大学出版社2013年版。

［英］特里·伊格尔顿：《文学原理引论》，刘峰译，文化艺术出版社1987年版。

［美］特伦斯·鲍尔、［英］理查德·贝拉米：《剑桥二十世纪政治思想史》，任军锋、徐卫翔译，商务印书馆2016年版。

童庆炳：《20世纪中国马克思主义文艺理论研究》，北京大学出版社2012年版。

［英］托尼·本尼特：《文化与社会》，王杰、强东红等译，广西师范大学出版社2007年版。

［英］托尼·本尼特：《文学之外》，强东红等译，人民出版社2016年版。

王杰：《审美幻象与审美人类学》，广西师范大学出版社2002年版。

吴秀明、马小敏：《中国当代文学史料丛书（公共性文学史料卷）》，浙江大学出版社2016年版。

［德］席勒：《审美教育书简》，冯至、范大灿译，北京大学出版社1985年版。

［德］席勒：《秀美与尊严》，张玉能译，文化艺术出版社1996年版。

向丽：《审美制度问题研究——关于"美"的审美人类学阐释》，中国社会科学出版社2010年版。

谢冕、洪子诚：《中国当代文学史料选（1948—1975）》，北京大学出版社1995年版。

［法］雅克·朗西埃：《美感论 艺术审美体制的世纪场景》，赵子龙译，商务印书馆2016年版。

［苏联］亚·伊·布罗夫：《美学：问题和争论——美学争论的方法论原则》，张捷译，文化艺术出版社1988年版。

衣俊卿：《20世纪的新马克思主义》，中央编译出版社2001年版。

以群：《文学的基本原理》，作家出版社1964年版。

［美］于连·沃尔夫莱：《批评关键词 文学与文化理论》，陈永国译，北京大学出版社2015年版。

［英］约翰·B.汤普森：《意识形态与现代文化》，高铦等译，凤凰出版传媒集团、译林出版社2012年版。

[美]约翰·R.霍尔、玛丽·乔·尼兹：《文化：社会学的视野》，周晓虹、徐彬译，商务印书馆 2009 年版。

张利群：《文艺制度论》，中国社会科学出版社 2008 年版。

张一兵：《问题式、症候阅读与意识形态》，中央编译出版社 2003 年版。

《周扬集》，中国社会科学出版社 2000 年版。

《周扬文集》第 3 卷，人民文学出版社 1990 年版。

朱光潜：《西方美学史》，人民文学出版社 1979 年版。

朱立元：《后现代主义文学理论思潮论稿》上，上海人民出版社、山西教育出版社 2015 年版。

[英]特里·伊格尔顿：《再论基础与上层建筑》，张丽芬译，《马克思主义美学研究》2002 年。

王元骧：《关于文艺意识形态性的思考》，《马克思主义美学研究》2006 年。

[德]彼得·比格尔：《文学体制与现代化》，周宪译，《国外社会科学》1998 年第 4 期。

董学文：《关于马克思恩格斯美学思想研究的几个问题》，《文艺理论与批评》1987 年第 5 期。

[美]弗雷德里克·詹姆逊：《乌托邦作为方法或未来的用途》，王逢振译，《马克思主义与现实》2007 年第 5 期。

刘锋杰：《文学"向内转"：由外而内的"去政治化"策略研究》，《文艺理论研究》2010 年第 2 期。

王本朝：《文学制度与文学的现代性》，《湖北大学学报》2003 年第

6 期。

王杰:《当代中国语境中的审美意识形态理论》,《文艺研究》2006年第 8 期。

王杰:《乌托邦的中国形式及其审美表达》,《探索与争鸣》2016 年第 11 期。

［法］雅克·朗西埃:《当代艺术与美学的政治》,谢卓婷译,《马克思主义美学研究》2015 年第 2 期。

后　　记

《当代中国文艺政策发展史》即将出版，我感到十分欣慰。当代文艺政策发展史是一个十分重要的理论论域，也是一个研究相对较少的论域，我们的研究是十分初步的，十分期待学术界的批评指正。

该书的撰稿起步时正是我刚刚调入浙江大学时，新的教学和研究工作任务都十分繁重，故邀请博士后石然参与撰写工作。现在书稿的导论和结束语由我撰写，其余第一章、第二章、第三章和第六章由石然博士撰写。全书的写作提纲由我提出。在撰写工作的早期阶段，浙江传媒学院的钟丽茜教授撰写了第四章的初稿，盐城工学院人文学院周晓燕教授撰写了第五章初稿，石然博士在初稿基础上作了较大修改和补充。全书的统稿工作由我和石然博士共同完成。

最后，感谢丛书主编中国社会科学院张江教授邀请我参加丛书的写作，也感谢浙江大学传媒与国际文化学院对我研究工作的大力

后　记

支持。感谢中国社会科学出版社赵剑英社长、总编辑助理王茵博士、责任编辑张潜博士对该书所做的细致工作。

王杰

2019 年 8 月 6 日

浙江大学紫金港港湾家园